外国文学文本导读与研究生课程实践

付品晶 编著

西南交通大学出版社
·成都·

图书在版编目（CIP）数据

外国文学文本导读与研究生课程实践 / 付品晶编著. -- 成都：西南交通大学出版社，2024.6
ISBN 978-7-5643-9838-5

Ⅰ. ①外… Ⅱ. ①付… Ⅲ. ①外国文学 – 文学研究 Ⅳ. ①I106

中国国家版本馆 CIP 数据核字（2024）第 107362 号

Waiguo Wenxue Wenben Daodu yu Yanjiusheng Kecheng Shijian
外国文学文本导读与研究生课程实践

付品晶 / 编　著	责任编辑 / 赵永铭
	封面设计 / 原谋书装

西南交通大学出版社出版发行
（四川省成都市金牛区二环路北一段 111 号西南交通大学创新大厦 21 楼　610031）
营销部电话：028-87600564　　028-87600533
网址：http://www.xnjdcbs.com
印刷：成都蜀通印务有限责任公司

成品尺寸　170 mm × 240 mm
印张　20.25　　字数　301 千
版次　2024 年 6 月第 1 版　　印次　2024 年 6 月第 1 次

书号　ISBN 978-7-5643-9838-5
定价　59.80 元

课件咨询电话：028-81435775
图书如有印装质量问题　本社负责退换
版权所有　盗版必究　举报电话：028-87600562

前言

这部《外国文学文本导读与研究生课程实践》是作为西南交通大学中文系研究生教材而出版的。

外国文学方面的教材虽汗牛充栋,但大多是为大学本科生而编著。作为研究生阶段的外国文学专题研究课程,目前尚没有专门的教材,我为研究生开设"外国文学专题"课程多年,教学过程中深感教材缺乏的不便,于是便萌生了编著一本适合硕士研究生阶段课程"外国文学专题研究"的教材的想法。

本教材有如下几个特点:

第一,本教材编写过程中,编著者查阅了大量的中外文文献资料,力求客观翔实地呈现与介绍各国或地区文学的历史面貌和经典代表。

第二,本教材章节结构的设置,主要立足于当前中文系硕士研究生群体两个维度的深入学习需求。首先,国别文学的系统深入有助于学生走出本科时期外国文学的蜻蜓点水式学习境况,引导学生进行有关各国或地区文学的更深层次探讨,本教材所选国别文学包含了不同区域具有代表性的文学,尤其是印度与阿拉伯文学这种在学生在本科阶段少有接触的领域,希望能给学生在硕士研究生阶段更广阔的视野与一定的启发。其次,不同研究视角的系统介绍和深入实践,有助于辅助学生在硕士研究生阶段开拓理论视野、促进研究实践的躬行。

第三,本教材分上编和下编两个部分,包括外国文学的专题性学习和系统性实践两个紧密相连又各司其职的部分。上编是关于外国文学国别专题的研究,该部分共九章,从史的角度纵向精梳英国、美国、法国、德国、俄国、意大利、日本、阿拉伯和印度等九个国家或地区的文学史。同时作为个案，详细阐述各国或地区不同时期具有代表性的两位典型作家，并对其部分经典作品进行详细解读。下编是关于硕士研究生的课程实践部分，该部分从生态主义、女性主义、精神分析、神话原型批评、译介学、接受美学、伦理学、存在主义、形象学和空间理论十个不同的研究视角透视外国文学作品，指导研究生分析发掘外国文学作品所具有的别样潜质。该部分由所选视角的理论梳理介绍和研究生文本实践组成。理论梳理系统分析该理论视角的发生、发展和现状，研究生文本实践则是研究生运用该理论视角解读相关外国文学作品，进而写就的示范性论文。

教学建议：

本教材上下两编十九章，形成一个有机整体。上编部分可供学生们深入拓展外国文学国别文学的知识深度和广度，建构起较为系统多元的外国文学知识体系，下编理论视角部分提供给学生们当下较为系统的西方文学理论知识架构，同时多视野的研究实践示范性论文为学生们展开外国文学的多样态研究提供有效参照，也为研究生的跨学科创新提供了可能。

其实，任何一种教材都只是一种参考，对教师和学生而言，于教材内教材外觅得新知识，寻得新路径，悟得新境界，方才是为学的真谛。

编写分工：

本教材由付品晶副教授编著，任俊杰担任学术助理，负责英国文学、意大利文学、日本文学、阿拉伯文学、印度文学以及下编除第十章以外的撰写工作（约 21.1 万字），组织汇编了研究生课程实践部分，核校部分文稿。季芷卿负责美国文学、法国文学、德国文学和俄国文学的撰写工作（约 6.6 万字）。覃一帆负责下编第十章空间理论的撰写工作（约 1.4 万字）。付品晶副教授审阅全部材料和书稿，并负责修改补充和润色。

由于编著者水平有限、编写时间仓促，书中难免有疏漏和错误之处，敬请广大同仁和外国文学学习者不吝批评指正。

付品晶

2024 年 3 月于季柳园

目 录

上编 外国文学国别专题研究

第一章 英国文学 · · · · · 2
第一节 英国文学总述 ················ 2
第二节 个案分析 ·················· 17

第二章 美国文学 · · · · · 24
第一节 美国文学总述 ················ 24
第二节 个案分析 ·················· 37

第三章 法国文学 · · · · · 41
第一节 法国文学总述 ················ 41
第二节 个案分析 ·················· 55

第四章 德国文学 · · · · · 58
第一节 德国文学总述 ················ 58
第二节 个案分析 ·················· 72

第五章 俄国文学 · · · · · 76
第一节 俄国文学总述 ················ 76
第二节 个案分析 ·················· 91

第六章 意大利文学 · · · · · 95
第一节 意大利文学总述 ··············· 95
第二节 个案分析 ·················· 107

第七章　日本文学 ‥‥‥ 112
第一节　日本文学总述 ‥‥‥‥‥‥‥‥‥ 112
第二节　个案分析 ‥‥‥‥‥‥‥‥‥‥‥ 128

第八章　阿拉伯文学 ‥‥‥ 134
第一节　阿拉伯文学总述 ‥‥‥‥‥‥‥‥ 134
第二节　个案分析 ‥‥‥‥‥‥‥‥‥‥‥ 144

第九章　印度文学 ‥‥‥ 148
第一节　印度文学总述 ‥‥‥‥‥‥‥‥‥ 148
第二节　个案分析 ‥‥‥‥‥‥‥‥‥‥‥ 159

下编　研究生课程实践

第一章　生态主义视角 ‥‥‥ 166
第一节　生态主义理论简介 ‥‥‥‥‥‥‥ 166
第二节　生态主义理论课程实践 ‥‥‥‥‥ 168

第二章　女性主义视角 ‥‥‥ 181
第一节　女性主义理论简介 ‥‥‥‥‥‥‥ 181
第二节　女性主义理论课程实践 ‥‥‥‥‥ 183

第三章　精神分析视角 ‥‥‥ 194
第一节　精神分析理论简介 ‥‥‥‥‥‥‥ 194
第二节　精神分析理论课程实践 ‥‥‥‥‥ 196

第四章　神话—原型批评视角 ‥‥‥ 208
第一节　神话—原型批评理论简介 ‥‥‥‥ 208
第二节　神话—原型批评理论课程实践 ‥‥ 211

第五章　译介学视角 · · · · · · · · · · · 222
第一节　译介学理论简介 · · · · · · · · · · · · · · · · · · · 222
第二节　译介学理论课程实践 · · · · · · · · · · · · · · · 225

第六章　接受美学视角 · · · · · · · · · · · 236
第一节　接受美学理论简介 · · · · · · · · · · · · · · · · · 236
第二节　接受美学理论课程实践 · · · · · · · · · · · · · 238

第七章　伦理学视角 · · · · · · · · · · · · · · 252
第一节　伦理学理论简介 · · · · · · · · · · · · · · · · · · · 252
第二节　伦理学理论课程实践 · · · · · · · · · · · · · · · 254

第八章　存在主义视角 · · · · · · · · · · · 269
第一节　存在主义理论简介 · · · · · · · · · · · · · · · · · 269
第二节　存在主义理论课程实践 · · · · · · · · · · · · · 271

第九章　形象学视角 · · · · · · · · · · · · · · 282
第一节　形象学理论简介 · · · · · · · · · · · · · · · · · · · 282
第二节　形象学理论课程实践 · · · · · · · · · · · · · · · 285

第十章　空间批评视角 · · · · · · · · · · · 300
第一节　空间批评理论简介 · · · · · · · · · · · · · · · · · 300
第二节　空间批评理论课程实践 · · · · · · · · · · · · · 302

参考文献 · 315

上编

外国文学
国别专题研究

第一章 英国文学

第一节 英国文学总述

英国文学发轫较早，有着深厚的文化底蕴，哺育了许多伟大的作家、孕育出了无数伟大的作品，曾数次引导欧洲文学发展新风向，是欧洲文学的重要基石。英国文学大致可以分为以下几个时期：盎格鲁-撒克逊时期（The Anglo-Saxon Period）、中古英语时期（The Middle English Period）、文艺复兴时期（The Renaissance Period）、新古典主义时期（The Neoclassical Period）、浪漫主义时期（The Romantic Period）、维多利亚时期（The Victorian Period）、现代主义时期（The Modern Period）。

一、盎格鲁-撒克逊时期（499—1066）

公元前9—前8世纪，凯尔特人（Celt）首先迁入了不列颠岛，成为不列颠历史上最早的居民，而后罗马人击溃凯尔特人，于公元1世纪到410年控制了当今的英国南部。随着罗马帝国的衰败、日耳曼人的崛起，北欧日耳曼部族的朱特人（Jutes）、盎格鲁人（Angles）和撒克逊人（Saxons）陆续入侵不列颠，与此同时，他们的语言——盎格鲁-撒克逊语（Anglo-Saxon）或称古英语（Old English）也在不列颠开始广为传播，英国文学的历史自此开始。

盎格鲁-撒克逊时期最重要的文学形式与欧洲各国早期文学一样是口传的史诗，长达三千余行的伟大史诗《贝奥武甫》（*Beowulf*）正是这个时期英国最具代表性的文学作品。《贝奥武甫》是英国文学史上第一部史诗，被誉为欧洲三大英雄史诗[①]之一，代表了古英语文学最高的成就，对后世英国文学，乃至欧洲文学都产生了不可估量的影响。《贝奥武甫》讲述了斯堪的纳维亚英雄贝奥武甫的传奇事迹：第一部分绘声绘色地描绘了青年时期的贝奥武甫如何搏杀妖怪格伦德尔（Grendel）与其母的故事；第二部分则是描述年迈的贝奥武甫击杀守护宝藏的喷火巨龙的事迹。虽然《贝奥武甫》的主人公来自瑞典，并在丹麦完成了自己的英雄事迹，但是该作品却体现的是不折不扣的盎格鲁-撒克逊民族的生活风气，处处可见其好斗、崇尚力量、富有勇气、看重荣誉、慷慨好客、热情洋溢的价值观念，是研究英国文学时绝对不能忽视的伟大作品。

二、中古英语时期（1066—1485）

1066 年，诺曼底公爵威廉（William, Duke of Normandy, 1028—1087）征服英国，成为英国国王威廉一世（William I），正因如此，此后三百年里，法语成为英国统治阶级的官方语言，教士们则是使用拉丁文进行写作，英文反而仅仅在民间流传，这直接导致了 12 世纪之前英国几乎没有诞生用英文写成的文学作品。继诺曼征服（the Norman Conquest）[②]之后，英国的封建制度得到了相当程度的完善，社会阶级产生分化，由上到下出现了国王、贵族、骑士、大主教、主教、封臣和农民等社会阶层。在众多阶层中，骁勇善战、风流倜傥的骑士是当时时代的主角，深受各个阶层喜爱，于是这个时期的文学主要形式就是主要歌颂骑士风度（Chivalry）的浪漫传奇（Romance）。

骑士传奇形式比较复杂多样，有诗歌也有散文。说到中古英语时期的骑士传奇，就不得不提及不列颠最有名的骑士传奇——亚瑟王与他的圆桌骑士（King Arthur and His Knights of the Round Table）的冒险故事。亚瑟王与圆桌骑士的故事有很多，其中最有名的则要数头韵体诗歌《高文爵士

[①] 即《罗兰之歌》（*La Chanson de Roland*）、《贝奥武甫》（*Beowulf*）与《尼伯龙根之歌》（*Nibelungenlied*）。
[②] 即以诺曼底公爵威廉为首的法国封建主征服英国的事迹，这个事件也是英国中世纪开始的标志，加速了英国封建制度的彻底形成。

和绿衣骑士》（*Sir Gawain and the Green Knight*）与散文传奇《亚瑟王之死》（*Le Morte d'Arthur*）。《高文爵士和绿衣骑士》歌颂了圆桌骑士高文的骁勇高洁、诚实有礼，反映了当时时代理想中的骑士风度，并且全诗语言优美、对仗工整，代表了中古英格兰北部头韵体诗歌艺术的最高成就。《亚瑟王之死》是由历经金雀花王朝（House of Plantagenet）统治并见证过玫瑰战争（Wars of the Roses）的托马斯·马洛礼（Tomas Malory，1415？—1471）于1485年完成的散文传奇，整部作品以当时现存的古代传说故事为基础，加上了作者自己虚构原创的故事，从而共同构成了传说中的英格兰国王亚瑟王的传奇故事，展现了亚瑟王与其圆桌骑士高洁的骑士精神、构建了一个理想的骑士制度乌托邦。这个时代的骑士文学是当时贵族社会阶层与基督教会相互交融、渗透而形成的一朵文学史上的奇葩，骑士们被塑造为忠君卫道的理想形象，受到了社会各个阶层的追捧，反映了当时整个时代的精神理想。

这个时期除了有在上流社会中热门的骑士文学外，也有很多描述下层人民生活的诗篇，这些诗篇主要由英文写作而成，富有生活气息。比较知名的威廉·兰格伦（William Langland，1332？—1400？）的《农夫皮尔斯之梦》（*The Vision of Piers the Plowman*）正是这个时代的产物，被誉为最伟大的英语诗篇之一。整首诗通过描绘农夫皮尔斯一系列的梦境与幻想反映了14世纪英国的真实社会状况，既对当时无良英国统治阶层进行了尖锐讽刺，也抒发了作者对当时底层百姓悲惨生活的深切同情。这首诗本质上来说也是一首教诲诗，宣扬了基督教的基本道德观念，主张无论是何阶层都要诚实守信、遵守宗教原则，对各种堕落的现象深刻地进行了讽刺与抨击。这个时代同样也有一些民间故事（Folk Tales）与民谣（Ballads）流传较广，如《猫头鹰与夜莺》（*The Owl and the Nightingale*）与《罗宾汉的故事》（*The Geste of Robin Hood*）都是知名的文学作品。

谈论中世纪英国文学时，最绕不开的人物当属乔叟（Geoffrey Chaucer，1340？—1400）。乔叟的生活经历十分丰富，因为其富裕的出身让他从小能够接触到英国的上流阶层，同时又在成长过程中广泛地与下层社会产生交集，同时又因为其身处于新旧交替的时代，见证了封建社会的黑暗与新兴资本主义的罪恶,这一切都极大地丰富了乔叟的精神世界,为他提供了难得的创作素材。乔叟自身也十分富有学识,他接受过大学教育,精通法语、意大利语与拉丁文,并且由于他经常在欧洲各国游历,学习到了很多当时时代的先进思想,尤其是以薄伽丘、但丁为主的意大利人文主义者的作品对乔叟有着深刻的影响。乔叟对于英国文学的贡献是巨大的:在当时以法语、拉丁文为宫廷语言与学术语言的英国,乔叟是第一个以英语创作的宫廷作家,他的作品为现代英语形成所做的贡献是不言而喻的;乔叟同时也是将诸多体裁首次引入英国文学的作家,他首次将"英雄双行(韵)体"(Heroic Couplet)从法国引入英诗,用以取代古英语的头韵诗,他最著名的作品《坎特伯雷故事集》(The Canterbury Tales)更是包容了欧洲当时绝大多数的叙事体裁,是研究中世纪欧洲叙事体裁的重要参考;乔叟为英国开创了现实主义传统,其作品以犀利的笔触讽刺了当时贵族社会与教会的堕落无耻,对封建社会的黑暗进行了无情揭露,同时他也没有为新兴资产阶级的丑恶掩饰,而是将整个处于转型期的英国社会原原本本地呈现在自己的作品中。在揭露黑暗的同时,他也在歌颂英国普通下层人民的智慧、善良、歌颂爱情的美好,宣扬妇女解放,乔叟的作品是英国人文主义思想的重要旗帜。乔叟被公认为英国文学史上最伟大的作家之一,作为一个上承中世纪下启文艺复兴的作家,他开创了英国文学的崭新时代并为英国文学奠定了全新的文学传统。乔叟为后世伊丽莎白时代的英国文学全面繁荣做出了巨大贡献,他也因此被世人誉为"英国诗歌之父"。

三、文艺复兴时期(1500—1642)

文艺复兴运动(Renaissance)是欧洲历史上最重要的思想文化运动之一,这场运动始于14世纪意大利的佛罗伦萨,而后迅速扩展到西欧各国,最终在16世纪达到顶峰。这场思想运动对于欧洲来说是革新性的、里程碑式的,被认为是欧洲中世纪与近代的分界线。当时欧洲工商业蓬勃发展,王权巩固,市民阶层崛起,不仅是科学技术广泛革新,地理方面也有了新发现,甚至宗教也掀起了革新革命运动。这一系列事件将中世纪如一潭死

水的封建制度下的欧洲搅动得天翻地覆。在这种情况下，人们理所当然地呼吁新文化、新文学的诞生。随着1453年东罗马帝国的覆灭，当时有大量的学者携带着古希腊、古罗马的文化遗产逃往西欧各国，与此同时，人们在罗马城的废墟中又发掘出大量古罗马时期的雕像与文献，这些古希腊、古罗马的文化遗产给予了当时桎梏于中世纪文化中的人们极大的文化冲击，由此掀起了一股研究古典学术、追求新兴知识的思想热潮。虽然文艺复兴运动将古希腊、古罗马文化遗产作为"复兴"的对象，但是并不意味着这是一场单纯的复古运动，这场运动实际上宣扬的思想核心是人文主义（Humanism）。

人文主义思想的核心就是以人为本，大写的"人"由此在欧洲成为主流。与受宗教思想笼罩的中世纪不同，人文主义思想对虚伪死板的宗教思想、黑暗腐败的封建制度进行了全方位的攻击与否定：人文主义者否定了中世纪欧洲基督教一直提倡的禁欲主义，强调人们要更加关注现世幸福、大胆地去追求个性解放，同时对当时腐败贪婪的封建贵族进行了无情的讽刺与揭露。人文主义者也积极地推广学术思想、科学知识，宣传国家统一的新近思想，这些思想对近代欧洲文学也产生了很大的影响。

英国人文主义思想是欧洲文艺复兴运动的高潮，英国的文艺复兴运动上可以追溯到"英国诗歌之父"乔叟，下有伊丽莎白时代（The Elizabethan Age）[①]戏剧的辉煌作为接续。都铎王朝（Tudor Dynasty）于1485年建立，这也意味着英国结束了长久的内战，迎来了稳定的王权结构与经济环境，英国也从此逐渐回归强盛。自亨利七世（Henry Ⅶ，1457—1509）开始，文艺复兴运动在英国蓬勃发展，取得了众多令人瞩目的文学成就。

托马斯莫尔爵士（Thomas More，1478—1535）的著作《乌托邦》(Utopia)为英国吹进了人文主义的新风，借水手之口描绘了一个理想的人类社会。《乌托邦》也是近代欧洲空想社会的开山之作。但对于英国文艺复兴运动来说，新诗与戏剧才是文学领域的最高成就。

在新诗领域，魏阿特（Sir Thomas Wyatt，1503—1542）和萨利伯爵

---

① 即"童贞女王"伊丽莎白一世在位时期（1558—1603），常被认为是英国历史的黄金时代。

（Earl of Surrey，Henry Howard，1517？—1547）首次将彼特拉克的诗歌形式引入英国，以爱情十四行诗开启了英国诗坛的新时代。到了伊丽莎白时代，文艺复兴运动在英国达到顶峰，这时期埃德蒙·斯宾塞（Edmund Spenser，1552—1599）以其作品《仙后》（*The Faerie Queene*）定义了文艺复兴时期英国新诗的最高峰，也是英国文艺复兴时期非戏剧文学的巅峰。《仙后》是一部宗教史诗、政治史诗，主要讲述了亚瑟王追求仙后格洛丽亚娜（Gloriana）的故事。整本书构筑了一个极其宏大的、瑰丽的幻想世界，同时又对现实政治进行了一定的讽喻，并肯定了理想化的骑士道德。《仙后》最重要的贡献在于斯宾塞在创作这部作品时探索出了一种全新的长诗的格律格式，这也就是著名的"斯宾塞诗节"，后世很多著名的英国诗人都沿用了这个格律形式进行创作，如拜伦、雪莱等。虽然《仙后》是一部未能完成的作品，斯宾塞原定的十二章最后只完成了前六章与第七章的一小部分，但是其对于整个英国文学史，乃至欧洲文学史而言已经是极其辉煌的成就。

伊丽莎白一世（Elizabeth I，1533—1603）登基后采取了一系列手段使英国走向鼎盛，对内将进一步巩固了王权，对外则是摧毁了西班牙的海上霸权，加之其大力鼓励新航路开辟、海外贸易与殖民，英国经济发展迅猛，英国文学也进入了一个黄金时代。伊丽莎白时代最重要的成就在于戏剧，可以说戏剧才是英国文艺复兴时期文学的主要形式，几乎代表了英国乃至文艺复兴整个时代的最高文学成就。伊丽莎白时期的戏剧大致可以分为三个阶段：伊丽莎白中期、伊丽莎白晚期、莎士比亚后时代。伊丽莎白中期的戏剧主要是以"大学才子"（University Wits）的创作为代表的，其中最出名的作家有李利（John Lyly，1554？—1606）、马洛（Christopher Marlow，1564—1593）、基德（Thomas Kyd，1558—1594）等。这些剧作家大多是大学毕业生，受到过良好的教育，学识渊博且富有人文主义情怀，他们致力于戏剧改革，是英国文艺复兴戏剧的先驱，为日后莎士比亚戏剧的诞生奠定了基础。随着大学才子派将戏剧文学推向了愈发成熟的境地，戏剧集大成者莎士比亚（William Shakespeare，1564—1616）彻底将英国的戏剧文学带向巅峰。莎士比亚的戏剧创作与时代密切关联，其作品反映了当时

几乎所有的重大社会问题，满溢着人文主义气息。在莎士比亚创作前期，英国在伊丽莎白一世的领导下如日之初升，整个英国社会洋溢着蓬勃的生命活力，人人都在展望着美好的未来，人文主义理想的实现似乎已然触手可及，故而这个时期莎士比亚的创作以乐观明快的喜剧为主，其著名的四大喜剧①都于这个时期创作。莎士比亚创作中期主要对应伊丽莎白在位晚期与詹姆斯一世（James I, 1566—1625）继位早期，这时英国社会环境发生了很大的变化，社会各个阶层的矛盾日益恶化且难以调节。在贵族与资产阶级的双重压迫下，底层人民的生活苦不堪言。莎士比亚的创作更多地以揭露社会的腐败黑暗为主，风格变得阴郁灰暗，四大悲剧②正是在这个时期接连问世的。莎士比亚创作后期，詹姆斯一世王朝统治下的英国更加腐朽黑暗，莎士比亚面对着这样无可调节的阶级矛盾感到绝望，其创作走向了一种充满了浪漫与空想的风格，这时候的代表作主要为喜剧《暴风雨》（*The Tempest*）与历史剧《亨利八世》（*The Life of King Henry Ⅷ*）等。值得一提的是，虽然众多历史学家对詹姆斯一世的统治褒贬不一，但其准允翻译的《钦定版圣经》（或称《詹姆斯王译本》，*King James Version of the Bible*）却造成了无比深远的影响。《钦定版圣经》常常被认为是最权威的《圣经》译本，其广泛流传了将近四个世纪。为了方便知识水平不高的普通人领会上帝的意旨，《钦定版圣经》全本词汇量仅有8000余个常用单词，十分便于下层群众理解，英文由此渗透到英国各个阶层，成为真正的普遍泛用的读写文字，因此《钦定版圣经》被认为是现代英语的基石。莎士比亚后时代的戏剧已经逐渐走向衰败，值得一提的剧作家有米德顿（Thomas Middleton, 1570？—1627）、韦伯斯特（Tohn Webster, 1580？—1625？）等，主要作品《白魔》（*The White Devil*）、《玛菲公爵夫人》（*The Duchess of Malfi*）等由于为了舞台冲击力而过多地加入流血、恐惧的场面，被后世称为"流血悲剧"（Bloody Tragedy）。

---

① 即《仲夏夜之梦》(*A Midsummer Night's Dream*)、《威尼斯商人》(*The Merchant of Venice*)、《皆大欢喜》(*As You Like It*)、《第十二夜》(*Twelfth Night*)。
② 即《哈姆雷特》(*Hamlet*)、《奥赛罗》(*Othello*)、《李尔王》(*King Lear*)、《麦克白》(*The tragedy of Macbeth*)。

随着 1642 年清教革命（Puritan Revolution）在英国爆发，英国国会两院下令关闭全国的剧院，英国的文艺复兴运动最终落下帷幕。

17 世纪的英国文学处于文艺复兴的辉煌与 18 世纪开始的新古典主义的夹缝之间，常常被人所忽略。虽然 17 世纪的英国文学确实没有取得像前后两个时代如此伟大的成就，但是也有可圈可点之处，从这个时代的作品中仍能看到文艺复兴时期的余晖。

17 世纪的英国正处于社会的变革期：当时英国国内逐渐增多的清教徒（Puritan）关于宗教改革的呼声高涨，威胁到了英国教会的权威；英国新兴资产阶级的势力不断膨胀，议会与王权的矛盾日益凸显；斯图亚特王朝（The House of Stuart）的两任国王詹姆斯一世与查理一世（Charles I, 1600—1649）统治下的英国忽视底层阶级利益，人们的不满日益积蓄。这些社会矛盾最终引发了英国内战，王党失败后，查理一世被送上了断头台。然而克伦威尔（Oliver Cromwell, 1599—1658）领导下的共和政府并没有兑现对人民的承诺，军事独裁与清教的严酷统治让社会矛盾反而愈演愈烈。最终克伦威尔病逝后，查理二世（Charles Ⅱ, 1630—1685）趁机回国复辟斯图亚特王朝，即后世所谓的"王政复辟"（The Restoration）。然而卷土重来的斯图亚特王朝并没有恢复王政的辉煌，1688 年爆发了著名的"光荣革命"（The Glorious Revolution），最终以确立君主立宪制为英国这近百年的社会矛盾画上句号。除了社会的动荡变革，17 世纪也是科学萌芽的世纪，以哥白尼（Nicolaus Copernicus, 1473—1543）的日心说（Heliocentrism）为代表的新兴科学思想向传统思想发起了挑战。因此，17 世纪的英国文学呈现出一种多元化风格，常常用上半叶与下半叶进行划分。

在 17 世纪上半叶，以约翰·邓恩（John Donne, 1572—1631）为首的玄学派（Metaphysical Poetry）诗歌在英国文坛异军突起。玄学派诗人虽然继承了伊丽莎白时代诗歌复杂精妙的语言特色，却有强烈的叛逆精神，一直想跳出伊丽莎白时代爱情诗歌风格的特色，故而舍弃了甜腻空泛、故作优雅的文风。玄学派诗歌比较口语化，常常将日常生活中的意象、知识融汇一炉，其中包含了很多的科学知识，带有鲜明的时代特色，这也让其看

起来非常奇特。玄学派诗人除了约翰·邓恩，值得称道的还有被誉为"玄学派诗圣"的乔治·赫伯特（George Herbert，1593—1633）、安德鲁·马维尔（Andrew Marvell，1621—1678）等。玄学派诗歌由于与当时文学主流品位有一定的差距，在此后的 18—19 世纪备受冷落，直到 19 世纪晚期及 20 世纪早期才重新被发掘出来，对英国现代诗人产生了比较大的影响。

这个时期诗歌还有另一个派别，即以本·琼生（Ben Jonson，1573—1637）为中心形成的"本·琼生派"（The Tribe of Ben），这一派的诗人也因为大多为乡绅出身并普遍有着保皇思想而常被称呼为"骑士派诗人"（The Cavalier Poets）。这一派的诗人创作大多遵照古典主义原则，诗歌十分注重韵律的和谐美、词句的形式美，总体十分收敛精练，并且时常带有强烈的道德倾向。这一派别的创作方式对之后兴起的新古典主义（Neo-Classism）产生了十分重要的影响。

17 世纪的戏剧在清教徒与道德家的抨击下已经不再有伊丽莎白时代的荣光，戏剧家们几乎只能依附于王公贵族生存。这个时期的戏剧以复仇剧和闹剧式的喜剧为主，最成功的要数本·琼生的喜剧，他的喜剧中高雅与低俗共存，既能窥见古典主义的影子，又能见闻当时英国中下层滑稽低俗的玩笑，开创了英国喜剧的传统。本·琼生喜剧的代表作有《福尔蓬奈》（*Volpone*）和《炼金士》（*The Alchemist*），都是英国文学史上的佳作。

17 世纪最重要的作家应当是约翰·弥尔顿（John Milton，1572—1631），他也是英国文学史中最重要的作家、诗人之一。弥尔顿出生于伦敦的一个清教徒家庭，在其父亲的影响下，他从小就广泛地接触书籍、音乐，其十岁的时候就能创作出质量不错的诗歌。弥尔顿大学毕业后放弃了成为牧师的想法，在乡下庄园中创作出了一些质量上乘的短诗，如《快乐的人》（*L'Allegro*）、《幽思的人》（*Il Penseroso*）与《列西达斯》（*Lycidas*）等。在此番田园生活之后，弥尔顿积极地在欧洲范围内游历，直到听说英国内战爆发才赶回伦敦，写下了许多反对保王党、拥护人民自由的著作，《论出版自由》（*Areopagitica*）、《偶像的破坏者》（*Eikonoklastes*）与《为英国人民辩护》（*Pro Populo Anglicano Defensio*）都是弥尔顿这个时期的作品。克伦威尔上台后，弥尔顿进入克伦威尔政府工作，这个时期的弥尔顿公务缠身，健康受到极大损害，弥尔顿在这夜以继日的工作下最终双目失明。但是弥尔顿的创作热情却没有因为身体的苦痛而消散，王权复辟后，弥尔顿拖着残躯花了七年时间完成了其最重要的作品《失乐园》（*Paradise Lost*）。《失乐园》与《荷马史诗》（*Homer's Epics*）、《神曲》（*Divina Commedia*）并称为欧洲三大史诗，可以看出其在文学史上的重要性。《失乐园》取材自《旧约·创世纪》（*Genesis*），讲述了人类原罪的由来与堕落的过程，以亚当与夏娃的不幸来揭示人类的缺陷与痛苦的根源，鼓励人们以积极的态度去面对原罪，迎来救赎。《失乐园》中关于善与恶、压迫与反抗的主题无论时隔多少世纪都能够给予读者内心最真实的冲击与感动。《力士参孙》（*Samson Agonistes*）是与《失乐园》同年发表的作品，也是弥尔顿最后的力作，这是英国文学史上唯一纯古典希腊式的悲剧，也带有很强的自传色彩。弥尔顿借参孙这个《圣经》中的经典形象来暗示自己追求政治、宗教理想过程中不断抗争、敢于牺牲以追求救赎的精神旅程。

四、新古典主义时期（1660—1784）

新古典主义（Neoclassicism）是基于对巴洛克（Baroque）和洛可可（Rococo）风格的抵制而诞生出的一种新的复古风潮，这种风格的特点主要是以古希腊、古罗马风格为范式进行有意的模仿，总体较为素朴，带有很强的理性色彩。

英国的新古典主义开创要追溯到约翰·德莱顿（John Dryden，1631—1700），他被称为英国文学批评之父，其对于英国文学而言十分重要，他所创作的时代又被称为"德莱顿时代"。自德莱顿开始，英国文学从创作时代走向了批评时代。德莱顿除了是批评家外，还是一名优秀的诗人与剧作家。德莱顿作为英国第一位"桂冠诗人"（Poet Laureate），其"英雄双韵体"（Heroic couplet）为英国新古典主义诗人们立下了范式，成为英国17—18世纪诗歌的主要体式；他在剧作方面的成就主要为他一连串的英雄悲剧（Heroic Tragedy）。德莱顿对后世诗人的影响是巨大的，尤其是对

于18世纪的新古典主义诗人而言，德莱顿就是他们的模范，他也因此被这些诗人称为"光荣约翰"（Glorious John）。

18世纪前半叶正是新古典主义的黄金时代，这个时代经常被称为"奥古斯都时代"（Augustan Age）或者是"蒲柏时代"（The Age of Pope），前者是在概括这个时代对罗马时代文学的模仿特质，而后者则是对新古典主义时期最伟大的英国诗人亚历山大·蒲柏（Alexander Pope，1688—1744）的赞美。蒲柏继承了德莱顿的意志，使"英雄双韵体"臻至完善，使其成为了英国文学史上诗歌的最高成就。蒲柏年少写成的《批评论》（*An Essay on Criticism*）是其最重要的著作之一，此诗集新古典主义之大成，集中地表达了他倡导效仿古希腊、古罗马诗歌的创作主张，并且其对"自然"与"判断力"的论述更是洋溢着理性光辉。蒲柏的《夺发记》（*The Rape of the Lock*）更是被一些批评家认为是英国讽刺诗之最，这部模拟史诗（Mock Heroic）或者说"英雄滑稽诗"（An Heroi-comical Poem）运用古典史诗的手法描述了一些场荒唐的日常琐事，用以讽刺当时上流社会的矫揉造作。蒲柏还翻译过《伊利亚特》（*The Iliad of Homer*）和《奥德赛》（*The Odyssey of Homer*），整理出版过《莎士比亚全集》（*The Works of Shakespeare*），但是由于蒲柏在翻译过程中改动颇多，所以一直以来争议颇大，也正是由于这些争论，蒲柏后续写了讽刺长诗《愚人志》（*The Dunciad*）作为回应。但是《愚人志》毕竟是抒发个人激愤之作，更难为人所接受，评价和反响都不及《夺发记》。

18世纪由于城市经济的发展，城镇居民对娱乐消遣读物的需求激增，英国报刊业发展迅速，这同时也为小说提供了很大的发展空间。丹尼尔·笛福（Daniel Defoe，1660—1731）抓住了这次机遇，他凭借创办报刊《评论》（*The Review*）成为英国报刊业的奠基人，被后世称为"英国报纸之父"，但是其更出名的成就还是在于小说领域，《鲁滨逊漂流记》（*Robinson Crusoe*）开创了全新的小说范式。笛福受早年书写报刊文章的影响，其小说较欧洲传统小说有了很大的突破，如将主角从英雄变为普通人、相较于通过虚构带来的宏伟感更聚焦于真实感、叙事视角常采用第一人称等。

18世纪的英国小说家不得不提到的还有乔纳森·斯威夫特（Jonathan

Swift，1667—1745）与亨利·菲尔丁（Henry Fielding，1707—1754）。斯威夫特的作品都相当具有讽刺性，对当时整个英国社会、殖民政策都进行了严厉的抨击，其代表作品主要为《书的战争》(The Battle of the Books)、《木桶的故事》(The Tale of a Tub)以及《格列佛游记》(Gulliver's Travels)。菲尔丁被誉为"英国小说之父"、英国现代小说的三大奠基人之一，他代表了英国18世纪小说的最高成就，其代表作《弃儿汤姆·琼斯的历史》(The History of Tom Jones, A Foundling)更是标志着英国小说臻至成熟。

五、浪漫主义时期（1800—1837）

英国的浪漫主义时代虽然短暂，却诞生了无数的佳作，对英国乃至欧洲后世的文学都影响极大。浪漫主义孕育于一个混乱的时代中：当时法国大革命的浪潮席卷欧洲，为欧洲带来了全新的变革之风；英国迎来了工业革命，国内的经济结构变化迅速，阶级矛盾骤然变得激烈，下层人民的生活变得日益艰难。这些因素同样激起了英国文学界的变革，法国大革命带来的那种全新的时代精神诱发了文学创作者的活力与创造力，让这段时期的文学显得具有勃勃生机。

浪漫主义时期的文学特质主要为：崇尚返璞归真的原始社会，对现代社会采取逃避的态度；相比起欧洲传统文学倡导的模仿说，这个时期的文学更主张独创性与个人性，文学素材的来源更为广阔；强调情感在文学作品中的真实流露；将自然风光与人的内心活动联系在一起，自然成为这一时期文学创作的主要描绘对象。

这一时期的文学创作的体裁主要是诗歌，后世文学研究者将这个时期的诗人分为三个派别：湖畔派（The Lake School）、伦敦土著派（The Coekney School）、恶魔派（The Satanic School）。湖畔派主要指三大诗人（The Lake Poets）威廉·华兹华斯（William Wordsworth, 1770-1850）、塞缪尔·泰勒·柯勒律治（Samuel Taylor Coleridge, 1772—1834）与罗伯特·骚塞（Robert Southey, 1774—1843）。这三位诗人因为都曾居住在英国西北部昆布兰湖区而得名，三人的创作主张都有回归自然的倾向，注重发掘民间传统、强

调情感在诗歌中的自然流露。其中华兹华斯《抒情歌谣集》(*Lyrical Ballads*)的出版意味着英国文学迎来了全新的纪元,《抒情歌谣集》的第二版序言更是集中表达了他的艺术主张,被后世视作英国浪漫主义诗歌的宣言。伦敦土著派主要指李·亨特(Leigh Hunt, 1784—1859)、约翰·济慈(John Keats, 1795—1821)。该称呼来源于爱丁堡一杂志对李·亨特的戏称。济慈的诗歌让人们看到了对美与爱的永恒追求,让人们在这个充满苦痛的世界里有了继续奋斗的勇气。恶魔派,或称撒旦派,主要指乔治·戈登·拜伦(George Gordon Byron, 1788—1824)、珀西·比希·雪莱(Percy Bysshe Shelley, 1792—1822)。恶魔派这个称呼来自骚赛对二者的攻击,恶魔派的诗人较之前的浪漫主义诗人更加地积极,响应了当时时代对个性解放的号召。

六、维多利亚时期(1837—1901)

维多利亚时期,顾名思义指亚历山德丽娜·维多利亚女王(Alexandrina Victoria, 1819—1901)在位的时期,这是大英帝国最鼎盛、辉煌的时代,是英国历史上被认为最伟大、最稳定、最光荣的时代。这个时代经济、科学、文化都在突飞猛进地发展,一切事物都仿佛日新月异,大英帝国的人们沉醉于自己所创造的辉煌,在尽全力地创造物质世界成就的同时,他们对于精神世界的需求也史无前例地剧增。这个时期的文学呈现出一种多样化的发展态势,几乎是所有文体都在这个时期取得了新的伟大成就,当然其中最突出的当属小说。

维多利亚时代被称为是人人都读小说的时代,这个时代的人们对小说这种文体格外青睐。无论是资本主义经济的快速增长带来的阅读群体的膨胀,还是人文精神在这个黄金时代受到众人的追捧等因素,都让小说成为这个时代的主角。

查尔斯·狄更斯(Charles Dickens, 1812—1870)无疑是维多利亚时期最伟大的小说家,他对英国小说的贡献是前无古人后无来者的,他在英国文学史上的地位毫不逊色于莎士比亚。狄更斯并没有经历过十分良好的教育,他童年时期因为家庭原因曾长期混迹于社会底层,由于家庭经济状况窘迫，他只能凭借自己的努力断断续续地入校学习。狄更斯长大后成为律师学徒、法院和议会的记录员，他的写作生涯也自此开始。狄更斯的小说相比起他人聚焦于黄金时代的成就，他更关心资本主义迅速发展下的阴暗面，早年的底层社会丰富的生活经验为他提供了数不尽的写作素材，他的作品深刻地反映了英国当时复杂的社会现实，为英国批判现实主义文学奠定了根基。其作品《老古玩店》(*The Old Curiosity Shop*)、《大卫·科波菲尔》(*David Copperfield*)、《远大前程》(*Great Expectations*)等，都是英国小说史的经典之作。

这个时期的小说家还有很多，如英国侦探小说之父威尔基·科林斯（William Wilkie Collins，1824—1889）、勃朗特三姐妹①、威廉·梅克比斯·萨克雷（William Makepeace Thackeray，1811—1863）、托马斯·哈代（Thomas Hardy，1840—1928）等。这些作家创作的小说名篇在英国文学史上都享有盛誉、经久不衰，是维多利亚时期文学辉煌的见证。

维多利亚时期除小说外，英国的诗歌也迎来了新一轮高峰。桂冠诗人阿尔弗雷德·丁尼生（Alfred, Lord Tennyson，1809—1892）是最能代表维多利亚时代的诗人，他的《国王叙事诗》(*Idylls of the King*)脱胎于马洛里的《亚瑟王之死》，融入了他所搜集的中世纪传说，并且用维多利亚时代的浪漫感性重新改造了亚瑟王与圆桌骑士的传奇故事，成为英国诗歌史上的一朵奇葩。

七、现代主义时期（1918—1945）

在20世纪初的英国，人们还在坚持用维多利亚时代的风格进行文学创作，但是现代主义文学（Modernist Literature）的洪流很快席卷而来，在第一次世界大战（World War I）的阴霾下，现代主义文学应运而生。在这个人性失落、信仰崩塌、被机械统治的时代，现代主义文学准确地抓住了这个时代的"非人化"（Dehumanization）元素，对传统文学进行了几乎是彻

---

① 即夏洛蒂·勃朗特（Charlotte Brontë，1816—1855）、艾米莉·勃朗特（Emily Brontë，1818—1848）与安妮·勃朗特（Anne Brontë，1820—1849）。

底的反叛。

英国的现代主义文学作家有戴维·赫伯特·劳伦斯（David Herbert Lawrence，1885—1930）、艾德琳·弗吉尼亚·伍尔芙（Adeline Virginia Woolf，1882—1941）、詹姆斯·乔伊斯（James Joyce，1882—1941）、托马斯·斯特尔那斯·艾略特（通常简称为 T·S·艾略特，Thomas Stearns Eliot，1888—1965）等。这个时期的英国作家们承续了此前的辉煌，为现当代英国文学乃至世界文学都奠定下了稳固的根基。

詹姆斯·乔伊斯的代表作长篇小说《尤利西斯》（*Ulysses*）是意识流小说的扛鼎之作，乔伊斯大胆地突破了传统小说的语言与行文结构，将现代背景下人类精神的矛盾、萎靡、庸俗展现得淋漓尽致，堪称当时社会人们精神世界的缩影。《尤利西斯》也被誉为 20 世纪百大英文小说之首，被看作 20 世纪最伟大的小说。

20 世纪英国诗歌领域又出现了一位天才般的诗人，那就是 T·S·艾略特，他的诗歌被视为是现代诗的巅峰。艾略特于 1922 年创作发表的长诗《荒原》（*The Waste Land*）可以说是一部震撼诗坛的作品。《荒原》诞生于第一次世界大战之后，这个时候的欧洲刚结束了第一次世界大战，对于当时的欧洲人而言，无论是物质世界还是精神世界都已经化为了一片废墟，他们曾经坚信的信仰与人性在这个特别的时代已然破灭，而《荒原》正是反映当时人们普遍的精神危机的一部伟大作品。艾略特在《荒原》中融入了大量的典故、神话元素、宗教元素，甚至包括了很多哲学、语言学与人类学方面的知识，将自己的想法潜藏在各式各样奇特的隐喻与意象中，所以《荒原》又常常被评价艰涩难懂。T·S·艾略特除了是一名天才诗人外，也是一名极其出色的批评家，他对于某些诗歌、诗人以及诸多文化现象的解读在文学评论界也产生了巨大的影响，他也因此被视为新批评的先驱。

这个时期的英国文学并非只有严肃文学硕果累累，被誉为"推理女王"的阿加莎·克里斯蒂（Agatha Christie，1890—1976）是英国文学界的瑰宝之一。阿加莎的《罗杰疑案》（*The Murder of Roger Ackroyd*）、《无人生还》（*Ten Little Indians*）、《东方快车谋杀案》（*Murder on the Orient Express*）等作品都可谓侦探小说的经典。

第二节 个案分析

一、威廉·莎士比亚（William Shakespeare，1564—1616）

谈及英国文学，就必须要提及威廉·莎士比亚。莎士比亚被视为是英国文学史乃至世界文学史上最杰出的剧作家，他的诸多剧作都被奉为经典并流传至今，许多剧作现在仍是剧院中的常客。莎士比亚因为其对戏剧、文学的杰出贡献被后世华人文学界奉为"莎翁"，在他生活的时代，人们则亲切地称呼他为"艾芬的天鹅"（Swan of Avon）、"艾芬的吟游诗人"（Bard of Avon），他常常被视作英国文学的代表、英国最伟大的民族诗人。

威廉·莎士比亚于1564年出生于英格兰沃里克郡艾芬河畔斯特拉特福（Stratford-upon-Avon, Warwickshire, England），其出生地后来也被称为"莎士比亚艾芬"（Shakespeare's Avon）。其父亲约翰·莎士比亚（John Shakespeare）从事商贸，且是当地议员，所以莎士比亚家庭在当地算得上富裕。如今推测莎士比亚早期应该就读于斯特拉特福当地的一所文法学校。这所文法学校由当地政府出资为周围的孩子提供早期教育，主要教学内容为拉丁语写作、阅读，加上一些历史与文法内容。因为其父亲破产，加之莎士比亚对修辞学、逻辑学兴趣缺乏，莎士比亚并未继续攻读大学，而是于18岁与斯特拉特福本地的一位名为安妮·海瑟薇（Anne Hathaway）的女性结婚，并育有儿女。其后莎士比亚数年的生涯并没有确切的记载，大多都是莎士比亚死后才流传的坊间传说。有人说他去伦敦剧院前是一名律师，有人又言之凿凿认为其这段时间成为一名士兵，也有人相信他是因为得罪了当地权贵而被迫逃往伦敦，众说纷纭之间也为莎翁身世平添了几分传奇色彩。

无论如何，莎士比亚最终到达了伦敦，并于1587年前后在剧院从事一些基础的工作，学习到了很多戏剧的知识，甚至可能早在1588年左右就开始了戏剧改写与创作。莎士比亚第一次被伦敦文学界提及是1592年，剧作家罗伯特·格林（Robert Greene）临终前所写的一部小册子中指责莎士比

亚是"一只暴发户乌鸦"（an upstart crow）①，认为其剽窃了其他剧作家的创作，但是记载着这些话语的小册子出版时，另一位作家却在序言中向莎士比亚表达了歉意，这也足以证明莎士比亚在当时已经小有名气。莎士比亚在这个时期就已经引起了一些上层贵族的注意与青睐，南安普顿第三伯爵亨利·里奥赛里斯（Henry Wriothesley，3rd earl of Southampton，1573—1624）就是其中之一。他为莎士比亚提供了接触上层贵族的渠道，拓宽了莎士比亚的视野，为莎士比亚日后剧作创作、演出提供了不少支持。莎士比亚也将自己第一部出版的叙事诗《维纳斯与阿多尼斯》（*Venus and Adonis*）与另一部叙事诗《卢克莱齐亚受辱记》（*The Rape of Lucrece*）献给了这位贵族。

莎士比亚的戏剧生涯正式开始是在其加入伦敦当时知名的内廷大臣剧团（Lord Chamberlain's Men）②后，这也是他大部分职业生涯的工作场所。纵观莎士比亚的创作生涯可以发现，他早期的创作大多为喜剧与历史剧，悲剧创作大多集中在中期，这与当时的时代背景密切相关。莎士比亚早期除了《泰特斯·安德洛尼克斯》（*Titus Andronicus*）外都是喜剧与历史剧创作，这时候的莎士比亚创作中心聚焦于后者的原因除了当时伊丽莎白时代热情洋溢的变革氛围外，更重要的是他觉察到了能够一举在英国戏剧界开宗立派的机遇。英国戏剧在莎士比亚时代前对喜剧、历史剧并没有一个完整的、系统的美学与创作规则，虽然欧洲文坛关于悲剧、喜剧的理论已经流传了千年，但喜剧与历史剧并没有在英国真正地生根发芽。在大多数情况下，英国戏剧界更偏好于将不同类型的戏剧混合起来进行创作、演出，而莎士比亚则第一次将自己的剧作在演出目录中明确地区分为三个类型，这是英国戏剧历史上的一次突破。

莎士比亚早期创作的一系列历史剧在英国取得了很大的成功，这也为

---

① 原文为"There is an upstart crow, beautified with our feathers, that with his Tygers heart wrapt in a Players hide supposes he is as well able to bombast out a blank verse as the best of you; and, being an absolute Johannes Factotum, is in his own conceit the only Shake-scene in a country."（*Greenes, Groats-Worth of Witte, bought with a million of Repentance*，1592）。

② 1603 年后，由于詹姆斯一世为其授予皇家标志并成为该剧团赞助人，该剧团故改称为"国王剧团"（King's Men）。

初入戏剧界的他积攒了很大的声誉。当时英国在伊丽莎白女王的带领下正值辉煌时期，英国民众对自己的民族充满了自豪，莎士比亚此时选择创作一系列讲述英国历史的历史剧正好满足了当时绝大部分民众与皇室所期望的民族认同情绪，《亨利六世》(King Henry VI)、《理查三世》(King Richard III)中登场的那些历史人物又广为民众熟知，这让他的历史剧得到了空前广泛的传播与认同，并直接为后世的历史剧创作提供了范例。

在历史剧上取得成功过后，莎士比亚又积极地投身到了喜剧创作中，其浪漫喜剧最为成功的一部理应是《仲夏夜之梦》(A Midsummer Night's Dream)，这也是莎士比亚众多喜剧中最具浪漫色彩的一部。《仲夏夜之梦》将故事发生地设置于希腊雅典，但戏剧内容中展现的却是地地道道的伊丽莎白时代的英国风貌，这种时空错乱的处理方式让莎士比亚在创作此剧时更加自由，将自己内心中的理想世界真实无缺地呈现在舞台之上，也赋予了此剧更多的浪漫氛围。《仲夏夜之梦》也是莎士比亚最成功的多情节戏剧作品，故事由数位男女的爱恨纠葛组成。这些爱情故事环环相扣，一个个巧合推动着故事的自然发展，同时也让故事的喜剧色彩更为明亮。莎士比亚其后创作的众多喜剧也被奉为经典，如《威尼斯商人》(The Merchant of Venice)、《无事生非》(Much Ado About Nothing)、《第十二夜》(Twelfth Night)等。莎士比亚的喜剧往往聚焦于男女爱情，这也是喜剧常见的题材。莎士比亚喜剧中对爱情欲望的肯定与颂扬被视为英国维多利亚时代高昂精神风貌和英国文艺复兴时期人文主义色彩的最佳体现之一。

莎士比亚的悲剧创作时期是在詹姆斯一世（James I，1566—1625）登基之后，当时英国不再有维多利亚时代的繁盛，人民的生活不再洋溢热情与希望，反而在上层贵族的层层压榨与剥削下苦不堪言。社会风貌的巨大变化让莎士比亚的戏剧风格也发生了突转，其享誉世界的一系列悲剧作品都是产自这段时期。悲剧创作是莎士比亚对人生问题进行更为深入探索的体现，也是其对社会黑暗的一种反抗，"死亡""命运""人与世界的关系"等哲学命题在莎士比亚的悲剧中反复出现，早期戏剧中歌颂的"爱情"主题在这个时期的悲剧中变成了"猜疑""背叛"与"毁灭"，可以见得莎士比亚此时创作的心境已然发生了巨大的变化，这在《哈姆雷特》(Hamlet)、

《奥赛罗》（*Othello*）、《李尔王》（*King Lear*）、《麦克白》（*The Tragedy of Macbeth*）等悲剧中都可见一斑。莎士比亚的人文主义理想在残酷的社会现实下不断地被瓦解，这位伟大的戏剧家在这个过程中的深邃思考成就了他不朽的声望。

莎士比亚晚年已然理想幻灭，他也回到了故乡安享晚年。这个时期莎士比亚的作品几乎失去了悲剧创作时期所有的锋芒，在浪漫虚幻中归于平静，这种倾向在《暴风雨》（*The Tempest*）、《亨利八世》（*King Henry Ⅷ*）等作品中都有明显的表露。

莎士比亚最终在他故乡得以安息,在那个戏剧并不被广泛认可的时代，莎士比亚并非作为一个誉满天下的戏剧大师被埋葬。但正如其朋友本·琼生（Ben Jonson，1573—1637）在其书序言中所预言那般，莎士比亚"不属于一个时代，而是永恒"（was not of an age，but for all time）。

二、查尔斯·狄更斯（Charles Dickens，1812—1870）

狄更斯于1812年2月7日出生于朴次茅斯（Portsmouth）的近郊泡特西（Portsea），那时候的英国正处于由农业社会向工业社会过渡的转折期，他因此见证了转型时期英国下层社会的人间百态，这对他日后的创作内容和风格产生了巨大的影响。

狄更斯一家有八个孩子，其父亲约翰·狄更斯只是一个海军总务处的小职员，收入微薄，狄更斯的家庭经济状况一直都很窘迫，在他九岁的时候，父亲因为负债携全家入狱，狄更斯因当时在外当鞋油工坊的童工而幸免于难。因为幼年时这般家境状况，狄更斯一直没有受到过很好的教育，虽然其间也有进入学校学习，但是最后都因为家庭原因而被迫辍学，他的学业只能靠自己在打工之余用不多的积蓄买书自学来维持。狄更斯学会速记后，成功进入伦敦民事律师法院，担任审案速记员一职，之后还担任过报社记者，甚至一度差点成为演员。

狄更斯的创作生涯始于1833年，这时候的他署名博兹（Boz）向《晨报》（*Morning Chronicle*）投稿短篇文章。1836年，这些短篇文章被辑为一册，这就是他第一部著作《博兹札记》(Sketches by Boz)。紧接着出版的《匹克威克外传》(The Posthumous Papers of the Pickwick Club)让他声名大噪，他的创作生涯也由此开始一帆风顺。

《雾都孤儿》(Oliver Twist)是狄更斯于1838年出版的一部长篇小说，这也是他的第一部社会小说，是他前期创作生涯中最有代表性的作品。这部小说主要讲述了主人公奥利弗的悲惨身世与传奇遭遇。故事发生在雾都伦敦[①]，这时候的伦敦刚步入工业社会，城市管理极其无序，人们争相逐利而导致道德沦丧，人与人的贫富差距不断拉大，下层社会因此而出现了很多人性泯灭的事情。主人公奥利弗正是在这大背景下于救济院长大的一名孤儿，他在救济院饱受虐待、食不果腹，他九岁那年被饥饿的孩子们选中，向院长提出了一个简单的要求——"先生，我还想再要一点儿（粥）"[②]。这行为惹怒了吝啬无良的院长，奥利弗也因此被院长赶出救济院。奥利弗离开救济院后又到了一个棺材铺当学徒，因为受不了老板娘的虐待与学徒诺亚的侮辱而逃往伦敦。奥利弗本以为能就此开始新的生活，却又误入贼窟。窃贼头领费金想方设法将奥利弗培养成为他工作的扒手，奥利弗却在一次偷盗行为中不幸代替同伴被捕，最后证明无辜后由被盗窃的失主布朗洛爵士收留。在布朗洛爵士一家的关怀下，奥利弗久违地体会到了人世的温暖。其后费金一伙怕走漏风声，又将奥利弗掳走，并胁迫他一起再次偷盗，但奥利弗此时内心的善良已然觉醒，不愿再同流合污，想去给事主通风报信，却被家中管家误伤。费金一伙因此偷盗失败，奥利弗被遗弃在水沟中，又被事主梅利夫人一家收养。这时奥利弗身在贼窟的好友南希意外得知了奥利弗的身世，并知道了奥利弗同父异母的兄长蒙克斯如今利欲熏心，意图买通费金将奥利弗变成一个罪犯从而独吞家产。南希将消息告诉了奥利弗如今的收养家庭，于是众人商议准备与蒙克斯进行一番交涉。可

[①] 20世纪初，伦敦城人口剧增，且当时伦敦家庭普遍使用煤作为燃料，导致全城烟雾排出量巨大，再加上伦敦特殊的气候，在天空形成了一种黄灰色、红褐色的雾气笼罩不去，这就是著名的"伦敦雾"(London Fog)，伦敦也因此得名"雾都"。

[②] 原文为"Please, sir, I want some more."，这句话成为了英美文学界的经典，在后世文学创作中常常被引用与改编。

费金团伙知道事情败露后杀害了南希，他们也因为自己的罪恶行径遭受灭顶之灾。蒙克斯在布朗洛爵士等人的逼迫下说出了真相。奥利弗自此被布朗洛爵士收养，结束了悲惨的童年，蒙克斯则是在拿到一半家产后挥霍一空、无恶不作，落得个锒铛入狱的下场。

《雾都孤儿》剧情虽然有些夸张，但是就总体而言，这部小说确实完成了反映当时底层社会的任务。小说对当时社会中很多阴暗面进行了无情揭露，如当时社会中普遍存在的弃婴行为、救济院中的虐待行径、童工现象等，这就是狄更斯小说批判现实主义特质的体现。但是就结论而言，狄更斯仍把拯救途径渲染得太过美好，而且希冀通过资产阶级让劳苦大众得到拯救，过于理想化。

《雾都孤儿》对于人物的塑造比较典型。主角奥利弗的人物塑造上具有明显的童话色彩，可以看出狄更斯对当时时代像奥利弗一样的孤儿、童工的同情。奥利弗在救济院长大，没有接受过良好教育的他却拥有着一切美好的品质，现实中的种种苦难也没有污浊他的心智，最后在故事的结局迎来了反转，过上了幸福的生活。这种情节显然不符合现实逻辑，但是这却并不影响狄更斯小说的艺术特质。他的小说并不是完全追求对黑暗社会的批判，而是要在资本主义经济飞速发展的时代唤醒人们内心中的真与善。相较于对奥利弗的积极描写，狄更斯对小说中的恶人却是毫不留情，他将这些恶人塑造成了那个时代真实存在的罪与恶的化身，然后在小说中将他们一一送到了审判席上。这种惩恶扬善的写作态度是狄更斯人生理想的体现，更是承载了他在经历过童年时期的种种苦难之后而想要为社会敲响警钟的愿望。

此后的狄更斯更是笔耕不辍，接连创作了《老古玩店》(*The Old Curiosity Shop*)、《圣诞颂歌》(*A Christmas Carol*)等佳作，到《董贝父子》(*Dombey and Son*)后，其创作更加纯熟，《大卫·科波菲尔》(*David Copperfield*)正是狄更斯创作成熟期的一部力作。

《大卫·科波菲尔》无论是在情节结构、人物塑造还是语言使用上，都较狄更斯早期的小说有了明显的进步。小说采用第一人称视角，为读者们呈现出了主人公大卫的坎坷生活，其中很多情节带有明显的自传成分，所以狄更斯对这部小说和主人公尤其偏爱,称大卫为"心中最宠爱的孩子"。《大卫·科波菲尔》更全面、更生动地反映了当时英国社会各个阶层的方方面面,但是狄更斯依旧没有放弃自己的理想,他依旧是想在小说中将真善美呈现给读者,从小说中处处都可以看出他对善良与正义的追求。

狄更斯此后还创作了很多脍炙人口的作品,如《艰难时世》(Hard Times)、《双城记》(A Tale of Two Cities)、《远大前程》(Great Expectations)等,每一部都可以说是英国文学界不可多得的经典之作。每一部作品都寄托了狄更斯的美好理想,寄托了他对当时社会中边缘人物的关注与怜悯,正是在这种现实与浪漫的交融中成就了狄更斯小说的不朽魅力。

第二章 美国文学

第一节 美国文学总述

美国文学带有"多元文化特征和起源"与"探索和发现精神"两大特点,虽然从其诞生至今只有短短几百年的历史,但其是美利坚民族在形成、发展、壮大过程中的反映与写照。总的来说,美国文学可大致分为以下五个时期:早期美国文学:殖民地时期至 1815(Early American Literature: Colonial Period to 1815)、美国浪漫主义时期(American Romanticism Period)、美国现实主义时期(American Realism Period)、美国现代主义时期(American Romanticism Period)、美国文学多样化时期:1945 至 21 世纪(American Literature Diversified:1945 to the New Millennium)。

一、早期美国文学:殖民地时期至 1815(17 世纪—1815)

美国作为一个国家的建立,需追溯到 18 世纪的美国革命,但其多样丰富的文化却早就根植于美国革命前几百年间对新世界的探索历程之中。故而寻找美国文学的源头,需要回溯美洲大地早年的殖民地时期。

1492 年,克里斯托弗·哥伦布(Christopher Columbus,1451—1506)从西班牙启航,开启了 15 至 17 世纪欧洲探险和殖民海外领地的旅程。另一位来自佛罗伦萨的冒险家亚美利哥·韦斯普奇(Amerigo Vespucci)也同样值得关注,他是美洲这一全新土地的发现者。他的著作《新世界》(*The New World*)于 1503 年出版,这部作品比哥伦布的著作流传还要广泛。德国地理学家马丁·瓦尔德塞穆勒(Martin Waldseemüller,1470—1520)在准备绘制新版世界地图时发现了韦斯普奇的这部作品,于是决定以发现者的名字命名这块新土地。在地理学家绘制的 1507 年的世界地图上，他将称继欧洲、非洲和亚洲之后的"第四部分"新世界的领土标记为"美洲"。就这样，美国文学伴随着地理大发现，不同民族、不同文化背景的人接连前往这片新大陆，将自己国家的传统播撒在美洲大地之上，生根发芽。

进入 17 世纪之后，英国、法国、德国、瑞士、荷兰、西班牙等国家在美洲纷纷建立殖民地，黑人奴隶开始出现。1630 年的"清教徒移民"（The Puritans）[①]之后，马瑟父子、约翰·克顿等人建立起政教合一的神权统治，使得新英格兰清教传统成为美国文明的重要组成部分。清教主义导致早期美国文学基本建立在《圣经》的伊甸园神话基础上，清教徒作家们基本遵循英国的文体模式，宗教文学因此在美国早期殖民地文学中占据着重要地位。

清教徒作家的创作统领了美国的北部殖民地，他们的作品中反映了自己的信仰和殖民地生活的疾苦。北方殖民地诞生了诸如威廉·布拉德福德（William Bradford，1590—1657）、约翰·温斯罗普（John Winthrop，1588—1649）、爱德华·泰勒（Edward Taylor，1642—1729）等作家。众多清教徒作家中，以乔纳森·爱德华兹（Jonathan Edwards，1703—1758）最为出名。作为 18 世纪启蒙运动时期著名的清教徒布道家，他也被认为是推动北美"大觉醒运动"[②]走向高潮的先驱、哲学家和思想家。他在布道中也牢记自己的知识分子使命，他的作品中从不过度渲染戏剧化的痛苦，而是提醒大家关注上帝之爱与主权、荣耀等信仰。在他的哲学著作《自由的意志》（*Freedom of the Will*）一书中，他成功唤起了年轻一代对未来的希望，也让美国成为神圣意志的应许之地。

在美国南部殖民地中，作家的身份以种植园主、商人、工匠和大臣为主，与传统清教徒不同，他们往往把获利作为写作的重要目的，以期刊、

[①] 1543 年，在亨利八世的统治下，独立于教皇和罗马天主教的英国教会成立了。由于世俗的王权与教会结合在一起，随着时间的推移，它变得腐败。因此，一些在宗教上不拥护权威的人被称为"清教徒"。他们的野心是建立一个尽可能纯净的教会。16 世纪，他们不得不从英国教会分离出来，来到美国，以逃避王权的迫害。

[②] 18 世纪 30 年代至 40 年代发生的思想启蒙运动，突出理性，强调宗教宽容，人人平等。

诗歌、信件等形式进行写作,也有一些人从事翻译工作。与歌颂上帝、讨论人间疾苦的北方写作相比,南方作家们更关注文艺复兴带来的讽刺潮流与探索精神。南方的代表作家有马里兰州的种植园主埃布内泽·库克(Ebnezer Cook,1667—1733)、马里兰州殖民地议会的成员理查德·刘易斯(Richard Lewis,1700？—1734)等。

除了南北方殖民地外,中部殖民地的作家们呈现出更加多样化的文学态势。中部殖民地位于新英格兰和南部之间,可以更好地吸收两侧地区的文化元素。代表人物有诗人和剧作家托马斯·戈弗雷(Thomas Godfrey,1736—1763),他以模仿亚历山大·蒲柏(Alexander Pope,1688—1744)和英国新兴的浪漫主义诗歌写诗而闻名。贵格会(Quakers)作家约翰·伍尔曼(John Woolman,1720—1772)也是中部殖民地的重要作家之一,他极力反对奴隶制度,散文风格清澈纯净,展现出其高贵质朴的灵魂,他纯粹而简单的风格在其1774年出版的作品《日记》(*Journal*)中一览无余。

1775年4月,列克星敦的枪声标志着美国独立战争的开始,1783年9月,美国同英国签署了《巴黎条约》,迫使英国承认美国独立。在之后的50年时间里,美国从殖民地意识形态转变为独立的联邦制度。与此同时,18世纪可被称为理性和启蒙时期,正是这种思潮推动着美国走向独立,美国的知识分子也从启蒙思潮中汲取营养,此时的文学以充满鼓动性和哲学宣言的散文、小册子为主要形式,出现了许多讽刺诗作、革命戏剧等,小说则略逊一筹。美国著名的政治家、作家、外交官本杰明·富兰克林(Benjamin Franklin,1706—1790)便在此时大放光芒,他不仅是美国《独立宣言》(*The Declaration of Independence*)的起草人和签署人之一,更是美国宪法的会议代表与签署人。除了富兰克林以外,诗人菲利普·弗伦诺(Philip Freneau,1752—1832)和讽刺小说家查尔斯·布罗克丹·布朗(Charles Brockden Brown,1771—1810)也在此时崭露头角。

二、美国浪漫主义时期(1815—1865)

独立后的美国在政治、经济、思想上都呈现出勃勃生机之态,欧洲移民也在此时大量涌入，民主与平等成为这个国家的新理想。新生的国家与渴望开启新生活的人民都热切期盼全新的文学流派诞生，以表达自己的理想与诉求，浪漫主义应运而生。19世纪，属于美国人民的文学终于诞生了，在1815—1865的50年间，美国文学取奇迹般的成就。在经历了欧文（William Cullen Bryant，1794—1878）、库珀（James Fenimore Cooper，1789—1851）等早期浪漫主义奠基之后，美国作家创作力量不可小觑，之后，美国文坛陆续开始出现爱伦·坡（Edgar Allan Poe，1809—1849）、爱默生（Ralph Waldo Emerson，1803—1882）、梭罗（Henry David Thoreau，1817—1862）、霍桑（Nathaniel Hawthorne，1804—1864）等享誉世界的文学巨匠。

美国浪漫主义时期具有其独特的属性。首先，它是"美国本土"的独特产物。无论是美国人向西不断拓展的民族经历，还是作品中呈现出的浓厚异国景象的茫茫荒野、多色人种等元素，都构成了美国作家独特风格。美国的浪漫主义作品带有自己民族和土地的景、物、人、事，这种创作方式与英国传统的古堡密事书写截然不同，如朗费罗（Henry Wadsworth Longfellow，1807—1882）努力尝试美国本土印第安人和事、华盛顿·欧文则生动描写谷地景色与田园生活，等等。

其次，这一时期的文学还带有美国清教主义文化的遗风。虽然19世纪的清教主义早已没落，取而代之的是文艺复兴的思想解放，但清教思想却看似无形，实则有形地跟随着美国文学的涌动。与英国和同期欧洲的浪漫主义文学相比，此时的美国作家更加带有说教性质的文风是其突出特质。谈及性与爱，美国作家往往谨言慎行、如履薄冰。霍桑的《红字》(*The Scarlet Letter*)以两百多年前的美洲殖民地为背景进行创作，每当描绘性爱时便三缄其口，但关于上帝、天堂等文字却屡屡出现。

最后，美国浪漫主义文学还带有其民族之"新"的明显特点。美国人由美洲土著、欧洲等外来人口移民组成，是一个刚刚诞生的全新多民族国家。当人们在美洲大陆开启崭新的生活时，文学也被赋予了重新创作和构思的机会，全新主人公在全新美洲土地上的活动成为浪漫主义时期重要的题材。欧洲对他们来说已然变成了旧世界，美国作家在创作时带有的使命感和荣耀感不可小觑。

美国早期浪漫主义的代表作家是华盛顿·欧文。虽然身处美国，但华盛顿·欧文自幼便喜爱英国作家如司格特（Scott，1771—1832）、拜伦（George Gordon Byron，1788—1824）等人，故而他作品的大部分人物和事件都极少出现在美洲大陆，而是以英国为背景，书写充满浪漫主义色彩的传说。他早年游历法国、英国和意大利的个人经历为他之后的创作积累了丰富的素材。《纽约外史》（A History of New York）是他的第一部作品，自1809年出版之后，欧文便成为美国文坛上不可小觑的人物。自其散文、随笔、故事集《见闻札记》（The Sketch Book of Geoffrey Crayon, Gent）出版后，他名震欧美文坛。欧文对美国文学的贡献不可小视，他拥有"美国第一位作家""美国文学之父"等尊称。他的语言在讽刺幽默之余，总带有宏大的善良与理解，纵然人性复杂，他却始终以热情和浪漫示人。

19世纪30年代，英国浪漫主义逐渐消失之时，美国浪漫主义运动发展到了高潮。1836年，爱默生的《论自然》（Nature）问世，在美国文学思想界掀起轩然大波，它的出现使得美国浪漫主义进入新英格兰超验主义阶段[①]，这一阶段的重要人物还有著名的自然主义者梭罗，其代表作是回归自然的散文集《瓦尔登湖》（Walden）。

超验主义者的主要思想观念有以下三点：其一，强调精神。他们认为超灵是世界上最重要的存在因素，是万物之本。这种新的世界观反对18世纪的机械主义观念，也是对资本主义化日趋严重的美国的预警。其二，强调个人。超验主义者认为社会的变革只能通过完善个人修养才能到达，这也是对处于上升期的美国工业逐渐出现"非人化"倾向的一种批判。其三，尊重自然。超验主义者们认为自然不仅仅是外界的物质，它充斥着上帝的精神和生命的流动。他们主张人应回归自然，加深了美国文学的象征主义传统。超验主义作为一种哲学的、对浪漫主义的强化和表达，以及蕴含着建立民族文学和文化的强烈愿望，超越了理性主义的局限，是对美国资本主义上升时期拜金主义的反拨。

[①] 超验主义依赖直觉，尊崇万物统一，相信人的主观能动性，这一思潮为浪漫主义文学的发展和高潮奠定思想基础。

除了超验主义的爱默生和梭罗之外，思想矛盾、深受清教主义思想影响的纳撒尼尔·霍桑，著名小说家、诗人赫尔曼·梅尔维尔（Herman Melville，1819—1891）以及埃德加·爱伦·坡三人更是标志着19世纪的美国浪漫主义走向成熟。尽管他们三人在写作风格和视角上存在差异，但他们都是"消极能力"①的大师。他们是怀疑论者，但却通过健康的方式讽刺与质疑那个时代的乐观主义。爱伦·坡在小说、诗歌、文学评论等三个领域都取得了卓越的成就，与爱默生、惠特曼（Walt Whitman，1819—1892）等主流的浪漫主义作家不同，爱伦·坡通常通过书写死亡与可怖之物表达自己对浪漫的独特理解，除了恐怖小说之外，幽默、推理、科幻小说也在他的涉猎范围之内。值得注意的是，精神病人作为小说的主人公是其作品与众不同之处，如《丽姬娅》（Ligeia）等。在文学评论方面，象征主义的"纯诗论"最早由爱伦·坡提出。对他而言，诗的意义在于诗本身的构成和话语，因此诗中没有外在或超越的真理，这种对诗完整性的强调以及他在文学批评方面的卓越贡献，使他成为20世纪美国新批评学派的先驱。

沃尔特·惠特曼与艾米莉·狄金森（Emily Dickinson，1830—1886）是19世纪末期的两位重要诗人。惠特曼是美国资本主义上升阶段歌颂民主、自由的伟大人文主义者，他的代表作是诗集《草叶集》（*Leaves of Grass*）。惠特曼歌颂人的个性，书写独属于美国本土的诗歌，表现新生民主政体的旺盛生命力。他的自由体诗具有结构相同、意义相关的平行关系，诗意逐步推向高潮，运用双声、叠韵、倒装等技巧增加节奏感，在英语诗歌中独树一帜。艾米莉·狄金森作为美国著名的女诗人，她思想敏感、内心丰富，故而其诗作大多悲多喜少。艾米莉诗作自然多变，内容大多书写爱情、死亡，以及对生活意义的独特感触。

---

① "消极能力"一词最早由英国浪漫主义诗人约翰·济慈使用。在1817年12月的一封信中，济慈将其定义为优秀诗人在不为理性延伸和不失去理性的情况下包含不确定性和其他负面情绪的能力。济慈写道："……也就是说，人能够处于不确定性、神秘性、怀疑中，而不会对事实和理性产生任何易怒的追求。"

关于美国奴隶制的争论直到 1862 年林肯（Abraham Lincoln，1809—1865）颁布《解放黑人奴隶宣言》（*The Emancipation Proclamation*）才停止。因为黑奴制度持续时间过长，带来的影响沉重而深远，美国在浪漫主义的余韵下还诞生了独属于本国的"反对奴隶制"之写作。哈里特·伊丽莎白·比彻·斯托（Harriet Elizabeth Beecher Stowe，1811—1896）是美国著名的废奴主义者，其著作《汤姆叔叔的小屋》（*Uncle Tom's Cabin*）引发了奴隶制度拥护者们的抗议狂潮，它于 1852 年以图书形式出版，一年内在美国售出了 30 多万册，在国际上售出了 150 万册，一跃成为美国最著名的小说。这部小说的主题在于批判奴隶制度的罪恶与不道德，通过讲述主人公汤姆叔叔之死，斯托直接向读者表达了她对奴隶制的愤慨。除了斯托之外，弗雷德里克·道格拉斯（Frederick Douglass，1817—1895）也是一位废奴主义者和社会改革演说家，他的三部自传既是美国黑人文学的开山之作，又深刻展现了奴隶制度的残酷与邪恶。

三、美国现实主义时期（1865—1914）

1861 年，美国内战开始，这场内战长达五年之久，总耗资 80 亿美元，死伤人数更是高达 60 万。在 1865 年之后的 50 年间，现实主义统领美国文学，成为最突出的写作风格。曾经发展半个世纪的浪漫主义在战争的破坏下戛然而止，取而代之的是现实主义作家们对时代问题的控诉与书写。19 世纪后半期，出现了浪漫主义反动之风，现实主义作家们面对理想与现实之间难以逾越的鸿沟，愈发不解和迷茫。受欧洲作家狄更斯（Charles Dickens，1812—1870）、巴尔扎克（Honoré de Balzac，1799—1850）、左拉（Émile Zola，1840—1902）、托尔斯泰（Лев Николаевич Толстой，1828—1910）等人的影响，美国的现实主义作家们主张书写平庸、卑贱、真实的生活，正视人性、表达缺憾。19 世纪 90 年代之后，新一代作家的作品愈发冷酷无情，他们接受法国自然主义作家左拉的文学观点，步入了自然主义文学的阶段，他们更强调宇宙的冷酷、人的无能为力以及生而为人的痛苦。

美国现实主义的早期阶段诞生了地域和地方色彩强烈的作品，它们是现实主义的实例，描绘了当代生活、使用了普通人的语言，并于总体上避免了荒诞的情节。作为美国批判现实主义文学的奠基人，马克·吐温（Mark Twain，1835—1910）一生书写了大量作品，涉猎广泛，笔锋幽默又兼具讽刺态度。马克·吐温提倡书写作家熟悉的地区，运用人民熟悉的语言，强调作品中需带有浓厚的地方特色，这也为美国后来乡土文学的发展奠定了基础。他著作丰富，风格变化明显。前期充满了对美国上升时期的憧憬，中期后逐步走向暗淡，转向对美国社会现实的不满与失望，晚年则明显地表现出悲观和绝望的情感。海明威曾说过："所有现代文学都来自马克·吐温的一本书，名叫《哈克贝利·费恩历险记》（*The Adventures of Huckleberry Finn*）。"他不仅是捕捉西方"本土色彩"故事的先驱之一，更向世人展示了一个人的童年经历也可以转化为传世经典小说。

乡土文学的风靡开始于19世纪60年代末期，在之后30年中，乡土文学一度成为美国现实主义的中坚力量。哈姆林·加兰（Hamlin Garland，1860—1940）在其作品《摇摇欲坠的偶像》（*Crumbling Idols*）中指出，乡土文学是除了本地人之外，任何地方的人都无法创作的文学，因为文本之中包含特殊的质地、背景，这是他人无法模仿的。它关注小世界的风土人情，从当地语言、民间传说、迷信神话等特色出发进行创作。布雷特·哈特（Bret Harte，1836—1902）通过他幽默、逼真的笔法呈现出丰富多彩的人物形象和富有特色的边地生活，他的短篇小说《咆哮营的幸运儿》于1868年一经发布便轰动美国。

内战之后，美国工业化的崛起使得工人们成为生产机器的一部分，纽约日益变成疾病和犯罪的中心城市，农户们充满着绝望和怨恨的情绪。社会达尔文思想与人性弱点的悲观论使得民众的人生观发生变化，突然失去了对生活的信心。在这一时期，美国自然主义文学逐渐兴起。19世纪90年代兴起的自然主义作家们倾向于创作严肃的、悲观的文学作品，书写社会底层人民的挣扎与痛苦。他们将垄断资本主义社会的血淋淋现实撕开，暴露在读者面前，情感黑暗而悲苦。

斯蒂芬·克莱恩（Stephen Crane，1871—1900）28岁时就死于肺结核，导致其写作生涯极其短暂，但他创作出的大量作品依旧是美国自然主义不可多得的珍宝，其中的长篇小说《红色英勇勋章》（*The Red Badge of Courage*）奠定了他在美国文学史上的地位。小说中一个明显的特征是，他通过书写主人公的恐惧，揭示战争对人的残害与刺激。这部小说以美国南北战争为背景，以第三人称的叙述方式将主人公亨利·弗莱明的心态变化丝丝入扣地展现出来。他由一开始懦弱地逃跑，到最后英勇地袭击，完成了"英雄主义"式战争的刻画与讽刺，以犀利的笔锋向世人揭示——战争只是一场毫无价值的屠杀。

杰克·伦敦（Jack London，1876—1916）是美国最有才华也最多产的作家之一，他一生中一共写了19部长篇小说，150多篇短篇小说和故事，3部剧本。他家境贫寒，早年生活坎坷，丰富的人生经历给他的创作提供了不竭的源泉。受马克思（Karl Heinrich Marx，1818—1883）、斯宾塞（Edmund Spenser，1552—1599）、尼采（Friedrich Wilhelm Nietzsche，1844—1900）等人影响，他成为一个社会主义者，但晚期精神空虚迷茫，草草结束一生。在他的中篇小说《野性的呼唤》（*The Call of the Wild*）中，伦敦将小说主角雪橇狗巴克拟人化，让它在残忍的现实和历练中不断成长，最终不再留恋人世间，走向荒野，回归自然的本性。

四、美国现代主义时期（1914—1945）

现代主义是自20世纪初以来文学批评中使用最广泛的术语。关注1914年（第一次世界大战开始）至1945年（第二次世界大战结束）间的美国文学，美国现代主义的发展历程同是美国文学融入西方现代文化主流的过程，也是国际现代主义在美国语境中移植和转换。现代主义在风格上是多元的，美国现代主义时期在欧洲文学的影响下，朝着更多元化、国际化的方向走去。如果说美国浪漫主义是美国文学的第一次繁荣，那么美国现代主义则是第二次繁荣，它虽然带着战后绝望的阴影，但也不乏丰富、深刻的复杂性和惊人的多样性。

上编　外国文学国别专题研究

　　20世纪20年代，既是美国文学史上最伟大的十年，也是信仰危机加剧的十年。伴随着第一次世界大战结束，神话和信仰从现代人的世界中消失，德国哲学家尼采宣布上帝已死，人顿感生活支离破碎。新的经历要求新的表现方式，印象主义、达达主义、表现主义、象征主义、超现实主义纷纷涌入美国文学的现代主义潮流之中，现代主义大师们开始登场，不朽的文学著作迅速出现。

　　在这个年代，意象主义诗歌运动[①]登上文学舞台，以其著名长诗《荒原》(*The Waste Land*)的T. S. 艾略特(Thomas Stearns Eliot, 1888—1965)作为诗歌现代派的运动领袖，被认为是英美现代诗歌的里程碑。他认为诗歌创作中有一种"想象的秩序"，读者应当任凭诗歌的意象自动进入记忆之中，诗人不必居中连接。除了《荒原》外，《四个四重奏》(*Four Quartets*)也是他晚期诗歌的代表作，反映了他哲学与思想观念的成熟化以及将"诗与乐完美结合"的创作理念。故而艾略特还是一位著名的文学评论家，他被认为是美国文学评论史上最成功的"文学独裁者"，在很大程度上左右了美国文坛的去向。在他之后，出现了大批作家描绘西方现代主义"社会荒原"的样貌，这些作家也被后世称为"荒原作家"。

　　从20世纪20年代到第二次世界大战结束，美国现代小说取得了与美国现代诗歌一样卓越的成就。第一次世界大战后，众多作家们遭受战争的创伤，心灵受到冲击，无法适应战后残酷冰冷的现实，他们的作品中普遍带有一种迷茫的情愫，被称为"迷惘的一代"。欧内斯特·米勒·海明威(Ernest Miller Hemingway, 1899—1961)便是这一代的代表作家。他十分擅长描写战争，早期作品中带有严重的虚无主义和悲观倾向。但从1940年他完成《丧钟为谁而鸣》(*For Whom the Bell Tolls*)后，他的思想与创作倾向发生了明显改变，他关心个人命运、社会前途，塑造了罗伯特这一崭新的人物形象。直到他最后一部著作《老人与海》(*The Old Man and the Sea*)中，他将自己与万物相连接，讲述了饱经风霜的桑提亚哥一生与

[①] 20世纪年初英美现代诗的历史上，出现了一场重要的诗歌革新运动，他们认为传统的诗歌已无法表现这个新的时代，希望创造全新的意象主义诗歌潮流。

33

大海搏斗，并最终融进自然的故事，主题积极向上、和谐高尚。

威廉·福克纳（William Faulkner，1897—1962）也是美国著名的现代小说家，他试图援引希腊精神来达到重新评估现有价值的现代主义目的。他将美国南方的兴衰变化作为自己小说的主题，以自己的家庭成员为原型创作小说人物，讲述印第安人的原始生活状态、白人如何出现、批判美国的资本主义制度、奴隶制度的形成和衰亡等等。他在写作中尤其擅长"意识流"这一模式，运用多角度叙述、陈述中时间推移等富有创新性的文学手法构建独特的空间小说形式，其著名的小说《喧哗与骚动》（The Sound and the Fury）曾被保罗·萨特评价道："福克纳的哲学是时间的哲学。"

和诗歌与小说相比，美国的戏剧发展较为缓慢，自 1911 年起后的 10 年间，美国戏剧异军突起，小剧场与剧院协会、实验剧团相继成立，欧洲剧坛大将如易卜生、萧伯纳的作品被搬上了美国的戏剧舞台之上。此时尤金·奥尼尔（Eugene O'Neill，1888—1953）与艾尔默·莱斯（Elmer Rice，1892—1967）同步登上美国剧坛。尤金·奥尼尔是表现主义的代表作家，更是美国民族戏剧的奠基人，他首次把现实主义、自然主义的传统手法运用于美国戏剧的创作中，有"美国的莎士比亚"之称，其代表作品有《安娜·克里斯蒂》（Anna Christie，1920）、《榆树下的欲望》（Desire Under the Elms，1924）等。艾尔默·莱斯擅长运用表现主义倒叙手法创作神秘剧，在主题上强烈地反对 T. S. 艾略特所说的"野蛮文明"所导致的后果，跻身现代主义的大师之列。

美国现代主义还有一个重要的组成部分，即众多非裔美国作家的文学创作。作为美国被种族压迫群体的一员，他们在作品中抗议社会不公，力图创造一个不同于他们所知的新世界。20 世纪 20 年代初，许多非裔美国作者、画家、摄影师和音乐家聚集在纽约市，他们一同创办杂志、出版选集，向世人宣示了"新黑人"的创造力。他们来自美国各地的农场和种植园、村庄、城镇，将纽约的非裔美国人社区哈莱姆区转变为非裔美国人的知识和文化中心。

五、美国文学多样化时期：1945 至 21 世纪（1945—）

倘若说美国早期文学的前几个阶段都可以简单地用几个短语概括，那么 1945 年之后的美国文学则是不能简单地用"后现代主义"几个字囊括的。恰当地说，这是一个空前的、充满着焦虑的、多元的时代。

第二次世界大战之后，无论是核武器的威胁，还是麦卡锡主义的疯狂、民权运动（针对少数群体的种族主义压迫）的高涨，乃至越战所引起的民情激愤，等等，都在深刻地改变着美国公民对世界的看法与认知。除此之外，女权运动及性解放、嬉皮士现象、当代信息爆炸等现象以及人们自我意识的提高都不断加剧着文学多样化的脚步。提倡环保、臭氧保护的重视、对太空的探索与发现，加之美国经济的发展与社会的逐步富足，美国人民看待生活与世界的态度以及价值观念方面都产生了剧烈的变化。

自 20 世纪 60 年代末和 70 年代初以来，世界继续发生着戏剧性的变化。随着欧洲列强各殖民地相继宣布独立，旧形式的殖民主义已经结束。柏林墙在 20 世纪 90 年代倒塌，冷战理应就此结束。然而，在建立新的世界秩序的过程中，冷战思维仍在继续，殖民主义的遗产依然存在。与此同时，大量来自世界各地的移民来到美国，改变了当地人口结构（例如现在有更多的亚洲人生活在美国），并增加了少数群体的政治影响力——民族文学，包括美国原住民文学、亚裔文学、拉丁裔文学等，最终被公认为美国文学的重要组成部分。

社会形式的复杂变化导致文学也朝着多样化的形式发展。

20 世纪美国戏剧作品的丰富多彩，除了尤金·奥尼尔之外，田纳西·威廉斯（Tennessee Williams，1911—1983）和阿瑟·米勒（Arthur Miller，1915—2005）这两位剧作家也无疑是多样化时期美国戏剧的最佳典范，他们三人并称为美国 20 世纪三大戏剧家。田纳西·威廉斯一生共创作了 60 多部作品，他擅长表现主义和其他先锋派剧作家的实验手法，在看似现实的剧作之间，还带有幻想的气息与童话般的感觉，并拒绝传统现实主义的创作原则。《欲望号街车》（*A Streetcar Named Desire*，1947）的故事发生在新奥尔良克里奥尔区的一个破旧街道上，讲述了一个美国南方女子在

堕落到生活底层后的悲剧命运及其清高品格，并引发了人们对谎言和真相的探索与质疑。阿瑟·米勒的《推销员之死》（*Death of a Salesman*）对于中国读者来说并不陌生，被誉为"战后美国最伟大的剧作"。善于书写自由、批判恐惧心态的阿瑟·米勒用自己独到的视角将平凡人的喜怒哀乐呈于大众眼前，反映残酷的社会现实，并不动声色地左右着美国人的内心世界。

从20世纪50年代后期开始，"垮掉的一代"[①]诗人和小说家们横空出世，他们吸收了亚洲古代哲学等多种文化滋养，创造了在传统社会边缘寻求美丽和幸福的流浪朝圣者的形象。诗歌方面，第二次世界大战之后的美国诗歌决定要叛离艾略特等现代派大师或新批评的风格，决定走自己的路。在"垮掉的一代"的著名人物里，有诗人艾伦·金斯堡（Allen Ginsberg, 1926—1997），他的名作《嚎叫》（*Howl*）引起了社会的普遍关注。该作品言语粗俗、自然喷发，宛如无数淫秽语句的堆砌，怪癖、反常行为、吸毒、同性恋是这一代人如噩梦般必经的产物，而"嚎叫"只是他们内心痛苦声音的反映。

就小说创作而言，文学现代主义的势头显然从第二世界大战结束后一直延续到20世纪60年代。在20多年的时间里，基本的审美倾向和思维模式仍然是源自现代主义和现代欧洲的知识潮流。但仅就第二世界大战后小说而言，便有战争小说、南方小说、黑人小说、颓废小说、犹太人小说、讽刺小说等诸多流派。倘若将20世纪60年代之后的小说囊括在内，还包含科幻小说、超现实主义小说、黑色小说、实验小说、非虚构小说等，足可见其多样化特征。

[①] 这一名称最早是由作家杰克·凯鲁亚克于1948年前后提出的，代表了美国战后民众对传统价值观念的反叛、对生活的不满、沮丧和厌倦。

第二节　个案分析

一、亨利·戴维·梭罗（Henry David Thoreau，1817—1862）

梭罗是美国浪漫主义时期重要的散文家和诗人。他出生在马萨诸塞州康科德镇，也是拉尔夫·沃尔多·爱默生（Ralph Waldo Emerson，1803—1882）的弟子、朋友和邻居。他在文学上继承并践行了爱默生所宣扬的自我反思以及自力更生的超验主义。虽然梭罗是爱默生的弟子，但他在写作中依然具有自己独特的声音和个性。在他进行创作之前，他先给超验主义刊物《日晷》（*Dial*）写稿，但他也没有放弃自己对自然界的观察与研究，尤其擅长造船、种植，喜爱测量自己有兴趣的事物的大小、距离等。无论是树的高矮或大小、山川的高度，抑或是池塘的深浅，都在他的测量范围之内。他对大自然的热爱与把土地测量员当作职业的人生经历也为他之后的创作埋下伏笔。

1845年7月4日，梭罗住在瓦尔登湖畔（Walden Pond）的小木屋里，在爱默生给他借的土地上待了两年之久，他在四周开垦种田，自力更生，过着隐居的生活。生活崇尚自然简朴的他一边享受着大自然的馈赠，一边潜心研究并描绘这两年多的所见、所思与所闻。后来，他以这段人生经历写成了自己的代表作《瓦尔登湖》（*Walden*）。《瓦尔登湖》一共由18篇散文组成，回归自然是这些散文的综合主题。梭罗的《瓦尔登湖》不仅是他眼中大自然的一面镜子，也是他自己关注和思考的总结，融合了他对政治与哲学的思考。

19世纪上半叶，美国正处于农业向工业转型的关键时期，伴随着美国工业化的脚步，社会上普遍流行着拜金和享乐的风气，人们都在贪婪地追求财富而遗忘了自然，人性已然变得贪婪而充满欲望。与此同时，剥削和霸占自然资源也成为美国工业化大幅发展的必然代价，人们无休止地向自然索取，导致了一系列的环境问题。众多学者们不禁思考：现实中的金钱是否是人最重要的东西？还有什么是人的精神归宿？现代文明真的可以拯

救人类吗？就在这种思想斗争岌岌可危的背景之下，《瓦尔登湖》俨然成为人如何自处、人与自然如何共处的典范之作。梭罗在这部作品中不仅展现了优美的田园风光，森林中虫草鸟兽与人类的相处，更刻画了"我"自食其力劳动的喜悦。在《禽兽为邻》一章中，作者描写了与自己一同生活在湖边的动物，它们留下的足迹让自己深刻地体会到了存在的意义，作者认为"也许它们爱这一片湖水，理由跟我的是一样的吧"。

梭罗的另一名著是《论公民的不服从权利》（*Civil Disobedience*），这篇论文 1849 年首次发表时的题目是《对抗政府》，1866 年再版后才改为现在这个题目。其中包含了他关于理想政体的诸多论述，对美国当今体制和政策的批判，也有对尊重个人权利和自由的期望。梭罗的理想国家承认人的最高权利，公平地对待所有独立的个人，并也允许不同的人采取不同的生活方式。他的这部作品带有十分浓厚的理想主义色彩，是他思想哲学体系框架中的重要组成部分，也是《瓦尔登湖》的有力延续。

陶渊明曾经写过："结庐在人境，而无车马喧。问君何能尔，心远地自偏。"梭罗代表的精神与他的生活态度宛如美国拜金主义下的一股清新而又健康的能量，就像他所说的那样："爱就是试图去将梦中的世界变为现实。"

二、威廉·福克纳（William Faulkner，1897—1962）

威廉·福克纳是美国现代著名小说家，也是"意识流"文学在美国的代表人物。美国南方的盛衰兴亡一直是他作品的主要主题，他一生共写了 19 部长篇小说与 120 多篇短篇小说，其中绝大部分小说都发生在"约克纳帕塔法县"，他的家庭成员如曾祖父、祖父、父亲、兄弟等，都是他小说主人公的原型。他小说中的家族通常绵延多代，贯穿不同的社会阶层，具有连续性，故而他的作品也被称为"约克纳帕塔法世系"。

当福克纳参军结束回国之后，他结识了饱读文学名著的菲尔·斯通（Phil Stone），并于 1924 年出版了诗集《玉石雕像》（*The Marble Faun*）。后来在斯通的帮助下拜访了伍德·安德森，创作并出版了自己的第一部小说《士兵的报酬》(*Soldiers' Pay*)。从那之后，他便开启了自己的小说创作之旅。1929 年，《沙多里斯》(*Sartoris*) 出版，他第一次描绘他日后作品中持续出现的"约克纳帕塔法县"，展现其"约克纳帕塔法世系"的样貌，他著名的"南方的神话系统"就此开始。

福克纳虚构的"约克纳帕塔法世界"并不是对美国密西西比州的简单模仿，而是一种想象中的重新创造。著名"福克纳家"阿瑟·F. 金尼（Arthur F. Kinney，1933—2021）对福克纳所创造的家族类型进行了探索，大体上有三种类型：一种是日渐衰落的贵族型，有萨托利家族、康普森家族、麦卡斯林家族等，他们是那些已经过了繁荣顶峰、道德沦丧的老家庭；斯诺普斯一家代表了第二类南方人，他们是高效、物质主义的商人或企业家，虽然第一类人在衰落，但在福克纳的眼里，他们比第二类人更优秀；第三类是见证了这两类人衰落的南方非裔美国人，他们经久不衰，深深植根于南方。福克纳将他们虚构成自己"约克纳帕塔法世界"寓言的一部分，体现人与土地和自然的关系，文化的危机，人类精神的衰退，唯物主义者的庸俗化等主题。

《喧哗与骚动》(*The Sound and the Fury*) 是福克纳的代表作，这部激进的实验小说共分为四部分，前三部分由康普森的三个兄弟讲述：班吉（Benjy）、昆丁（Quentin）、杰生（Jason），并将他们的妹妹凯蒂（Caddy）塑造成每一个故事的焦点人物，最后一部分由黑人女佣迪尔西对前三部分的"有限视角"进行补充。小说的故事发生在南方杰弗生镇上的没落地主康普生一家，小说的焦点是核心人物凯蒂将自己的私生女寄养在母亲家，企图到大城市闯荡，最终堕落的故事，这样的主题不仅是对家族命运的书写，也暗示着世界从传统向现代转型的必然母题。但倘若将小说的视角放在昆丁（凯蒂的哥哥、哈佛大学的学生，自杀身亡）身上，小说主题又变成现代主角身上的迷惘与悲凉，展现了福克纳眼中的现代意识。在这种层面上，福克纳的小说被美国一些评论家称为"迷路的现代人的神话"，他成功书写出了处在转型时期的大家族的孩子们那充满着困惑与绝望的精神世界，揭示了他们生活在混乱不安中摇摇欲坠的心理状态。与其说福克纳暴露了人性的弱点，不如说他将一个家族的兴亡变成了能与古希腊狄奥尼索斯剧院上演的戏剧相媲美的宏大戏剧。

除此之外，福克纳还善于运用多角度叙事、意识流以及神话模式的写作手法。运用多角度叙事可以让读者深入每一个主人公的视角，让叙述真实可信；意识流的手法让读者跟着主人公的思维和潜意识流动，带领读者探索人物内心世界的暗流涌动；神话模式即创作文学作品时，有意地让情节、人物等与人们熟知的神话故事平行，比如《喧哗与骚动》中的多个标题与内容在《圣经》中都有所对应。

自从福克纳在美国出现后，他将美国的南方历史与家族故事纳入到他虚构的"神话系统"之中，20世纪的现代主义文学形成了一座新的高峰。

第三章　法国文学

第一节　法国文学总述

法国文学自11世纪诞生以来,历经千年的发展,如今已然是世界文学之林中特殊而又璀璨的明星。它重视创新,但又不忽略继承,在各个领域都有极突出的成就,形成了普遍繁荣的局面。总体而言,法国文学可分为以下几个时期：中世纪文学时期、文艺复兴时期、古典主义文学时期、启蒙时期文学时期、19世纪文学时期、20世纪文学时期。

一、中世纪文学时期（11世纪至15世纪末）

法国的中世纪文学在欧洲的文学史上占据着重要地位。公元前1世纪中叶,凯撒征服了高卢全境。3—5世纪,高卢经历了罗马帝国的奴隶制危机。5世纪末,法兰克部落的克洛维征服了高卢,建立了法兰克王国。公元9世纪中叶,查理大帝（Charlemagne, 768—814）建立的庞大帝国一分为二,最西面的王国是后来法国的基本疆域,从这时到15世纪末期,法国从分封制向中央集权制过渡,与此同时,农奴中诞生了市民,并产生出了最初的资产者阶层。

法国中世纪文学在这样的历史条件下诞生,它是多种文明、文化相融合的产物。首先,法兰克人吸取了多种蛮族文化与自身民族文化相融合,查理大帝曾多次派人搜集与抄写其他民族的抄本和典籍；其次,法国中世纪文学也受到东方文化的影响,"十字军东征"[①]带来了繁荣的东方文化

[①] "十字军东征"是在罗马天主教教皇乌尔班二世发动的、持续近200年的、有名的宗教性军事行动。十字架是基督教的象征,因此每个参加出征的人胸前和臂上都佩戴"十"字标记,故称"十字军"。

以及希伯来人的文学作品，给予法国文学以启迪；最后，基督教文化对法国中世纪文化的感染也是十分有效的。但严格意义上来说，法国中世纪文学只限于11世纪至15世纪末，在这之前没有真正系统性的文学出现，直到英雄史诗出现，法语文学才真正登上历史舞台。

法国英雄史诗（Chansons de Geste）诞生于11世纪，于12世纪兴盛，后逐渐衰落。早期先是民间传诵，12世纪才有手抄本进行文字记录，如《纪尧姆之歌》(*La Chanson de Guillaume*)、《查理大帝朝圣记》(*Le Pèlerinage de Charlemagne*)等。《罗兰之歌》 (*La Chanson de Roland*)是法国最古老，也是最优秀的一部英雄史诗，它用词用句简朴而崇高，善于使用民歌的对比和重叠法。内容上来讲，法国的英雄史诗大多描绘8—10世纪帝王和诸侯的伟绩，反对封建割据，歌颂统一。形式上来说，英雄史诗往往是长篇叙事诗，一般为1000行到20 000行不等。

继英雄史诗之后，到11世纪下半叶，骑士文学兴起。当时的法国农业增长迅速，封建社会相对繁荣，封建领主在农奴赎买中得到了较高的利益，骑士在宫廷的保护下从事创作，以娱乐宫廷。骑士精神是文学作品的主要描绘对象，他们宣扬的并非英雄史诗的尚武情节，而是爱情。代表作家克雷蒂安·德·特罗亚（Chrétien de Troyes，1135？—1190）的作品《朗斯洛，或坐囚车的骑士》(*Lancelot ou le Chevalier à la Charrette*)塑造了在爱情力量下做出伟大成就的骑士。

中世纪文学中，市民文学的成就同样突出，它的诞生和法国城市的兴起息息相关。市民文学最繁荣的形式之一是列那狐故事诗，作者们从民歌中汲取营养，通过市民意识的陶冶，以讽刺幽默的态度反映真实的社会现状。《列那狐传奇》(*Le Roman de Renart*，约1174—1250)作者不止一人，虽然从表面形式上看，它是对英雄史诗和骑士文学的一种模仿，但内容却与前两者完全不同。这部故事集的主题围绕"狡猾才能获得胜利"，将狐狸的狡猾与其他动物相比较，具有极强的讽刺意义。动物拟人化后又保留了其动物特性，以动物为喻抨击法国当时的司法制度和教会体制。

纵观法国的中世纪文学，其中特别是市民文学，已经孕育了后面法国文艺复兴的某些因素，中世纪文学带有的率真与简朴是其独特魅力，它既是法国文学的开端,也为法国文艺复兴时期的文学诞生创造了有利条件。

二、文艺复兴时期(16世纪)

16世纪,法国也开始了文艺复兴运动。文艺复兴运动是新兴的资产阶级以古希腊罗马文化为纲进行的大规模反封建、反教会的思想文化运动。

当时的法国是欧洲最大的中央集权国家,封建体制稳固的同时,资本主义也进入了萌芽阶段。新大陆的发现、印刷术和天体运行的论证等科学发现推动了人们精神层面的革新,也推动了社会层面的发展,文艺复兴运动应运而生。人文主义思潮由此成为16世纪法国文学的主流,它分为三个阶段:第一阶段为16世纪上半叶,以小说成就最大;第二阶段在中叶,以七星诗社的活动为主;第三阶段在下半叶,散文占据法国文坛。

弗朗索瓦·拉伯雷(François Rabelais,约1483—1553)是法国文艺复兴时期最重要的作家,也是法国长篇小说的开创者。《巨人传》(*Gargantua et Pantagruel*)是拉伯雷对16世纪法国封建社会的一系列弊端进行深刻揭露的伟大作品,虽然它表面上是一部滑稽小说,但它更是一部政治小说。无论是经济、教育、婚姻、法律、战争还是文学,都在其抨击范围之内。拉伯雷在《巨人传》中描写了他自己对人的理想要求、憧憬的政治目标,同时也对教会进行了猛烈的批判。拉伯雷在作品中常常书写人的苦难,关心民间百姓的疾苦。通过20余年的写作过程,拉伯雷无疑用自己想象与夸张的手法还有极尽讽刺的笔法塑造了一个"滑稽的史诗"。

除了拉伯雷之外,玛格丽特·德·纳瓦尔(Marguerite de Navarre,1492—1549)也是文艺复兴时期有名的短篇小说家,她曾模仿薄伽丘的《十日谈》创作了独属于法国的《七日谈》(*Heptaméron*),玛格丽特的人文主义思想也蕴藏其中。《七日谈》故事简短,情节紧凑,点到为止,细节却极其准确,并在故事叙述结束后加入作者的评论,突出现实世界的复杂性。博纳旺迪尔·德佩里埃(Bonaventure des Périers,1510—1543?)也是一位值得关注的作家,其作品《新的娱乐和笑谈》(*Les Nouvelles récréations et joyeus devis*)是法国文艺复兴时期著名的笑话集。

16世纪中叶，七星诗社成为文艺复兴时期的主流。它是法国文学史上第一个文人结社，由七位作家组成：皮埃尔·德·龙沙（Pierre de Ronsard, 1524—1585）、若阿基姆·杜贝莱（Joachim du Bellay, 1522—1560）、让-安托万·德·巴伊夫（Jean-Antoine de Baïf, 1532—1589）、艾蒂安·若岱尔（Étienne Jodelle, 1532—1573）、雷米·贝洛（Rémy Belleau, 1528—1577）、蓬蒂斯·德·蒂亚尔（Pontus de Tyard, 1521—1605）和让·多拉（Jean Dorat, 1508—1588）。七星诗社的共同纲领《保卫和发扬法兰西语言》（*Défense et illustration de la langue française*）是法国文学史上第一部有重要价值的文艺著作。他们提倡语言改革，企图创作出与古希腊罗马文学相媲美的法国诗歌，但他们对古希腊罗马作家的过度模仿也使得他们没能完成带领民族诗歌走向复兴这一任务。七星诗社的领袖是皮埃尔·德·龙沙，他以抒情、政治诗歌闻名于世。《当我有二三十个月》（*Quand je suis vingt ou trente mois*）表达了他对故土的热爱，《给爱兰娜的十四行诗》（*Sonnets pour Hélène*）更成为他晚年爱情诗的名作。龙沙的诗歌集成了七星诗社创作的优缺点，一方面，他引用大量古希腊罗马时期的传说，感情真挚，用词恳切，节奏多变；但另一方面，他的诗歌缺乏创造性，无法经受时间的考验。

人文主义思想不仅革新了法国的诗歌，对戏剧创作也有较大影响。

七星诗社的宣言书极力推崇古希腊罗马的悲喜剧，这推动了法国戏剧逐步从中世纪流行的道德剧、神秘剧转向新戏剧形式。艾蒂安·若岱尔创作了法国第一部悲剧与第一部喜剧。前者是《被俘的克莱奥帕特拉》（*Cléopâtra captive*），叙述了亚历山大城陷落后王后的悲剧之死，其中的五幕剧时间、地点、情节都是统一的，与古典主义戏剧十分相似。罗贝尔·加尼耶（Robert Garnier, 1545—1590）是16世纪最有才能的戏剧家。《安提戈涅》（*Antigone*）是他的第一部重要剧作，通过忒拜人的内战影射现实中的宗教内战。《犹太女人》（*Les Juives*）是加尼耶的悲剧代表作，全剧洋溢着悲剧的气氛，叙述犹太人被西里西亚国王统治后的残酷生活，笔法简洁而严谨，成为古典主义戏剧的先声。

文艺复兴时期的第三阶段，散文占据法国文坛，其中最重要的作家是米歇尔·埃康·蒙田（Michel Eyquem Montaigne，1533—1592），他在散文方面的建树甚至影响到了整个欧洲。从1572年起，他开始写作《随笔集》（Les Essais），这也成为他的代表作。全书一共分为3卷，共107章，全书反对宗教战争，批判人性的丑恶和冷漠，呼吁停止内战，创建和谐友爱的社会，他还批判过度僵化的经院教育对儿童的摧残，剖析自己的内心。《随笔集》的语言不加雕饰，简朴自然，善用比喻，全书像和读者面对面交流一样娓娓道来，令读者如沐春风。

三、古典主义文学时期（17世纪）

古典主义时期对法国文学发展而言十分重要，法国在这一时期一跃成为欧洲各国文学的楷模，到达了自身发展的第一个高峰。

17世纪，法国古典主义如火如荼地发展起来，从亨利四世（Henri Ⅳ，1553—1610）逝世的1610年开始，至1715年路易十四（Louis ⅩⅣ，1638—1715）逝世为止，法国一直实施中央集权制度，但在封建社会达到顶峰时，该制度也开始逐步走向衰落。从法国古典主义文学的发展趋势来看，前期的代表人物是高乃依（Pierre Corneille，1606—1684）、帕斯卡尔（Blaise Pascal，1623—1662）；中期的代表是莫里哀（Molière，1622—1673）、拉辛（Jean Racine，1639—1699）、拉封丹（Jean de la Fontaine，1621—1695）、布瓦洛（Boileau，1636—1711），后期的代表是博须埃（Jacques-Bénigne Bossuet，1627—1704）、拉布吕耶尔（Jean de La Bruyere，1645—1696）、费纳龙（Francois Fenelon，1651—1715）。这一时代的作家们受到王权的直接干预，创作要求歌颂君主、以帝王皇室为题材进行艺术创作，文学与现实结合十分紧密；他们同时主张宣传理性，要求克制个人私欲，并以此抨击旧贵族的堕落习气。

法国古典主义还有以下四点艺术特征：其一，从古希腊罗马的文学中汲取养分，戏剧冲突明显，人物刻画细腻富有层次；其二，有一套规范的标准，严格遵守"三一律"①的创作原则，同时对文学体裁进行高下之分，

---

① 情节、时间、地点必须保持"整一"，即围绕单一的剧情进行，在一天之内完成，在一个地点活动。

贬低喜剧、寓言等民间文学作品，推崇悲剧；其三，主张语言华丽精致，庄重典雅，达到规范与和谐；其四，要求人物类型化，导致人物性格单一，同时忽略了环境、社会背景对人的塑造功能。

提到法国古典主义戏剧，前期绕不开的人物便是皮埃尔·高乃依，他是法国古典主义悲剧的奠基人，也是法国文学史上第一位重要的戏剧家。高乃依出生于法国鲁昂的小资产阶级家庭，深受天主教影响，从事了 20 多年的律师职业，这也为他文艺创作提供了条件。他第一阶段的戏剧创作从 1629 年起，到 1636 年结束，他的第一个剧本《梅丽特》（*Mélite*）在巴黎上演后大获成功，这是根据他自己的亲身经历改编的一部浪漫戏剧，从这之后他放开始专心写作。1636 到 1652 年是他创作生涯的第二个阶段，以悲剧为主，更是他作品的成熟期。这一时期创作的《西拿》（*Cinna*）取材于塞内加的《论宽容》。等到高乃依创作后期，他的灵感逐渐消失，新戏剧家的出现令他黯然失色，最终绝笔隐居家中。

法国古典主义文学中期的代表是莫里哀，他是法国古典戏剧的创建人。他的创作可分为三个时期：其一为喜剧开创期，1658 年，其作品《多情的医生》（*Le Docteur Amoureux*）在法国卢浮宫一经演出便大获成功，之后，莫里哀更是凭借《太太学堂》（*L'École des femmes*）被国王赐予"优秀戏剧家"的称号；其二为成熟期，他最著名的剧作《伪君子》（*Tartuffe ou l'Imposteur*）便是这一时期的产物，该剧描写了一位骗子企图勾引富豪妻子，谋取钱财，但最终锒铛入狱的皆大欢喜的故事，此剧不仅是戏剧史上的巅峰之作，也开启了莫里哀批判社会和宗教的全盛时期；其三为后期创作时期，因《伪君子》的批判过于严苛招致了国王不满，莫里哀因此惨遭厄运，故而在后期他不再公开指责社会团体，而是低调写作。总体而言，莫里哀的戏剧具有战斗精神，讽刺功能，自称为"修饰本世纪的肖像"。

和高乃依、莫里哀并称 17 世纪最伟大的三位法国剧作家的是让·拉辛。与善于创作喜剧的莫里哀不同，拉辛将悲剧艺术推向一个新的高峰，并成为"三一律"创作的典范人物。1667 年底，拉辛的五幕诗剧《安德洛玛克》（*Andromaque*）上演，这也标志着其成熟期的开始。与高乃依相比，他的悲剧更加成功，但也遭受了更多的骂名。他不断在作品中揭示贵族上流阶级的物欲和丑恶,成为大贵族们攻击的首要对象。他的大部分悲剧还以宫廷中淫乱的情欲生活为描写对象,刻画尖锐的权力斗争。无数的攻击与仇恨使得拉辛辍笔 12 年,直至 1699 年病故以前,没有再创作过一个剧本。

17 世纪末期,法国发生了一场"古今之争"的文艺大论辩。资产阶级日益发展,导致贵族阶级逐渐没落,打破古典主义教条的桎梏和框架成为独立倾向作家们的最高诉求。维护正统的崇古派以布瓦洛为代表,几乎是单枪匹马地作战,而新一代作家们对古典主义清规戒律的有效抨击开启了 18 世纪新的曙光。随着时代继续向前推进,古典主义最后也隐入历史的尘烟之中。

四、启蒙时期文学时期（1715—18 世纪末）

继古典主义文学时期之后,法国在 18 世纪又一次做出了影响欧洲的伟大成就,与古典主义维护贵族利益不同,18 世纪的启蒙时期文学成为资产阶级登上历史舞台的有力工具。从 1715 年路易十四逝世开始直到 18 世纪末,封建社会逐渐走向衰亡,资产阶级发展壮大,启蒙主义文学统治法国文坛。

启蒙（Lumière）最初由孟德斯鸠（Charles-Louis de Secondat,1689—1755）提出,指思想先进、追求理性的欧洲精英,启蒙运动则是资产阶级反对封建贵族的一场重大斗争。法国的启蒙运动以唯物主义、经验主义、无神论、自然科学等为自己的思想武器,带有极强的革命性和战斗性。启蒙思潮反对法国教会、提倡科学,坚决打击封建主义,如孟德斯鸠坚决反对"君权神授"。其次,启蒙思潮还推崇理性,倡导平等、自由与博爱的精神。

启蒙运动大概可分为两阶段。前一阶段以孟德斯鸠、伏尔泰（Voltaire,1694—1778）为首;后一阶段以狄德罗（Denis Diderot,1713—1784）、卢梭（Jean-Jacques Rousseau,1712—1778）为代表人物。

1721 年,孟德斯鸠发表《波斯人信札》（*Lettres Persanes*）,标志着启蒙文学的开端。这部小说以两位波斯人的 161 封信件为主要内容,对当

时的法国社会进行大胆的抨击，打开了启蒙世界的大门。1748年，孟德斯鸠最重要的著作《论法的精神》(*De l'esprit des lois*)首次出版，这部"政治哲学"的伟大作品包含对政府的区分、对政府遵循原则的论述、间接权力的理论、三权分立的理论四部分内容，为文学批评和启蒙主义开辟了新前景。但在这一阶段中，封建王朝对书籍和文学的把控较为严苛，启蒙家们反封建态度并不强硬。

从1750年前后至1789年法国大革命爆发是启蒙运动的第二阶段，启蒙思想家们对法国社会的认知不断加深，斗争和批判愈发严峻。卢梭（发表的《论科学与艺术》(*Discours sur les sciences et les arts*)和《论人类不平等的起源和基础》(*Discours sur l'origine et les fondements de l'inégalité parmi les hommes*)是这一时期发人深省的警告之作，后者探讨了社会不平等的原因及克服的方法，揭示了封建统治阶级的虚伪本质，提出建立资产阶级民主共和国的革命理想，标志着卢梭的思想走向成熟。

在法国文学发展史上，启蒙主义文学上承古典主义的余韵，下接19世纪的现实主义与浪漫主义，总体而言是一个过渡时期。

五、19世纪文学时期（19世纪）

法国19世纪文学总体可分为上半叶和下半叶两个阶段，上半叶以浪漫主义和现实主义为主要特征；下半叶为过渡阶段，在延续现实主义的特点的同时，自然主义、象征主义等流派也蓬勃发展起来。

（一）19世纪上半叶

从政治背景来看，法国在19世纪上半叶经历了拿破仑帝国[①]、复辟王朝、七月王朝[②]三个时期，政治斗争复杂剧烈的同时，资产阶级经济蓬勃发展，资产阶级文学也达到顶峰。19世纪的法国思想环境空前活跃与包容，并以浪漫主义和现实主义文学为主要特征。

[①] 法国大革命中，拿破仑利用各方势力的矛盾夺取政权。
[②] 七月王朝时期，资本主义经济获得极大发展。

浪漫主义思潮是法国大革命的直接产物。在大革命的影响下，新兴资产阶级与封建王朝残留的文化意识形态产生了巨大的矛盾与冲突，在文化领域发生了碰撞。首先，法国大革命要求"自由、博爱、平等"，强调个人独立和自由，成为浪漫主义文学的核心思想。其次，封建社会的旧贵族因势力消亡变得悲观忧郁，但小资产阶级也未能获取理想的生活，民众对浪漫的追求和想象成为社会的普遍选择。最后，德国古典哲学和空想社会主义的传播为法国浪漫主义思潮提供了思想理论基础，浪漫主义思潮应运而生。法国浪漫主义注重作者的主观想象和情感的抒发，要求文学突破反映现实的范畴，提倡创作自由与个性解放，偏爱书写中世纪和文艺复兴时期的历史与文学，并注重自然风光的描绘。

斯塔尔夫人（Mme de Staël，1766—1817）作为法国浪漫主义的先驱，论述了浪漫主义的特征，并率先将这一概念引入19世纪的法国社会，提出了浪漫主义的一些准则。但对法国浪漫主义来说，最负盛名的作家无疑是维克多·雨果（Victor Hugo，1802—1885）。1831年，雨果受到七月革命的影响而写出《巴黎圣母院》（*Notre-Dame de Paris*）这部长篇小说，他也因此成为法国文学中最负盛名的作家之一。《巴黎圣母院》被称为"15世纪巴黎的一幅图画"，虽然内容为作家虚构，但雨果以离奇且不失浪漫的笔法歌颂了敲钟人卡西莫多舍身救吉普赛姑娘埃斯梅拉达的动人心魄的爱情故事。除此之外，《悲惨世界》（*Les Miserables*）和《笑面人》（*L'Homme qui Rit*）也是其后期代表作。雨果不仅在小说创作方面达到炉火纯青的地步，戏剧和诗歌上也颇有建树，他是法国戏剧史上的重要作家，与古典主义戏剧家高乃依、拉辛和莫里哀齐名，并列为法国四大戏剧家。

法国现实主义思潮的产生则稍显滞后。随着资本主义经济的不断发展，金钱成为人们衡量事物好坏的唯一尺度，政治经济结构都在发生巨变的同时，人们看待社会的视角随之改变。在热衷物欲的风气之下，人情变得冷漠，以经济为导向的压迫和剥削通过新的形式展现出来，文学作品中务实、现实、冷静的笔触开始形成。现实主义文学希冀真实地反映社会现状，以人道主义为武器揭露底层人民的苦难，深切关心物欲横流的风气中人的命运与前途，并注重社会环境的描写。

奥诺雷·德·巴尔扎克（Honoré de Balzac, 1799—1850）是法国现实主义的奠基人和代表作家之一，他的巨著《人间喜剧》（*La Comédie humaine*）宛如现实主义道路上的一座丰碑，贵族衰亡、资产者发迹、金钱罪恶并称为这部作品的三大主题。巴尔扎克擅长再现典型环境中的典型人物，注重细节，注重现实性书写，以老一代的高布赛克、过渡时期的葛朗台和青春期的纽沁根再现了资产阶级的罪恶发家史。

（二）19世纪下半叶

在这一文学时期，法国包含第二共和国、第三共和国两个时代。随着1871年巴黎人民起义，巴黎公社建立，直到19世纪最后30年，共和制才得以确定。与此同时，科学技术迅猛发展，"唯科学主义"诞生，对文学思潮有较大影响。19世纪下半叶的法国文坛不仅延续了上半叶的现实主义思潮，更出现了自然主义、象征主义并存的文学样貌。

居斯塔夫·福楼拜（Gustave Flaubert, 1821—1880）是一位承前启后的作家，他既延续了现实主义的传统，又有自然主义文学的创作特点，是后世"新小说"作家的先驱。他的小说可分为描写现当代生活和古代生活两大类。前者试图揭示现当代生活的丑恶阴暗，如《包法利夫人》（*Madame Bovary*）通过书写遭到社会荼毒而走向沉沦、堕入深渊的主人公艾玛，以其悲剧命运来揭露令人窒息的社会现实，并通过细致刻画人物的精神状态，以人物的变化透析历史社会事件。在艺术上，他追求真实和对现实的补充，不发表作者的议论，而以纯粹的客观态度对待主人公，其小说审美体现了超时代、超意识的探索与追寻。

伴随着现实主义的延续，自然主义思潮登上文学舞台，在19世纪七八十年代达到高潮。虽然埃米尔·左拉（Émile Zola, 1840—1902）以浪漫主义创作踏上了写作道路，但他逐步从浪漫主义过渡到自然主义，成为法国自然主义的奠基人和领袖家。左拉效仿巴尔扎克的《人间喜剧》，创作了"第二帝国家族和社会史"的文学巨著：《卢贡·马卡尔家族》（*Les Rougon-Macquart*）。《卢贡·马卡尔家族》共包括二十部长篇小说，以卢贡·马卡尔家族五代人的人生轨迹为线索，真实再现了19世纪法国下半叶资产阶级与工人阶级斗争的历史，揭露了统治阶层的丑恶嘴脸。

19 世纪下半叶，还潜藏着一位优秀的批判现实主义作家——居伊·德·莫泊桑（Guy de Maupassant，1850—1893）。他是世界著名的短篇小说家，与俄国契诃夫和美国欧·亨利并称为"世界三大短篇小说巨匠"。1880 年，《羊脂球》（*Boule de Suif*）的问世使莫泊桑一举成名，福楼拜曾夸赞说这是一部"构思、喜剧性和观察方面的杰作"。从这之后，莫泊桑笔耕不辍，一生共创作六部长篇小说、三百五十九篇中短篇小说及三部游记。他的短篇小说体裁着眼于小资产阶级和公务员、普法战争历史、农村生活等，人物刻画手法丰富多样，语言简洁紧凑，具有较强的感染力。

被称为现代派鼻祖的诗人夏尔·波德莱尔（Charles Baudelaire，1821—1867）是法国象征主义的先驱。虽然"象征主义"一词最早出现在 1886 年，但波德莱尔 19 世纪下半叶的创作（如《恶之花》（*Les Fleurs du mal*）便已然涉及了这一文学理念。他提出"通感"这一文学理论，认为"大自然是座象征的森林"，坚信外界事物与人的内心世界息息相通，互相感应契合。同时，他还在作品中大胆选取城市中的丑恶和人性潜藏的阴暗面进行描绘，认为"丑恶经过艺术表达也可以变为美"，故而《恶之花》在法国诗歌发展史上也具有划时代的意义。波德莱尔之后，保尔·魏尔伦（Paul Verlaine，1844—1896）、阿蒂尔·兰波（Arthur Rimbaud，1854—1891）和斯泰凡·马拉美（Stéphane Mallarmé，1842—1898）等象征主义诗歌派的领袖继续发展了由波德莱尔开创的象征主义诗风。

六、20 世纪文学时期（20 世纪—）

总体而言，20 世纪是帝国主义战争频繁、社会主义革命高涨的时代。法国文学虽然名家辈出，作品质量较高，但缺少强大的主流。超现实主义、存在主义、荒诞派戏剧、新小说等都曾异彩纷呈。20 世纪文学和 19 世纪一样，也可分为前后两个时间阶段。

（一）20世纪上半叶

人文主义在法国本就根深蒂固，进入20世纪后，在一战前创作的最出名的作家无疑是罗曼·罗兰（Romain Rolland，1866—1944），他是法国著名的人道主义作家和批判现实主义作家。在罗曼·罗兰的创作中，最重要的有三部小说：《约翰·克利斯朵夫》（Jean-Christophe）、《母与子》（L'Âme-enchantée）和《哥拉·布勒尼翁》（Colas Breugnon）。《约翰·克利斯朵夫》是其代表作，集中体现了小说主人公克利斯多夫奋斗的一生。从孩童时期对音乐的天才感应写起，到青年时期对社会不公的反叛，中年时期在音乐事业方面的成功以及最后精神回归宁静的结局，罗曼·罗兰通过再现主人公的一生，也展示了那个时代的兴衰变化。

此时，现代主义文学已经萌芽，以马塞尔·普鲁斯特（Marcel Proust，1871—1922）为首的"意识流"作家们通过味觉、嗅觉、视觉、听觉与触觉来勾起回忆、复活往事。"意识流小说"倾尽全力表达主人公的内心世界，采用多角度、反复观照、时序颠倒等写作手法表达难以言喻的意识活动。普鲁斯特的代表作为《追忆似水年华》（À la recherche du temps perdu），以"我"为主体记录内心世界，再现了当时的社会生活、人情冷暖。作品没有主人公，只有叙述者的生活经历和内心声音，其中穿插了大量的情节与事件，宛如一部宏大交响乐般的艺术感染力奠定了普鲁斯特在世界文坛的地位。

法国后期象征派以保尔·瓦雷里（Paul Valéry，1871—1945）为主要代表人物，他的诗歌创作少却精，一生只创作过50多首诗。他首先提出"纯诗"的概念，认为诗歌的本质即为语言的本质，不同意把诗歌建立在灵感的基础之上，主张诗人应通过诗歌的音乐性、节奏和意象取得读者的关注。其代表作品有《年轻的命运女神》（La Jeune Parque）等。

经历了两次世界大战之后，政治方面，法国迎来了所谓的"美好时代"，出现了社会安定、经济繁荣的假象。社会文化层面，科学技术迅速发展，以叔本华、尼采和柏格森为首的唯心主义盛行，弗洛伊德的精神分析理论诞生，文学逐渐发生转向。

在这样的时代背景下，20世纪的法国出现了重要的超现实主义思潮，它的前身是达达主义。达达主义在诗歌创作中破坏语言的结构，将词句毫无意义地组合起来，启发了超现实主义者，以安德烈·布勒东（André Breton，1896—1966）为首的超现实主义者们将梦幻和冲动引入文学创作中，其小说《娜嘉》（*Nadja*）把梦幻的场景、人物的潜意识、作家的自动写作等手法相融合，形成了典型的超现实主义小说。超现实主义作家们通常使用大量的意象堆积，反叛传统的写作模式，毕竟在超现实主义者看来，只有"无意识"才能最大限度地还原事物的本来样貌。

（二）20世纪下半叶

第二次世界大战之后，法国进入第四、第五共和国时期，科学有了迅速发展，信息论①诞生，存在主义成为法国20世纪下半叶产生重大影响的哲学思潮，荒诞派与新小说家们纷纷崛起。

存在主义并非对启蒙思想家宣扬的单纯反封建、教会思想的继承，而是在更深度的人与社会关系下思考荒诞意识、选择的自由、道德与行动之间的矛盾与冲突，哲学思辨性较强。存在主义者也与启蒙家一样，十分具有战斗性，常常在作品中批判社会的不公。存在主义的作家们常常描写人的主观情绪，表现人物的荒诞感，在作品中穿插对存在主义哲学思想的解说。

让-保罗·萨特（Jean-Paul Sartre，1905—1980）最早揭开了存在主义的序幕。1938年，他发表小说《厌恶》（*La Nausée*，也可译为《恶心》）开始了自己的文学创作。这部作品是萨特的日记体小说，他将自己的哲学理论蕴含在小说情节之中，用小说主人公的日记表达自己对"存在"的理解。主人公安东纳·洛根丁对世界充满了恶心与厌恶，那种人生存之下对人性异化和社会生活无理由的恶心本身，就是萨特对"存在"的揭露。

除了萨特之外，西蒙娜·德·波伏娃（Simone de Beauvoir，1908—1986）

---

① 1948年，美国学者香农（1916—2001）提出"信息传递的数学原理"。同年，另一位学者诺贝特·维埃纳（1894—1964）出版了《控制论》一书，一门新学科由此诞生了。

和阿尔贝·加缪（Albert Camus，1913—1960）稍晚一点踏上法国文坛。前者于1948年在《现代》上连载《第二性》（*Le Deuxième sexe*），一跃成为西方女权主义的代表人物之一。波伏瓦的小说及理论著作也深刻地表明了存在主义的基本观点：人与人的关系、人在社会中的自由选择、人应承担的责任问题等。加缪的《局外人》（*L'Étranger*）出版后，荒诞成为后世作家们逐渐关注的写作主题。

荒诞派从存在主义者那里得到了启迪，着重表现人与人之间、人与社会之间的荒诞关系。在书写人异化的同时，突出西方世界的幻灭感。尤其是荒诞派戏剧在形式上反传统戏剧的抽象特点，无情节无身份的表演发人深省。萨缪尔·贝克特（Samuel Beckett，1906—1989）是荒诞派的代表作家之一，他的作品通常选取流浪汉、残疾者等社会边缘人物作为书写主人公，突出其境遇的悲惨和社会的冷漠与孤独，人物普遍处于混沌之中。1952年，贝克特完成了《等待戈多》（*En attendant Godot*），确立了他在荒诞派剧作家中的地位。通过这部典型的无情节、无心理、无高潮的"反戏剧"作品，贝克特将"荒诞"二字发挥得淋漓尽致。

"新小说"①与荒诞派一样，在20世纪五六十年代的法国形成潮流。第二次世界大战之后，人们的希望被摧毁，怀疑代替了信念和理性的判断，新小说家们放弃现实世界的故事材料，重新勾画意识想象的可能性，观察自我。他们反对一切传统小说的创作方法，主张写物，追求语言重新拼凑的文字游戏，让读者参与进故事情节之中，主张对写作形式的创新。娜塔莉·萨罗特（Nathalie Sarraute，1900—1999）阿兰·罗布-格里耶（Alain Robbe-Grillet，1922—2008）以及克洛德·西蒙（Claude Simon，1913—2005）是"新小说"一派的代表作家。新小说家们打破了传统小说对事件和特定空间的依赖，让想象、记忆、梦境与现实混为一体，丰富了小说的表现力。

从11世纪初到20世纪末，法国文学源远流长，延绵不绝，在创新和传承之间找到了绝佳的平衡点，在不同的文学领域都具有极高的造诣，富有强大的生命力，并保持着不断发展的创新特点。

---

① 还有其他称谓，如子夜派、视觉派、拒绝派、新现实主义、实验小说、反小说等，子夜出版社是"新小说"作家的据点。

第二节 个案分析

一、维克多·雨果（Victor Hugo，1802—1885）

雨果是法国浪漫主义时期的文学领袖，1802年2月26日生于贝尚松。雨果的创作历程长达60年，共出版过多部诗歌、小说、剧本、哲学理论著作等，他在法国及世界都具有极高的影响力。1827年10月，雨果发表《〈克伦威尔〉序》（La Préface de Cromwell），这是浪漫主义文学的宣言书，这部作品在法国文学批评史上具有划时代的意义，也标志着雨果从此成为浪漫派的领袖。其代表作有《巴黎圣母院》（Notre-Dame de Paris）、《九三年》（Quatre-vingt-treize）、《悲惨世界》（Les Misérables）等。

雨果反对古典主义"三一律"的创作原则，提出了一个新的审美对照原则：美与丑。他认为"丑怪就存在于美的旁边，畸形靠近优美，滑稽怪诞藏在崇高的背面，恶与善并存，黑暗与光明相伴"。美丑对照原则贯穿于他的文学作品创作之中，指导着雨果的写作。

1831年，雨果发表《巴黎圣母院》，打破了古典主义对写作和构思的桎梏，成为法国浪漫主义作品中的里程碑。《巴黎圣母院》的故事发生在1482年，雨果受到了七月革命的启发，讲述了一位靠卖艺为生的吉普赛女郎埃斯梅拉达被巴黎圣母院副主教克洛德迫害，后被面目丑陋却内心善良的敲钟人卡西莫多所救的故事。虽然这部小说写的是15世纪的法国，但作者并没有将目光着眼在真实的历史时间上，而是通过虚构书写不同阶层的人物，反映当时的社会现状。他曾说过："这是15世纪巴黎的一幅图画，是关于巴黎的15世纪的一幅图画。"在雨果创作构思《巴黎圣母院》的时期，法国爆发了七月革命，结束了复辟王朝的统治。复辟王朝统治期间，封建等级秩序极其严酷，下层人民境地悲惨，社会黑暗而残忍。当人民反抗并取得胜利后，受此影响，雨果创作了此小说，表达了其反对封建统治，关注底层人民幸福的主旨思想。美学层面上，埃斯梅拉达和卡西莫多—美一丑、卡西莫多的内在与外表—美一丑等对比，生动、充分地展现了心灵

美的重要性，美与丑在作品中和谐而统一，是雨果为文学审美领域做出的伟大尝试。

晚年，雨果的长篇小说《悲惨世界》问世，书中通过书写主人公冉·阿让悲惨的个人经历，揭露了资本主义的腐朽和黑暗，抨击了当时社会法律的虚伪本质。可以说，小说主人公就是雨果对浪漫主义最深刻的理解与刻画，他本性善良，却因为社会与法律的不公和残害，导致他逐渐成为"一头野兽"，决心报复这个悲惨的世界，但当犯下令他悔恨终生的错误后，他终于幡然醒悟，历经一系列事件后精神状态更是达到了前所未有的至高境界。《悲惨世界》的构架极其庞大，有名字的人物达到上百个，涵盖了从拿破仑战争开始几十年的时光。这部作品不仅是雨果晚年创作的巅峰之作，更是其从浪漫主义向现实主义转向的重要作品，作者以史诗般的宏大口吻再现社会与历史，以及小人物在不同阶段时受到的影响和冲击，宛如一幅历史壁画一般。

雨果的创作总体上歌颂真善美，批判资本主义与封建制度的不公和残酷，具有鲜明的人道主义精神，早期是浪漫主义的集大成者，后期创作也带有一定的现实主义因素，他笔下动人的小人物和宏大的史诗感富有巨大的张力，他本人也被波德莱尔评为"超越国境的天才"。

二、罗曼·罗兰（Romain Rolland，1866—1944）

罗曼·罗兰是法国 20 世纪上半叶著名的小说家与戏剧家。他 1866 年出生于克拉姆西，受母亲的影响酷爱音乐。他一生阅读了大量的文学作品，1880 年随父母定居巴黎，1889 年在法国巴黎高等师范学校毕业后，便与列夫·托尔斯泰（Лев Николаевич Толстой，1828—1910）经常通信，交流文学写作等相关内容。之后，他在世界各地旅游，为他的创作积累素材，回国后在巴黎高等师范学校和巴黎大学当音乐艺术史的老师，并开始从事自己的文艺创作，被人们归类为"用音乐写小说"的人道主义作家。

在小说创作中，罗曼·罗兰擅长表达个人对自我精神的探索和体验，在他最著名的三部小说《约翰·克利斯朵夫》（*Jean-Christophe*）、《母与子》（*L'Âme-enchantée*）和《哥拉·布勒尼翁》（*Colas Breugnon*）中，纵然时代背景与历史宏大感是其重要特点，但占据主要地位的是主人公内心世界的情感与波动，社会生活背景仿佛随着主人公的心态变化而浮动，故而他的长篇小说也被称为对主人公精神世界进行刻画和剖析的"思想小说"。

从艺术创作方面来看，"音乐小说"无疑是罗曼·罗兰在法国小说史上最伟大的贡献。《约翰·克利斯朵夫》就是其典型的音乐小说，整体显现出宛如交响乐般的结构与写作特征。因为罗曼·罗兰本身就具有极高的音乐素养，是一位钢琴家、音乐评论家和音乐艺术史教授，故而他能够在长篇小说之中将音乐的元素与特征运用到写作之中。

从《约翰·克利斯朵夫》的小说结构来看，其十卷可组合划分为音乐的序章、发展、高潮与结尾三个乐章。小说主人公克利斯朵夫童年、青年时期的反抗精神是第一乐章；在巴黎时达到成功顶峰是第二乐章；最后的平静是第三乐章。罗曼·罗兰也在塑造主人公的成长过程与音乐造诣时，穿插着不同音乐评论家的理解和点评，自然而独特地带领着读者遨游主人公的内心世界。从主人公的内心世界来看，自然界的万事万物在他心中都会变成乐曲的声音："这种无所不在的音乐，在克利斯朵夫心中都有回响。他所见所感，全部化为音乐……教他辨别泥土、空气和水的气息，辨别在黑暗中飞舞蠕动、跳跃浮游的万物的歌声、叫声、响声，告诉他晴雨的先兆，夜间的交响乐中数不清的乐器。"作者在书写主人公内心活动的同时，也在描写他独特的音乐感受，内心世界与音乐世界相互交织的独特魅力，是罗曼·罗兰对音乐的最高意义的现象学还原。

除此之外，罗曼·罗兰也是一位著名的人道主义者，他具有鲜明的宗教意识、对真理至高无上的追求以及人间大爱的精神。在他的小说作品中他主张以"爱"和"英雄主义"对抗物欲横流和压迫冷漠的社会。正如《约翰·克利斯朵夫》扉页上面的题词所言："真正的英雄绝不是永远没有黑暗的时间，只是永不被黑暗所掩蔽罢了，真正的英雄绝不是永远没有卑下的情操，只是永不被卑下的情操所屈服罢了。所以，你在战胜外来的敌人之前，先得战胜你内在的敌人。你不必害怕沉沦堕落，只要你能不断地自拔与更新。"

第四章　德国文学

第一节　德国文学总述

德国文学内涵深邃、厚重博大，因其文学具有独特的哲理思辨性在欧洲独树一帜，故而普遍被人称为"思想者的文学"。总体而言，德国文学可大致分为以下几个时期：中世纪文学时期、文艺复兴及巴洛克文学时期、启蒙运动文学时期、18世纪末到1945年的德国文学、战后德国文学时期。

一、中世纪文学时期（8世纪—14世纪）

从公元前到8世纪初，在今日德国北部、波罗的海沿岸等附近生活着日耳曼人部落群。古代日耳曼人没有文字，无法记载自己的历史，此时文学大多为民间相传的口头文学。

从8世纪中叶开始到12世纪下半叶，沿着莱茵河移动的日耳曼各部落开始接受基督教信仰，并在拉丁语的基础上创造了德语文字，从此德语文学有了文字记载。法兰克王国接受基督教后，11世纪中叶开始，随着查理大帝（Karl der Große，742—814）开展文化改革运动，到12世纪下半叶，文学蓬勃发展，其中包含了宗教文学、僧侣的世俗文学、"艺人叙事文学"等文学形式。在查理大帝的倡导和亲自推动下，修道院遍布德国各地，皇族子弟和世贵显族们开始系统地学习古罗马文化、基督教文化和科学知识。查理大帝发起的文化教育运动使得西欧摆脱了野蛮和混乱的状态，具有着跨时代的意义和价值，被西方史学家称为"加洛林的文艺复兴"（Carolingian Renaissance）。

随着僧侣文学逐渐发展，一种以理解现实世界为目的的封建世俗文学逐步形成，这就是在 1150 年出现的骑士文学。12 世纪上半叶开始，德意志走向了封建社会的繁荣时期，他们提倡以骑士精神作为王国的行事规则与价值典范。德语文学从 1170 到 1250 年间处于欧洲领先地位，开创了德国文学史上第一个伟大的时期——骑士宫廷文学时期。这是一种新兴的世俗封建文学，骑士是文学的主体，宫廷是他们的活动中心。这一时期的主要文学种类是骑士爱情诗、宫廷史诗和英雄史诗。

骑士爱情诗（Minnesang 或 Minnegesang）是最早用德语书写的叙事体文学作品，通常为作者心灵与情感的自白，有节拍和乐谱可供传唱。13 世纪末到 14 世纪初的莱茵河上游东南部是骑士宫廷文学繁荣时期创作的中心地带，在这一地区诞生了重要的三个手抄本，分别为《小型海德堡歌集手抄本》（*Die kleine Heidelberger Liederhandschrift*）、《魏因加特纳歌集手抄本》（*Die Weingartner Liederhandschrift*）、《大型海德堡歌集手抄本》（*Die große Heidelberger Liederhandschrift*）。

宫廷史诗（das höfische Epos）或称宫廷传奇（der höfische Roman）是现代长篇小说的前身，这类作品都是由在宫廷任职的骑士接受封建主的命令而创作的，故称宫廷史诗。此类作品描绘了骑士的理想世界，主题积极向上，具有教育功能；其次，宫廷史诗还带有传奇色彩，大多取材于亚瑟传奇（Artus-Legende）和特里斯坦传奇（Tristan-legende）等；最后，它们还带有相似性，通常的故事情节和人物形象都按照一定的公式进行构思与创作。费尔德克的海因里希是德国宫廷史诗之父，他根据法国流行的史诗改写的德国宫廷史诗《埃奈德》（*Eneid*）是德国中世纪第一部以完整的文本流传百年的作品。

除了传奇题材的宫廷史诗外，还有《尼伯龙根之歌》（*Das Nibelungenlied*）这部著名的英雄史诗（Heldenepos）。这部史诗的作者不明，但流传甚广。一共分为三十九歌，由《西哥夫里特之死》（*Siegfrieds Tod*）和《克里姆希尔德的复仇》（*Kriemhilds Rache*）两部分组成。这部史诗借日耳曼人的英雄形象表现德国 13 世纪的骑士宫廷生活，表现了英雄们因命运使然最后走向悲剧的结局。《尼伯龙根之歌》的人物不论男女都充满着英雄气概，具有着骑士阶级特有的人道主义色彩，深受基督教文化的影响，总体情节收尾连贯、风格统一，深受德国人民喜爱。

1250 年，霍亨史陶芬王朝（Staufer Dynasty）的"黄金时代"宣告结束，封建统治日益衰微，自然经济逐步解体，城市文学开始发展起来。"十字军东征"后，骑士宫廷文学也逐步走向衰亡。从 13 世纪开始，强调教育和知识的市民文学萌芽，并在 14 世纪发展壮大，占据文学的主导地位。早期的市民文学分为叙事体作品、诗歌及戏剧。前者由讽刺—教育小说、动物故事和笑话组成。动物故事在市民文学的萌芽时期地位突出，其中最出名的是"列那狐的故事"，在几个世纪以来不断被人加工书写，流传广泛。

二、文艺复兴及巴洛克文学时期（15—17 世纪）

（一）文艺复兴时期

霍亨史陶芬王朝结束后，帝国陷入混乱之中，从中世纪向新时代过渡。自 15 世纪以来，日心说的建立、美洲大陆的发现以及一系列科学技术的诞生改变了人们对世界的看法，人们在文化方面开始追求平等、自由与开放。在德国，人文主义思想在 14 至 15 世纪期间发展起来，并于 15 至 16 世纪自觉地传播开来，引发后世的宗教改革及人文主义运动。总体而言，这个时候市民与手工业者代替骑士成为文化的主要创造者。

人文主义思想在德国大地传播，科学进步、艺术繁荣推动了文学的发展，政治散文与讽刺文学就是在这一大的思想背景下产生的。这个时期的文学虽然带有人文主义的思想，但总体缺乏革命的力量和精神，不涉及社会问题，以轻松的笔调描写市民的正常生活。如讽刺文学作者塞巴斯蒂安·博兰特（Sebastian Brandt，1457—1521）的诗文体裁叙事作品《愚人船》（*Das Narrenschiff*）等。

宗教改革是继文艺复兴运动之后，市民阶级反对宗教封建主和罗马天主教会的社会运动。实际上早在 14 世纪就有这种呼声，于 16 世纪形成系统的理论和行动纲领，马丁·路德（Martin Luther，1483—1546）是这一改革领导者。1517 年，他的《五十九条论纲》（*95 Thesen*）以抨击教皇出售赎罪券为目标，宣称基督教徒可以通过自己阅读《圣经》领会教会宗旨,灵魂便可得救,一场声势浩大的革命就此开始。

1525年之后,德意志的国家政体因宗教改革运动和农民战争走向分崩离析,市民阶级和资本主义的力量削弱,德意志诸侯趁机控制着教会进行掠夺,封建自然经济抬头。文学不再带有着反对封建专制的锐气,而成为诸侯进行道德教育的手段。民间故事书(Volksbücher)便是16世纪诞生的新文学形式,其中最著名的民间故事书是《约翰·浮士德博士的故事》(*Historia von Dr. Johann Fausten*)。这本书在民间传说的启迪下完成,记录了浮士德博士被"魔鬼"缠绕的一生,作者以此为戒,教育世人不可违背基督教的教义,企图扼杀人类对科学的追寻与探索。但事实上浮士德博士的进取精神与斗争态度却感染了德意志民族,与作者的本意达到了相反的效果,足以见得德国当时被人文主义影响之深。除了民间故事书之外,戏剧与诗歌创作也从中世纪的萌芽状态向近代过渡。

(二)巴洛克文学时期

宗教改革过后,德国的诸侯们形成了"新教联盟"和"天主教联盟"两大派别,势不两立,带动了欧洲其他国家分裂为不同的阵营。1618年,捷克发动了反对哈布斯堡王朝的起义,开启了与德国长达30年的战争。德国大片城市被毁、人口锐减、经济崩溃,神圣罗马帝国名存实亡,君主专制主义大行其道。故而,17世纪的德国文学并没有继承文艺复兴时期的文学传统,而拥有了一个全新的开始:巴洛克文学(Barockdichtung)。

与16世纪的市民文学不同,17世纪盛行"高雅文学",主要有以下原因:其一,作者们尊崇外国文学、排斥本国传统;其二,受到三十年战争的影响,作家们一边呼吁百姓及时行乐(Carpe Diem),一方面又悲观绝望,心态矛盾;其三,作家们不愿描写真实的世界,而将其内心的希望寄托在创造的文学世界之中。17世纪的作家们在形式、技巧和语言上不断创新,大量使用比喻、象征、寓意等手法,使得作品"富丽堂皇",但也导致后期一些作品出现冗长繁杂,玩弄文字游戏等特点。

马丁·奥皮茨(Martin Opitz,1597—1639)被誉为"巴洛克文学之父",为德国17世纪的诗歌发展起到了决定性作用。他出版的《德意志诗学》

（*Buch von der deutschen Poeterey*）是当时最著名的诗学作品，规定了不同的诗歌与戏剧应该遵守哪些文学创作规则，为德语诗歌格律的发展奠定了基础。

德国巴洛克时期的诗歌模仿意大利和法国的诗歌模式，精心雕琢、用词华丽。共有以下几个特点：第一，效仿"彼得拉克诗风"[①]，语言精确，采用大量修辞手法表达诗人的思想感情，固定的主题有赞扬女性、歌颂身体之美、向往爱情等。第二，形式上诗体为"十四行诗"[②]（*Sonett*），各段的韵脚均是固定的。第三，"即事诗"（*Gelegenheitsgedicht*）盛行，在生老病死、庆生祝贺、告别康复、快乐痛苦等心情与活动中创作。

安德烈亚斯·格吕菲乌斯（Andreas Gryphius，1616—1664）是德国17世纪最伟大的诗人。在德国三十年战争期间，他身处于地狱一般的环境中，目睹了瘟疫、灾难、死亡和烧杀抢掠的罪恶与苦难。表面上看，他的诗作大多写"虚空"（*Eitelkeit*）等宗教题材，如《凡事皆虚空》（*Es ist alles eittel*）中表达人生活在世界上努力徒劳，以及变化不定的命运和疾苦。但实际上他的"虚空"并非全部来自基督教文化，也带有战争中的亲身经历，所以有一定的爱国情怀与民族感情融入了作品之中。其著名诗篇《祖国之泪》（*Tränen des Vaterlandes Anno*）就在记录战争残暴恐怖的同时，表达了他对祖国殷切的关心与爱。

相比诗歌而言，德国巴洛克时期的戏剧因为失去其民族性，并未产生世界级的戏剧大师。巴洛克时期的戏剧家们接受文艺复兴时期提倡的亚里士多德等人的诗学理论、学习欧洲其他各国的戏剧作品，因此德国此时的戏剧为雅剧（*Kunstdrama*），共包含教学剧、悲喜剧、歌唱剧、歌剧等多个种类。安德烈亚斯·格吕菲乌斯同样也是这一时期的代表戏剧家，一生著有五部悲剧、三部戏剧，代表作有悲剧《卡罗鲁斯·斯图亚特》（*Carolus Stuardus*）和喜剧《荒诞喜剧或彼得·古恩茨先生》（*Absurda Comica oder*

---

① 彼得拉克（Francesco Petrarca，1304—1374）是意大利文艺复兴文学早期"三杰之一"，是"文艺复兴之父"，被人称为"诗圣"。
② 源于意大利，是一种结构固定的诗体。每一首诗由两部分组成，既有呼应又有区别。

Herr Peter Guentz）。

巴洛克时期的德国文学以人文主义理想为纲领，追求形式典雅，虽然它以外国文学为基础，排斥本国文学，但依旧为后来启蒙文学的兴起奠定了基础。

三、启蒙运动文学时期（18世纪）

启蒙运动作为18世纪欧洲主导地位的思想潮流，发端于荷兰，在英国形成，其后传入法国和德国，并于18世纪20至50年代在德国达到高潮。德国文学也正是在18世纪完成了从近代到现代的转变。

随着腓特烈二世（Friedrich Ⅱ，1712—1786）上台，德国的国家政体从宫廷专制主义转向为开明专制主义。18世纪的德国虽然已经形成了文学市场，但失去了宫廷的支持，启蒙运动前期的作家并不把文学创作当作一种职业。直到18世纪中期，以莱辛（Gotthold Ephraim Lessing，1729—1781）为首的新启蒙作家登上文坛，才提出自由作家的要求。受到笛卡尔理性主义、洛克经验主义、德国启蒙哲学家沃尔夫等人的思想影响，德国启蒙运动蓬勃发展起来。这一时期的思想界充满了经验与知觉、理性与情感、道德与自然的冲突，因此孕育出了启蒙运动结束后的"狂飙突进"（Stvrmund Drang）文学。

17世纪末的市民知识分子被排除在宫廷之外后，其自我意识更加鲜明。启蒙运动在发展时期，指导思想是沃尔夫的理性主义系统哲学，作家们认为理性高于一切。故而在18世纪前半叶，道德周刊成为知识分子向大众传播启蒙思想的主要阵地，文学理论、戏剧、诗歌、寓言和讽刺小说等仍处于巴洛克向启蒙文学的过渡时期。

真正把启蒙运动带入鼎盛阶段的是克洛卜施托克（Friedrich Gottlieb Klopstock，1724—1803）、莱辛和维兰德（Christoph Martin Wieland，1733—1813），他们分别在诗歌、戏剧、小说三大领域做出了巨大贡献，德国文学因此再次进入高峰期，人才辈出、群星璀璨。这一阶段的启蒙运动。在重视理性的同时没有忽视情感的功能，在尊重客观的状态下又向个体的方

向倾斜。自此，德国文学打开了古希腊文学的宝库，并彻底摆脱法国古典主义的影响。

德国近代民族文学从克洛卜施托克创作的诗歌开始。克洛卜施托克一生都在为写一部反映德意志民族的史诗——《救世主》（*Der Messias*）而奋斗。《救世主》是其代表作，这部作品从他上学时便开始构思，直到老年依旧在不停修改，整部作品花费的时间长达五十年。克洛卜施托克大胆地创造了新的德语词汇，并创造性地用抒情代替以往叙事的史诗。表面上，他写的是耶稣受难、复活、升天的故事，实质上他却是通过情感来推动情节的发生，《救世主》也成为重情主义文学的巅峰。

倘若说克洛卜施托克一生都为了写出德意志民族史诗而奋斗，那么莱辛就是直接将德国文学提高到世界文学水平的第一人。莱辛是德国启蒙文学鼎盛期的代表。早年，他在亲戚米利乌斯（Christlob Mylius）的影响下沉迷戏剧，便开始尝试写作，出版多部寓言、箴言、喜剧等，如《诗体语言和故事》（*Fabeln und Erzählungen in Reimen*）便是他创作的类似小型诗体小说的寓言作品。在他作品的成熟期，他在柏林成为多家戏剧杂志、文学通讯等刊物和丛书的编辑，并和启蒙运动的代表人物尼考莱（Christoph Friedrich Nicolai，1773—1811）和门德尔松（Felix Mendelssohn，1809—1847）成为好友，互相交流。1760—1799年是莱辛作品的丰收期，他著名的美学著作《拉奥孔》（*Laokoon*）和喜剧《明娜·冯·巴恩赫姆》（*Minna von Barnhelm*）便在这一时期诞生。莱辛在《拉奥孔》中系统阐述了他对绘画与诗的美学研究理论：他认为不同的艺术种类可以有不同的表现方式；与文学作品展示全貌不同，艺术作品只能表现一个"点"，且需要靠观赏者的想象力进行推测；物体（*Körper*）才是绘画描写的真正对象。

18世纪下半叶，德国的社会矛盾日趋尖锐，市民在经济和文化方面成为主导力量，但却没有政治权利，因此导致的阶级矛盾日益尖锐，反对封建贵族统治阶级的声音此起彼伏。然而，当时分裂的德国邦国没有爆发政治革命的环境，文学成为青年知识分子表达反抗的唯一途径，"狂飙突进"文学运动应运而生。作家们要求打破一切束缚，将自我的激情全部在文学中体现出来。狂飙突进的作家们认为，人的所有合理行为都受情感驱动，而非理性的周密思考。民族精神、自由、自然、天才（Genie）成为狂飙运动的代名词。

赫尔德（Johann Gottfried Herder，1744—1803）是狂飙突进的奠基人，《关于人类历史哲学的思想》（*Ideen zur Philosophie der Geschichte der Menschheit*）是他一生主要观点的总结之书，他认为总体观、历史观和民主观是不可分割的整体，核心思想是人性论。

青年的歌德可谓是狂飙突进的代表人物。歌德（Johann Wolfgang von Goethe，1749—1832）早期作品被划分在狂飙突进运动之列，晚期的作品则进入了古典文学的范畴。自他1771年学业结束回到法兰克福后，他写出了大量代表狂飙突进运动的文学作品。其书信体小说《少年维特的烦恼》（*Die Leiden des jungen Werther*）根据自己的亲身经历改编，以第一人称的独白表达了维特对绿蒂爱而不得的心情，最后维特因不适应封建社会的生活选择了自杀。这部带有悲剧色彩的作品，在封建贵族专制统治的背景下，具有深刻的社会意义。《少年维特的烦恼》出版后，德国出现了"维特热"（Wertherfieber），这部作品也被视为狂飙突进运动时期最重要的小说。

18世纪80年代，狂飙突进运动似乎马上就要进入尾声，这时却出现了又一位德国文艺界的天才人物，也就是青年的席勒。席勒（Friedrich Schiller，1759—1805）一生创作过多部戏剧、诗歌、小说，甚至还涉猎美学和历史著作。席勒创作的戏剧是狂飙突进时期戏剧的重要组成部分，他的作品十分具有反叛性，揭露统治阶级的专制和丑恶，人与世界的斗争等，如《强盗》（*Die Räuber*）就通过主人公的好坏对比展现了作者对善与恶对立力量的思考。

四、18世纪末到1945年的德国文学（18世纪末—1945）

自从18世纪80年代到第二次世界大战结束，德国文学进入了一个新的发展时期。以启蒙文学为主导的德国文学终结，取而代之的是多样、繁荣的文学鼎盛期：古典主义文学、浪漫主义文学、现实主义文学、自然主义文学、表现主义文学、第三帝国时期的文学争相出现，统治着德国文坛。

（一）古典主义文学

法国大革命爆发之后，德国作家希望重现古希腊的辉煌，狂飙突进时期的随意和自由被古典主义的平衡严谨取代。

美学方面，康德（Immanuel Knat，1724—1804）哲学进入了"批判期"，在这一阶段写出了他的三大批判巨著《纯粹理性批判》（*Die Kritik der reinen Vernunft*）、《实践理性批判》（*Die Kritik der praktischen Vernunft*）和《判断力批判》（*Die Kritik der Urteilkraft*）。康德哲学将人置于研究的中心地位，为西方哲学开辟了新的道路，直接影响了以歌德、席勒为首的德国古典文学的发展。在康德影响下，席勒撰写了其美学代表作《审美教育书简》（*Über die ästhetische Erziehung des Menschen in einer Reihe von Briefen*）和《论质朴的和多情的文学》（*Über die naive und sentimentalische Dichtung*）。

从1794年开始到1805年席勒去世，歌德与席勒之间长达十年的好友关系在世界文学史上堪称文学交流的典范。他们希望在继承古希腊文学传统的基础上，建立起充满人道主义精神的高雅文学。在他们结盟之后，歌德主要写叙事作品，席勒则写戏剧，这就是德国文学的古典主义时期。[①]

歌德从狂飙突进转向古典文学的重要标志，便是其从表达主观情感转向了人对自己和世界的认知。在这一时期他写出了如《威廉·麦斯特的学习时代》（*Wilhelm Meisters Lehrjahre*）这样的"成长小说"[②]，并通过这部小说告诫世人要关注人如何成长、不断反思和调整自己在社会中的行为模式，并在思考的过程中找到自我。从1794年与歌德结交后，席勒在戏剧方面也取得了光辉成就。《华伦斯坦》（*Wallenstein，Ein dramatisches Gedicht*）是他古典文学戏剧的代表作，这并不是一部单纯的历史、政治剧，而是将主人公华伦斯坦同时代和社会背景相连，表现其善恶并存的状态和

[①] 因古典文学诞生在魏玛，故也被称为"魏玛古典文学"。
[②] 成长小说（Bildungsroman）是德国文学特有的小说形式，重点关注一个人在社会现实中的成长历程，表达作者的生活体验和他认为的价值观念。

悲剧的矛盾性、复杂性。

(二)浪漫主义文学

浪漫主义文学从18世纪末兴起,到1830年走向衰亡,与古典文学交织交叠。短短三十年,德意志经历了神圣罗马帝国灭亡、拿破仑建立统治等多件大事。德国文学在启蒙运动、狂飙突进对他国的模仿后,终于开创了第一个源于本土的文学运动。

浪漫主义作家们关注中世纪的传统,此时怀古之情与民族意识蓬勃发展。他们强调想象,主张发挥人自我的精神力量,与同时期的古典主义相互补,呈现出多元、众声喧哗的气象。虽然浪漫主义通常被看作消极、梦幻或逃避现实的文学,但随着民族意识的觉醒和前期康德等哲学家在思想方面的影响,德国文坛伴随着浪漫主义的兴起进入了"轴心时代"。

早期浪漫文学时期是从1796年到19世纪初,施莱格尔兄弟①是代表人物,他们于1798年创刊的《雅典娜神殿》(*Athenäum*)是当时浪漫主义文学的唯一阵地,上面发表的文章种类丰富,为浪漫主义文学构建了理论体系。除此之外,诺瓦利斯(Novalis,1772—1801)的组诗《夜颂》(*Hymnen an die Nacht*)也被称为德国浪漫文学"最美的散文诗",此诗内涵丰富,其现代性的构思、暗示性的语言、扑朔迷离的意象为人所喜爱。

中期浪漫文学时期是1805到1820年,这一时期的作家圈子因其活动范围被称为"海德堡浪漫派"(Heidelberger Romantik),代表人物有阿尔尼姆(Ludwig Achim von Arnim,1781—1831)、格林兄弟②等人。阿尔尼姆《守护皇冠的人》(*Die Kronenwächter*,1817)是浪漫文学最重要的历史小说,以1500年前后为时代背景,通过对内心的关照和作者想象,展示了德国中世纪末的历史风俗画。随着浪漫主义文学的发展,童话成为这一时期重要的文学题材。格林兄弟收集与创作的童话故事充满着想象力和

---

① 即奥古斯都·威廉·冯·施莱格尔(August Wilhelm von Schlegel,1767—1845)与卡尔·威廉·弗里德里希·施莱格尔(Karl Wilhelm Friedrich Schlegel,1772—1829)。

② 即雅各布·格林(Jacob Grimm,1785—1863)和威廉·格林(Wilhelm Grimm,1786—1859)。

魔幻传奇的色彩，角色多样，悬念迭起，具有惩恶扬善的普遍倾向。晚期浪漫文学在19世纪30年代初逐渐沉寂。

除此之外，介于古典主义和浪漫主义文学之间的让·保尔（Jean Paul，1763—1825）、荷尔德林（Friedrich Hölderlin，1770—1848）和克莱斯特（Heinrich von Kleist，1777—1811）三位重要作家也值得关注。荷尔德林将自己的美学、哲学思想蕴于诗作之中，代表作有《生命分成两半》（*Hälfte des Lebens*）、《命运之歌》（*Schicksallied*）等。

（三）现实主义文学

1848法国爆发的二月革命使得民族主义、自由主义传入德国并深入人心，普鲁士不断发起战争，先后打败奥地利、法国，并在1871年完成了统一。伴随着德意志大规模进入工业化阶段，19世纪末20世纪初，德国从一个分裂的农业国一跃成为欧洲大陆最强的工业国。在文化方面，伴随着实证主义、费尔巴哈与唯物主义、叔本华悲观主义等影响，德国现实主义初现雏形。现实主义文学提倡再现现实，确保作家叙事的真实、客观性，以长、中篇小说为主要创作体裁。

在现实主义文学里，小说一枝独秀。主要有时代小说、历史小说、乡村小说、成长小说四大类别。成长小说是德国现实主义最有特色的类别，以弗赖塔格（Gustav Freytag，1816—1895）的《借方与贷方》（*Soll und Haben*）为典型范例，通过再现主人公的成长和发展历史，展现了不同阶层人物的悲剧结局。冯塔纳（Theodor Fontane，1819—1898）是德国现实主义文学的杰出代表，德国现实主义的代表作《艾菲·布里斯特》（*Effi Briest*）便是出自冯塔纳之手。他根据真实事件启发，写出了以婚外情为主题的小说而广为人知。

托马斯·曼（Thomas Mann，1875—1955）是德国最著名的现实主义作家，他受到叔本华和尼采等哲学思想的影响，一生钻研写作。他从1901年出版《布登勃洛克一家》（*Buddenbrooks*）后便声名大噪，其后期集大成之作的《魔山》（*Der Zauberberg*）通过描写一家养老院中不同阶级、身份的人物和死气沉沉的气氛，暗示资产阶级的腐朽与没落，该作品被视为是第一次世界大战之前欧洲社会生活的普遍缩影。

（四）自然主义文学

威廉帝国时代，伴随着达尔文进化论和实证主义哲学的引入，德国自然主义文学在 1880—1890 年登上历史舞台。它以慕尼黑和柏林为中心，在戏剧、小说、诗歌方面都有所成就。

格拉特·豪普特曼（Gerhart Hauptmann，1862—1946）是自然主义的主要代表人物，他在托尔斯泰和易卜生的影响下开始了自己的创作生涯，代表作有传奇剧《可怜的海因里希》（*Der arme Heinrich*）、历史剧《弗洛里安·盖尔》（*Florian Geyer*）等。创作后期，豪普特曼从戏剧转移到长篇小说之上，他将自己的个人经历倾注到写作之中，其长篇小说《阿特兰蒂斯》（*Atlantis*）还被搬上银幕。除此之外，赫尔曼·苏德曼（Hermann Sudermann，1857—1928）也是德国自然主义最著名的作家，他的剧本批判资产阶级的丑恶，以工人阶级和资产阶级的矛盾为主题，带有强烈的个人情感倾向。

1890—1910，德国文学进入世纪更迭阶段，伴随着经济高速增长和工人力量的壮大，思想文化陷入严重的精神危机。尼采（Friedrich Nietzsche，1844—1900）的哲学和弗洛伊德（Sigmund Freud，1856—1939）的精神分析学成为德国现代主义的精神指南。象征主义、唯美主义、印象主义、新浪漫主义、新古典主义、乡土文学等纷至沓来，这一过渡时期也为表现主义文学的登场奠定了思想基础。

（五）表现主义文学

第一次世界大战，随着资本主义社会矛盾的激化和人全面异化的开始，年轻作家们在拜金主义盛行的社会中感到极度痛苦和压抑，他们反对战争，要求革新，在作品中带有主观性的怪异的表现、强烈的宣泄，表现主义文学应运而生。它起初出现在绘画领域，1910 年之后出现在文学领域，并在 20 世纪成为德国最主流的文艺运动。

表现主义反对直接描写现实，注重内心世界的主观感受，通过怪诞、夸张、变形的手法强化主人公的内心活动，淡化情节、形象等象征。表现主义作家们反对战争、企图改变现状却找不到出口，只能在绝望与孤独中不断彷徨。1910—1924年，与表现主义关系密切的"达达主义"出现，达达主义更具虚无色彩，颠覆表现主义的纲领和原则，企图回到无意义的创作状态，作家们关注直觉、追求新奇，使用堆砌的词汇、下意识的语言、荒诞的形象反对此时的社会秩序。

诗歌、戏剧是表现主义运动革新的重点领域，小说则略逊一筹。诗歌是早期表现主义的主要形式，代表人物有格奥尔格·特拉克尔（Georg Trakl，1887—1914），他作品中遍布黑夜、死亡的恐怖意象，充满着忧郁、恐惧的象征，描写社会的衰败、覆灭与沉沦。在这一时期最有影响力和成就的文学形式是戏剧，着重表现人与人的冲突矛盾，反对已有的规则和价值观念，剧情荒诞，语言反复，代表人物有格奥尔格·凯泽（Georg Kaiser，1878—1945），他写于1912年的悲喜剧《从清晨到午夜》（*Von morgens bis mitternachts*）是表现主义戏剧的典范。

（六）第三帝国时期的文学

1924年诞生的魏玛共和国（Weimar Republik）孕育出了纳粹党。当纳粹党夺取政权之后，德国历史进入了最残酷和黑暗的时刻。在这个特殊的时代，德国产生了纳粹文学、流亡文学、抵抗文学等特殊的文学形式。

第三帝国时期的官方文学是纳粹文学，纯粹为纳粹的世界观而服务，它宣传德意志精神，鼓吹血统在文学创作中的重要地位，为德国法西斯的扩张提供文化支持，以诗歌、戏剧、军事小说等为主要创作形式。

纳粹统治时期，除纳粹文学以外的其他作品纷纷被禁，原本群星璀璨的德国文坛顿时沉寂下去，但依然有少数作家、诗人、剧作家暗中坚持创作。随着战争形式的变化，越来越多的德国作家转移写作阵地，前往欧洲、美洲的其他国家，形成了独特的流亡文学。如安娜·西格斯（Anna Seghers，1900—1983）在1933年国会纵火案发生后和丈夫离开德国，其最重要的小说均在流亡期间发布，《第七个十字架》（*Das siebte Kreuz*）以多声部、平行线的叙述模式，描述了七个逃亡者的行动，展现了德国人民生活的全景图。

五、战后德国文学时期（1945—）

第二次世界大战结束之后，德国文学因外来文化的引进暂时得到了缓冲，社会普遍存在的消极、没落是德国在艰难历史时刻表现出的"零点"（Nullpunkt）意识。此时的德国文学进入了冰点之后的缓慢复苏期。起初的文学以战争的记忆和伤痛为主要创作题材，后期逐渐转向。

赫尔曼·黑塞（Hermann Hesse，1877—1962）早在19世纪末便开始文学创作，是少数可以在战后德国西部出版书籍的小说家。1946年的《玻璃球游戏》（*Das Glasperlenspiel*）是其集大成之作，被誉为战后德国小说之冠。这部小说不仅是黑塞的收官之作，更是他的压轴大作，他借助想象中的"玻璃球游戏"，希望在现实世界的黑暗风气和无奈中重塑全新的人物、文化、世界形象，对现实世界进行观照、反讽与针砭。

20世纪50年代之后，社会整体创作倾向进入联邦德国文学时期，作家追求"真"的现实世界，反思历史，企图唤起社会良知，以"不顺从主义"为标签进行文学创作。当文学发展到80年代时，"后现代"思潮萌发，人们在生活、未来方面普遍感到担忧和无助，加重了文学创作中的阴影与黑暗。

步入社会主义历史阶段的民主德国时期，进入了一个朝气蓬勃、充满希望的新时代，诗歌、戏剧、小说逐渐找回了写作重心。"抵达文学"①成为文学创作的主旋律，1930年前后出生的作家们成为这一时期的主力，但这一时期的文学同时带有反法西斯和革命斗争文学的特点，如阿诺尔德·茨威格（Arnold Zweig，1887—1968）的《停火》（*Die Feuerpause*）等作品。布莱希特（Eugen Bertholt Friedrich Brecht，1898—1956）是民主德国时期戏剧的集大成者，他革新了戏剧的表现手法，提出"史诗戏剧"

---

① 抵达文学（Ankunftsliteratur）是具有鲜明时代特点的文学创作，他们以欢快的心情和明媚的感受书写民主德国时期的团结生活。

和"间离效果"等方法，其回到民主德国时期创作的《公社的日子》（*Die Tage der Commune*）对于工人阶级们如何建立并维护好社会制度具有启发性。

德国统一之后，文学进入论争阶段，无论是历史、当下还是未来，文学走向都是知识分子们分外关心的事情。柏林墙倒塌、20世纪结束，世界进入崭新的时代，在清算过去知识分子残留政治和意识形态作品的同时，德国作家们纷纷修正不当的表达方式，希冀构建全新的审美写作模式。

时代在变化、消失、产生中不断向前，历史被延续、淹没，德国文学正满怀希望地朝着光亮走去。

第二节 个案分析

一、约翰·沃尔夫冈·冯·歌德（Johann Wolfgang von Goethe，1749—1832）

歌德是德国著名的思想家、作家，出生于黑森州的法兰克福镇，1832年在魏玛去世。青年的他作为狂飙突进运动的主将，为这一时期的文学奠定了理论基础，老年的他转向了古典主义，成为最伟大的德国作家之一。

在成长过程中的歌德家境富裕，父母在语言、绘画、文学方面给予了他许多支持，故而歌德从小便拥有创作兴趣和天赋。在他1771年取得博士学位之后，他经常与狂飙突进文学运动的参加者们举办聚会，即"同桌会"（Tischgesellschaft）。1772年到1775年间，歌德写出了大量代表狂飙突进时期的文学作品，如《少年维特的烦恼》（*Die Leiden des jungen Werther*）和一些诗歌，这一时期是歌德文学创作的第一个高峰。

《少年维特的烦恼》是德国文学第一次在世界产生影响力的作品。该作取材于歌德的真实经历，是歌德青年时代的人生轨迹和情感状态的再现。小说以维特和绿蒂之间的爱情故事为主线，书写了维特爱而不得的情感遭遇和人际关系中冷漠孤独的感受，维特很努力想融入世界，却终究无法自处，只能选择自杀这个结局。歌德将维特给友人威廉和绿蒂的书信和日记的片段巧妙地编写，虽然多半是日常中的平凡事件，也没有大起大落的情节，但却通过情感巧妙地打动了读者的心，让读者与主人公维特产生强烈的共情。这部小说在德国引起了广泛关注，甚至一度掀起了"维特热"（Wertherfieber），许多人为其痛哭落泪，也有人读了这个故事后像维特一样了却了自己的生命。当时的欧洲正处于历史性的转折点之上，封建势力顽固而强大，资产阶级的进步意识却不断觉醒，维特的人生经历是年轻人当下处境和需求的普遍反映。

《少年维特的烦恼》绝不仅仅是一部单纯的爱情小说，它更是一部带有强烈悲剧底色的社会小说，歌德在塑造维特这一主人公时还深入思考和剖析了当时德国的自然、政治、道德、法律、教育等多方面的问题，近代丹麦的批评家勃兰兑斯也评价说："重要意义在于它表现的不仅是一个人孤立的感情和痛苦，而是整个时代的感情、憧憬和痛苦。"歌德是德国的思考者、叛逆者和觉醒者，他做到了以笔为戈，观照现实。

除了《少年维特的烦恼》之外，《浮士德》（Faust）更是歌德的毕生力作，从第一次构思到最后完结，共花费了歌德60余年的时间，集戏剧、诗歌、叙述一体。此作品采用16世纪德国民间浮士德的传说，以欧洲近代的历史生活为背景，融浪漫、现实为一体，讲述了浮士德的生命体验、追求美的实践以及最终的悲剧结局。《浮士德》很大程度上体现了歌德的价值观念。近代德国在经历了中世纪的黑暗生活而到达文艺复兴后，人们普遍向往美好幸福的世界。歌德就是通过这部作品将近代的科学与理性和古希腊时期的审美融合在一起，创造出了一个符合人们期许的观念世界。作品中的浮士德还体现出的善与恶、美与丑、理性与感性共同交织的二元性，这种矛盾与冲突是每个人在追求幸福时无法避免的问题。歌德辩证地看待人身上的二元性，将它们描写为相互依存、相互转化的辩证关系，为人类提供了一个新的视野与角度。

二、赫尔曼·黑塞（Hermann Hesse，1877—1962）

黑塞是德国20世纪著名的作家、诗人，出生于德国南部的卡尔夫小城，在基督教氛围浓厚的家庭中长大。黑塞具有德、法、英、瑞士四国血统，并从小就接受多样文化的熏陶与教育，不仅受到欧洲文化的影响，还热爱中国、印度等东方文化，为其之后的创作提供了丰富的素材。其代表作品有《在轮下》(*Unterm Rad*)、《悉达多》(*Siddhartha*)、《荒原狼》(*Der Steppenwolf*)、《东方之旅》(Die Morgenlandfahrt)和《玻璃球游戏》(*Das Glasperlenspiel*)等。

当黑塞于1919年写成《德米安》(*Demian*)后，他的写作经历了从外到内的巨大转折点，从此他深入人心写作，探索内心的抉择和自我真实的感受。尊重个人和生命、以人为本是黑塞的创作底色，人自身、世界本体的双极性本质也是其写作的重要主题，黑塞继承了以莱辛开创的德意志精神传统，并积极地在作品中贯彻下去。但除此之外，在黑塞的作品中，最独特的还是他对东方文化的吸收与借鉴。无论是作品中出现的人物形象、情节素材还是作家的审美模式，都带有东方式的禅思。

从1931年到1943年，黑塞创作《玻璃球游戏》整整用了12年的时间。当时，德国的沙文主义和纳粹势力走向了极端，随着第二次世界大战爆发，黑塞将自己对德国和欧洲的现实的考量化作了对人类命运和价值的思考，并通过建构一个想象中的"玻璃球游戏"世界，从而完成了对现实的讽刺与批判，东方文化也由此成为他乌托邦世界不可或缺的一部分。《玻璃球游戏》中充满着中国式的人物形象（如"善下之"的音乐大师、"表洋实中"的竹林长老、"阴阳两极"的主人公克乃西特）、文化意象（如《易经》的卦象之思、《吕氏春秋》的音乐之构、"儒学"的伦理之想）和世界架构（"围棋"的原始规则、"中国屋"的最高成就、"合一之道"的精神内核）。

作品中主人公克乃西特最终为了自己的教育理念，也是为了赢得新来的童蒙，淹死在了冰冷的高山湖水之中。一个"玻璃球游戏"的大师孤身投向了死亡，也暗示着整个玻璃球游戏世界会在"脆弱的完美"中摆脱不了湮灭的命定规律。卡尔·雅斯贝尔斯曾在《时代的精神状况》中提到：

"精神的命运维系于依赖生活与创造性之间的两极对立。在单纯的依赖性中和在想象的虚构中,它都会丧失自身。"黑塞企图通过利用中国这一他者形象,挽回德国自身处境是不可行的,纵然诸多形象的塑造如神话和寓言般令人着迷,但最终也只能走向命定的死亡结局。

黑塞通过运用自己熟知的中国意象和中国文化,将"玻璃球游戏"中的世界当成一个独立于现实之外的"文学场",不同的中国意象与西方未来世界的设定在场域之间交融,两者互动拉锯、此消彼长,在时代中形成了独具文化特色的多元面貌,也再现了黑塞对中国的认知。

在今天人与人之间联系愈发紧密的时刻,黑塞对德国本身哲学理论的思考与运用,对中国意象的汲取和借鉴,使得文化的生命力在作品中不断地交流、融合,形成全新的元素。黑塞渗透在作品中对人性美好的追求和精神的探索,也将永远保留在历史中,熠熠闪光。

第五章 俄国文学

第一节 俄国文学总述

俄国文学①在世界文学范围内都称得上成就奇高、名家辈出，是苦寒大地中孕育出的奇迹之光。俄国文学总体而言可以大致分为以下几个时期：古代俄国文学时期、古典主义时期、诗歌的黄金时代、现实主义时期、白银时代、苏维埃文学时期。

一、古代俄国文学时期（11—17世纪）

11世纪至17世纪，古代俄国文学与同时期的拉丁基督教发展基本无关。古代俄国文学所使用的文学语言为古教会斯拉夫语，简称为斯拉夫语（Славянский）。这门语言在当时几乎都是用于翻译希腊文献，故而充斥着希腊文学的影响。直到15世纪末，莫斯科衙门的语言才成为整个俄罗斯帝国的官方语言，不过这种语言并未马上用于文学创作。直到17世纪50—80年代，在俄国大祭司阿瓦库姆（Аввакум Петров，1620—1682）的作品中，俄语才第一次被自觉运用于文学写作之中。

就当时的文学环境而言，在古代俄国时期写作并不被认同为一项事业，当时没有"作家"这个概念，只有"书人"。文学在那时仅仅是一个无足轻重的部分，俄国书人只阅读如《圣经》一类的智慧书②。古代俄国如同

---

① 俄国文学（Русская литература），广义上指所有俄语国家的文学，包括苏联、前苏联诸加盟共和国的文学。在苏联解体之后，这一概念范围缩小，仅指俄罗斯一国的文学。本书采用的为俄国文学的广义范围。
② Wisdom books of the Bible，多指的是《旧约》中的《约伯记》《诗篇》《箴言》《传道书》和《雅歌》这五个篇章。

中世纪的西方一般,在莫斯科公国时期之前,抄书因其与上帝关联的神圣性,只能由僧侣进行,加之印刷术也很晚才被引入俄国①,故而古代俄国文学留给人的只能是一种匮乏感。

随着鞑靼人入侵俄国,自10世纪开始,俄国的政治和文化中心逐渐变成了基辅。在那时一共有两个阶级主宰着基辅时期的俄国文明:城镇僧侣以及武士贵族。他们于这一时期创作出了一部真正意义上的文学杰作——散文体长诗《伊戈尔远征记》(《Слово о полку Игореве》)。《伊戈尔远征记》是整个俄国古代文学中唯一成为全民族经典的作品,其作者虽为无名氏,却具有着强大的个性和高尚的爱国情怀。倘若说普希金(Пушкин,1799—1837)是俄国代表经典的伟大诗人,那么《伊戈尔远征记》的作者就是代表着装饰、浪漫以及象征的大师。《伊戈尔远征记》的独特之处在于,它具有着非常灵活、多样以及复杂的格律和节奏,并且在文学史上很难给这部作品进行定位。因为它并非抒情长诗,也与史诗不同,更不是所谓的政治宣讲,而将这三者混合形成了一种十分独特的文学体裁。它叙述了伊戈尔大公(Игорь Рюрикович,877?—945)对波洛维茨人的一次失败征讨,全篇依据时间顺序记录了他从开始的成功、之后的失败与最后的被俘。《伊戈尔远征记》中体现的情绪乃是一种伟大的爱国主义,在作者的笔下,俄国土地上的一草一木都没有丝毫的原始和野蛮,山川万物都具有灵性。同时,此作品还使用了大量的比喻、象征等修辞手法,不仅体现出它对于当时民歌的继承关系,也对俄国后世的诗人创作产生较大影响。

1238—1240年,鞑靼人穿越整个俄国,征服了东部地区,摧毁了基辅。俄国文明的中心被迫向诺夫哥罗德(Новгород)以及伏尔加河上游的公国转移,其中之一便是最终统一整个俄国的莫斯科(Москва)。就文学而言,自从鞑靼人入侵至转移到莫斯科的这段时期可被称为"黑暗时代"。在这一时期中,文学沦为对基辅传统的苍白回顾,或是对南斯拉夫手法无个性的雕琢与模仿。为苏兹达尔(Суздаль)家族王公所掌管的苏兹达尔公国,虽然看似在经济和文化方面逊色于诺夫哥罗德,却在"黑暗时期"创造出

---

① 俄国境内第一本印刷书籍出现在1564年的莫斯科。

了众多有趣的文学,如"武士故事"《亚历山大·涅夫斯基传》(Александр Невский)等作品。在这一时期末期,大量的塞尔维亚和保加利亚僧侣也将一种新的风格带入俄国,这类文体风格主要体现于众多圣徒传记的写作。

奥斯曼土耳其人攻占君士坦丁堡后不到一代人的时间内,莫斯科公成为大俄罗斯的实际君主,将鞑靼人统治留下的遗迹全盘消除(1480)。莫斯科公国人信仰东正教,并将其视为自己的政治哲学基础,莫斯科由此成为第三罗马,即拥有纯正东正教以及帝国唯一的权力中心宝库。伴随着第一位君主(1462)登上王位,后百余年间一直充满着血腥的政治和宗教冲突,并派生出了有趣的论争文学,这种情况一直持续到了16世纪中期。莫斯科公国时期除了文集、官方编年史之外,还出现了诸多历史文学,如莫斯科公国人撰写的《普斯科夫攻占记》(Псковская осада),其为古代俄国最为出名的简史之一。《普斯科夫攻占记》叙述简洁、技巧成熟、历史详尽,将莫斯科公国即将降临的厄运氛围渲染至全篇叙述之中。与此同时,莫斯科公国时期还出现过一部分圣徒传记作品,它们充满着丰富的细节和仁爱的基督教精神,是最引人入胜的生活作品之一。在圣徒传记中还出现了虚构作品,其中一些完全如神话故事一般。17世纪用教会斯拉夫文学语言写成的虚构作品名作《萨瓦·哥罗德岑的故事》(История Савойи Городзен)虽然具有真实故事的特征,但也是一部虚构的宗教教谕小说,它与其他类型的虚构作品一同抽枝,向四周发芽。

古代俄国文明终结于两个人:沙皇阿列克赛(Алексей,1629—1676)和大司祭阿瓦库姆(Авакум,1620—1682)。虽然阿列克赛爱好和平,乐于游玩,但他在位时期俄国大小战争不断、社会动荡不安。在旧莫斯科公国终结时期,俄国教会出现大分裂,将整个国家保守力量一分为二,影响深远。阿瓦库姆因对教会新规不满,宣称当时继任的诺夫哥罗德主教为异教徒以及撒旦的工具,并组织暴动,最后遭到流放,被送往西伯利亚。阿瓦库姆在西伯利亚生活九年,生活艰难,受尽迫害,于1664年被送回莫斯科。后来主教垮台,但阿瓦库姆又受到波及,再次被流放至普斯托泽尔斯科。在这一次流放过程中,他写下著名的《生活纪》(Хроника жизни)。这是俄语口语第一次被用在文学创作之中,该作同时使用古教会斯拉夫语,整部作品却并不因此显得冲突，反而达到了语言层面的和谐融合。《生活纪》中他不仅酣畅淋漓地叙述了他在寻求真理的路上不断斗争，遭到了主教们的迫害，而且在这部作品中将圣经语言与日常用语融为一体，这一切的努力都体现出了他作为一位斗士的灵魂。

1569年，古代俄罗斯走向终结，随着《卢布林合并协议》①签订，俄国西部地区（白俄罗斯、加利西亚、乌克兰）自此处于波兰的控制之下。波兰人展开了一场反东正教信仰和反俄罗斯国家的思想运动，其中最为积极的表现即为哥萨克起义以及教会与平民的宗教和智性运动，反抗罗马宣传的斗争文学就此出现。

二、古典主义时期（18世纪）

现代俄国文学开端，也就是世俗文学的传统于18世纪20年代中期至40年代末建立。在这一阶段，一共有四位文学大师奠定了这一时期的文学发展进程，他们将法国古典主义的规范和形式引入俄语，并创作出了符合俄国人的原创文学作品，他们是康捷米尔（Кантемир，1708—1744）、特列季亚克夫斯基（Третьяковский，1703—1769）、洛蒙诺索夫（Ломоносов，1711—1765）和苏马罗科夫（Сумароков，1717—1774）。

安齐奥赫·康捷米尔是俄国著名的外交家、讽刺诗人。其父亲具有丰厚的文化与历史素养，用拉丁文写下了多部著作，其中有一部关于土耳其人历史的书籍甚至成为了该领域的权威著作之一，故而安齐奥赫·康捷米尔从小便接受了其父亲所提供的优良的教育，对文学与历史传统都有较为深刻的了解。1730年，俄国发生政治危机，他与费奥凡·普罗科波维奇（Феофан Прокопович，1681—1736）和历史学家塔季谢夫（Татышев，1686—1750）一同说服了安娜女皇②取缔宪法。他的文学作品多为1729—1739年间写就的讽刺诗，绝大多数作品在他死后很长时间都未能出版，以

---

① *The Union of Lublin*，1569年7月4日在波兰城市：卢布林签订，内容是关于波兰以及立陶宛合并为一个国家的协议。
② 即安娜·伊万诺夫娜（Анна Ивановна，1693—1740），俄罗斯罗曼诺夫王朝第八位沙皇，也是俄罗斯帝国的第四位皇帝，其为彼得一世的侄女，伊凡五世的女儿。

手稿的形式流传，所以并没有对俄国当时的文学发展产生太大的影响。①康捷米尔的风格虽然受其父亲的影响大多具有法国式、拉丁化的风格，但其语言生动活泼，且大多为口语的形式出现，这让他的诗歌中对生活的描写充满着生机勃勃的气息。虽然他恪守着古典主义的各种规范，但他笔下的人物却充满着鲜明的性格和生动的语言，可谓是反映了当时俄国真实的社会场景。

瓦西里·基里洛维奇·特列季亚克夫斯基的人生经历与创作风格与康捷米尔全然不同。特列季亚克夫斯基是一位穷神父的儿子，也是第一个在俄国境外（法国）接受教育的非贵族出生的俄罗斯人。1730 年，他返回俄国，被任命为科学院秘书，开始用俄语以及拉丁语创作颂词、颂诗和演说词。因为其出身的关系，大部分傲慢的贵族将其视为低贱的仆人，据说他大量的工作和写成的诗作都不被认可，成为拙劣与迂腐之作的代名词。但特列季亚克夫斯基的诗歌理论著作《论诗歌及一般诗作之起源》（*О происхождении поэзии и поэзии вообще*）是用俄语首次论述模仿理论的尝试，故而他也被视为俄国文学史中的重要人物之一。

现代俄国文学以及现代俄国文化的奠基人是米哈伊尔·瓦西里耶维奇·罗蒙诺索夫，他被誉为是俄国百科全书式的科学家、诗人、哲学家等。其小时便学会了斯拉夫语并在 1730—1731 年冬离家来到莫斯科，自此成为希腊拉丁斯拉夫学校的一名学生。1736 年，他与 11 位访问学者一同前往德国学习哲学、物理、化学等课程，于 1741 年返回俄国后被任命为科学院的化学副教授。他一直怀揣着爱国主义和科学主义梦想，企图创造出与西方相抗衡的俄国文学和科学。罗蒙诺索夫知识面十分惊人，化学、物理、矿业、数学、文学、诗歌、历史方面都有所建树，一生共创作 12 部科学著作、8 部文学著作。在文学方面，他制定了文学语言的新标准，引入了新的作诗体系，他提倡具有典型古典主义性质的三种话语风格学说，将诗歌语言分为"高""中""低"三类。罗蒙诺索夫还推动了格律改革，用等

---

① 这些作品的法文版本此前曾在伦敦出版（1750），后于 1762 年才终于在俄国出版。

音节重音音步①取代旧有的音节诗体，他也因此在18世纪被称为"俄国的品达"②，为人所敬仰。

亚历山大·彼得洛维奇·苏马罗科夫是俄国古典主义戏剧的主要代表人物。他出生于莫斯科的一个富裕家庭，掌握完备的法语、俄语知识。他一生共著有9部悲剧和12部喜剧，其悲剧代表作为《霍烈夫》（*Хорев*）和《冒名为皇的季米特利》（*Димитли, выдававший себя за императора*）。《霍烈夫》取材自基辅罗斯的一段历史，主题是个人在国家命运之下的责任感和家国交错的信念力量。《冒名为皇的季米特利》描写了17世纪俄国的混乱年代，展现出作者对祖国的命运的十分关切。虽然他以古典主义戏剧闻名，但他在非戏剧作品上的创作也不容忽视。苏马罗科夫还是一位寓言作家，同前辈康捷米尔、罗蒙诺索夫等人相比，他写过近400篇寓言故事，大多用抑扬格诗体写成，朴实无华，接近口语表达，就像格言警句一般深入人心。同时，他也是第一个将《赵氏孤儿》翻译为俄语的人。总体而言，罗蒙诺索夫和苏马罗科夫开辟了俄国古典主义的先河。

三、诗歌的黄金时代（19世纪20至30年代）

俄国诗歌的黄金时代与同一时期西欧浪漫主义诗歌的时间相吻合，但这一时期的俄国诗歌却并非是浪漫主义的。与19世纪其他诗歌相比，此时的俄国诗歌以形式化、古典主义著称，以至于普希金因为其总体的古典主义调性和氛围感，也常常被拿来与莫扎特相比。虽然19世纪20年代的诗歌在技巧上臻于完美，让其与杰尔查文（*Гавриил Романович Державин*, 1743—1816）③时代的原始、粗糙风格以及19世纪后半叶的松弛感截然不同，但总体而言，俄国诗歌的黄金时代落后于欧洲整体的诗歌创作，可称之为18世纪的遗腹子。

俄国诗歌黄金时代的诞生与特征和俄国当时社会的两件事情密不可

---

① 这一体系在俄语中被称为"音强体"。
② Pindar（前518—前438），是古希腊的一位著名抒情诗人。
③ 俄国诗歌黄金时代之前的著名抒情诗人，其突破古典主义的创作模式，对普希金前期的诗歌创作影响重大。

分：卡拉姆津运动与绅士运动。卡拉姆津运动从 1820 年开始，它公开反抗法国古典主义的创作原则，渴求给予诗歌创作者更大的自由，要求诗歌形式也需做出创新。这场运动认同莎士比亚给予人类的广阔构思和对内心的探求与理解，并赞扬拜伦有力深刻的叙述方式，与之前的古典主义相比，卡拉姆津运动带领着"情感"走向复兴。不过大多数黄金时代的诗人未受其感召，仍受早期 18 世纪的古代主义创作影响。绅士运动则是一场贵族内部的运动。在当时，文学出版业被非贵族人士所控制，但高级文学却完全被贵族阶级人士垄断，这导致阶级对立十分明显。19 世纪 30 年代，平民作家开始复仇运动。约 1808 年，黄金时代从那场运动开始，摆脱了德米特里耶夫派的宁静叙事，在茹科夫斯基（Василий Андреевич Жуковский, 1783—1852）的成熟作品中变得更加具有创新性和独立意识。1820 年之后，运动开始变得严肃起来，"浪漫主义"的口号在反对中愈演愈烈，普希金的作品大获成功，当时茹科夫斯基、巴拉丁斯基（Евгений Абрамович Баратынский, 1800—1844）等人的诗作也十分亮眼。随着尼古拉一世对十二月党人起义的镇压活动（1825—1826）以及德国唯心主义萌芽的影响，被司各特①影响而兴起的小说开始盛行，诗歌黄金时代的盛夏结束。1837 年普希金去世，俄国文学的黄金时代也就此终结。

诗歌黄金时代公认的先锋是瓦西里·茹科夫斯基。1820 年之前，茹科夫斯基是卡拉姆津运动的领导人物，以卡拉姆津的改革作为创作的基础，他创造出全新的诗歌手法和语系，他对 19 世纪诗歌标准的影响，不亚于英国的斯宾塞②。除形式外，茹科夫斯基还更新了诗歌概念本身。他提倡赤裸的、全新的、未经雕琢的情感，在他笔下，诗歌在俄国首次成为情感的直接表达形式，名作有《十二个睡美人》（Двенадцать Спящих Красавиц）、《海》（Море）等。他的原创作品数量较少，但仅仅是一些抒情诗的创作，便能使其跻身一流诗人行列，其诗作飘逸的手法、悦耳的语调、纯净的语

---

① Walter Scott（1771—1832），英国苏格兰的作家、诗人，浪漫主义运动的先驱。
② Edmund Spenser（1552—1599），英国诗人，其长篇寓言诗《仙后》在语言和诗歌艺术上对后世英国诗人产生重要影响。

言、浪漫的表达,均臻至当时那个年代的完美程度。除此之外,茹科夫斯基还是一位翻译家,他翻译了诸多德国、英国的浪漫主义、前浪漫主义以及古典主义诗人的创作。茹科夫斯基对其中数位著名诗人的创作尤为钟爱,如德国的乌兰德①与席勒②、英国的德莱顿③和格雷④等。1830年之后,茹科夫斯基逐渐转向客观性、史诗性的创作方法,他晚期的创作基本都用自由体或六音步扬抑抑格写成,变化多端,属于"非诗的"排列,在这一时期,他的两部改编自德语的著作《鲁斯特姆与苏拉勃》(Рустем и Сураб)与《纳尔与达马扬蒂》(Нар и Дамаянти)都不具有早期的感伤之情,前者具有厚重、宏伟的原始感,后者则具有地道的印度色彩。晚年,他开始翻译《奥德赛》(Одиссея),旨在重塑一部完整、真实的俄国荷马史诗。

在俄罗斯诗歌的黄金时期,最为重要的诗人、作家便是亚历山大·谢尔盖耶维奇·普希金(Александр Сергеевич Пушкин,1799—1837)。普希金的父亲也是俄国最早的贵族之一,这也让普希金得到了受到良好教育的机会。普希金很早便开始写作,他最早的一篇俄语诗作写于1814年,虽然在皇村学校时期的诗作大多为模仿之作,但若考虑到其年龄而言,其技艺已十分完美。他的风格形成受茹科夫斯基和巴拉丁斯基的影响很大,也同时受到了法国古典主义时期的影响,例如伏尔泰曾一度是普希金最爱的文学家。1818年,普希金的诗作逐渐开始形成独特的风格,我们可以从其诗作中领略到丰富的生命体特征、感受到其心脏和神经细微而隐约的跳动。1818—1820年,他形成了自己"法国式的"、古典主义的特征,在诗作之中完全不出现象征、隐喻等手法,与浪漫主义截然不同。

普希金创作的第二时期(1820—1823)受拜伦影响很大,他在这一时期的叙事诗风格和古典主义式的素材选择都可以看到拜伦的影子。在这一时期,普希金诗句的美与和谐并不体现在歌唱的节奏美之上,而体现于语

---

① Ludwig Uhland(1787—1862),德国的诗人、小说家,日耳曼文学的奠基人之一。
② Fridrich Schiller(1759—1805),德国诗人、剧作家,与莱辛、歌德并列为德国古典文学的奠基人。
③ John Dryden(1631—1700),英国诗人、剧作家,著有诗集《奇异的年代》等。
④ Thomas Gray(1716—1771),英国18世纪重要抒情诗人,著有《墓畔挽歌》。

言层面紧密吻合的句法和韵脚之中,如《巴奇萨拉的喷泉》(*Бахчисарайский фонтан*)。普希金创作中期,他写出了篇幅最大、最著名的长篇诗体小说《叶甫盖尼·奥涅金》(*Евгений Онегин*),这部长篇诗体小说写于1823—1831年。19世纪上半期,在西欧处于资本主义巩固和发展阶段时,俄国还是沙皇统治下的封建农奴制社会,1812年受到反拿破仑战争的影响,俄国人民的爱国热情空前高涨,旧贵族阶级分化出了一批先进的"多余人",他们空有抱负,但没有实现的勇气和行为能力。普希金通过描写这些"多余人"的内心感受,反映他们在探索祖国未来命运的复杂之情。写作《叶甫盖尼·奥涅金》时,是普希金诗作产出最多、质量最高之时,那时俄国诗歌界无人能与之匹敌。

1830年后,普希金渐趋节制和寡言,几乎没有个人化的写作,诗歌中鲜少出现轻盈、优美和诱人的情感,其30年代最典型的诗作为观照人类普遍体验的哀歌体诗作。自此以后,普希金创作的叙事诗大多带有"模拟化"的色彩,诗人将借鉴而来的形式和体裁化为面具,把自我隐匿在背后。普希金的晚期创作可被概括为四部"小悲剧"①和《美人鱼》(*Русалки*),这些"小悲剧"作品堪称诗人最为独特、典型和完美的作品之一。总体而言,普希金的作品充满着和谐的诗意美,表现了其热爱田园的风格和浓厚的历史意识,他也被誉为"俄国文学之父",后来俄国现实主义时期的托尔斯泰、陀思妥耶夫斯基等人都受到其影响。

四、现实主义时期(19世纪40年代至90年代)

诗歌的黄金时代开始衰落之后,诗歌艺术也逐步出现退化,或沦为空洞和缺乏灵感的词句,或变成原始激情的肆意发泄与堆砌。19世纪的俄国摆荡于浪漫主义与现实主义之间。尼古莱·瓦西里耶维奇·果戈理(Николáй Васи́льевич Гоголь-Яновский,1809—1852)登上历史舞台之后,俄国现实主义开始逐步发展起来。从19世纪30年代中期开始,俄国现实主义逐渐完成从萌芽、确立到无法撼动其地位的过程。作为俄国现实主义文学的

---

① 即《莫扎特于萨利埃里》《瘟疫流行时的盛宴》《吝啬的骑士》与《石客》。

奠基人，果戈理和普希金一同奠定了19世纪俄国批判现实主义文学的创作传统。

作为一个欧洲国家，俄国因为宗教原因总是被排除在欧洲主流的文化圈之外，以沙皇为代表的地主阶级也持续掌握着政权，资产阶级对此不满已久、蠢蠢欲动，俄国的文坛也开始慢慢转型。自从果戈理凭借着《钦差大臣》（Ревизор）、《死魂灵》（мертвые души）等讽刺喜剧奠定俄国批判现实主义的传统之后，大量现实主义小说在这片土地上涌现出来，占据了1845—1905年间几乎所有的俄国文坛，排挤了其他各种文学体裁。屠格涅夫（Иван Сергеевич Тургенев，1818—1883）、契诃夫（Антон Павлович Чехов，1860—1904）、高尔基（Алексей Максимович Пешков，1868—1936）等名家不断涌现，俄国现实主义小说成为俄国文学史上最重要的文学体裁。

果戈理的"自然主义"风格虽然为批判现实主义奠基，但其作品的选题相较于后世而言则较为狭窄，仅仅只揭示人类生活底层丑陋和庸俗的一面。俄国的现实主义者在果戈理与普希金创作的基础上加以改造和深化，试图描写人类生活中善与恶、美与丑、高与低的交融，刻画出真真实实的人。他们从果戈理处继承了对鲜活细节关注的这一传统，并接续果戈理的努力，将恶俗、不雅的成分引入小说中，同时又保留了其对生活的社会的讽刺态度。因为小说在19世纪中期后社会地位较高，是当时重要的、被广泛接受和认可的出版物，故而俄国的现实主义作家们这样完全取自当代俄国的生活、针砭时弊地分析社会问题的创作方式，仿佛"准新闻"一般地真实反映社会的历史变迁。

谈及在俄国现实主义时期，费奥多尔·米哈伊洛维奇·陀思妥耶夫斯基（Фёдор Михайлович Достоевский，1821—1881）是绕不开的文坛巨匠。从书信体小说处女作《穷人》（Бедные люди）开始，直到其经典的后期长篇小说创作如《地下室手记》（Записки из подполья）、《罪与罚》（Преступление и наказание）、《白痴》（Идиот）、《卡拉马佐夫兄弟》（Братья Карамазовы）等经典著作，陀思妥耶夫斯基都力图在作品中展现出19世纪中期俄国风貌，反映当时社会中潜藏的矛盾和危机。陀思妥耶夫斯基关注走投无路的小人物的命运，批判残暴专制的沙皇统治，努力树

立人的尊严的同时，又揭示出了人性与灵魂下潜藏的罪恶。他与果戈理一样，写作风格紧张但饱满，但又与其他现实主义作家齐头并进，超越果戈理纯粹自然主义的讽刺文学，加之以人性的复杂、关怀和同情。就像《穷人》成为19世纪"仁慈"文学顶峰那样，他总是在情节中设置一个"拯救"的主题，将对个体存在觉悟性展示出来，体现生活的复杂性。陀思妥耶夫斯基最擅长对人物内心世界进行细致的描绘，但他并不是将个体的内心世界展现为传统的"内心独白"，巴赫金（Бахтин）将他的独特细腻描写称为"复调小说"，他给予所有正面、负面人物平等的权利发声，多角度、多观点、多声部刻画人物，表现其对世界和自我关系的深刻思考。

　　陀思妥耶夫斯基开辟了俄国现实主义的典型特征之后，其他三位富裕的贵族阶级作家继承其衣钵，继续进行现实主义文学探索，他们分别是阿克萨科夫（Аксаков，1817—1860）、冈察洛夫（Ива́н Алекса́ндрович Гончаро́в，1812—1891）和屠格涅夫。其中伊凡·谢尔盖耶维奇·屠格涅夫虽然出生在一个地主家庭，但他却十分痛恨俄国的农奴制度。1847—1851年，屠格涅夫在《现代人》杂志①上逐步发表了其随笔集《猎人笔记》(*Записки охотника*)，这不仅是俄国文学中第一次对农民生活有如此细致而准确的描写，更是一个伟大而带有揭露性的社会事件。在屠格涅夫笔下，农民的品德、人性均高于其主人，地主阶级受到了严厉的指责与抨击。这本书带来了巨大的社会反响，后来的沙皇亚历山大二世因此决定废除农奴制，屠格涅夫也因此书遭到流放。但回国之后，俄国人心所向的进步和改革热情使得屠格涅夫继续对农奴制做出谴责。他在抨击的同时，也积极地还原真实的生活场景，宛如一个抒情诗人一般刻画着一幕幕动人的诗篇。19世纪50—70年代，屠格涅夫进入自己的创作高峰期，《罗亭》(*Рудин*)、《父与子》(*Отец и сын*)等都是其重要的长篇小说。当他定居巴黎后，他与福楼拜等年轻的自然主义作家交往密切，无论在俄国还是在西方世界，他都是一位维多利亚式的伟大人物，为俄国留下了诸多不朽的篇章。

　　历史的车轮滚滚向前，列夫·尼古拉耶维奇·托尔斯泰（Лев

---

① 俄国当时的一个进步杂志，由涅克拉索夫创办。

Николаевич Толстой，1828—1910）终于诞生在俄国现实主义的土地之上。他无疑是俄国文学最为伟大的作家之一。1861年农奴制改革后，俄国正在向西方资本主义大步迈进，与此同时，托尔斯泰的《战争与和平》（*Война и мир*）诞生了。此作品是托尔斯泰的代表作，它以1812年的卫国战争作为线索，以鲍尔康斯、别祖霍夫、罗斯托夫和库拉金的故事作为叙述的主线，在战争与和平交替叙述中展现俄罗斯1805—1820年间的重大历史事件。战争与和平的两种叙述纵横交叉，仿佛宏伟史书一般。除此之外，《安娜·卡列尼娜》（*Анна Каренина*）、《复活》（*Воскресение*）等作品都是其著名的代表作。托尔斯泰在众多现实主义作家中脱颖而出的关键在于其写作手法的"陌生化"①形式，这一手法将复杂拆解，使得世界剥离诸多标签，宛如新生一般呈现在读者面前，直接触及到读者最难以言喻和察觉的情感。

19世纪60年代之后，小说开始衰落。俄国舆论因派别阵营的不同逐步分化，年轻一代作家的创造力大不如前。这一时代仅有尼古拉·列斯科夫（Николай Лесков，1831—1895）可以勉强与19世纪40年代小说家媲美，此时，保守小说与激进小说②同步发展。70年代，民粹派小说登上历史舞台，此类小说并不展示英雄人物或贵族阶级，而着力于揭示弱势群体（如农民）在抵抗资本家时所展现出的人格魅力，如兹拉托夫拉茨基（Златовлатский）等人的创作。在上述小说创作者带有模仿的性质，怀揣着激进的信念，被文学史家大致归类为"60年代的平民知识分子小说家"。

现实主义时代除了批判小说家之外，还出现了诸多杂志人、诗人以及剧作家。

俄国当时的文学社会中出现了两派诗人：一种是"为艺术而艺术"的派别，他们认为诗歌应该独立于现实生活，是一个浪漫主义想象中的避难地；另一种是与小说家一样的公民诗人，他们将政治、社会直接作为诗歌

---

① 维克多·什克洛夫斯基（Victor Shklovsky，1893—1984）在后世提出，他是俄国著名的批评家和文艺学家，俄国形式主义的理论家，1979年获得了苏联国家奖。
② 此类小说的开山之作为车尔尼雪夫斯基的《怎么办？》（1864）。

的创作体裁。当时的俄国只有少数诗人愿意创作现实主义诗歌，代表作有伊万·阿克萨科夫（Иван Аксаков，1823—1886）的现实主义叙事诗《流浪汉》（бродяга），诗人将农民生活写进长诗之中，并积极抨击俄国知识分子，诗作坦率而富有力量。之后，俄国诗歌开始走向衰落，原创诗歌在文学场域鲜少出现，而翻译活动却于六七十年代广泛开展。除了小说、诗歌之外，俄国现实主义出现了诸多出名的戏剧创作，他们大体可分为三个阶段，由三位伟大的剧作家之名为代表：谢普金（Шепкин，1788—1863）、奥斯特洛夫斯基（Николай Алексеевич Островски，1904—1936）以及斯坦尼斯拉夫斯基（Константин Сергеевич Станиславский，1863—1938）。

亚历山大二世在位期间①是俄国小说的黄金时期，几乎所有俄国伟大的小说都出自这一时代，如上文中屠格涅夫的《罗亭》、托尔斯泰的《安娜·卡列尼娜》和陀思妥耶夫斯基的《卡拉马佐夫兄弟》，但此时的文学却出现一个危机——俄罗斯文坛老一代具有丰富成就的作家后继无人。1956年之后，几乎所有踏入文学殿堂的年轻人都无法与前辈作家相比。1880年开始，重量级的现实主义作家们相继去世：1881年，陀思妥耶夫斯基去世；1993年屠格涅夫去世；托尔斯泰宣布退出文学界。自此俄罗斯伟大小说的时代走向了终结。

虽然俄罗斯1830—1850年间各大领域天才辈出，如柴可夫斯基（Пётр Ильич Чайковский，1840—1893）、穆索尔斯基（Мусоргский，1839—1881）这等伟大的作曲家；门捷列夫（Дмитрий Иванович Менделеев，1834—1907）这等科学家；更不乏诸多著名的政治家、历史学家、画家等。但这一时代的诗人、小说家却屈居二等。年轻的新人们无意识地模仿着老一辈，没有任何创造力。

使得文学传统没落的原因除了伟大作家纷纷去世之外，还有一系列的社会因素阻碍着文学的发展。农奴解放之后，原先地主贵族阶级统治的经济遭到冲击，在文化方面最为活跃的中层贵族地主也不能幸免，知识分子作为一个全新的阶级取而代之，社会改革使得俄国的文化体制也发生了变

---

① 1855年至1881年。

化。19 世纪 80 年代之后，年轻一代仍然没有出现与父辈比肩之人，只有托尔斯泰纵然在其"思想转向"之后，仍然是俄国文学中最有影响力的文学家。

亚历山大三世当政期间（1881—1894）政治生活混乱不堪。亚历山大二世遇刺之后，革命运动开始瓦解，政府展开大规模的清缴和镇压行动，所有革命组织均被清理完成。19 世纪 80 年代的文学与六七十年代的功利主义截然不同，作家更关注生与死、善与恶等与"永恒"相关的问题。19 世纪末的知识分子试图摆脱带有政治倾向的描写问题，但又企图效仿屠格涅夫和托尔斯泰，最终却缺乏力量，无法构成复兴。真正具有形式感、思维以及大胆而积极的文学复兴直到 19 世纪末 20 世纪初才逐步出现。

现实主义最后一位作家是安东·巴甫洛维奇·契诃夫（Антон Павлович Чехов，1860—1904），他不仅是现实主义批判作家，也是 20 世纪世界现代戏剧的奠基人，更是"世界三大短篇小说家"之一。[①]他的文学生涯可以清晰地划分为两个阶段：1886 年之前和之后，他于 1886 年摆脱幽默风格的报刊文学，开始发展独属于他个人的诗意新风。契诃夫笔耕不辍，一生写过上百篇短篇小说，最为出名的有《装在套子里的人》（Человек в футляре）、《变色龙》（Хамелеон）等。他的短篇小说框架严谨，关注细枝末节，并善于书写那些"普遍之人"，故事塑造手法如同音乐结构般流动但又一丝不苟，具有较强的感染力。除了短篇小说之外，契诃夫在戏剧创作上也收获颇丰。他的《樱桃园》（Вишнёвый сад）被称为莎士比亚之后的最好剧作，《海鸥》（Чайка）也被称为举世无双的优秀剧作。他的戏剧中除了细节之外别无他物，契诃夫将俄国现实主义戏剧的静态倾向发展到极致，并赋予它"非戏剧化戏剧"的新名称。契诃夫短篇小说的成就使得这一题材在俄国广泛流行，成为全民族的"公共财产"。

五、白银时代（19 世纪末至 20 世纪初）

俄国历史自 19 世纪起，便呈现出革命高峰与低谷相继而行的浪潮样态。19 世纪末 20 世纪初的俄罗斯可谓是多灾多难，1891—1892 年大饥荒

---

① 另外两位是法国的莫泊桑（Maupassant）和美国的欧亨利（O. Henry）。

使得革命在90年代便蠢蠢欲动，于1905年剧烈爆发。与此同时，1914年世界大战爆发，1917年的两次革命等都让俄罗斯动荡不安，而俄罗斯艺术文学也伴随着社会局势的混乱走向一个特殊的历史时期——"白银时代"。"白银时代"的俄国文学流派与风格各不相同，体裁和题材繁荣多样，现实主义、象征主义、未来主义、新古典主义等互相结合，呈现出别样的风采，文学互通生气，多元发展。

1895—1905年间，涌现了一批年轻作家，他们的作品销量远超现实主义的伟大作家，最突出者为高尔基。马克西姆·高尔基（Максим Горький，1868—1936）是这一时期影响最大的作家，是苏联无产阶级的重要作家、学者，最为人知的便是其"自传体小说三部曲"：《童年》（детство）、《在人间》（В людях）、《我的大学》（мои университеты）。他的作品多取材于真实感受与生活之间，洋溢着对生活的赞美和资本主义丑恶社会的揭露，企图唤起人的激情和自豪感。

19世纪90年代之后，俄国文学出现了新思潮，旧民粹派与新马克思主义之间存在着许多矛盾与纠纷，但依旧拥有共同的信条和主张。知识分子们希望瓦解这两大联盟，削弱政治对文化、个人品性的干预，并逐步汇聚成一股巨大的文学力量，造就了这十年间俄国艺术和诗歌的伟大复兴。在这一时期，还出现了美学的复兴与"象征主义"的文学运动，后者彻底改变了1890—1910年间俄国文学的样貌。从法国影响而来的这一思潮提高了俄国诗歌技艺的水平，也促进了俄国象征主义者将宇宙视作一个完整的象征体系，并在诗歌象征艺术上达到新的巅峰。

六、苏维埃文学时期（20世纪20年代—80年代中期）

1917年十月革命之后，20年代的苏维埃官方通过严格的行政干预手段解散了诸多文学社团、终止了许多流派的活动，社会主义文学被规定为官方宣传的、唯一的、指定的文学创作方法。"白银时代"的俄罗斯文学多元发展的局面消失，文学社会过渡到苏维埃文学一元发展时期。苏维埃文学是当时历史条件下特定的时代产物，它在发展过程中持续地受到苏联官方意识形态的干预和控制。

"无产阶级文化派"在十月革命后兴起，弗拉基米尔·伊里奇·列宁（Владимир Ильич Ле́нин，1870—1924）敏锐地察觉到了这一文化协会的错误倾向，阐述了创造无产阶级文化的正确途径。伴随着列宁文艺思想路线的指引，苏维埃文学逐步发展起来，优秀的诗作以及长篇小说接连问世。如荣获诺贝尔文学奖的帕斯捷尔纳克（Борис Леонидович Пастернак，1890—1960）以及肖洛霍夫（Михаил А Шолохов，1905—1984）。鲍利斯·列奥尼多维奇·帕斯捷尔纳克于1957年发表的《日瓦戈医生》（《Доктор Живаго》）通过描写日瓦戈医生的个人遭遇，展示了俄国在两次革命以及两次战争期间的宏大历史叙事。米哈依尔·肖洛霍夫荣获诺贝尔文学奖的大作《静静的顿河》（《Тихий Дон》），展现了哥萨特人如何通过战争、苦痛与流血的经历，走向了社会主义。这两部作品都可谓这个时代的巅峰之作，此后的作品再难以企及二者的高度。

苏联解体后，随着红旗落下，俄国无产阶级文学也消隐在历史长河之中。

第二节 个案分析

一、尼古莱·瓦西里耶维奇·果戈理（Никола́й Васи́льевич Гоголь-Яновский，1809—1852）

果戈理出生于乌克兰哥萨特的贵族家庭，年轻时候的果戈理怀抱着对做演员、踏上仕途以及成为文学家的热情，却屡屡碰壁。在他的梦想破灭之际，却在1831年因一篇短篇小说的发表而被介绍给普希金，从此在一个文学精英团体中受到关照。依靠文人的帮助，他成为一所贵族学校的历史老师。

同年，他开始大规模地创作，并大获成功，《狂人日记》（Дневник маньяка）就是这个时期的代表作。1832—1836年间，果戈理笔耕不辍，

直到1836年4月，他创作的喜剧《钦差大臣》（Ревизор）上演，他也由此确立了自己在文学史上奋斗的方向和使命。这部讽刺喜剧是果戈理对当时社会达官贵族嘴脸的揭露以及农奴制俄国黑暗面的影射，描写了纨绔子弟赫列斯达可夫被误认为"钦差大臣"的丑态。这部剧就像一枚炸弹扔进了俄国社会一般，赞誉追捧与痛骂侮辱同时上演，彼得堡杂志人作为俄国官方阶层的发言者对果戈理大声辱骂，而"文学贵族"等群体却齐声喝彩。

普希金去世之后，果戈理意识到自己已成为俄国文学中最为重要的角色，《死魂灵》（мертвые души）于1842年问世，这部小说也证明了他确实可以担负起延续俄罗斯文学辉煌的重任。此小说描写了专营骗术的商人乞乞科夫买卖死魂灵①的故事。一个吝啬鬼（即乞乞科夫）假装成自己是一个六等文官去买卖死魂灵，他先来到某市花费一个月的时间打点从省长到建筑师的关系，而后又跑去市郊企图从地主那里收买死去但是还未来得及注销户口的农奴，企图将他们伪造成活人抵押给监管委员会，以骗取他们的一大笔佣金。他走访一个又一个地主，在与他们进行激烈的讨价还价之后买到了一大批死魂灵，想要凭借自己已经打点好的关系进行买卖，并办理了所需的全部法律手续。就在这时，他的诓骗心思当场被人拆穿，检察官也被谣传吓死，乞乞科夫本企图牟取暴利，但在其丑事败露后只得在慌乱中逃走。

19世纪30到40年代正值俄国社会动荡不安的时期，资本主义在俄国不断发展，地主的庄园破产，农奴也在社会的压迫下苟延残喘。《死魂灵》这部长篇小说在《钦差大臣》之前就已经开始构思创作，果戈理前后修改了四次，历时七年之久，只为了能将俄国社会的侧面真实而残忍地展现在公众面前。乞乞科夫的身份具有着双重性，他不仅是一个农奴主，也是一个资本家，他带有着这两个阶层的共同特征，果戈理着重展现了他唯利是图、反动守旧的心态。同时，果戈理还通过揭示官僚以及资本家们丑陋、欺诈、吝啬和冷酷的嘴脸与行径，力图完整地呈现他们贪婪庸俗、麻木市侩的精神世界。虽然果戈理完全凭借着自己想象塑造人物，但他将诸多现

---

① 当时俄国的地主对农奴的称呼。

实层面的不堪和批判性质的人性丑恶一面带入文学之中，使得这部作品具有了独特的现实主义气息。自《死魂灵》发布之后，果戈理就被视为俄国批判现实主义的奠基者，在俄国文学界享有了超然的地位。实际上无论是《钦差大臣》还是《死魂灵》，都是其最具影响力的讽刺作品，任何一部都足以奠定他在世界文学史上的地位。

果戈理是一位伟大的文学作家，他作品中展示出其锐利和鲜活的洞察力，这种洞察力使其能够灵活运用现实生活中的日常画面成为讽刺或浪漫主义的变体。这种意外的真实正是果戈理的伟大之处，让现实可见的世界与他的作品相比相形见绌。

二、费奥多尔·米哈伊洛维奇·陀思妥耶夫斯基（Фёдор Михайлович Достоевский，1821—1881）

1821年11月11日，费奥多尔·米哈伊洛维奇·陀思妥耶夫斯基出生于俄罗斯一个普通的医生家庭。1934年，在自动离职彼得堡军事工程学校的工程部制图局后，他开始专门从事文学创作。虽然陀思妥耶夫斯基在彼得堡军事工程学校只工作了短短一年的时间，但他利用工作闲暇时间广泛涉猎了莎士比亚（William Shakespeare，1564—1616）、雨果（Victor Hugo，1802—1885）等人的文学作品。除了阅读名家著作之外，陀思妥耶夫斯基还尝试过翻译文学作品，他于1842年将巴尔扎克（Honoré de Balzac，1799—1850）的作品《欧也妮·葛朗台》（*Eugénie Grandet*）翻译成俄文，虽然在当时并未引起文坛注意，不过却坚定了他继续从事文学创作的决心。1844年退役后，陀思妥耶夫斯基正式开启自己的创作生涯。

陀思妥耶夫斯基主要创作中长篇小说。随着1846年他广受好评的处女作《穷人》（*Бедные люди*）正式出版，年仅24岁的他一夜成名。但陀思妥耶夫斯基对空想社会主义的兴趣和实践使得其被冠上反抗沙皇统治的罪名被迫入狱。虽然在文学上有所长进，但陀思妥耶夫斯基的生活却屡遭不顺，妻子和兄长相继去世后，他为了还清债务染上了赌博，流落欧洲。从1866年开始，他着重于长篇小说的创作，《罪与罚》（*Преступление и наказание*)、《白痴》(*Идиот*)和《卡拉马佐夫兄弟》(*Братья Карамазовы*)等传世名篇相继面世。1881年，正准备写第二部《卡拉马佐夫兄弟》时，他在搬柜子捡笔筒时因用力过大，导致血管破裂去世，享年59岁。

作为陀思妥耶夫斯基的巅峰之作，《卡拉马佐夫兄弟》改编于一个真实的弑父案件。在写作这部长篇小说时，陀思妥耶夫斯基因反政府言论被放逐至西伯利亚当劳工，在那里，他遇到了一位被指控谋财弑父流放到此地的年轻人，通过汲取并改编年轻人弑父被审判的这段个人经历构成《卡拉马佐夫兄弟》的最主要情节。与此同时，19世纪农奴制改革之后，俄国资本主义迅速发展，俄罗斯社会物欲横流、道德沦丧、四分五裂、危机四伏。诞生在这一背景下的老卡拉马佐夫与其三个儿子，围绕着弑父案的开展，全书讲述了关于人性、情欲、道德、法律、信仰与自由之间的斗争故事，也展现出当下俄国社会关于家庭与亲情的悲剧主题。

陀思妥耶夫斯基在创作《卡拉马佐夫兄弟》过程中一直在思索一个问题：上帝是否存在？人世间的苦难能否得到真正的救赎？这些思考如实地反映在了他的作品中：弑父的斯美尔佳科夫，无神论者伊凡、私欲熏心的德米特里都曾经犯下过错，并对上帝忏悔。苦难是人生存环境中无法避免的普遍状态，因人的本性中存在有恶、社会环境中也会充满犯罪与不同的生存困境。陀思妥耶夫斯基笔下的人物也同样被赋予了崇尚希望与善良的选择权，他们在善与恶的搏斗中，在苦难的世界里，不断挣扎与努力着。陀思妥耶夫斯基带着讽刺与辩驳、悲悯与同情，塑造着小丑般的费多尔·巴弗洛维奇·卡拉马佐夫；企图谋杀父亲的长子德米特里；崇尚理性自由、具有反抗精神的伊万；老卡拉马佐夫最小的儿子、"故事中的英雄"阿列克塞等人，他们时而像天使般闪耀着光辉，时而如魔鬼般透露出人性之堕落。但不管过程如何，在死与生之间的永恒精神与代代相传的人类信念，都将会永存于世。

鲁迅曾说："陀思妥耶夫斯基是人类灵魂的伟大审问者，他把小说中的男男女女，放在万难忍受的境遇里，来试炼他们，不但剥去表面的洁白，拷问出藏在底下的罪恶，而且还要拷问出藏在那罪恶之下的真正洁白来。而且还不肯爽快地处死，竭力要放他们活得长久。"在陀思妥耶夫斯基创作的"肖像画廊"中，潜藏着19世纪俄国社会的真实样貌，也带有着人性、罪恶与纯良之间的永久形态。

第六章 意大利文学

第一节 意大利文学总述

意大利虽然背靠古罗马文化,但自身民族早期并未独立,也就未曾诞生古老的文学传统,直到文艺复兴时期,意大利文学才崭露头角,并一跃成为欧洲的文化中心。意大利文学主要分为以下几个时期:文艺复兴时期、巴洛克时期、阿卡迪亚诗派时期、启蒙主义时期、民族复兴时期、19世纪下半叶时期、颓废主义时期、战后文学时期。

一、文艺复兴时期(13世纪末—1575)

文艺复兴运动(Renaissance)是欧洲历史上影响最深远的思想文化运动之一,文艺复兴运动的开启意味着欧洲文艺界摆脱了宗教神学的漫长束缚,走向了全新的、以人为主的艺术繁荣阶段。意大利城市佛罗伦萨(Firenze)被认为是文艺复兴运动的发源地,当时整个欧洲的城市经济发展迅速,意大利更是其中的佼佼者,与其他封建统治下的国家不同,意大利城邦当时实质上的统治阶层并不是传统意义上的中世纪领主,而是新兴的商人、银行家与工场主等新兴资产阶级。

1096—1291年间发生的数次"十字军东征"(The Crusades)客观上为身处沿海的意大利各大城邦带来了经济发展的机遇与文化沟通的机会,这为日后意大利城邦经济的资本积累、文化的腾跃奠定了基础。由于腓特烈二世(Friedrich II,1194—1250)时期神圣罗马帝国对西西里岛的城邦管控得过于松散,导致其死后西西里岛城邦纷纷借机独立,这些城市国家经济与文化十分繁荣,这也为文艺创作者创造出了一个脱离了封建桎梏且相

对自由的创作环境。同时，意大利境内保存有相当多的古希腊、罗马时期的建筑遗址、文化典籍，这也为文艺复兴思潮的出现提供了一定的条件。

文艺复兴时期的第一位文学巨匠当属但丁·阿利吉耶里（Dante Alghieri，1265—1321），在1893年意大利文版《共产党宣言》序言里，恩格斯（Friedrich Engels，1820—1895）对但丁做出了中肯的评价："他是中世纪的最后一位诗人，同时又是新时代最初的一位诗人"。后世文艺评论家对但丁十分推崇，称其为"文艺复兴三杰"之一、"至高诗人"（Il Sommo Poeta）、"意大利语之父"（Il Poeta）等，参考他对世界文学与意大利民族文学的贡献，这些荣誉都可谓当之无愧。

但丁出身于一个没落贵族家庭，他少年时期于学校学习了拉丁文、修辞学等，而后跟随当时佛罗伦萨著名作家布鲁内托·拉蒂尼（Brunetto Latini，1220—1294）学习修辞学，并且与当时佛罗伦萨所流行的"温柔的新体"[①]（Il Dolce Stil Nuovo）一派的领袖圭多·卡瓦尔坎蒂（Guido Cavalcanti，1258—1300）交情莫逆，这对他第一部著作"温柔的新体"风格诗集《新生》（La Vita Nuova）的诞生有很大影响。《新生》是一部歌咏贝雅特丽齐（Beatrice）的诗集，但丁对贝雅特丽齐的精神爱恋是深沉且热烈的，所以在这部诗集中处处可以看到但丁的真情流露，这部诗集同时也是一部力求创新的作品，但丁凭借着诗文合璧的创作方式、优美晓畅的语言表达将"温柔的新体"推向了一个更加完善的境界。贝雅特丽齐在《新生》中的形象有如天使，这符合"温柔的新体"风格的创作特质，且在此后但丁的代表作《神曲》（Divina Commedia）中贝雅特丽齐也以灵魂的形式出现带领但丁游历天堂、拜见上帝，由此可见其在但丁心中的重要地位。

但丁的代表作《神曲》（Divina Commedia）原名《喜剧》（Commedia），不过在薄伽丘著作《但丁传》时，为了表达对但丁的尊敬而加上了"神圣的"（Divina）前缀，此后便一般沿用薄伽丘的说法。《神曲》作为一首长

[①] 指流行于13世纪意大利中部城市的一个诗歌流派，该流派以佛罗伦萨语为基础，融合了周围各个城邦的用语的优点，形成了全新的意大利民族语言。就内容上而言，该诗派以优美流畅的语言歌颂男女的爱情为主；就风格而言，该诗派对男女爱情的歌颂带有很强的精神化、神秘化。

诗基本沿用了中世纪的结构观念，采取了欢快、喜乐的结局，由此在语言风格上换取到大量的创新空间。《神曲》全文共 14233 行，分为《地狱》（*Inferno*）、《炼狱》（*Purgatorio*）与《天堂》（*Paradiso*）三部分，但丁构建出了一个宏伟复杂的艺术世界，以一连串寓意深长的故事组合全篇，既展现出了他在神学上对诸多问题的理解，又紧密地贴合现实，让《神曲》成为时代和历史的见证。

在这个时代除了但丁，意大利还涌现出了许多名留青史的作家，比如与但丁并称"文艺复兴三杰"的弗朗西斯科·彼得拉克（Francesco Petrarca，1304—1374）与乔万尼·薄伽丘（Giovanni Boccaccio，1313—1375）。

彼得拉克常常被认为是第一个人文主义者，也因此被称作"人文主义之父"与"文艺复兴之父"。彼得拉克出身望族，虽然家族因为陷入党争而被流放，但也让彼得拉克受到了良好的教育。彼得拉克早年研读过不少古希腊、罗马的作品，后来放弃了父亲为其安排的法律道路，选择在文学领域深耕，并于1326年成为一名教士，在次年邂逅了他人生中最重要的女子劳拉（Laura de Noves）。劳拉的出现无限地激发了他的创作欲望，但是已身为人妇的劳拉却也让彼得拉克深陷情感的苦痛。因为有从事神职的经历，彼得拉克真实地目睹了教会的黑暗、腐败行径，于是他毅然运用古典主义观点对封建思想进行抨击，这也正是人文主义（Humanism）的先声。在文学领域，提及彼得拉克必然联想到的就是他的十四行诗，他的代表作《歌集》（*Il canzonier*）主要采用的形式正是十四行诗，以 366 首诗承载了他复杂的感情与对现实问题的思考。总体而言《歌集》是一部抒情诗集，由"圣母劳拉之生"与"圣母劳拉之死"两部分构成，虽然在诗集中劳拉被塑造为一个承载着此世一切美好的理想形象，但是彼得拉克却没有刻意遮掩他的情欲之火，这也是自中世纪以来第一次有血有肉的世俗感情从宗教观念中挣脱出来，是将普罗旺斯抒情诗①与"温柔的新体"完美结合而发展出的全新抒情诗。闻名于世的"彼得拉克诗体"（Petrachan Sonnet）正是彼

---

① 即法国南部普罗旺斯一度流行的一个诗歌流派，故称普罗旺斯诗。普罗旺斯抒情诗实质上就是中世纪骑士抒情诗，其中最精华的一种形式名为破晓歌（Albas），书写骑士与贵妇人黎明时不得不分开的缠绵爱恋，这种破晓歌一般以行吟的方式传播，所以强调音韵和谐，且有诸多变体。普罗旺斯诗的特质启发了彼得拉克，对"彼得拉克诗体"的形成有很大的影响。

得拉克在这长期的抒情诗歌创作中完成的，彼得拉克诗体短小精练、音韵和谐、注重格律，利用意大利语的特点进行押韵，以四、四、三、三的格式编排，为后世诗人提供了范例。

薄伽丘出生于一个商人家庭，但他对父亲从事的商业却兴趣缺乏，反而是对文学极感兴趣。薄伽丘的父亲无奈之下只能放弃让儿子继承自己商业的想法转而支持他学习古典文化，因此薄伽丘在那不勒斯（Napoli）学习了很多古希腊、古罗马文化知识，并经常出入宫廷，对上层社会的生活有很深刻的了解。薄伽丘父亲破产后，薄伽丘来到了佛罗伦萨，并从此开始了他的政治斗争与写作生涯。他坚决拥护共和、反对封建贵族，在这个过程中他与彼得拉克也建立起了深厚的友情。薄伽丘早期创作的主题大多是爱情，代表作有《菲爱索莱的仙女》(*Il Ninfale Fiesolano*)、《菲洛可洛》(*Filocolo*)、《费洛斯特拉托》(*Il Filostrato*)等，在这些著作中，薄伽丘直接挑战教会所倡导的禁欲主义，为人文主义者吹来了一阵新风，同时也为日后创作《十日谈》(*Il Decameron*)奠定了基础。《十日谈》是薄伽丘最重要的作品，这部巨著是薄伽丘在佛罗伦萨爆发黑死病（Black Death）后创作的。突如其来的黑死病直接将繁华的佛罗伦萨变为人间炼狱，亲身经历了这番灾难的薄伽丘将《十日谈》的背景设置于黑死病蔓延之时，意图用人文主义的力量去与天灾人祸对抗，赋予了这部作品独特的现实意义。《十日谈》广泛地反映了当时意大利的社会现实，薄伽丘用幽默风趣的喜剧语言与意大利俗语组织起了一百个生动有趣的故事，意图囊括意大利社会的方方面面，这种现实主义手法对欧洲近代短篇小说产生了重要的影响。同时《十日谈》对教会的抨击也几乎是不遗余力的，薄伽丘在一百个故事里用各种讽刺与隐喻将教会的黑暗腐朽暴露无遗，突出幸福在人间的主题，力图挣脱统治欧洲人精神世界千余年的教会腐朽思想，其反教会力度比起但丁来说还要更加猛烈，因此薄伽丘被教会仇视，《十日谈》一书也曾一度被评为禁书、邪书而遭烧毁。但是人文主义的光辉却不会因此而埋没，《十日谈》的出现正式宣示着欧洲进入了以人为主的崭新时代。

继"文艺复兴三杰"之后，文艺复兴运动在欧洲以一种洪流之势不断蔓延，人文主义思想、人文主义者在欧洲各国不断涌现，将旧有的封建制度与教会思想冲击得摇摇欲坠。意大利作为文艺复兴的源头、资本主义最早产生的地区，在14—15世纪养育出了众多人文主义巨匠，可谓是群星璀璨，将文艺复兴运动推向了巅峰。艺术领域里著名的列奥纳多·达·芬奇（Leonardo da Vinci, 1452—1519）、米开朗基罗·博那罗蒂（Michelangelo Buonarroti, 1475—1564）都是这个时代涌现出的天才。文学领域里"文艺复兴三杰"的卓越让后继者们显得有些黯淡，不过马泰奥·马里亚·博亚尔多（Matteo Maria Boiardo, 1441—1494）、洛伦佐·德·美第奇（Lorenzo de' Medici, 1449—1492）、安杰洛·玻利齐亚诺（Angelo Poliziano, 1454—1494）、雅各布·桑纳扎罗（Jacopo Sannazzaro, 1455—1530）等作家对意大利语言与文学的贡献也是不容忽视的。

随着文艺复兴运动的不断推行，意大利因为诸多原因渐渐失去了其在欧洲文坛的领袖地位。对于15—16世纪的意大利来说，内部的宗教势力的干扰让意大利文学的发展变得束手束脚，内战带来的社会矛盾也日趋激烈，因为新大陆的发现和新航道的开辟让意大利赖以生存的经济枢纽地位都变得岌岌可危，意大利已然不再是文艺复兴时期的自由之地，人们期待着一场社会变革。但就算是这般风雨飘摇的情况下，意大利仍涌现出了一些优秀的作家，如巴尔达萨雷·卡斯蒂利奥内（Baldassare Castiglione, 1478—1529）、彼得罗·艾雷蒂诺（Pietro Aretino, 1492—1556）等，其中最耀眼的还属《疯狂的罗兰》（*Orlando Furioso*）的作者卢多维科·阿里奥斯托（Ludovico Ariosto, 1474—1533）与创作出《被解放的耶路撒冷》（*La Gerusalemme liberata*）的托尔托夸·塔索（Torquato Tasso, 1544—1595）。阿里奥斯托与塔索代表了意大利文艺复兴时期最后的荣光，16世纪末的意大利文学已然不再辉煌。

二、巴洛克时期（17世纪）

16世纪末到17世纪的意大利文坛在天主教会与西班牙统治者的压迫下显得缺乏生气，这个时候的意大利作家不敢再用作品去反映当时的社会现实，在这种情况下，巴洛克风格（Baroque）应运而生。

巴洛克风格的文学作品特点主要在于怪诞与奇异，追求浮夸、奇特和反常规的感觉冲击。巴洛克风格的诞生简要来说有以下数个因素：一、宗教改革运动对天主教会冲击严重，天主教会企图用一种新颖的艺术形式去重新激发普通人的宗教热情；二、君主专制政体强化下，宫廷艺术审美更加追求繁复、精致；三、人们对科学与自然的探索热情空前膨胀。

贾姆巴蒂斯塔·马里诺（Giambattista Marino，1569—1625）便是意大利巴洛克文学的代表诗人，以其名字命名的"马里诺诗派"主宰了17世纪的意大利诗坛。马里诺诗派的特点是常常在诗歌中夹杂自创的神话情节，并且大量使用隐喻、浮夸和反常理的词句搭配从而给读者一种直接的感官刺激。马里诺的代表作有《阿多尼斯》（*L'Adone*）、《风笛》（*La Sampogna*）等，背离古典主义文学传统，风格独树一帜，给人一种强烈的审美感受，这也让他在当时文坛的评价褒贬不一。

在17世纪意大利还诞生出了一种带有巴洛克风格的极其成功的戏剧形式，也就是即兴喜剧（*The Commedia Dell'Arte*）[①]。即兴喜剧最大特征是没有完整、固定的剧本，虽然剧作者也会写出大致的剧情与主要的对话内容，但是一部剧作成功与否往往取决于演员在舞台上的即兴对话与表演能力。即兴喜剧的另一个显著特征是剧中角色都有特定的假面，这有利于观众更便捷地了解舞台上的演员角色，演员们也可以根据自身的情况来固定自身角色，更有利于演员揣度剧中人物的内心情感，从而更好地即兴表演。即兴喜剧因为是面向大众的一种戏剧形式而显得有些粗糙，但是却在当时收获了极大的成功，并对之后的意大利戏剧家产生了比较大的影响。

三、阿卡迪亚诗派时期（1689—18世纪中叶）

18世纪上半叶的意大利文坛被阿卡迪亚诗派所占据，"阿卡迪亚"（Arcadia）一词源于古希腊，指古希腊阿卡迪亚高原所流行的田园牧歌式生活。阿卡迪亚诗派成员正是追求自然、恬静的古典主义诗风，故将诗社命名为"阿卡迪亚"。

阿卡迪亚诗派主要是反对此前的马里诺诗派的矫饰文风，意图重振古

[①] 也称"假面喜剧"，因每个角色都有特定的假面而得名。

典文学的荣光，以田园牧歌式的自然、素雅的文风将人们的心灵带回阿卡迪亚般的世外桃源。阿卡迪亚诗派推崇唯理主义，致力于抒情诗语言的改革、对巴洛克文风的纠正，但是其自身并没有建构起全新的诗歌形式，而是一味沿袭、模仿彼得拉克等人的创作，他们所倡导的文风改革最终停留在了形式的层次。

四、启蒙主义时期（18世纪中叶—1799）

启蒙运动（The Enlightenment）对于欧洲而言是一次巨大的思想文化变革运动，这场运动由英国发起，之后中心转移到法国，意大利于18世纪中叶开始也参与到了这次以浩浩荡荡之势席卷欧洲的思想文化运动中。

启蒙运动意图以理性照亮封建与宗教笼罩下的黑暗世界，意图颠覆此前欧洲所构建的一切旧思想、政治体系，以新生的资产阶级文化与政治思想取而代之。当启蒙主义之风吹拂到意大利时，意大利的文坛已然是沉寂了一个多世纪，塔索之后的意大利文坛虽然出现了马里诺诗派、阿卡迪亚诗派，但与文艺复兴时期的意大利文学成就相比显得暗淡无光，尤其是阿卡迪亚诗派脱离社会现实的文风主宰了几十年的意大利文坛后，人们对启蒙主义的到来显得十分热情，意图在这次思潮的推动下重振意大利文学的荣光。

意大利在文艺复兴之后长期被异族所占据，继西班牙人之后，奥地利于18世纪初又开始了对意大利的统治，长期处于被压迫、分裂状态下的社会现状极大阻碍了意大利文学的发展，同时也让新思想的传播变得艰难，不过即便如此，启蒙主义思想的涌入也对之后的意大利民族运动起到了积极的影响。

启蒙时期意大利文坛焕发生机后出现了几位重要的作家，分别有喜剧作家卡尔洛·哥尔多尼（Carlo Goldoni，1707—1793）、诗人朱塞佩·巴里尼（Giuseppe Parini，1729—1799）和悲剧作家维托里奥·阿尔菲耶里（Vittorio Alfieri，1749—1803）。

哥尔多尼是意大利18世纪喜剧改革的领袖，他所倡导的现实主义喜剧

在当时也被称为新喜剧,这种喜剧的特点就在于舍弃掉了巴洛克时期喜剧的浮夸风格,转而关注现实生活的方方面面,营造一种更加轻快的喜剧效果。哥尔多尼所创作的新喜剧将传统即兴喜剧的即兴表演传统进行了革新,演出有了固定的剧本,并且更加富有现实主义色彩,聚焦于当时社会的现实矛盾营造戏剧冲突。哥尔多尼的代表作《一仆二主》(*Il Servitore Di Due Padroni*)和《女店主》(*La Locandiera*)等至今都还是全世界各大剧院的保留节目。

巴里尼受启蒙主义思想影响深刻,他的代表作长诗《一天》(*Il Giorno*)集中表达了他的思想感情,即对贵族虚伪腐朽、自私自利的嘲讽与对下层百姓贫苦生活的同情,具有一定的民主色彩,他的诗歌中蕴含的民族热情被视为意大利民族觉醒的先声。

在 18 世纪前,意大利文学一直较为缺乏优秀的悲剧作品,意大利文坛也不断在对悲剧作品进行探索,希望完成带有意大利民族特色的悲剧,这个愿望最后由阿尔菲耶里实现,他也因此成为了 18 世纪意大利古典主义悲剧的创始人。阿尔菲耶里的悲剧主题大多是反对专制、倡导共和,带有一定的理想主义与浪漫色彩,希冀用自己的悲剧作品促进意大利民族意识觉醒。他的作品大多取材于神话史诗,较为知名的有《索尔》(*Saul*)、《安提戈涅》(*Antigone*)、《米拉》(*Mirra*)和《布鲁图》(*Bruto*)。

五、民族复兴时期(1800—1870)

德国的"狂飙突进运动"(Sturm und Drang)掀起了欧洲浪漫主义的新风向,19 世纪初的意大利在其影响下也形成了自己的浪漫主义文学。法国浪漫主义女作家斯达尔夫人(Madame de Stael,1766—1817)的著作在意大利引起了强烈的反响,意大利青年作家们创办杂志《调解人》(*Il Conciliatore*)作为自己的浪漫主义文学阵地向迂腐的传统文学开战,并掀起了意大利的民族复兴运动。

亚历山德罗·曼佐尼(Alessandro Manzoni,1785—1873)是意大利浪漫主义文学的领袖人物。曼佐尼出生于米兰的贵族世家,从小就受到启蒙思想的洗礼，成年后更是侨居巴黎，接触了当时的浪漫主义新文化，其后又因为妻子的影响皈依天主教，这些经历对他日后的文学创作影响甚大。曼佐尼的创作往往将启蒙思想与宗教信念相结合，摒弃掉传统宗教文学的说教态度，而是以宗教的博爱、平等为出发点宣扬启蒙理论，展现出了对下层百姓的普遍关怀与对国家民族复兴的热情。《约婚夫妇》(*Il Promessi Sposi*)是曼佐尼最重要的作品，也被认为是意大利最具有代表性的浪漫主义作品。《约婚夫妇》是意大利第一部以平民为主角的历史小说，主要抨击了当时外来入侵者和封建贵族对平民的压迫，整部小说洋溢着爱国热情，对于意大利民族觉醒而言有着非凡意义。

贾科莫·莱奥帕尔迪（Giacomo Leopardi，1798—1837）是意大利浪漫主义文学的另一个代表人物，他的田园抒情诗被认为是意大利诗坛继彼得拉克以来最具成功的诗歌创作。因为自身不幸的遭遇，莱奥帕尔迪的诗歌总是带有一种消极悲观的浪漫色彩，但这却丝毫不影响他创作的美学价值与历史意义。其代表作《意大利民族复兴运动》(*Il Risogimento*)、《致希尔维娅》(*A Silvia*)和《金雀花》(*La Ginestra*)都是意大利民族复兴时期的伟大爱国诗篇。

六、19 世纪下半叶时期（1870—1895）

随着 1861 年意大利王国（Regno d'Italia）宣告成立并于 1870 年完成领土统一，继罗马共和国之后终于又出现了控制整个亚平宁半岛的国家，这也意味着意大利的民族复兴运动迎来了伟大的胜利。但是这新生的政权并没有完全满足底层群众的期待，对于大多数民众而言，统一后并没有迎来期望中的美好生活，平日生活仍然处于资本主义与封建势力的双重压迫之下。基于这种社会现实，民族复兴时期的浪漫主义开始急速衰落，取而代之的是要求重估一切价值的实证主义（Positivism）登上历史舞台。

实证主义在意大利文坛引起了极大的反响，意大利文学自此开始自主地追求真实性。这个时期最早在意大利文坛出现的追求真实性的文学流派是豪放不羁派（Scapigliatura），但是由于其主要流行于米兰地区，且并没

有深入地分析社会现实、仅流于观察社会表面，很快就被之后的真实主义文学（Verismo）所取代。

真实主义的诞生受到实证主义与自然主义文学（Le naturalisme literature）的影响，提倡客观地表现生活，尤其是在作品中反映下层人民的生活。真实主义作者们力图在作品中科学地、真实地反映社会现实，而且尽量避免将自己的情感融入其中，尽可能地在作品中真实呈现当时意大利下层社会人民面临的苦难的命运。

乔万尼·维尔加（Giovanni Verga，1840—1922）是真实主义文学的代表者与开拓者，他将小说创作视为暴露社会问题、反映真实社会的方式，并且强调作者不可以将自己的感情残留在作品中，必须一切保持真实与客观。维尔加的作品背景主要设置在西西里岛（Isola di Sicilia），其代表作有《田野生活》（*Vita Dei Campi*）、《玛拉沃利亚一家》（*I Malavoglia*）与《堂·杰苏阿多工匠老爷》（*Mastro Don Gesualdo*）等。

这个时期意大利文坛的诗歌发展较小说而言相对低潮，但是在这样的背景下却出现了一位颇具分量的诗人乔祖埃·卡尔杜奇（Giosue Carducci，1835—1907）。卡尔杜奇的创作一直与意大利的民族命运紧密关联。早期民族复兴运动时，卡尔杜奇的诗歌颇具反叛精神与讽刺性，著名的《撒旦颂》（*Inno a Satana*）便是这个时期诗人创作用以歌颂民族复兴运动的佳篇。国家统一后，卡尔杜奇的诗歌便偏向平和，更多地追求形式美、抒发对旧日的追忆。1906年，这位意大利的民族诗人荣获诺贝尔文学奖，成为意大利文学一面崭新的旗帜。

七、颓废主义时期（1890—1945）

19世纪末到20世纪初，欧洲资产阶级知识分子普遍陷入了一种对现实世界消极、失望的彷徨情绪中，主观唯心主义与非理性的个人主义在这个时代十分盛行，在这种风潮的影响下意大利文学与欧洲各国文学一样不可避免地走向了颓废主义（Decadentism）。

颓废主义宣扬极端的个人主义、形式主义，否定科学理性的价值，在文学内容上表现为强调人与社会的断裂、迷信专政暴力、贬低逻辑创作、否认文化传统。在审美理念上与唯美主义相同，颓废主义甚至更为极端地强调"为艺术而艺术"的审美思想。颓废主义文学是第一次世界大战前文学创作者们在精神世界的孤独、绝望下诞生的结果，所以它并非与社会完全割裂，反而从侧面暴露了当时社会暗流涌动下的各式危机与人们面临的精神困境。

加布里埃尔·邓南遮（Gabriele d'Annunzio，1863—1938）是19世纪末到20世纪初意大利文坛叱咤风云的作家。邓南遮年少时受卡尔杜奇影响，在16岁就创作了自己的第一部诗集并且反响良好。此后他在意大利文坛继续大展拳脚，在青年时代就频繁出入上流社会并小有名气，邓南遮脍炙人口的代表作"玫瑰三部曲"①就是在这样的生活背景下诞生的。早期邓南遮的文学创作风格主要偏向于歌颂自然之美，当他在上流社会流连之后，创作风格就逐渐过渡为追求华丽、繁复的唯美主义。春风得意的邓南遮在学习了诸多文学流派的风格后最终确定了唯美主义道路，并且将自己视作这条道路的先驱者，以唯美主义向民众灌输狂热的民族主义情绪，最终效力于墨索里尼政府，导致之后世界文坛对其的评价毁誉参半。不过不可否认的是邓南遮的作品确实在不断追求艺术作品的审美真谛，他的作品无疑是意大利唯美主义创作中最出色的。

20世纪初的意大利文坛还出现了两个重要的文学派别，分别是黄昏派（Crepuscolarismo）与未来主义（Futurism），这两个流派基本呈对立之势，文学主张大相径庭。黄昏派创作主要以抒情诗为主，不聚焦于社会现实，更加关注人们内心世界的空洞，总体基调十分苍凉、低沉，书写内容也往往是日常生活中的小事；未来主义的创作则是情绪十分高昂，未来主义文学创作者认为美来源于斗争、爱国热情与对现代事物的歌颂，他们的作品往往充满激情、带有很强的进攻性，书写内容往往与机器、战争有关。

两次世界大战期间，意大利文学虽然被法西斯政权的阴霾笼罩，却孕育出了意大利文学界，乃至世界文学界的一朵奇葩，即隐逸派（L'

---

① 即《欢乐》（*Il Piacere*）、《无辜者》（*L'innocente*）和《死亡的胜利》（*Trionfo Della Morte*）。

ermetismo)。隐逸派文学主要是诗歌创作，一般指 1930 年至 1945 年的意大利抒情诗创作。这一派诗人在创作时往往回避现实，将目光投向自然场景与个人内心世界，以各种隐喻的方式来暗含现实与梦境的矛盾，从而让作品蒙上了一层神秘主义色彩。这一派诗人里最有代表性的当属两位诺奖得主：埃乌杰尼奥·蒙塔莱（Eugenio Montale，1896—1981）与萨瓦多尔·夸西莫多（Salvatore Quasimodo，1901—1968）。这两位诗人的作品都反映了人生的苦闷，尤其是用各种隐喻与象征的手法来暗示残酷现实与内心理想的矛盾，蕴含了无限的哲思。不同的是，夸西莫多的创作相较蒙塔莱而言更加具有一种热情与责任感，不认为未来希望是虚无的幻象而是确实的道路，这在隐逸派诗人里显得独树一帜。

八、战后文学时期（1945— ）

第二次世界大战的结束预示着一度统治意大利的法西斯政权彻底消亡，意大利文学创作者们面对着来之不易的自由重新燃起了无限的创作热情，他们努力重建意大利文学与世界文学的联系，力图创造意大利新文学态势。

意大利战后新文学最值得瞩目的当属战后蓬勃发展的新现实主义（Neorealism）。虽然新现实主义并非是战后才出现的全新的文学艺术形式，但其在 20 世纪 20 年代出现以来，一直被法西斯政权所压制，直到第二次世界大战结束才迎来了黄金时代。意大利新现实主义在电影艺术领域可以说是掀起了滔天巨浪，对当时的电影行业起到了十分重要的推进作用，相比而言其在文学领域的发展稍显艰难。

新现实主义文学的创作重点相较于此前流行的隐逸派明显有了很大的变化，新现实主义文学提倡以崭新的、积极的姿态去面对现实、反映现实，以严肃的态度去反映当时战后人们的真实生活与战争给人们带来的创伤，带有很强的反战色彩。意大利新现实主义文学代表作家有瓦斯科·普拉托利尼（Vasco Pratolini，1913—1991）、彼埃罗·保罗·帕索里尼（Pier Paolo Pasolini，1922—1975）、维达利亚诺·勃朗加迪（Vitaliano Brancati，1907—

1954）等。

新现实主义的浪潮在 20 世纪 50 年代后便逐渐褪去，这种植根于反法西斯社会现实的作品没办法长期满足人们不断发展的精神需要，人们渴望着新的文学形式到来。此后工业文学、先锋派文学、女性主义文学等不断在意大利文坛出现、更迭，这些文学流派都取得了一定的成就，但是都无法将意大利文学带领回曾经的辉煌时代。

第二节　个案分析

一、但丁（Dante Alghieri，1265—1321）

文艺复兴时期无疑是意大利文学的黄金时代，而但丁则是开启这个黄金时代的先驱者。但丁常常被认为是欧洲中世纪向文艺复兴过渡时期的最伟大诗人，也常被认为是开启了真正意义上的意大利文学的天才作家。无论是对欧洲文学还是对意大利文学而言，但丁的贡献都是非凡的。

但丁出生于佛罗伦萨的一个没落贵族家庭，家中经济条件并不宽裕，但是也足以让但丁在少年时期获得较为良好的学校教育，在学校里学会了拉丁文、修辞学与逻辑学的基础知识。在少年时代，但丁还曾追随当时佛罗伦萨著名的作家布鲁内托·拉蒂尼（Brunetto Latini，1220—1294）学习修辞学，这为他日后的写作、参与公共政治奠定了相应的基础。但丁的文学天赋在其少年时期就已经有所展现，他通过自学拉丁诗歌与法国普罗旺斯诗歌从而学会了写诗，并与当时佛罗伦萨流行的"温柔的新体"一派的诗人们相互赠答，甚至与其诗派领袖圭多·卡瓦尔坎蒂（Guido Cavalcanti，1258—1300）交情莫逆。由于"温柔的新体"诗派创作风格与内容都与理想的爱情有关，所以但丁赠予卡瓦尔坎迪的第一首诗就是有关其梦中情人贝雅特丽齐的爱情十四行诗。可以说，贝雅特丽齐正是解读但丁诗歌的钥匙。但丁的诗歌创作中，贝雅特丽齐的存在可谓是独特的，无论是前期创

作的《新生》(La Vita Nuova)抑或是最后的《神曲》(Divina Commedia)，贝雅特丽齐都在其中扮演了重要的角色。实际上贝雅特丽齐并非是但丁的伴侣，据但丁作品中自己回忆：贝雅特丽齐1274年与他邂逅，但是二人并未因此结缘，她不久后就嫁给了一位银行家，并于1290年就因病早逝。但是在但丁心中，贝雅特丽齐已然是理想与美的化身，他对她的爱是真挚的、热烈的，更是不朽的。但丁的第一部作品《新生》正是其对贝雅特丽齐爱意的真挚呈现，该诗集是但丁赞美、悼念贝雅特丽齐诗歌的合集，以散文的形式将所有诗歌串联起来，成为一部完整的作品。这部诗集总体风格正是但丁年少时熟悉的"温柔的新体"，虽然这个时候的但丁创作还稍显稚嫩，作品中也并未涉及当时的社会现实，甚至带有很浓厚的宗教神秘色彩，但是其中优美的语言、真挚的情感却是但丁所有作品中独具特色的，这部作品也是但丁早期思想的集中体现。

但丁在1295年之后便积极投身于政治活动，1300年担任过行政官一职，其后因为卷入党争而于1302年被流放。流放期间的但丁穷困潦倒，却一直坚持创作用以恢复自己的名誉，以期能够返回故乡佛罗伦萨。流放时期的但丁写就了《飨宴》(Il Convivio)与《论俗语》(De Vulgare Eloquentia)两部对意大利文学有着重大影响的著作，但丁竭力证明通俗语在当时新兴贵族界的重要性与普适性，想通过推广通俗语来普及文化教育，这对未来意大利语的形成起到了巨大的作用。

亨利七世（Heinrich Ⅶ，1275—1313）的登基让但丁看到了重回佛罗伦萨的希望，因此他满怀热情地创作了《帝制论》(De Monarchia)，但丁在其中开创性地提出了政教分离的观点，但是在当时的政治环境下，但丁在《帝制论》中提出的观点大多都只能是空想。在亨利七世暴毙而亡之后，但丁心灰意冷，一心投入到此前已经开始的《神曲》创作中。《神曲》脱稿后不久，这位意大利的文学巨星便因为染上疟疾而亡故。

《神曲》是但丁最后的，也是最重要的文学创作，但丁将一生的经历、思想都融会其中，以隐喻的艺术手法将自己对佛罗伦萨共和国的热爱与自己一生含冤受辱的愤慨完美地展现。《神曲》总共有14 233行，分为《地狱》《炼狱》和《天堂》三大篇章，讲述了诗人本人跟随着维吉尔进行冥界历险的故事。诗人在地狱、炼狱中见到了不计其数的历史人物，通过见证他们的命运、与他们对话而隐晦地抒发自己的思乡与愤慨之情，同时也带有一些政治色彩。诗人在贝雅特丽齐的带领下游历天国的篇章则是诗人尽情抒发内心情感与阐释自己宗教观念的部分，诗人在这个章节中直接显露了他对乌托邦式的美好世界的憧憬，也将自己一生对基督教教义的复杂思考内含其中。《神曲》中最被人称道的常常是"地狱篇"的书写，在"地狱篇"中，诗人将自己的想象力与文笔功力发挥到了极致，常常用寥寥数段就将一个复杂的历史人物生动地再现，将严肃的历史、文学人物形象与民间普遍流传的故事素材相整合，让整个"地狱篇"有如迷宫般繁复的同时又如群星璀璨一般让人印象深刻。但丁在《神曲》中所用的语言也十分大胆，将复杂的哲学语言与日常通俗语言糅合在一起，将自己此前在《飨宴》与《论俗语》中提出的观点一以贯之，为意大利语形成起到了相当积极的作用。

但丁将一生都奉献给了他所热爱的佛罗伦萨，他的创作启迪了无数后世意大利的文艺创作者，他是意大利文学新时代的开拓者与奠基人。但丁对欧洲文学、意大利文学的重要性正如恩格斯所言，"他是中世纪的最后一位诗人，同时又是新时代最初的一位诗人"。

二、乔祖埃·卡尔杜奇（Giosuè Carducci，1835—1907）

乔祖埃·卡尔杜奇是意大利著名的诗人、文艺批评家。卡尔杜奇于1906年荣获诺贝尔文学奖，他的作品在世界范围内都广为流传。由于卡尔杜奇的作品中带有很强烈的意大利民族气息，也因此被意大利人民尊奉为意大利民族诗人。

卡尔杜奇出生于1835年，他的父亲是一名医生，也是一名烧炭党（Carboneria）成员，卡尔杜奇的成长途中颇受其父亲的影响。卡尔杜奇自幼表现出了很敏锐的文学天赋，对古罗马文学、意大利民族文学十分感兴趣，这也意味着他注定要走上与其父亲不一样的人生道路。卡尔杜奇从青年时代就十分憧憬朱塞佩·马志尼（Giuseppe Mazzini，1805—1872）、朱

塞佩·加里波第（Giuseppe Garibaldi, 1807—1882）这样的民族英雄，立志要为意大利的民族复兴奉献一生，19世纪50年代就已经开始发表自己的诗歌创作，内容大多都是激昂的民族复兴思想。卡尔杜奇以优异的成绩从比萨大学（University of Pisa）毕业后受聘前往一所中学教书，也正是在这个时候，卡尔杜奇开始以自己为中心组建以反浪漫主义为宗旨的文学团体。卡尔杜奇组建的这个文学团体带有很强的反叛色彩，他们不满当时盛行的浪漫主义，力图回归古典模式，他们效仿的对象是意大利古典主义有名的诗人，如朱塞佩·巴里尼（Giuseppe Parini, 1729—1799）、文森佐·蒙蒂（Vincenzo Monti, 1754—1828）、乌戈·福斯科洛（Ugo Foscolo, 1778—1827）等，这些文学主张与影响在卡尔杜奇早期作品中表露得较为明显。1860年，卡尔杜奇以文学教授的身份被引荐到博洛尼亚大学（University of Bologna）主讲修辞学，在这里他度过了近40年的时光。意大利王国（Regno d'Italia）成立后，卡尔杜奇逐渐失去了年少时的锋芒，在政治上越发地趋于保守，最终于1890年当选意大利终身参议员。

卡尔杜奇真正向世界展现他的文学才华的标志是其著名作品《撒旦颂》（*Inno a Satana*）面世。《撒旦颂》被认为是最能展现卡尔杜奇反叛精神的一首长诗，卡尔杜奇将恶魔撒旦（Satan）作为歌颂的对象，肯定其身上独特的叛逆气质，将矛头对准了教会的禁欲主义与陈腐思想，对教会遏制民众思想自由、物质欲望的行为嗤之以鼻。虽然《撒旦颂》名义上是在歌颂撒旦，实际上却是对人类的歌颂，是对人物质欲望的肯定与对追求现世欢愉的认可。全诗上下洋溢着一种热烈的情感，能够轻易地带动起读者的情绪，同时卡尔杜奇在词句上的斟酌又赋予了整首诗一种苦涩的气息，整首诗达到了内容和形式的统一，是当之无愧的意大利诗歌抒情名篇。

如果说《撒旦颂》代表了卡尔杜奇的反叛精神，那么《野蛮颂》（*Odi barbare*）则是代表了卡尔杜奇诗歌的最高水准。《野蛮颂》一向被认为是卡尔杜奇诗歌造诣到达完全成熟的标志，这时的卡尔杜奇诗歌中彻底褪去了年少时的青涩、叛逆，取而代之的是一种优美、清新的格调。卡尔杜奇在《野蛮颂》中彻底践行了自己年少时回归古典的理想，以古典的韵律在新时代给予了读者全新的体验，卡尔杜奇让这些古典韵律在意大利的土地上再度复活，让这些韵律在全新的时代继续歌颂意大利这片迷人的土地。卡尔杜奇在《野蛮颂》中展现出的丰富情感、独特气质与高超的艺术手法足以让他在世界诗坛中不朽。

卡尔杜奇这一生都热爱着他的祖国、民族，热爱着意大利的每一寸土地，这一点无论是谁都无法提出质疑。在年少时他满怀爱国热血投入民族复兴的伟大斗争中，为意大利统一而歌唱，虽然在成名后他固执地坚守着他的政治立场，让一些共和党人颇有微词，不过却没有任何意大利人怀疑过卡尔杜奇对意大利的热爱，在他们心中，卡尔杜奇就是当之无愧的意大利民族诗人，是意大利整个民族的骄傲。

第七章　日本文学

第一节　日本文学总述

日本文学有着悠久的历史，历经口传阶段并吸纳汉字典籍后形成了自己独特的文字与文化，其后又在近现代受到欧美思想的启蒙，走向了更多样化的发展道路。日本文学发展阶段可以大致区分为：上代文学时期、中古文学时期、中世文学时期、近世文学时期、明治文学时期、大正文学时期、昭和文学时期。

一、上代文学时期（公元3世纪—794）

上代文学主要指自日本文学产生直至迁都平安京前的文学，一般将大和时代、飞鸟时代、奈良时代的文学都归入其中。日本文学早期存在着一段漫长的口传时期，直到应神天皇（おうじんてんのう，270—381）时期，汉字漂洋过海来到日本，并历经近两个世纪的吸纳与消化后，最终于7世纪日本才拥有书面记载的文学形式。

日本文学的起源可以追溯到神话与咒术。古代日本人民普遍相信存在着自然力量化身的精怪与超越自然的神明，并且认为语言具有神秘的力量能够左右事物的发展[①]。因此日本的口传神话十分发达，这种信仰与习俗对后世日本文学创作的影响颇大。这些神话信仰与天皇的氏族谱系最终都

[①] 即古代日本的"言霊信仰"（ことだましんこう），古代日本人民认为语言寄宿着灵异的力量，事情会按照语言内容指向发展，这种信仰在现代的留存也十分常见，如日本人出门时往往会说的"行ってきます"（我走了）中就包含着"我出发了，但是会回来"的含义，话中带有一种美好的寄托。

被收纳入了著名的《古事记》(『古事記』)与《日本书纪》(『日本書紀』)中。

《古事记》是日本当今现存最古老的书籍，可谓是日本文学文化的根基。《古事记》本是天武天皇（てんむてんのう，631？—686）于 673 年下令修订的用于记载天皇谱系与重要事件整理的"帝纪"，但是由于天武天皇驾崩，最初的版本佚失，继位的元明天皇（げんめいてんのう，661—721）又接续这一份工作，最后由太安万侣（おおのやすまろ，？—723）呈献的版本便是如今所见的《古事记》。该书共分三卷，所记述的内容涵盖了从天地初开一直到第 33 代推古天皇（すいこてんのう，554—628）的故事，其中很多神话故事都成为日本后世文学创作的源泉而被不断传承、改编使用。

《日本书纪》文学性相较《古事记》更低，因为其是受我国史书影响而编撰的一部编年体史书，所以其中大部分事迹都是以记述的态度编写的，更加接近史实。《古事记》与《日本书纪》都收录了大量的歌谣，这对于日本文学的意义是非凡的，《古事记》中记载了 113 首日本古代歌谣，《日本书纪》也收录了 128 首，这些古代歌谣便是日本和歌的雏形，这些歌谣也被后世称为"记·纪歌谣"。

《古事记》与《日本书纪》中收录的上代歌谣形态多变，并未有一个固定的格式，歌谣的句数、音数都较为随意，这些歌谣原本大多都有配乐与舞蹈，所以在《日本书纪》里这类歌谣也被叫做"来目歌"（くめうた）。日本的歌谣直到《万叶集》(『萬葉集』)面世后才基本有了固定的形态，《万叶集》也是日本第一部和歌总集，被视作上古和歌的集大成之作，《万叶集》的出现意味着和歌这种艺术形式成为了一个较为完善的文学体裁。

《万叶集》由大伴家持（大伴家持，718—785）于桓武天皇（かんむてんのう，737—806）在位时期编撰完成，但是由于受到政治事件波及，《万叶集》直到平城天皇（へいぜいてんのう，744—824）即位后才重见天日并得以流传。《万叶集》是日本古代和歌的集大成者，现存版本的《万叶集》共 20 卷，收录了 4536 首和歌，大多是短歌。

在上代文学中除了和歌这种日本本土文化催生的艺术形式，海外传入的汉诗更是当时日本文学的主流。《怀风藻》(『懷風藻』)便是上代文学中

最著名的汉诗集，且较《万叶集》更早面世，这也是日本目前现存的最古老的汉诗集。《怀风藻》序文中记载整部诗集共收录了120首诗歌[①]，绝大部分是五言诗，七言诗仅7首，作者主要是当时社会上层的知识分子。从总体风格而言，《怀风藻》中的作品大多是模仿我国六朝与初唐的诗风，但是又带有一定的日本民族特色，且很多诗歌并没有严格按照汉诗韵律创作，这些异同可以一窥当时两国文学之间的交融情况与日本文学的独特价值。

《万叶集》与《怀风藻》可谓是日本奈良时代文学的最高成就，两者也被称为上代韵文双璧，代表了日本上代文学时期抒情文学的巅峰。

二、中古文学时期（794—1192）

中古文学具体而言就是日本平安时期的文学，同时由于这一段时期的文学由于充满了宫廷特色，所以往往也被称作王朝文学。随着桓武天皇迁都平安京，日本正式进入了平安文学时代，由于桓武天皇贯彻唐风政策，在文化与制度上都全力效仿大唐，所以平安时代早期汉诗文十分繁荣，也因此导致当时和歌发展近乎停滞，所以日本后世也将这段时期称为"国风黑暗时代"。

随着唐风政策的推行，平安时代初期汉文学异常繁荣，日本最早的敕撰诗歌集"敕撰三集"[②]应运而生。"敕撰三集"相较于此前的《怀风藻》而言，形式上从五言为主变为七言为主，内容上则是出现了君臣唱和的诗歌，风格上也更加成熟。汉诗文几乎雄霸了日本文坛一个世纪之久，直到《古今和歌集》(『古今和歌集』)出现方才打破了这一局面。

在890年，菅原道真（菅原道真，845—903）上奏停止派出遣唐使后，汉文化对日本文学的影响逐渐减弱，菅原道真顺势提出"和魂汉才"[③]的思想，这对于日本民族文学与文化的影响极其深远，菅原道真也因此被日本人民敬奉为"文化之神"。同样在9世纪下半叶，日本自身的民族文字——

---

① 现存版本仅116首，4首亡佚。
② 即《凌云集》、《文华秀丽集》和《经国集》。
③ 即以日本精神为体，以中国智慧、技术为用的思想。

"假名"几乎成形,这也为日本摆脱汉文化的束缚、发展自身民族文学提供了客观条件。

和歌的复苏与菅原道真也有很密切的关系,他大力主张在宫廷中进行歌赛(うたあわせ),并且主持编撰了《新撰万叶集》(『新撰万葉集』),开创了以四季和恋歌为分类方式的和歌分类先河,同时也拔高了和歌的地位使之与汉诗相提并论。醍醐天皇(だいごてんのう,885—930)即位后,和歌方才正式迎来了自身的黄金时代。

《古今和歌集》是醍醐天皇敕命编撰的和歌集,也是日本文学史上第一部敕撰和歌集。该和歌集的体量较为庞大,共20卷,收录了1100余首和歌,以四季和恋歌的主题进行分类。《古今和歌集》中收录的和歌风格较《万叶集》已有很大不同,如其对四季时节更迭带来的主观情感的感伤、含蓄恋情的表达等,都能够看出此时的和歌风格更加纤细柔和、表达的情感也更加细腻婉转,这种向内转的情感表达方式对后世日本文学审美产生了很大的影响。此后《后撰和歌集》(『後撰和歌集』)、《拾遗和歌集》(『拾遺和歌集』)的推出继续将和歌的地位稳固,这三部敕撰集也被并称为"三代集"。由于这个时代和歌的兴盛,相应的理论也开始出现,这种专门研究和歌的理论和学说也被叫作歌论、歌学。

平安时代日本民族文学除了和歌以外,还诞生出了一种新的文体"物语"(ものがたり)。物语的原意就是"讲故事",随着物语文体的成熟,后来"物语"这个词被用于特指这种产生于平安时代的、以假名进行创作的虚构性散文作品。物语象征着日本古代散文文学的最高成就,也是其最具有民族特色的文体形式之一。

物语在平安时代分为两类,一类是"传奇物语"(伝奇物語),另一类是"歌物语"(歌物語)①,两者相应的代表作为《竹取物语》(『竹取物語』)与《伊势物语》(『伊勢物語』)。

《竹取物语》是对民间传说的再创造,加强了其原故事的浪漫色彩、完善了故事结构,是物语文学开创式的作品。《竹取物语》中辉夜姬(かぐ

---

① 又称"和歌物语"。

や姫）的传说已经成为日本家喻户晓的故事，可见其影响之深远。《竹取物语》中存在的大量传奇色彩、虚构情节、心理刻画对于当时的日本文学来说都是开拓性的，这种创作方式与浪漫主义的风格极大地影响了日本后世物语文学的创作。继《竹取物语》之后，11世纪出现的传奇物语《宇津保物语》(『うつほ物語』)则是开创了长篇物语的先河，为《源氏物语》(『源氏物語』)的诞生奠定了基础。

《伊势物语》是歌物语的代表，歌物语最大的特色就是整部作品是以和歌作为中心，而散文叙述仅仅起补充作用，这些散文往往能与和歌进行呼应，两者之间并不割裂，而是一个有机整体。《伊势物语》用和歌将塑造的男主人公的情感进行放大，从而使得这段以在原业平（在原業平，825—880）经历为基础创作的爱情故事显得更加纤细、哀伤。

继《竹取物语》与《伊势物语》之后，物语文学不断发展，无论是传奇物语还是歌物语都愈发成熟，《源氏物语》的出现则意味着日本古代物语文学抵达了巅峰。《源氏物语》是日本文学史上最重要的作品之一，其丰富的叙事、细腻的感情表达、高超的写作技巧与韵文使用都是当时物语文学的顶点，日本传统的物哀（もののあわれ）之美更是在这部作品中得到了近乎完美的诠释。《源氏物语》将当时上流社会的贵族生活真实地进行了再现，将复杂、凄婉的爱情故事线放置在这样似真似幻的背景中，通过细致地刻画人物内心的各种纠葛，让读者能够体会到人物纤细的情感。紫式部（紫式部，973—？）以这样的写作方式奠定了此后日本文学中对物哀之美的刻画手法，可以说日本物哀之美的审美正是植根于《源氏物语》中所呈现出的平安时代的贵族文化。

自紫式部后，日本平安时代更是掀起了一股女性文学创作的风潮，日记文学①便是女性创作的主要形式，其中最著名的便是与《源氏物语》并称为平安文学双璧的《枕草子》(『枕草子』)。《枕草子》的作者清少纳言（清少納言，966—1025）与紫式部是同一时代的作家，且《枕草子》也聚焦于

---

① 又称"女流日记文学"，与此前男性流行的用汉文书写的日记不同，女性日记文学大多是假名日记，而且带有一定的虚构性，所以在当时日本成为了一个独特的文学体裁。

宫廷生活的描写。不过相较于《源氏物语》中物哀之美的呈现，《枕草子》这部作品更加清新明快、诙谐幽默，但同样具备平安时代女性作家独有的纤细清秀的笔触，让人印象深刻。《枕草子》相对自由、秀丽的语言风格对日本后世的随笔文学有着深远的影响。

三、中世文学时期（1192—1603）

中世文学主要为日本镰仓时代与室町时代的文学，这个时代由于武士阶层处于统治地位，所以此前平安时代流行的贵族文学逐渐衰落，能够代表武士文化的文学逐渐占据主流，同时由于文学重心下移，通俗文学也在这个时代得到了极大的发展。

中世文学时期，虽然仍有敕撰和歌集不断问世，但在贵族文化衰微的情况下，和歌也失去了往日的辉煌。相较于逐渐衰落的和歌，连歌（れんが）与俳谐（はいかい）在此时大受欢迎。连歌起源于《万叶集》，一开始以短连歌为主要形式，要求上下句的唱和，且带有一定的即兴色彩，直到源俊赖（源俊頼，1055—1129）设立连歌部后，连歌才成为一种正式的文学体裁。院政时期，连歌的形式逐渐过渡为长连歌①，一般需三人以上进行唱和，带有比较强的团座文艺性质，此后连歌这种文艺形式一度在宫廷贵族阶层十分盛行。但连歌这种偏向自由的创作模式一旦被高雅化后注定会失去文体本身的魅力，在贵族阶层不断推行连歌会、制定礼仪规则的同时，连歌的生命力也逐渐消逝，最后仅仅成为日本文学界昙花一现的文体。

随着连歌的逐渐衰亡，俳谐迎来了发展繁荣期。俳谐在当时指俳谐连歌，一般是连歌会后的余兴活动，本意是带着滑稽性质的连歌。这种俳谐连歌明显相较于逐渐被规范化的纯正连歌更能被平民所接受，甚至吟咏俳谐诗歌一度成为普通百姓的日常娱乐活动。此时俳谐带有比较强的庶民色彩，内容滑稽、风格诙谐，这种文学基调对近世的俳谐创作有比较大的影响。

中世文学中最具代表性的文体是军记物语（軍記物語）②。这种以历

---

① 又称"锁连歌"。
② 又称"战记物语"。

史战争为题材进行改编、虚构的创作明显更符合武士阶层的审美,并且由于军记物语带有很强的口诵性质,流传十分广泛,在平民阶层也大受欢迎。这种文学体裁的出现可谓是日本文学史的一次巨大变革,带有很强的时代色彩与民族特性。《平家物语》(『平家物語』)是军记物语的代表作,以平氏、源氏家族的兴衰作为题材,融入了佛教、儒家的思想观念,形成了一种全新的武士审美理念。《平家物语》与一般的战记物语不同,除了对战争场面的细致刻画,其对此前王朝文学中情感理念的继承与将佛教思想融入家族兴亡命运之中的创新都让《平家物语》显得出类拔萃,所以后世文学评论界一般将《平家物语》视为军记物语的巅峰之作。

武士阶层成为统治阶层后,传统的旧贵族逐渐被排挤出政治与文化中心,这个时候的旧贵族往往选择遁入佛教寻求精神上的安慰。但是佛教在此时世俗化日益严重,与世俗权力关系密切,不再是旧贵族所期望的清净之所,所以这些旧贵族中的部分人选择了隐居生活,在这种情况下,他们所创作的随笔文学逐渐成为文坛的重要分支。中世文学中最成功的两部随笔作品是鸭长明(鴨長明,1155—1216)的《方丈记》(『方丈記』)与兼好法师(吉田兼好,1352—1283)的《徒然草》(『徒然草』)。两部作品都极具哲理性,不过前者佛教思想更为浓厚,显得有些消极,但是两部作品对中世社会的观察、对人心的探索都极为深刻,是日本随笔文学的丰碑。

这个时代还诞生了一种重要的艺术形式——能乐(のうがく)。能乐脱胎于猿乐(さるがく)①,与同样脱胎于猿乐的狂言(きょうげん)并提为日本最早的古典戏剧形式。能乐相较猿乐而言,更注重情节而减少了歌舞,将主人公由神变为人,特色是剧中每个角色都戴有特定的假面具,用假面表情细节来展现人物情感。能乐相较猿乐有了很大的发展,且形式也更加能够被各个阶层所接受,在艺能竞赛的过程中还逐渐确立了日本"幽玄美"(ゆうげん)②的艺术基调。狂言这种艺术形式一开始从属于能乐,

---

① 猿乐本是流行于民间的一种庶民艺能,但猿乐歌舞成分更多,并不能算作戏剧。
② 日本四大传统美学概念之一,其余三种为物哀(もののあわれ)、侘寂(わびさび)、意气(いき)。

其后从能乐中分离出，独立形成了十分具有特点的戏剧形式。狂言最大的特点便是滑稽性，这与以幽玄为核心的、多是悲剧性质的能乐截然不同，且狂言大多带有即兴性质、内容大多为讽刺当时的社会现实，更加受到下层群众的欢迎。

四、近世文学时期（1603—1867）

近世文学主要指江户时期的文学。这个时期由于德川幕府建立，整个社会处于稳定发展的阶段，随着商业经济的发展、印刷术的发达，町人阶层①逐渐成为当时文学的主要受众群体，所以这个时代的文学又被称为町人文学。在近世文学上半期，由于新兴的町人阶级并未拥有足够的能力去独立创作，所以总体而言文学创作主力还是偏向上层社会的文人群体，这时候的文学创作中心依旧在京都与大阪，所以这时候的文学也被称为上方文学；近世文学中后期期时文学真正走向了大众化，各种俳谐作品、滑稽作品充斥文学市场，歌舞伎（かぶき）也在此时兴盛，文学中心移至江户，这段时期的文学也被称为江户文学。

中世文学中的俳谐在这个时代又得到了新的发展。松永贞德（松永贞德，1571—1654）在创作过程中强调俳言（はいごん）②使用的重要性，展现出了与中世俳谐完全不一样的创作理念，随着"贞门"③的创立，近世俳谐也由此诞生。由于"贞门"的创作风格仍偏保守，而且太过教条化，于是以西山宗因（西山宗因，1605—1682）、井原西鹤（井原西鹤，1642—1693）为代表的"谈林"派开始与之抗衡，推广带有滑稽性质、创作形式风格更加自由的俳谐。"谈林"派俳谐过于容易走向流俗、游戏化，所以其流行时间也颇为短暂。

被奉为"俳圣"的松尾芭蕉（松尾芭蕉，1644—1694）正是在"贞门"与"谈林派"互相碰撞的背景下脱颖而出的俳谐天才，其创作风格也被称

---

① 大致与市民阶层内涵相等，指日本当时生活在城市里的商人与手工艺者，用以与武士、农民阶层划分。
② 即连歌之中不使用的汉语、俗语。
③ 即松永贞德与其弟子的俳谐创作。

作"蕉风"。在松尾芭蕉创作的时代，随着文学通俗化的推行，汉诗文中的词句很多都运用到了俳谐创作中，但松尾芭蕉却不有意识地去使用这些俳言，而是使用日常语言去挖掘日常生活中隐藏的情调，让俳谐真正成为一种与和歌、连歌不同的全新文艺形式。

近世文学中最有代表性文体的是小说。由于商品经济的繁荣与印刷技术进步，小说在这个时代成为绝对的主角。假名草子（かなぞうし）是近世小说萌芽期的一种形式，但实际上假名草子并不能算是严格意义上的小说，大多数情况下仅指用假名写作的通俗性、启蒙性读物，其内容形式十分繁杂。不过假名草子本身对世俗性、娱乐性探索却对近世小说有着极其重要的影响。

真正意义上的近世小说的诞生是浮世草子（うきよぞうし）的问世。此前在俳谐界大展拳脚的井原西鹤创作了第一部浮世草子《好色一代男》（『好色一代男』），这部作品虽然体量不小，但由于本质上还是井原西鹤的游戏之作，整体质量欠佳，却依旧受到读者群体的追捧。自《好色一代男》面世后，为了迎合读者喜好，文学市场上出现了很多效仿井原西鹤色情类作品的创作，但是大多都质量不高，这种情况直到西泽一风（西沢一風，1655—1731）与江岛其碛（江島其磧，1666—1735）的作品出现才得到改善。西泽一风为浮世草子引入戏剧元素，使之重新焕发生机，其代表作为《御前义经记》（『御前義経記』）。江岛其碛则是继续将浮世草子长篇化、复杂化，引入更多史实与传说，让浮世草子更具浪漫色彩。继浮世草子之后，读本小说接替了其地位，因为其面对的读者群体文化水平更高，所以呈现出来的风格更加具有纯文学色彩。

浮世草子这样的文体出现并流行意味着上方文学逐渐瓦解，文学重心开始下沉，同时文学的中心也逐渐从京都、大阪过渡到江户。洒落本（しゃれぼん）的出现更是意味着江户文学正式登上历史舞台，这种文体以青楼作为故事背景，内容也大多是青楼妓女与嫖客的对话，风格偏向荒诞滑稽。随着幕府政府推出洒落本禁止令，洒落本也逐渐衰败，创作者的视野也从现实转向了虚构。承袭洒落本的人情本（にんじょうぼん）与滑稽本（こっけいぼん）打破了洒落本创作背景仅限于青楼的限制，将场域扩大到了市井生活，前者注重描写男女情爱、后者则是挖掘生活中的乐趣，两者都在日本文坛盛行了很长一段时间，直到明治时期才被逐渐淘汰。

五、明治文学时期（1868—1912）

1853年，黑船事件（くろふねらいこう）打破了日本江户幕府所坚守的闭关锁国政策，《日美亲善条约》①、"安政五国条约"的签订更是宣告着日本国门就此洞开，日本国内民族危机空前高涨。倒幕运动成功后，明治政府建立，于1868年开始了浩浩荡荡的明治维新运动（めいじいしん），日本近代文学也在这样的背景下诞生了。

随着明治政府不断引进、吸纳西洋的先进文化，新思想在日本国内迅速传播，日本内部的启蒙意识越发浓厚。日本传统文学，尤其是近世以来的俗文学在这个时候受到了日本启蒙分子的强烈批判，尤其是《三条教宪》（三条の教则）②颁布后，近世以来流行的空想风格与荒诞滑稽风格的文学创作很快就退出了文坛，取而代之的是新兴的"实录文学"。

"实录文学"是当时日本效仿西方、在启蒙思想下诞生的文学形式，其特点在于这种文体是基于真实的新闻事件与人物进行创作，虚构性成分被极大地减少，且其中往往会间插入作者（此类文体作者通常是记者）的评价与感慨，带有人文主义的风格。这类文学往往刊登在当时的报刊上，十分受读者欢迎。

这个时期，小说在西方思想与文化的传播下成为了日本文坛最瞩目的文体形式。这个时期日本出现了各式各样的小说类型，如翻译小说、政治小说、社会小说、浪漫主义小说、家庭小说等，总体呈现出一种百花齐放的态势，且各种类型的小说都取得了较高的文学成就，所以后世日本文学研究者往往将明治时期文学看作平安时代后的又一高峰。

小说领域如此繁荣并非一味是西化思潮的成效，坪内逍遥（坪内逍遥，

---

① 又称《神奈川条约》。
② 即"敬神爱国"（敬神爱国ノ旨ヲ体スヘキ事）、"明白天道人理"（天理人道ヲ明ニスヘキ事）、"奉载皇上"（皇上ヲ奉戴シ朝旨ヲ遵守セシムヘキ事）。

1859—1935）所建立的日本近代小说理论对这个时期日本小说的发展也起到了巨大的影响。坪内逍遥在父母的熏陶下从小对江户时期的戏剧作品极感兴趣，同时自己又一直受教于英语学校，最后还考入了当时明治时代的最高学府——日本帝国大学，这种双重文化的成长教育背景为他日后的研究打下了思想根基。在坪内逍遥的努力下，其论文集《小说神髓》(『小说神髓』)问世，并最终成为日本近代文学变革的指导性理论。《小说神髓》明确指出小说应该成为一种独立的文类，并且传统的惩恶扬善的观念不再适合当时的小说创作，小说创作应当以人情世态为核心，用于揭示人生的奥秘。《小说神髓》是日本近代文学史的第一部理论著作，也是日本最早对于近代文学探索的理论著作，为日后日本小说向写实主义发展奠定了基础。

二叶亭四迷（二葉亭四迷，1864—1909）深受《小说神髓》的影响，并对其进行了批判式的继承与发展。二叶亭四迷在坪内逍遥与别林斯基（Vissarion Grigoryevich Belinsky，1811—1848）的理论中探索出来了一条更适合日本近代文学的道路，提出了"借实像来映虚像"的观点，并在自己的小说《浮云》(『浮雲』)中进行了完美的实践与阐释。虽然《浮云》最后并未完成，但其主要视角聚焦于人物心理与社会状况描写的创作方式成为了日本近代文学诞生的标志。

《小说神髓》所造成的影响十分广泛且深远，除了二叶亭四迷外，最具有代表性的受到《小说神髓》影响的还有砚友社作家群体。砚友社（砚友社）最早是由尾崎红叶（尾崎紅葉，1867—1903）、山田美妙（山田美妙，1868—1910）、石桥思案（石橋思案，1867—1927）等人共同创建的一个纯文学社团，砚友社文学基本完全继承坪内逍遥的人情世态小说创作理念，主要创作描写男女书生的爱情故事。砚友社文学在当时盛极一时，但也并非一家独大，以幸田露伴（幸田露伴，1867—1947）为代表的根岸派[①]在当时创作的纪行类作品也独具特色，但两种流派的文学都有明显的拟古典倾向。在尾崎红叶、幸田露伴二人共同被聘任为《读卖新闻》的主笔后，两人展现出来的文学天赋让当时文坛为之震撼，这一段他们创作高峰的时

---

① 指当时生活在东京根岸和谷中一带的游离文人。

代又被后世称为"红露时代",但二者的拟古典主义倾向却被当时的一些文人所诟病,认为两人的创作并未真正反映明治的现实社会,是对淘汰的传统文学的招魂。

北村透谷(北村透谷,1868—1894)就是对尾崎红叶、幸田露伴批评较为猛烈的一人,他的创作理念极其激进、浪漫,力图创作出能够反映时代精神、国家观念的文学作品。当时的文坛充斥着人情世态小说与政治小说,在北村透谷看来这些作品并未真正地关心日本人民、时代与国家,所以他的作品中往往能够看到崇高理想与丑陋的现实生活的对比,体会到一种强大生命力量与悲惨现实激烈的冲突。

随着尾崎红叶病逝,以尾崎红叶为代表的砚友社文学逐渐黯淡,自然主义文学拥护者趁机对砚友社强调风俗技巧的形式主义写实文学进行了尖锐的批判,并接替砚友社文学成为了文坛主流,其中岛崎藤村(島崎藤村,1872—1943)的《破戒》(『破戒』)与田山花袋(田山花袋,1871—1930)的《棉被》(『蒲団』)是自然主义小说的代表作。

虽然明治时期各种新兴的文学流派争妍斗艳,文学界呈现出群星璀璨之势,但一般提到明治文学,第一时间能让人想起的还是夏目漱石(夏目漱石,1867—1916)与森鸥外(森鴎外,1862—1922)两位日本文学巨星。这两位日本文学巨匠在自然主义文学风靡的时期并未跟随大流,而是独辟蹊径地探索日本文学的更多可能性,在当时也被诟病颇多,但当大潮退去,日本文学界才终于醒悟,这两位作家才是这个时代诞生的真正瑰宝。

夏目漱石本名夏目金之助,"漱石"是其学生时代就在使用的笔名。夏目漱石从小对汉文化很感兴趣,自幼就学习了很多汉文典籍,所以在他成名后的诸多作品中常常能看出儒家道德观念、东方美学传统的痕迹。夏目漱石的大学与英国留学生涯并不顺利,曾一度精神衰弱、抑郁,也是为了缓解学业与工作上对精神的折磨,夏目漱石开始书写小说。夏目漱石的第一部小说《我是猫》(『吾輩は猫である』)发表后广受欢迎,其清新洒脱的文风在当时略显沉闷的自然主义文学中显得与众不同,在引人发笑之余又不忘对现实社会进行辛辣的讽刺与批判,展现出了其独特的文学天赋。此后不久夏目漱石便成为全职作家,又陆续写出了《三四郎》(『三四郎』)、

《门》(『門』)、《心》(『こゝろ』)等诸多佳作，最后在创作长篇小说《明暗》(『明暗』)的过程中病逝。夏目漱石的作品往往被认为兼顾了汉学、日本传统文学与英美现实主义，从而形成了独特的艺术风格。夏目漱石的成就还在于培育了日本大正文学一代的作家，芥川龙之介（芥川龍之介，1892—1927）、铃木三重吉（鈴木三重吉，1882—1936）、森田草平（森田草平，1881—1949）等人都出自他的门下，芥川龙之介更是接替夏目漱石将日本文学推向了新的高潮。

森鸥外（森鷗外，1862—1922）成名较早，且有海外留学的经历，其最重要的作品《舞姬》(『舞姬』)正是其早年根据自己留学经历所写的小说，其《舞姬》、《泡沫记》(『うたかたの記』)、《信使》(『文づかひ』)并称为"留德三部曲"，三部曲的问世也正式开启了近代日本浪漫主义文学时代。此后的森鸥外操劳于工作，长时间都未能再进行翻译与创作，直到《半日》(『半日』)问世才意味着这位日本文学界赫赫有名的巨星再度回归文坛。回归后的森鸥外更是创作出了《青年》(『青年』)、《雁》(『雁』)等作品，风格已经与创作初期大为不同。森鸥外相较于夏目漱石而言，创作所涉及的题材、内容更为多样，视野也更为开阔，从翻译文学与浪漫主义创作到批判现实主义最后又创作出历史小说，森鸥外的创作生涯可以看出其丰富的学识与高超的艺术素养，堪称明治时期文学的全才。

六、大正文学时期（1912—1926）

大正文学虽然较为短暂，却将从明治时代继承的深厚文学底蕴推向了新的高度，让近代文学从西方的舶来品转化为能够普遍、真实反映日本民族精神的产物。大正时期的文学大致可以分为三个派别，即耽美派（たんびは）、白桦派（しらかばは）与新思潮派（しんしちょうは），虽然在当时也有以私小说创作为主的人生派与无产阶级文学为主的创作群体，但声势都无法与前三大流派相提并论。

耽美派是在西方唯美主义（Aestheticism）思潮影响下所诞生的文学派别，这一派作者反对明治后期盛行的自然主义文学，十分强调文学的审美性，文学杂志《北极星》(『北極星』)与《三田文学》(『三田文学』)是这一派作家们活跃的主要阵地。永井荷风（永井荷風，1879—1959）与谷崎润一郎（谷崎潤一郎，1886—1965）是耽美派的代表作家，两者的文风各有千秋，不过两者都有一个共同的特点，即都将日本传统的美学观念融入了西方唯美主义的创作方式中，显得作品极具个性化、民族化色彩，这也是二者从众多唯美主义作者中脱颖而出的关键所在。

由于耽美派大多数作家的创作太过流俗，文坛继而很快就被白桦派所占据。白桦派因以文学刊物《白桦》(『白樺』)作为主要创作阵地而得名，这一派的作家心中往往都具备着崇高的理想，在作品中不断追求人与世界的和谐、人性之光的闪现。著名作家武者小路实笃（武者小路実篤，1885—1976）、志贺直哉（志賀直哉，1883—1971）、有岛武郎（有島武郎，1878—1923）都是白桦派的代表人物，白桦派的作品一度为沉闷的日本文坛带来了一阵人道主义的新风。但随着第一次世界大战打响，白桦派的作品因为背离现实生活而渐渐从文坛霸主的地位跌落。

正当白桦派春风得意之时，夏目漱石的门生也陆续登上文坛，这些青年俊彦很快团结在一起形成了一股新的文学势力，因为创作主要发表在杂志《新思潮》(『新思潮』)上，所以被称为"新思潮派"。新思潮派的创作风格偏向于追求艺术形式的精美，于虚构与真实之间寻找到平衡点，并在此基础上探索人类生存的意义。新思潮派中最著名的人物就是日本文学另一巨擘芥川龙之介。

芥川龙之介幼年深受传统江户文化熏陶，少年时期又恰逢明治诸多作家大放异彩、外国文学不断涌入，这些经历极大地拓宽了芥川龙之介的文学视野，为日后创作奠定了坚实的基础。大学时代，芥川龙之介加入了《新思潮》第三次创刊，并开始了自己的创作生涯。这时的芥川龙之介尚未引起文学界的注意、所创作出的得意作品《罗生门》(『羅生門』)也未引起文坛的讨论，但此时的芥川龙之介却结识了夏目漱石，并成功凭借新作《鼻子》(『鼻』)得到了夏目漱石的赏识。在夏目漱石的提携下，这位文坛新星就此进入日本主流文学界，并得到了广泛的认可。芥川龙之介创作前期题材十分广泛，但作品主要是历史小说，其特色在于不去再现历史，而是借

125

用历史来讽喻现实。在对历史小说厌倦后，芥川龙之介又将视野移回现实，一系列"保吉小说"①的问世正是芥川龙之介风格转向的体现。芥川龙之介创作末期开始书写自传体小说，其中对于生和死的哲理思考能够一窥他的深邃思想，感受到强烈的艺术感染力。芥川龙之介的作品在大正时代可以说是登峰造极，几乎同时完美地把握了文学作品的审美性、批判性与哲理性，将文艺作品的虚构、现实和自我三者的矛盾调和得极其协调。随着芥川龙之介在苦闷中自杀，大正文学时代也就此终结。

七、昭和文学时期（1923—1989）

1923年关东大地震让东京化作一片废墟，这直接让当时的人们普遍陷入了一种恐慌与虚无的情绪。但是伴随着灾难过后的迅速重建，日本人民开始陶醉在经济与科技水平的突飞猛进中。这个时期各式便捷的工业产品极大地提升了日本人的生活水平，一种全新的生活感受激发了作家们的创作热情，新感觉派（しんかんかくは）由此诞生。

新感觉派被视为日本第一个现代派文学，与传统的写实主义不同，新感觉派力图重构日本文学的语言表达方式，尝试追求全新的感觉体验，用一系列象征与暗示去表现存在的意义与价值。横光利一（横光利一，1898—1947）、川端康成（川端康成，1899—1972）被誉为新感觉派双璧，两人在青年时代联合其他青年作家共同创办了新感觉派的主要刊物《文艺时代》（『文芸時代』），自此成为新感觉派的领袖，但是由于新感觉派缺乏独特的、有别西方的文艺理论支撑，创作也几乎是一味地模仿与拼凑，很快就从日本文学界消亡。

在昭和早期，左翼文学发展蓬勃，新感觉派的形式主义文风一直被左翼文学者诟病。以横光利一为首的作家群体（一般称为艺术派）与左翼作家群体展开了一场激烈的形式主义文学论战，自此两派作家基本呈对立之态。

在这场论战中，川端康成并没有过多地参与其中，他虽然是新兴艺术派的一员，却一直坚持以客观公正的态度去品评文学。在新感觉派尝试失

---

① 因这一系列小说的主人公名字都是"保吉"而得名。

败过后，川端康成一直在积极地寻找除了无产阶级文学以外的出路，在这段时间写了比较多的实验性作品，并联合无产阶级作家与艺术派作家共同创办了《文学界》(『文学界』)杂志，掀起了日本文学界的"文艺复兴"①。川端康成虽然不赞成这股风潮中潜藏的军国主义思想，但是复兴古典的口号却对川端康成的创作起到了深刻的影响，《雪国》(『雪国』)正是在这样的背景下诞生的著作。自《雪国》后，对于日本传统美学的贯彻、对日本人心灵世界的探索成为川端康成创作的核心。川端康成为明治之后一直执着于效仿西方文学的日本文学界指出了一条复归古典的道路，这对于日本文学此后的发展有着不可估量的价值。

随着第二次世界大战打响，在日本法西斯政权带领下，日本不可避免地走向了战争深渊，文学也被政府牢牢控制，文艺界呈现出一片凋零之态。日本战败后，国内更是一片混乱，民众几乎都生活在绝望与恐惧之中，这种情绪在日本战后文学中有诸多体现。直到1947年，日本新宪法发布，民主主义国家初步成立，在美国的帮扶下，日本国内逐渐稳定，文学也逐步走向复苏。

在战后初期，日本文坛出现了一派表现虚无主义、绝望情绪和战后创伤的作家群体，这就是日本著名的无赖派(ぶらいは)。无赖派作家大多都经历了战争失败带来的强烈心灵打击，虚无主义、绝望感、幻灭感充斥着他们的内心，他们往往认为自己的人生荒诞可悲，所以常常沉浸在似真似幻的精神状态下、以艺术作为救赎手段来填补精神的空虚。太宰治(太宰治，1909—1948)是这一派最著名的作家，其代表作《人间失格》(『人間失格』)、《斜阳》(『斜陽』)代表了当时日本人普遍的精神困境，对青年一代影响极大。

相对于沉浸在绝望中难以自拔的无赖派，当时文坛还有着其他直面战争失败现实、仍然保持着积极的态度去探索日本未来出路的作家群体，即

---

① 昭和十年（1935）左右，在各种新兴的文学杂志与文学奖项不断刺激下，大量的新锐作家涌入文坛，为日本文学注入了强大的生命力，整个日本文学界呈现出空前的繁荣状态。在这种背景下日本国粹主义高涨，要求重振日本古典传统，日本文学界自此出现了一股复兴古典的思潮，所以称为日本的"文艺复兴"。

民主主义文学作家群体与战后派（せんごは）。民主主义文学作家群体意图继承此前的无产阶级文学的辉煌，继续探索日本未来的发展道路，但是最后却因为日本国内混乱不堪的政治局势、自身组织松散等问题而以失败告终。战后派作家摒弃民主主义文学将文学隶属于政治的创作态度，力图为文学发展找到更加独立、自由的道路，从第一代战后派开始，经过不断传承，一直发展到第五代战后派，才终于让日本文学界摆脱了战争的阴霾。战后派历经五代，诞生了众多著名的作家，如远藤周作（遠藤周作，1923—1996）、三岛由纪夫（三島由紀夫，1925—1970）、大江健三郎（大江健三郎，1935—2023）等，这些作家为日本文学的重建做出了巨大的贡献。

日本文学摆脱战争阴影重建之后，通俗文学随时代发展得十分迅猛，日本文坛也涌现了一批新锐作家，如村上春树（村上春樹，1949— ）、吉本芭娜娜（吉本ばなな，1964— ）等，为日本当代文学在世界文坛争得一席之地。

第二节　个案分析

一、夏目漱石（夏目漱石/なつめそうせき，1867—1916）

夏目漱石本名夏目金之助（夏目金之助），"漱石"是其学生时代就开始使用的笔名，取自《晋书》"漱石枕流"一语。夏目漱石是明治时代最杰出的作家之一，也被认为是日本国民级的作家。他在日本享有很高的声誉，甚至其头像一度被印刷于日本使用最频繁的千元纸钞之上，足见其在日本国民心目中的地位之高。

夏目漱石是家中老幺，可是他的出生并没有令其父母感到过多的欢喜，因为在其出生前曾在江户小有名气的夏目家已然家道中落，他也因此被送到亲友家庭中寄养。直到9岁夏目漱石养父母离婚后，夏目漱石才被送回夏目家，但其父母依旧对他不甚关注，这种童年时期亲情的缺失无疑对年幼的夏目漱石三观形成造成了一定的影响。

夏目漱石从小就对汉学表现出了强烈的兴趣,立志要在文学界闯出一番名头。虽然其父兄并不支持他的文学志向,但夏目漱石凭借自己的努力成功考入了东京帝国大学英语科,并在预备科时期因汉语诗歌结识了其一生的挚友正冈子规(正岡子規,1867—1902)[①]。年幼时接触到的汉学文化与大学时学习的欧美文学相互碰撞,夏目漱石的文学视野在这个阶段变得十分开阔,时常通过发表文学评论、撰写论文来表达自己的文学观点。

大学毕业后,在校长的引荐下,夏目漱石进入到了东京高等师范学校(東京高等師範学校)担任讲师一职,并在文部省(もんぶしょう)的命令下去英国学习了三年,这让夏目漱石对英国文学有了更加深刻的理解。1903年,夏目漱石回国后成为第一高等学校的教授,同时兼任大学的英语文学讲师,其这段时期的文学理论著作《文学论》(『文学論』)、《文学理论》(『文学評論』)被视为日本第一批英国文学研究著作。然而长时间的教学加深了夏目漱石的神经精衰弱症状,再加之家庭方面的一些矛盾、压力,让夏目漱石只能投身于文学写作中纾解压力,其小说处女作《我是猫》(『吾輩は猫である』)正是在这样的背景下诞生了。《我是猫》刊载于子冈正规所创报刊《杜鹃》(『ホトトギス』)上,在夏目漱石原本的计划中这本是一篇短篇小说,却因为读者反响强烈而于1905—1906年间陆续连载。《我是猫》是夏目漱石的代表作之一,被日本文学界认为是明治时期最出色的小说之一,该小说以猫的视角、猫的口吻描绘了当时日本社会的众生百态,夏目漱石通过猫戏谑又平静的语气对日本社会的种种怪相进行了无情的批判。《我是猫》这部作品中蕴藏了夏目漱石前半段人生所有对日本社会、资本主义的所见所思,在艺术手法上也兼容并蓄,活用了日本俳谐传统与欧洲讽刺小说写法,毫无疑问这部小说是当时日本讽刺小说的巅峰之作,也是夏目漱石社会批判小说创作的起始。

读者的支持给予了夏目漱石生活与创作的动力,自《我是猫》面世后,夏目漱石迎来了自己创作的十年高产期。这十年间,其不仅有《伦敦塔》

---

① 日本近代俳句革新先驱。

(『倫敦塔』)、《幻影之盾》(『幻影の盾』)等短篇小说相继出版,其所创作的一系列中长篇小说更是淋漓尽致地展现了这位文学大师的思想深度。1907年夏目漱石正式辞去教职,一心投入文学创作中。夏目漱石明确地知晓日本当时社会的种种弊病,他在欧洲的经历让他明白当时日本发展迅速的资本主义制度之下隐藏了太多黑暗,所以他此后的创作都致力于让这些黑暗面暴露在民众的视野之下,引起更多人的反思,力图用自己的创作唤醒日本人的良知、促进整个民族的反省。《三四郎》(『三四郎』)、《从此以后》(『それから』)、《门》(『門』)这三部小说都是夏目漱石基于上述理念而创作出的带有明显批判色彩的作品。

夏目漱石的身体状况在长期写作中并未得到好转,各种病痛一直在折磨着这位文学巨匠。自1910年因为胃溃疡大出血险些身亡开始,夏目漱石对"人"与"死亡"的思考显然更加深邃有力,这在他之后的作品中都有所体现。这个时间段写作出的《彼岸过后》(『彼岸過迄』)、《行人》(『行人』)等作品明显地带有了更多的阴郁色彩与死亡气息。不过夏目漱石并非消沉于生命的脆弱之中,相反,他这段时期十分注重提携具有潜力的文坛新人,希冀为日本文坛注入新的风气,久米正雄(久米正雄,1891—1952)、芥川龙之介(芥川龍之介,1892—1927)等人都是此时拜入夏目漱石门下。《心》(『こゝろ』)与《道草》(『道草』)两部作品可谓是夏目漱石的绝响,是其为日本文学最后留下的宝贵财富。在《心》中,夏目漱石将贯穿自己作品始终的对利己主义的批判推至巅峰,作品中扑面而来的孤独感几乎能让读者感到窒息,夏目漱石无比希望在大正这个新时代下明治时期诞生的黑暗能随着书中主人公的死亡一并埋葬。《道草》则是夏目漱石的自传体小说,他在这部书中完成了对自己记忆的重构、对自己的批判,整本书的色调并不轻快,这也反映了夏目漱石的一生都笼罩在各种阴霾之中。

夏目漱石最终于1916年在病痛之中憾然离世。夏目漱石的离世意味着日本文坛一位巨星的陨落,也意味着明治文学的落幕。不过值得庆幸的是,夏目漱石的数位弟子接续了他的荣光,在大正时期将日本文学推向了新的高潮,而且夏目漱石为日本文学带来的影响是深远的,不会因其死亡而消散。

二、芥川龙之介（芥川龍之介/あくたがわりゅうのすけ，1892—1927）

芥川龙之介出生于东京，因出生时间正好为辰年辰月辰时，故家中为其命名为"龙之介"。芥川龙之介本姓新原，但因其生母生下他后不久便精神失常，于是亲友将其送到舅父家中代为抚养。其母亲亡故后，龙之介于明治三十二年（1899）时正式过继为芥川家养子，改名芥川龙之介。

由于芥川家是封建士族世家，在明治维新后家中仍保留着较为丰富的传统文化气氛，家中长辈通晓江户时代的文化，这培养了年幼时代的芥川龙之介对传统文化的兴趣。在小学入学后，芥川龙之介就展现出了自己对于文学的狂热兴趣与非凡的文学天赋，这个时候芥川龙之介就已经开始广泛阅读江户文学与《西游记》《水浒传》这样的作品。到中学后，芥川龙之介对明治时期的诸多著名作家颇感兴趣，尾崎红叶、幸田露伴、泉镜花、夏目漱石、森鸥外等都是芥川龙之介阅读的对象，同时芥川龙之介在这个时期也开始接触外国文学，先后阅读了易卜生、屠格涅夫、波德莱尔等人的作品。尤其是以波德莱尔为代表的象征派作品对芥川龙之介的性格形成造成了很大的影响。

大正二年（1913），芥川龙之介入学东京帝国大学英语科，在大学期间芥川龙之介结识了久米正雄、菊池宽等人，并联手创刊了第三次、第四次《新思潮》。在第三次《新思潮》创刊期间，芥川龙之介虽然发表了几篇作品，却并未得到太多认可。《罗生门》（『羅生門』）正是他在这个时期所创作的作品，虽是芥川龙之介自己的得意之作，却也未能在当时引起文坛关注。不过芥川龙之介并未因此沮丧，他的创作生涯也在《罗生门》发表后正式开始，同时这种王朝历史故事也成为芥川龙之介早期的主要题材。在发表《罗生门》的这一年，芥川龙之介也通过同学的介绍结识了夏目漱石，并成为夏目漱石的门生，这进一步激发了他的创作热情。

第四次《新思潮》创刊号上，芥川龙之介发表了成名作小说《鼻子》（『鼻』）。这部短篇小说风格诙谐轻松，用不多的笔墨将人物的内心活动刻画得活灵活现，并且在幽默之余又对人性进行了深刻的讽刺。夏目漱石对

《鼻子》大为赞赏，并帮助芥川龙之介将其再度发表在杂志《新小说》上，自此一位日本文坛新星诞生了。在得到夏目漱石的提携后，芥川龙之介的创作道路可谓是一帆风顺，接连出版了小说集《罗生门》、《烟草与恶魔》(『煙草と悪魔』)、《傀儡师》(『傀儡師』)。这段时期也被看作芥川龙之介的创作前期，主要以历史题材小说为主，用历史故事来讽喻现代人的内心各样的病态是这段时期的芥川龙之介常用的手法。

此后芥川龙之介进入了一段创作的低迷时期。在大正十年（1921），芥川龙之介被大阪每日新闻社派往中国，以海外视察员的身份游历了上海、杭州、长沙、北京等地，这一段长途旅途极大地损害了芥川龙之介本就脆弱的身体，健康状况一度岌岌可危。在这种情况下，芥川龙之介仍坚持创作，于大正十二年（1923）出版小说集《春服》(『春服』)，这是他最后一部历史小说文集，但是笔力明显大不如前，这个时候社会上也因此出现了很多对芥川龙之介的质疑声。

在重重压力下，芥川龙之介开始变更题材，创作了一系列"保吉小说"。"保吉小说"与芥川龙之介此前的历史小说创作不同，主要是根据自己在海军机关学校任教期间的亲身经历写就，是芥川龙之介对于现实主义题材探索的一次较大成功。

到了大正十四年（1925），芥川龙之介再次变更了写作题材与风格，开始书写自传体小说。这段时期芥川龙之介健康状况不容乐观，身体病痛的折磨让他创作变得无比艰难，但这也极大地影响了他作品内涵。这个时期所创作的《玄鹤山房》(『玄鹤山房』)、《河童》(『河童』)、《一个傻瓜的一生》(『或阿呆の一生』)等都能看出芥川龙之介对生与死的哲理性思考与凄婉的美感。最后在昭和二年（1925），芥川龙之介选择自己结束了生命，年仅35岁。他的逝去意味着大正文学一代的衰亡，他一生所经受的精神苦痛是大正时代的人精神状态的缩影，他的成就与结局印证了他是大正时代最杰出同时也是最可悲的文学天才。

《河童》是芥川龙之介晚期创作的代表作，以自述的方式描绘了一个人在河童社会的所见所闻。故事的主人公是一个精神病院里的患者，据其自述他在阴差阳错之间误入河童国，并在河童国生活了很长一段时间。河童国社会与人类社会有一些相似，不过在当时的主人公看来这些自诩比人类更加开化高明的河童的行径充满了丑恶，在其找到回到人类社会道路之时义无反顾地选择回归。回归后的主人公发现人类社会的方方面面比河童国还要可怕、丑恶，极度绝望下的主人公将河童国视作自己的故乡，一心想要再度回到河童国，却已经再也回不去了。

芥川龙之介正是用河童国来讽喻人类社会，这个与人类社会十分近似的国家中有很多违反人类道德准则与常识的行为，但是当读者揶揄之余又会猛然惊醒，人类社会在道德表皮之下实际上比河童国更加恐怖与悲哀。小说中有一些片段十分耐人寻味。当主人公看到河童中的资本家用机械替代了大量河童的工作，从而造成河童们大量失业，主人公便询问为什么没有河童罢工。河童资本家坦言那些河童因为职工屠宰法而已经被杀掉作为肉食品了，这对主人公造成了很大的心理冲击。河童国不仅是死亡观念异于人类社会，河童的出生过程也足够引人深思。文中描绘河童出生之时，需要征询肚子里小河童的意见，由其自己决定要不要出生在这个世界上。芥川龙之介在这部小说中是毫不留情地对人类社会的黑暗面进行了批判，巧妙地用虚构的河童国的外衣驳斥了人类社会真实存在的虚伪、黑暗，在其字里行间也隐约能够看出芥川龙之介对理想社会的期望。

芥川龙之介对日本文学界的影响是巨大的，他在其恩师夏目漱石的基础上继续将日本近代文学拔升到了全新的高度。芥川龙之介的早逝对于日本文学界来说是巨大的损失，群星璀璨的大正文学时期也因为这颗文学巨星的陨落而悄然落幕。

第八章 阿拉伯文学

第一节 阿拉伯文学总述

阿拉伯-伊斯兰文化体系是世界最古老的文化体系之一，曾一度极尽辉煌，融汇了中西方文化的精髓，创造出了许多非凡的文学成就。阿拉伯文学作为世界文学中最璀璨的明珠之一，其丰富程度与精彩程度不言而喻，如今提到阿拉伯文学要根据不同的历史时期进行区分，大致可分为：贾希利叶时期（蒙昧时期）、伊斯兰时期、阿拔斯王朝时期、近古文学时期、现代文学时期。

一、贾希利叶时期/蒙昧时期（475—622）

"贾希利叶"（Jāhilīyah）一词源于《古兰经》（Qur'ān），意为"蒙昧的""无知的"。在伊斯兰教的观点看来，伊斯兰教此时尚未创立，阿拉伯半岛上生活的游牧民族还不曾被穆罕默德启示，人们普遍还在信仰多神教，这些人当然是无知且愚昧的。但实际上这个时期的阿拉伯人已经有了统一、标准的阿拉伯语言与文字，并且诞生了流传至今最古老的阿拉伯诗歌，掀开了辉煌的阿拉伯文学的序幕。

与绝大多数古老的文学相同，阿拉伯文学最初的作品大多是口传的诗歌。诗歌作为产生于生活中的文学形式，承载了人们抒发情感的作用，且朗朗上口、韵律顿挫，深受早期文明群众喜爱。贾希利叶时期的诗歌被称为"盖绥达"（Qaṣīdah），是阿拉伯地区一种传统的格律长诗体式，一般由当时诗人们吟唱出诗歌后，身旁的"拉维"（Rāwī）①将诗歌背诵下来并加

---

① 意为"传述者"，许多阿拉伯著名诗人都曾当过"拉维"，追随前辈诗人从而学习诗歌创作。

以传播。贾希利叶时期的诗歌最高成就为《悬诗》(*Mu'allaqāt*)，是当时诗人们参加一年一度的诗歌比赛评选出的最佳作品的合集，据传这些诗作用金水写于悬挂着的细亚麻布之上，故称《悬诗》。《悬诗》一说七篇，一说十篇，但其中有四位诗人的作品是得到公认的，即乌姆鲁勒·盖斯('Umru' al-Qays，500？—540？)、泰尔法·本·阿卜德(Ṭarafah ibn al-'Abd，543？—569？)、祖海尔·本·艾比·苏勒玛(Zuhayr bn Abī Sulmā，520？—609？)和安塔拉·本·舍达德('Antarah ibn Shaddād，525？—615？)。

乌姆鲁勒是悬诗诗人中最著名的一位，他出身王族，早年生活放荡，故有"浪荡王"(al-Malik aḍ-Ḍillīl)之称，其父亲因叛乱而亡后，乌姆鲁勒性情大变、立志复仇，所以其创作也分为前后两个时期。乌姆鲁勒早期的作品浪漫主义色彩浓厚，主要反映了他纵情行乐、风流倜傥的浪荡生活，他最著名的悬诗正是在这个时期所创作。乌姆鲁勒的悬诗被誉为阿拉伯诗歌之魁首、阿拉伯文学第一座高峰，其中对自然美、女性美的描写极其细腻、多彩，外部世界与内心世界交融的写法显得极其出彩，整首诗歌更是都流露着诗人身为"浪荡王"那独具特色的意气风发，称得上是阿拉伯诗歌最璀璨的明珠之一。乌姆鲁勒对后世诗人的影响极大，哪怕是伊斯兰教创立后仍未有所消减，据说先知穆罕默德都曾赞叹过他的诗才。

贾希利叶时期除了悬诗诗人还有另一个有名的诗人群体，即"侠寇诗人"。"侠寇"(aṣ-Ṣa'ālīk)指当时那些贫困潦倒、以抢劫为生的人，这些人大部分都是因为生活所迫而做此营生，与下层民众关系密切。侠寇诗人的诗歌对当时社会普遍存在的贫富悬殊问题有着深刻的反映，对下层人民受到的屈辱、压榨等生存困境也有较为细致的描写，他们的诗歌中往往洋溢着一种宁可战斗也绝不屈服的昂扬斗志。

贾希利叶时期文学除了诗歌外几乎一律被分为散文，这个时期流传下来的散文比起诗歌逊色不少，主要是因为口传的形式难以完整流传，到如今已难以还原原貌。这个时期的散文往往是一些演讲辞、箴言、卜辞等，文学价值有限。

二、伊斯兰时期（622—750）

伊斯兰时期主要指伊斯兰教（al-'islām）创立、兴起后直到阿拔斯王

朝（Abbasid Dynasty）成立的这段时期。这段时期往往又被划分为两个时期，前半部分为伊斯兰教初兴期，大致为622—661年，后半部分为阿拉伯帝国的第一个世袭制王朝伍麦叶王朝（Umayyad Dynasty）统治时期，为661—750年。

伊斯兰时期最重要的事件莫过于伊斯兰教创立并兴起。伊斯兰教带领着阿拉伯半岛实现了信仰统一、民族团结、文化繁盛，创立了世界闻名的阿拉伯-伊斯兰文化体系。伊斯兰教传说中先知穆罕默德（Muḥammad，570—632）受天使加百列（Gabriel）启示后宣谕出《古兰经》这部来自真主的启示之书。无论传说如何，不可否认的是《古兰经》的问世确实是阿拉伯半岛历史上的一重大事件：它标志着作为《古兰经》经典用语的古莱氏部落（Quraysh Tribe）所用的阿拉伯语成为阿拉伯半岛的官方用语；文字文学因此代替了口述文学，为阿拉伯文学奠定了文化根基；伊斯兰教成为阿拉伯地区的官方宗教，甚至影响到周围疆域，形成了独特的伊斯兰文化体系。

伊斯兰教除了《古兰经》，还有一种特殊的文化遗产，即记载了先知穆罕默德及其弟子言行的"圣训"（al-Hadith）。圣训在伊斯兰教中的权威性仅次于《古兰经》，往往是用来阐释《古兰经》中众多教义、规范的重要依据，也因此诞生了专门研究"圣训"的圣训学。如今流传最广的圣训共有六种，被称作"六大圣训集"，其中布哈里（al-Bukhārī，810—870）辑录的《圣训》（Ṣaḥīḥ al-Bukhārī）与穆斯林·本·哈贾吉（Muslim bn al-Ḥajjāj，？—875）辑录的《穆斯林圣训实录》（Ṣaḥīḥ Muslim）被视作最权威的圣训读本。圣训本身包罗万象，既阐释了宗教教义，又囊括了当时社会的方方面面，且言简意赅、形象生动，具有一定的文学价值与史料价值。

由于《古兰经》中对诗人进行抨击，且先知穆罕默德也认为诗人的言行在一定程度上违反了伊斯兰教教义，所以伊斯兰时期的诗歌发展并不顺利。伊斯兰教成立初期时，一些诗人还敢于抨击伊斯兰教对诗歌创作自由的压迫，但是随着时间的推移、伊斯兰教地位逐渐稳固，诗人们也逐渐走向了为伊斯兰教书写颂诗的道路。其中较为有名的有悬诗诗人祖海尔之子凯耳卜·本·祖海尔（Ka'b bn Zuhayr，？—662）、哈萨尼·本·沙比特

（Ḥassān bn Thābit，563—674？）、候忒艾（al-Ḥuṭay'ah，？—679）等。

因穆罕默德离世前并未指定继承人，所以阿拉伯半岛在632—661年间通过推举接连选出了四位哈里发（khalīfah）①掌管政教大权。与第三任哈里发同族的穆阿威叶（Muʿāwiyah，600—680）由于不满第四任哈里发阿里（ʿAlī ibn Abī Ṭālib，600？—661）继任从而掀起了著名的隋芬之战（Battle of Ṣiffīn），虽然穆阿威叶战败，但最后阿里主张和解引起了主战派的不满，这群主战派从阿里阵营里分割出去成为所谓的哈瓦利吉派（Khawāridj）。661年，哈瓦利吉派刺杀阿里后，穆阿威叶趁机镇压反对者，从而成为哈里发，并建立了自己家族的世袭王朝，史称伍麦叶王朝②。

伍麦叶王朝建立后，国内一直矛盾不断，一众反对派对穆阿威叶篡夺政权、建立世袭制度十分不满，这极大地刺激了当时的文坛，涌现出了很多政治诗。伍麦叶王朝为了分散矛盾，一方面大力鼓励诗人唇枪舌剑，以挑拨起各个反对派之间的利益矛盾；另一方面又收买一些诗人为自身王朝歌功颂德，所以在那个时代对驳诗（an-Naqāʾiḍ）③十分兴盛。最能代表对驳诗成就的莫过于被誉为"伍麦叶王朝三诗雄"的艾赫泰勒（al-Akhṭal，640？—710）、法拉兹达格（al-Farazdaq，641—732）和哲利尔（Jarīr，653—714），三者的诗歌论战持续了五十年，堪称是放眼世界诗坛都少见的奇景。

除了政治诗与对驳诗这种带有锋芒的诗歌体式，当时一些偏远地区还十分流行情诗。这些情诗大致可以分为两类，一类为贞情诗，一类为艳情诗。贞情诗与伊斯兰教教义有很大关联，大多数诗歌讲述的都是男女纯真的恋情被传统习俗所困阻，最后以悲剧收场，这类诗歌歌颂爱情的忠贞、纯洁，情感真挚动人。艳情诗则是上层阶级沉溺于金钱美色的产物，对女性体态风情的描写颇多。

---

① 意为"代理人""继承者"，源于《古兰经》。
② 即中国历史中所提及的"白衣大食"。
③ 一般是一位诗人先吟诗一首，用以自夸、攻击对方，被攻击的另一方需要当场和诗反击，其格律、韵脚须与前者相同。

三、阿拔斯王朝时期（公元 750—1258）

随着艾布·阿拔斯（Abū al-'Abbās al-Saffāḥ，722—754）推翻伍麦叶王朝，阿拉伯帝国第二个世袭王朝阿拔斯王朝正式建立。阿拔斯王朝是阿拉伯历史最长久的王朝，也是阿拉伯帝国最兴盛的王朝，由于其旗帜为黑色，所以我国历史上也称其为"黑衣大食"，以与伍麦叶王朝区分。

阿拔斯王朝由于统治时间长久，无论是经济、制度还是文化上都有极大的发展，可以说阿拉伯-伊斯兰文化体系正是在阿拔斯王朝时期才逐渐发展成熟，并走向鼎盛。这个时期的宗教仍以伊斯兰教为绝对核心，《古兰经》作为伊斯兰教的圣典自然也是这个时期文学文化发展的原点，无论是教育还是文学创作都会以《古兰经》教义作为出发点与落脚点。在阿拔斯王朝的文化历程中，最重要的莫过于"智慧馆"（Bayt-al-Ḥikman）的创立与长达百年的翻译运动，阿拔斯王朝因此成功引入了古希腊、罗马、波斯、印度等地的文化并化为己用，铸就了阿拉伯-伊斯兰文化体系的辉煌。

由于阿拔斯王朝统治时间较长，所以一般论其文学发展时往往划分为三个时期，第一时期为公元 750—847 年，第二时期为公元 947—945 年，第三时期为公元 945—1258 年。

第一时期是阿拉伯文学兴盛的黄金时期。阿拔斯王朝在继承了伍麦叶王朝纯粹的阿拉伯文学传统的基础上实行兼容并包的政策，极大地促进了自身文学的发展，在吸取了数个文明的文化积淀后阿拔斯王朝的诗歌领域发展得尤其辉煌，诗人们在创作时不再局限于"盖绥达"的形式与内容，大胆创新、更加贴合大众是这个时期诗歌的主要特征。

第一时期的代表诗人有白沙尔·本·布尔德（Bashshā bn Burd，714—784）、艾布·努瓦斯（Abū Nuwās，762—813）、艾布·阿塔希叶（Abū al-'aṭāhiyah，748—826）等，这个时期的诗人与伍麦叶王朝时期不同，往往都带有一定的反伊斯兰教色彩，创作力图颠覆传统，风格更加自由奔放。在伍麦叶王朝时期，由于种族歧视政策的推行，导致非阿拉伯族裔受到了很多打压与迫害，这种积蓄的情感在兼容并包的阿拔斯王朝时期得到了充分的释放，于是在诗歌领域中呈现出了如此反传统的创新态势。

第一时期除了诗歌成就辉煌外，还诞生出了一位阿拉伯文学史上享誉盛名的散文家，即伊本·穆格法（Ibn al-Mugaffa'，724—759）。伊本·穆格法祖籍为波斯，从小深受波斯文化影响，精通波斯文与阿拉伯语，他生长于伍麦叶王朝末期，长大后又长期在总督府担职，对底层百姓的痛苦与上层阶级的腐败都深有感触，于是十分热衷于书写有关社会改革的内容。他的代表作《卡里莱和笛木乃》（Kalīlah wa Dimnah）、《大礼籍》（al-adab aṣ-ṣaghīr）、《小礼籍》（al-adab al-kabīr）和《近臣书》（Risālah aṣ-ṣahābah）都有很明显的劝诫君王、改革社会的倾向。其中《卡里莱和笛木乃》是一本寓言童话故事集，该故事集起源于印度，是伊本·穆格法首次将其译为阿拉伯语，其中很多故事都被伊本·穆格法进行了改编和加工，呈现出一种多元文化交融的特质。《卡里莱和笛木乃》这本书对后世阿拉伯文学产生了巨大的影响，出现了大量的仿作，这种寓言故事的写法成为阿拉伯文学的重要创作方式之一。

第二时期的阿拔斯王朝虽然几乎被突厥所掌控，但突厥人却始终没能对阿拔斯王朝形成文学宰制，不过是在一定程度上削弱了波斯文化对阿拔斯王朝文学的影响。第二时期的文学总体来说失去了第一时期那种新旧更迭时代特有的创新力，甚至还出现了向阿拉伯传统文学复归的倾向，但第一时期遗留下来的文学积累还是为第二时期文学发展起到了积极的推进作用。第二时期诗坛最多的诗歌是劝世诗与怨世诗，这都是受突厥宰制的客观社会现实而产生的诗歌体式，大多较有锋芒。这个时期代表的诗人有阿里·本·杰赫姆（'alī bn al-Jahm，804？—863）、布赫图里（al-Buḥturī，820—897）等。

因为第一时期以伊本·穆格法为代表的非阿拉伯文人倡导的"舒欧比亚主义"①取得了一定的反响，引来了众多阿拉伯文人的反击，散文在这一系列论战中发展迅速，但总体而言仍未超越诗歌的成就。在第二时期出现了诸多有关讨论伊斯兰教教义的学派，这些学派之间的斗争颇为频繁，以散文为载体的论战更加丰富，故散文成为第二时期发展较大的文体。

---

① 这种思想产生于伍麦叶王朝时期，在阿拔斯王朝时期发展迅猛。主要体现为对阿拉伯帝国种族歧视政策的反扑，认为非阿拉伯人比阿拉伯人更加优越，是一种反阿拉伯思想。

贾希兹（al-Jāḥiẓ，775—868）是第二时期著名的散文家，他著作颇多，作品内容又包含万千，因此被誉为是百科全书式的作家。其作品《动物书》（*Kitāb al-ḥayawān*）、《吝人传》（*Kitāb al-bukhalā'*）、《修辞达意书》（*Kitāb al-bayān wa at-tabyīn*）等涉及的内容非常广泛，语言风格总体风趣幽默，修辞技巧高超，都是阿拉伯文学有名的传世之作。

到了第三时期，阿拔斯王朝已经十分衰微，当时各地王公割据一方，哈里发为核心的政权已然是名存实亡。虽然各地王国矛盾不断且数次"十字军东征"带来了很大的威胁，但文学发展不曾停滞，反而是在这种王国竞争、文化碰撞的过程中愈发兴盛。这个时期文学大多都是各个王国之间互相竞争的工具，总体以宫廷文学为主，其中诗歌较为盛行。因为是宫廷诗歌，且当时的各个王国宫廷都极其奢靡，所以这时期的诗歌十分注重藻饰，与此前朴素的阿拉伯文学全然不同，存在着不少形式主义的弊病。这个时期的著名诗人有穆太奈比（Abū aṭ-Ṭayyib al-Mutanabbī，915—965）、麦阿里（Abū al-'Alā' al-Ma'arrī，973—1057）、伊本·法里德（Ibn al-Fārid，1181—1234）等。

但第三时期文学的最高成就仍然是在散文领域，"玛卡梅"（Maqāmah）①文体的出现与兴起让第三时期的散文熠熠生辉。

赫迈扎尼（Badī' az-Zamān al-Hamadhānī，969—1007）是第三时期最著名的文人之一，他的著作《玛卡梅集》（*al-Maqāmāt*）为阿拉伯文学带来了"玛卡梅"这种全新的文体，得到了当时文坛的极大赞誉。赫迈扎尼的弟子哈里里（al-Ḥarīrī，1054—1122）继承其衣钵，继续创作了五十篇"玛卡梅"整理成另一部《玛卡梅集》，相较其师更加注重文字、修辞技巧的使用，同样是传世佳作。

阿拔斯王朝时期阿拉伯还诞生了《安塔拉传奇》（*Sīrah 'Antarah bn Shaddād*）与《一千零一夜》（*Alf laylah wa laylah*）这两部优秀的文学作品。

---

① 一种类似于短篇小说的文体，创作往往遵循一种固定模式：有一个传述人来讲主人公的趣闻事迹，这个主人公往往是一个机智、有文采的乞丐，故事内容大多为乞丐用各种计谋获取钱财。这类文体相较于故事情节更加注重修辞技巧，是阿拉伯古典短篇小说的雏形。"玛卡梅"这个术语源于《玛卡梅集》（*al-Maqāmāt*）。

这两部作品由于在民间流传甚广,一直在被民间传述者丰富、扩充,所以难以确定具体的成书时间。《一千零一夜》在目前看来流传更广,也对阿拉伯后世短篇故事文集的发展影响较大,但其故事却很多是来源于波斯、印度等地,并非阿拉伯民族的独创。《安塔拉传奇》则是一部纯粹取材于阿拉伯传统英雄事迹的文学作品,是一部产于民间的韵散结合传奇故事,在阿拉伯地区流传极广,书中坚韧不拔的主人公安塔拉更是阿拉伯的民族精神的象征,对阿拉伯文学发展也有很大的影响。

四、近古文学时期(公元 1258—1798)

阿拔斯王朝从中晚期开始长时间被异族掌控,且国外有"十字军东征"的威胁、国内有诸王割据,面对这混乱的政治局面,哈里发政权极度衰微。这种王朝凋败的情况一直持续到 1258 年巴格达陷落、哈里发身亡,阿拔斯王朝终于宣告正式终结,阿拉伯近古时期自此开始。

由于蒙古入侵者对阿拉伯文学毫不重视,所到之处文学典籍都难以幸免,所以近古时期的阿拉伯文学一开始处于停滞、退化的情况。在一片凋败的情况下,只有统治埃及的马穆鲁克王朝(Mamluk Sultanate)留存了一些阿拉伯文学财富,所以近古时期前期也被称为蒙古-马穆鲁克时期(1258—1517)。虽然马穆鲁克王朝留存了一定的阿拉伯文学,但在异族的统治下,阿拉伯文学实际上并不受重视,相较于阿拔斯王朝文学的辉煌,此时的文坛一片凋敝。

马穆鲁克王朝灭亡后,奥斯曼帝国(Ottoman Empire)占领了阿拉伯各地,阿拉伯近古时期进入第二阶段,即奥斯曼-土耳其时期(1517—1798)。土耳其人对阿拉伯人的管控更加严格,且文学中心为首都君士坦丁堡,阿拉伯人难以在流行奥斯曼土耳其语(Lisân-ı Osmânî)的文坛为自己争得一席之地,阿拉伯文学陷入到极度的衰败期。

近古时期较为著名的阿拉伯诗人为沙布·翟里夫(ash-Shābb aẓ-Ẓarīf,1263—1289)与蒲绥里(Sharaf ad-Dīn al-Būṣīrī,1212—1296)。蒲绥里创作出的《斗篷颂》(al-Burdah)堪称是这个时代创作出的最好的诗篇,是

伊斯兰教历史上极其经典、著名的宗教颂圣诗，流传极其广泛。

五、现代文学时期（1798—）

自工业革命开始，欧洲资本主义国家一直向外寻求着更多的殖民地用以满足本国日益膨胀的物质需求，而连接中西方世界的阿拉伯地这无疑首当其冲，成为了欧洲侵略者们瓜分的对象。在经历过数代异族统治过后的阿拉伯世界在欧洲入侵者的瓜分下彻底分裂，本就衰微的传统文化更是遭到了欧洲文化全方位的渗透，阿拉伯-伊斯兰世界文化不可避免地染上了殖民、半殖民色彩。

随着拿破仑（Napoléon Bonaparte，1769—1821）于1798年率军入侵埃及，被奴役已久的阿拉伯民族终于觉醒了誓死反抗的斗志，自此阿拉伯民族复兴运动正式拉开帷幕，阿拉伯的现代文学也自此伊始。因为阿拉伯现代文学诞生之初带有着强烈的民族色彩、反殖民意识，加之阿拉伯文学已然衰落已久，所以现代文学时期也经常被视作阿拉伯文学的又一复兴时期。

走在这场文学复兴运动前列的是埃及与黎巴嫩，这两个国家是阿拉伯世界中最早接触到先进的西方文化的国度，所以也最早迎来了复兴的机遇。随着殖民化程度的日益加深，埃及与黎巴嫩的学者、政客越发清楚西方先进文化、制度的重要性，于是他们在本国内浩浩荡荡地开展了一系列翻译运动，希冀能从中得到复兴民族的契机。随着文学文化改变的还有宗教，伊斯兰教教义也在19世纪的这场复兴运动中得到了全新的阐释，用以与新文化、新科技、新制度相适应，其中很多新观点被视为泛伊斯兰主义，在后世引发了不少伊斯兰教教义之争。

阿拉伯世界进入现代文学时期后已然分崩离析，数个国家之间各有自身的文学特色与不同的文学发展轨迹，所以难以并提，如黎巴嫩、埃及、叙利亚、巴勒斯坦等，故难以在有限的篇幅内全部介绍。基于上述原因，本书仅在此列举出阿拉伯现代文学大概的脉络，并不对每个国家具体的作家作品作一一介绍。

诗歌是阿拉伯文学在这次复兴运动中最先变革的领域。阿拉伯民族具有悠久的诗歌创作传统，自"盖绥达"开始，阿拉伯诗歌一直是世界诗坛的耀眼明珠，虽然中古、近古时期的异族统治让阿拉伯诗歌一度蒙尘，但埋藏于阿拉伯民族体内的诗歌基因却从未消亡。首先是埃及的诗人巴鲁迪（Maḥmūd Sāmī al-Bārūdī，1838—1904）掀起了名为"复兴派"的诗坛新风，以传统格律搭配新的时代内容，力图以诗歌成为民族复兴、抵抗侵略的武器加入到民族复兴的斗争行列之中。此后深受"复兴派"影响的著名诗人有邵基（Aḥmad Shawqī，1868—1932）、哈菲兹·易卜拉欣（Ḥāfiẓ Ibrāhīm，1871—1932）等，诗歌内容大多带有很强的反殖民色彩，与时代关系密切。第一次世界大战后，阿拉伯诗坛又出现了全新的流派"创新派"，这个流派主要受西方浪漫主义影响较大，相较于以传统格律创作的"复兴派"，"创新派"敢于突破格律、创作新体，其诗歌内容则往往是歌颂爱情、自由，也有一定的反殖民、反专制色彩，其代表诗人为姆特朗（Khalīl Muṭrān，1872—1949）。"创新派"为阿拉伯诗坛注入了新的活力，这种对文学审美的追求也体现在"旅美派"诗人的作品中。"旅美派"①是阿拉伯现代文学中影响最大、成就最高的文学流派，著名诗人纪伯伦（Jubrān Khalīl Jubrān，1883—1931）正是此派代表。

这个时期的阿拉伯散文、小说也有一些创新与发展，取得了不俗的成就。阿拉伯文学曾在散文、小说领域取得过突出成就，《一千零一夜》《安塔拉传奇》和"玛卡梅"都足以证明阿拉伯民族在该领域的天赋。进入现代后，随着大量的西方小说被翻译到阿拉伯文学界，阿拉伯文人开始自发地学习西方现代小说创作方式，并将其与阿拉伯文学传统相结合，创作出了带有鲜明阿拉伯特征的现代散文与小说作品。"旅美派"的纪伯伦所创作的中篇小说《折断的翅膀》（Al-Ajniḥah al-Mutakassirah）被视为阿拉伯现代小说真正意义上的开端，该作做到了兼顾了艺术性与现实性，也被认为

---

① 19世纪末到20世纪初，由于不堪忍受奥斯曼土耳其帝国的压迫与迫害，大量的黎巴嫩、叙利亚人移居美洲，其中一些文人群体团结在一起进行创作、办刊、成立社团，被统称为"旅美派"文人。"旅美派"文人往往融汇东西方文化，富有创新意识，作品中常见爱国思想情结。

是纪伯伦的代表作之一。"埃及现代派"是 20 世纪 30 年代阿拉伯文学界引领风潮的重要文学流派，其作品内容大多要求反映社会现实、反对封建思想、反对殖民统治，带有强烈的民族解放色彩，其代表作家有塔哈·侯赛因（Ṭāhā Ḥusayn，1889—1973）、迈哈穆德·台木尔（Maḥmūd Taymūr，1884—1973）。第二次世界大战之后，埃及作家纳吉布·马哈富兹（Najīb Maḥfūẓ，1911—2006）成为第一个获得诺贝尔文学奖的阿拉伯语作家，这标志着阿拉伯现当代文学走过了漫长的复兴历程，重新成为了世界文学界重要的一支。

第二节　个案分析

一、乌姆鲁勒·盖斯（'Umru' al-Qays，500？—540？）

乌姆鲁勒是阿拉伯历史上最著名、影响力最大的诗人之一，他杰出的诗歌才华据说得到伊斯兰教的先知穆罕默德（Muḥammad，570—632）与第四位哈里发阿里（'Alī ibn Abī Ṭālib，600？—661）的承认。

乌姆鲁勒的大多数作品都已亡佚，中世纪一些阿拉伯学者曾出版过一些他的诗集，不过大多不太可靠。如今流传在世唯一被公认由乌姆鲁勒所创作的诗歌仅有《悬诗》（*Mu'allaqāt*）中的那篇《盖绥达》（"*Qaṣīdah*"），他的这篇《盖绥达》是悬诗之首，对阿拉伯诗歌创作而言有一定的原型意义，他也因此被视为阿拉伯诗歌之父。

乌姆鲁勒的一生颇为传奇。乌姆鲁勒出生于王族，其父亲是金达部落（Kindat al-Mulūk）的国王，他是家族中最小的王子。乌姆鲁勒在这样富足的生活环境里并未如其父兄希望那般成为家族中的助力，反而长成了一个浪荡王子，甚至创作了大量的色情诗而声名大噪。他的国王父亲难以忍受这样一个败坏王族声誉的纨绔，索性直接将他逐出了部族，并且曾一度派出仆人追杀。彻底被父亲遗弃的乌姆鲁勒非但没有醒转，反而十分享受这样的流浪生活，他结识了一众好友，整日沉浸在酒色之中，他的大多数诗歌也是在这时创作，包括那首悬诗，他也因此获得"浪荡王"（al-Malik aḍ-Ḍillīl）的称号。在乌姆鲁勒纵情声色之时，其父亲所在的部落却发生了一场大叛乱，他的父亲也在这场叛乱中身亡，当乌姆鲁勒听到父亲死讯的时候他并未如众人想象中那般悲伤抑或是戏谑，而是平静地继续饮酒，其当时所言那句"今日酒醉，明日复仇"至今仍是阿拉伯文学界中的传奇名言。从第二日起，曾经的"浪荡王"就消失于人世，取而代之的是一心复仇的亡国王子，传说他此后余生都致力于为父亲复仇，并再没有沾染过酒色，他的诗歌创作也不复"浪荡王"时期那般丰富多彩。

"浪荡王"时期乌姆鲁勒的诗歌造诣臻至化境，据传闻盖绥达体与阿拉伯古典颂歌就是他的独创，他位列悬诗之首的那首《盖绥达》中那句"停下来，我的朋友们，让我们停下来，为纪念我们的所爱而哭泣"更是被无数诗人尊为千古绝唱。乌姆鲁勒为盖绥达确立了成熟的体式：第一部分为引子，以凭吊遗迹、追忆情人为主；第二部分则是将风景描写、赞美辞、往事回忆融合在一起，更偏向于过渡章节，乌姆鲁勒在此部分尤其喜欢描述女子的曼妙身姿；第三部分内容最多，一般用于突出诗歌的主题主旨，有对英雄人物的赞颂、对自己英勇故事的讲述、对人世哲学的感慨等，乌姆鲁勒的悬诗在结尾处还加上了一段对风雨雷电的描写，自己与友人就在这般狂暴的自然之下泰然自若，豪侠气概骤生，在之后的众多诗人所创作的盖绥达中也称得上是独树一帜。

乌姆鲁勒的诗才征服了几乎所有阿拉伯人，虽然后世人对其一生的评价往往褒贬不一，但是对他的诗才却从来没有人发出过质疑。据说穆罕默德虽然对乌姆鲁勒诗歌中的艳情表达十分不屑，但也不得不承认他的诗歌才华是贾希利叶时期最出众的，"乌姆鲁勒·盖斯是众诗人的旗手，也是引领他们下火狱的领袖"，第四任哈里发阿里则更直截了当地表示，"悬诗诗人们没有一起比赛过，否则胜者必然是浪荡王"。不过乌姆鲁勒诗歌中确实有相当多露骨的描写，这让他的诗歌更贴合他所期望的自然之美的同时，也让其诗歌在日后穆斯林统治的世界下变得格格不入，甚至一度被视为禁作。

如今看来，"浪荡王"乌姆鲁勒的诗歌成就绝对能让他配得上"阿拉伯诗歌之父"这沉重的头衔，乌姆鲁勒所定型的盖绥达体式对阿拉伯诗歌发展有着非凡的意义，他本人所熟用的自然描写、艳情书写更是在阿拉伯诗歌中自成一派。对阿拉伯文坛而言，乌姆鲁勒是阿拉伯文学历史上第一座不可逾越的巍峨高峰。

二、赫迈扎尼（Badī' az-Zamān al-Hamadhānī，969—1007）

赫迈扎尼是阿拉伯文学史上最著名、最杰出的作家之一，被称为"Badī' al-Zamān"（意为"时代奇迹"或者"时代奇才"）。赫迈扎尼创造的"玛卡梅体"极大地影响了阿拉伯传统文学的发展轨迹，甚至在阿拉伯近现代文学中也能看到其蛛丝马迹。

赫迈扎尼出生于哈曼丹城，家族在当地称得上是名门望族，所以自小赫迈扎尼就得到了很好的教育，跟随在当地著名的文人学习有关文学、宗教等领域的知识，他也因此通晓波斯文和阿拉伯语。赫迈扎尼从小就表现出了很高的文学才能，而且酷爱游历来增长自己的见闻，从十一岁便开始周游各地，一路上结识了很多王公贵族，同时也接触到了很多底层人民，甚至与很多乞丐成了朋友，这为他后来创作诸多"玛卡梅"提供了素材。

赫迈扎尼在游历内沙布尔（Nīshāpūr）期间成就了他的名望。他曾在内沙布尔与当时著名的学者、诗人艾布·伯克尔·花拉子密（Abū Bakr al-Khwarizmī）展开论战，谁也没想到这个年仅24岁的年轻人能在此次论战中大获全胜，赫迈扎尼的声名也就此传开，他也因此留在了内沙布尔进行了为期一年多的授业。在内沙布尔的授课过程中，赫迈扎尼效仿著名语言学家伊本·杜赖依德（Ibn Durayd，837—933）创作著作《四十讲》（Aḥādīth Ibn Durayd）作为授课教材，也创作出了四十余篇"玛卡梅"作为讲课的教材，这就是阿拉伯文学史上最初的"玛卡梅"。"玛卡梅"（Maqāmah）的原意为"聚会""集会"，也就是说这种文体应当是在集会时所讲的故事，该文体往往带有一定的规劝色彩、有较强的教育意义。当时文坛上十分流行浮华的文风，讲求文字修辞的运用是当时文坛的主流风气，受到这些文坛风气与伊本·杜赖依德的影响,"玛卡梅"也在形式上追求语言雕琢、修辞运用,至于以乞丐故事作为教育故事的主体则可能更多的是受到贾希兹(al-Jāḥiẓ,775—868)部分著作的影响。

赫迈扎尼最重要的著作的《玛卡梅集》(al-Maqāmāt)共收录五十一篇(也有说法为五十二篇)"玛卡梅",其中大部分都是内布沙尔授业时创作,其余则是颂扬锡斯坦王与论述文学观点的创作。《玛卡梅集》涉及的内容极其丰富,可谓是包罗万象,可以一窥当时的社会全貌,这也是《玛卡梅集》的独特价值所在。在很多"玛卡梅"中,赫迈扎尼都不留情面地点出了当时社会贫富差距悬殊的状态,将上流阶层的奢靡与下层人民的苦难境况作对比,借主人公乞丐艾布·法塔赫之口驳斥、戏耍权贵,可以看出赫迈扎尼在经过长时间的游历后对苦难人民充满了同情并力图与那些贪腐的权贵划清界限的决心。

因为《玛卡梅集》主要用于授业,赫迈扎尼在创作时削弱了"玛卡梅"的故事性,过度强调辞藻、修辞的运用,甚至在《贾希兹篇》中还对其文章过于通俗做出了批驳。这样的文学倾向导致了《玛卡梅集》原文过于艰涩难懂,辞藻过于浮华、生僻,这极大地限制与削弱了该书的思想深度,也让该文集难以真正地走向民众,影响了其传播。

赫迈扎尼在周游各国后最终选择定居赫拉特城(Herat),并于1007年在该城中逝世。虽然他仅仅在世四十余年,但是其对阿拉伯文学造成的影响却长达数个世纪。"玛卡梅"文体被视为阿拉伯小说的雏形,是阿拉伯最传统、最古老的叙事文体之一,后世有很多文人模仿赫迈扎尼创作自己的《玛卡梅集》,但是都难以超越其成就,甚至到了阿拉伯近现代新文学时期还有作者仿作"玛卡梅"文体用于复兴阿拉伯传统文化,其影响力可见一斑。

第九章 印度文学

第一节 印度文学总述

古印度文明是人类最古老、最璀璨的早期文明之一,其独特的文化底蕴催生了无数辉煌的文学成就,其特色梵语文学、印地语文学等享誉盛名,是世界文学的重要组成部分。印度文学大致可以分为以下几个时期:吠陀文学时期、史诗与往世书时期、中世纪文学时期、近代文学时期、现当代文学时期。

一、吠陀文学时期(公元前 12 世纪—公元前 6 世纪)

早在公元前 2300 年左右,印度河流域就已经出现了印度河文明①,这是人类已知的最早的文明之一。随着印度河文明衰退,公元前 1500 年前后,从中亚草原迁徙而来的雅利安人(Aryan)大举入侵南亚次大陆,南亚次大陆的"吠陀时代"(Vedic Age)自此开始。印度河文明土著本来信奉古印度教,随着雅利安入侵,吠陀教开始在南亚次大陆扎根。随着雅利安人与印度河流域土著的一次次碰撞与沟通,两种不同的文明也逐渐走向融合,渐渐形成了早期婆罗门文化。这个文化碰撞与融合的过程中催生出了四部著名的吠陀文学,即《梨俱吠陀》(*Ṛig-Veda*)、《娑摩吠陀》(*Sāma-Veda*)、《耶柔吠陀》(*Yajur-Veda*)和《阿达婆吠陀》(*Atharva-Veda*)。

"吠陀"(Veda)原意为"启示""知识",印度人视其为"天启",认为这是亘古不变的永恒真理。吠陀是印度最古老的文献资料,其主要形式

---

① 又称"哈拉巴文明"。

为诗歌、祭祀文与咒文。《梨俱吠陀》《娑摩吠陀》《耶柔吠陀》和《阿达婆吠陀》作为最早的吠陀经典，又被称为"四吠陀"或"本集"，可以说"四吠陀"正是印度文学的根源。《梨俱吠陀》《娑摩吠陀》《耶柔吠陀》是雅利安人的宗教信仰文学，而《阿达婆吠陀》则是雅利安信仰与土著文明交融后用以记载土著信仰的第四吠陀，所以前三者也往往被并提为"三吠陀"用以与《阿达婆吠陀》区分。

"三吠陀"中《梨俱吠陀》是最古老、最重要的作品，是《娑摩吠陀》与《耶柔吠陀》的"母集"。《梨俱吠陀》[①]共10卷，记载了1028首诗歌，传说是由仙人编撰。《梨俱吠陀》中诗歌所涉及的内容十分繁复，包括了神话传说、巫术祭祀与对自然、人类社会的反映，一些诗歌中能够看出印度从原始社会向阶级社会过渡的痕迹。总体而言，《梨俱吠陀》中的很多诗歌已经相当具有艺术水平，其充沛的想象力、哲理性与早期诗歌的格律特征都可以佐证古印度文明在文艺创作领域探索得到了突出成就。

《娑摩吠陀》与《耶柔吠陀》主要是在《梨俱吠陀》的基础上出于特定需要而进行改编的作品。《娑摩吠陀》又被译作《歌咏明论》，是基于祭祀咏唱需要而编定的歌曲集，绝大多数诗都取自于《梨俱吠陀》，但相较于诗歌本身，《娑摩吠陀》更强调曲调价值。《耶柔吠陀》又被译作《祭祀明论》，是根据祭祀的需要而将《梨俱吠陀》中的诗歌夹杂一些散文改编而成。不过由于《耶柔吠陀》中的散文大多是指向祭祀的具体步骤、动作、解释神话等，并没有太大的文学价值，不过其散文文体倒是对后续文学发展有所启发。

第四吠陀《阿达婆吠陀》在"四吠陀"中成书最晚。与"三吠陀"不同，《阿达婆吠陀》并非雅利安文化的结晶，而是更多偏向于印度河流域的原生文化与信仰。《阿达婆吠陀》又被译为《禳灾明论》，是一部祈福禳灾的咒文集，所以与"三吠陀"主要是以颂神诗为主不同，《阿达婆吠陀》主要以巫术咒文诗为主。《阿达婆吠陀》借用了雅利安文化的形式记述了古印度教的内容，它的出现与最终被编入"四吠陀"的情况都可以看出雅利安

---

① 或译作《赞颂明论》。

文化与印度土著文化逐渐融合统一。

二、史诗与往世书时期（公元前4世纪—公元12世纪）

婆罗门教（Brahmanism）诞生后，其势力愈发膨胀，信徒们以《吠陀经》作为圣典、以三大纲领[①]与种姓制度作为核心要义不断地向周围地区进行思想文化输出。但在三大纲领与种姓制度的压迫下，婆罗门文化统治范围内文学发展因为受到吠陀圣典的约束而很难有实质上的突破与发展。南亚次大陆当时也并非完全由婆罗门教所统治，一些国度中刹帝利（Kṣatriya）与武士种姓的势力压制了婆罗门，这些国度内对于推行三大纲领的吠陀圣典并未太过推崇，其他文学、教义因此有了一定的发展空间，首先出现的就是与以吠陀圣典为主的雅语（梵语）文学不同的"非圣文学"，主要以早期佛教文学为主。

早期佛教与后世有较大的不同：早期佛教典籍用巴利语（Pāḷi）著书，后世佛教典籍则全以梵文写就；早期佛教中的佛陀并未超越人性，后世佛教中佛陀已然超脱在外。由于早期佛教佛典后世发现于锡兰岛，且主要在东南亚流行，所以为了方便与后世佛教区分，一般将其称为"南传佛教"。南传佛教的典籍主要为三藏（Tripitaka）：《律藏》[②]、《经藏》[③]与《论藏》[④]。几乎是同时期还有耆那教（Jaina）的典籍问世，不过由于其大多效仿雅语文学，并未有太大的文学成就。

这个时期问世的两部史诗更最能代表古印度文学的巅峰成就。一般认为《摩诃婆罗多》（Mahābhārata）与《罗摩衍那》（Rāmāyaṇa）成书于公元前4世纪到公元4世纪之间，前者描述了孔雀王朝（Maurya Dynasty）之前的诸国混战时期，后者则是书写孔雀王朝统一印度后的诸国境况。这两部史诗在吠陀文学的基础上完善了印度神话体系，并运用这些神话故事承载宗教道德与哲学思想，是古印度宝贵的文化遗产。

---

① 即"吠陀天启""祭祀万能"和"婆罗门至上"。
② 又称《毗奈耶》（Vinaya）。
③ 又称《修多》（Suttas）。
④ 又称《阿毗达摩》（Abhidhamma）。

《摩诃婆罗多》①是一部印度教色彩十分浓厚的宗教史诗，全书共 18 篇，体量庞大，流传的手写本通篇都是用梵语写就，其也被誉为印度百科全书性质的史诗。《摩诃婆罗多》的故事相对简单，主要讲述了婆罗族两支后裔争夺王位的故事，反映了当时印度诸国林立、战乱不断的社会现实。该史诗一开始也是通过口传的形式流传，在传播、传承的过程中不断丰富了全书的细节与内容，导致最后呈现出如此巨大的体量，某种意义上而言，这部史诗能够代表古印度人民的集体智慧与想象力。《摩诃婆罗多》中力图将混乱的信仰统一，全文以黑天信仰为核心进行创作，信仰黑天的一方最终获得胜利的结局可以反映出当时北印度区域已经近乎完成了民族融合、信仰统一的社会现实。

《罗摩衍那》相比起《摩诃婆罗多》的繁杂凌乱而言，总体上显得十分短小精悍，全书共 7 篇，手写本也是通过梵语记述。《罗摩衍那》主要以王子罗摩与其妻子的悲欢离合作为主要线索，同时讲述了当时印度诸国的纷争、间插入了很多神话传说。虽然同样都是史诗，《摩诃婆罗多》被称作"最初的历史传说"，而《罗摩衍那》却被称作"最初的诗"，主要原因就在于《罗摩衍那》的艺术手法相较于《摩诃婆罗多》更加讲究，且写作的重点也并不是如百科全书般呈现出诸多的神话故事，通常认为《罗摩衍那》中的诗篇已经开始自觉追逐文学的审美特性。《罗摩衍那》标志着几乎整个印度次大陆已经走向了较为和谐的统一，较《摩诃婆罗多》反映的北印度统一还要更进一步，其罗摩信仰更是成为当时社会的治理规范。《摩诃婆罗多》与《罗摩衍那》成为印度文学发展的基石与素材宝库，很多印度文学著作都有借鉴与改编两大史诗的痕迹。毫无疑问，这两部伟大史诗早就超越了早期的宗教意义而成为了印度民族精神、文化渊源的一部分。

往世书（Puranas）与上述两部史诗的成书年代相差较远，大多成书于公元 7 世纪到 12 世纪之间，但是往世书的内容、结构与两大史诗却十分雷同，所以在很多时候都将二者并提。"往世书"一词在梵语中的意思为"旧的""古老的"，其记述的内容大都是神话传说，韵文文体与多个故事嵌套

---

① 书名意义为"伟大的婆罗门族的故事"。

的叙事结构都与两大史诗相似，可以见得往世书是史诗文学的接续。

往世书有大小之分，按传统说法而言，大往世书和小往世书各有 18 部，但实际上无论是大往世书还是小往世书名单都没有十分确切的定论。一般认为大往世书分属于印度大三神明，有 6 部梵天往世书、6 部毗湿奴往世书与 6 部湿婆往世书。而小往世书则因为数量众多，名单一直没有一个相对明确的定论。往世书无论大小，主题内容都被归为"五相"：世界的创造、世界的毁灭和再创造、天神与仙人的谱系、人类的产生与各个摩奴[①]时期的描述、日种王朝与月种王朝的谱系。同时往世书还确定了印度一神三相（Trimurti）理论，印度三相神概念由此确立。往世书中较有名的有《薄伽梵往世书》（*Bhāgavata Purāṇa*）、《梵天往世书》（*Brahmāṇḍa Purāṇa*）、《女神薄伽梵往世书》（*Devī Bhāgavata Purāṇa*）。其中《薄伽梵往世书》是现代最为流行的往世书，相较其他往世书而言，该书故事内容集中、逻辑性强，神圣的宗教气息与浓郁的生活气息交融让这本往世书拥有了不朽的艺术魅力，是梵语文学的伟大杰作。

印度戏剧也起源于此时期，大致为公元 1—2 世纪，并在公元 4—5 世纪步入高潮。这时候的戏剧几乎都是用梵语创作，语言风格偏向诗歌，所以梵语戏剧本质上就是诗剧。其中较为知名的戏剧作者有马鸣（Aśvaghoṣa，约 1—2 世纪）、跋娑（Bhāsa，约 2—3 世纪）、首陀罗迦（Śūdraka，约 2—3 世纪）与迦梨陀娑（Kālidāsa，约 4—5 世纪）。其所创的戏剧中又以首陀罗迦的《小泥车》（*Mṛcchakaṭikā*）与迦梨陀娑的《沙恭达罗》（*Abhijñānaśākuntalam*）最具成就。

《小泥车》是首陀罗迦所创作的一部十幕剧，主要书写了一个落魄婆罗门商人善施与名妓春军的爱情故事，并揭露批判了当时奴隶制社会向封建社会过渡时期奴隶主的残暴凶恶，赞扬了穷苦人民向贵族阶层反抗、斗争的正义品行。《小泥车》此剧逻辑严谨，戏剧冲突安排十分合理，其中生活气息十分浓厚，且选取的题材对印度传统社会而言具有革命意义，所以一直被认为是印度古典戏剧的代表作之一。

[①] 摩奴（Manu），印度神话中人类的始祖。

迦梨陀娑所创作的七幕剧《沙恭达罗》讲述了国王豆扇陀和静修女沙恭达罗的爱情故事，情节曲折离奇，十分具有艺术魅力。这部剧作与大多早期印度不同，该剧通篇没有任何杀伐、争斗的场面，迦梨陀娑以富有诗意的语言婉转讲述了一段幸福美满却又曲折波动的爱情喜剧，塑造出了沙恭达罗与豆扇陀饱满的人物形象，歌颂了爱情力量的伟大。《沙恭达罗》总体而言实现了诗歌与戏剧的和谐统一，其故事晓畅且富有深度，语言优美又不晦涩，富有浪漫主义气息，是印度古典梵语戏剧的杰作。

印度第一部文学理论著作《舞论》（*Nāṭyaśāstra*）的诞生与印度古典戏剧的辉煌成就是相辅相成的。这部诞生于公元2世纪前后的古典文艺理论著作被誉为世界三大古典文艺著作之一，往往与《文心雕龙》《诗学》（*Poetics*）并提。《舞论》是一部梵语著作，通篇几乎都是史诗的格律进行创作，偶尔间插入几处散文进行解说，整部作品内容虽然以戏剧表演为核心，却涉及诸多文艺领域。这部文艺理论著作是印度古典戏剧繁荣的见证，也是促进印度古典戏剧不断发展创新的助力，其对于印度古典美学与文论的价值是非凡的。

三、中世纪文学时期（公元6世纪—公元16世纪）

这个时期的印度文学较为繁盛，除了梵语古典文学外，印度各地地方语言逐渐成熟并诞生了自己的文学作品。这个时期诞生的文学作品一部分是汲取梵语古典文学的营养而继续发展的宗教文学，但也出现了很多与神话传说无关的世俗文学。

6世纪前后，巴克提运动（Bhakti Movement，也称"虔诚派运动"）开始兴起，这场宗教思想运动在南亚次大陆持续了十个多世纪，对印度文化的影响巨大。在这段时期，因巴克提运动而诞生的虔诚文学成为印度文学的主体。

巴克提运动自6世纪前后发端于南印度，当时印度教面临佛教、耆那教的冲击，逐渐丧失了思想层面的统治力，仅流行于下层民众。在这样的

宗教困境下，印度教开始了自我革新：首先是抛弃了传统的三神信仰①，转而对毗湿奴、湿婆两位神明更加注重，形成了毗湿奴教派与湿婆教派；其次，对以往繁复的宗教祭祀仪式进行改革，宣传更加简单明了的教规，以此增强自身在下层民众之间的传播力度；最后，为首陀罗（Sudra）种姓争取宗教拜神权，以此获得更多信众的支持。巴克提运动在南印度区域发展迅速，印度教文化得到了极大的发展。这个时期湿婆教派与毗湿奴教派都孕育出了自身的虔诚文学，主要创作语言为泰米尔语（Tamil），此时期大多数虔诚文学都是歌咏大神的圣诗、颂歌，这些虔诚文学对于印度教传播有着不容忽视的作用。

进入到10世纪后，北印度面临着伊斯兰教（al-'islām）的大举入侵，尤其是1206年德里苏丹国（Delhi Sultanates）建立后，伊斯兰教更是成为其国教。在这种背景下，北印度信奉印度教的王公贵族带领着人民英勇抗击入侵者的事迹被改编成了诸多英雄史诗。这类英雄史诗与传统的宗教史诗不同，这类英雄史诗带有明显的世俗化色彩，讴歌的是世俗人民抗击外来侵略者的民族精神与爱国主义。这类英雄史诗往往用北印度地区通行的印地语（Hindī）创作，印地语文学也自此伊始。

为了应对伊斯兰教的入侵，巴克提运动的重心逐渐向北印度转移，并在与伊斯兰教对抗的过程中诞生出了许多虔诚派名家名作。北印度时期的巴克提运动又分为了两个派别，一派是认为主神有形的"有形派"，另一派则是主张主神无形的"无形派"，两派虽然在神明是否有形有品上的主张不同，但都共同促进了印度教的自我发展与繁荣。此时期虔诚派文学创作者中，格比尔达斯（Kabir Das，1398？—1518？）、加耶西（Malik Muhammud Jayasi，1495？—1542？）、苏尔达斯（Sūrdās，1482？—1573？）与杜勒西达斯（Gosvāmī Tulasīdāsa，1532—1623）四位诗人较为有名，其中苏尔达斯的诗集《苏尔诗海》（*Sūrsāgar*）与杜勒西达斯的《罗摩功行之湖》（*Rāmcaritmānas*）堪称印地语文学的不朽经典，对后世影响颇大。

这个时期印度的文学理论也有较大的发展，其中较为重要的有檀丁

---

① 即梵天（Brahma）、毗湿奴（Vishnu）与湿婆（Shiva）信仰。

（Daṇḍin，约 7 世纪）所著的《诗镜》（*Kāvyādarśa*）、婆摩诃（Bhāmaha，约 7 世纪）创作的《诗庄严论》（*Kāvyālaṅkāra*）。这两部著作对于印度文学理论的影响十分深远，是较早涉及印度文艺理论中独特的"庄严论"（Alaṅkàra）概念的文论著作，对 9 世纪诞生的由欢增（Ānandavardhana，约 9 世纪）所著的文艺理论著作《韵光》（*Dhvanyāloka*）有明显的启发意义。这些文论著作都是梵语诗学的重要遗产，对研究、解读梵语诗歌有着不可估量的价值。

四、近现代文学时期（18 世纪—1947）

早在 15 世纪，从欧洲远渡重洋而来的商人们就已经觊觎上印度这片广袤丰饶的土地，但一直受限于客观条件而未能有所行动。1526 年，莫卧儿帝国（Mughal Empire）建立，并在帝国全盛时期几乎一统了南亚次大陆。帝国第六代皇帝奥朗则布（Aurangzeb，1618—1707）在赢得了英国-莫卧儿战争[①]后，更加看不起远道而来的欧洲殖民者们，并未采取强制的驱逐措施。在奥朗则布死后，莫卧儿帝国分崩离析，英国在逐渐蚕食之下最终于 19 世纪中叶几乎彻底掌控了印度全境的统治权。

在殖民压迫下，印度人民的民族精神逐渐觉醒，在被殖民期间，印度人民长期与英国殖民者有着各种摩擦、争端，也曾爆发过数次起义战争。这种殖民背景下，印度文学呈现出了民族主义萌芽态势与殖民文学色彩并存的局面。

这一时期孟加拉（Bengal）地区的加尔各答是英属印度的首都及政治文化、经济中心，孟加拉语（Bānlā）文学也成为印度近代文学的核心，其中班吉姆·钱德拉·查特吉（Bankim Chandra Chattopadhyay，1838—1894）与拉宾德拉纳特·泰戈尔（Rabindranath Tagore，1861—1941）是孟加拉语文学的先驱者，也是对印度近现代文学影响最大的两位作家。

查特吉出生于孟加拉地区的一处农村，父亲是当地的税收官员，母亲

---

① 1685—1689 年，英国想通过武力手段强行获得孟加拉的贸易权，却被全盛期的莫卧儿帝国打败，东印度公司也因此被奥朗则布索取了高额的赔偿款。

则是一个梵语学家的女儿，所以其自小接受了较为良好的教育，接触了孟加拉语、梵语、英语以及波斯语的基础教育。查特吉从小便展露出了极其非凡的文学才能，十几岁就发表了自己的个人诗集。查特吉在大学毕业后就任公职，并于1864年创作出了其第一部英文长篇小说《拉贾莫汉之妻》（*Rajamohan's Wife*），这也是印度近代以来第一本印度人创作的长篇小说。创作出《拉吉莫汉之妻》的第二年，其孟加拉语小说《要塞统帅的女儿》（*Durgeshnandini*）问世，这是印度文学上第一部孟加拉语小说，其意味着打破了当时社会普遍认为文学创作只能用梵语与英语写作的桎梏，极大地鼓舞了当时其他印度作家进行民族语言创作。1872年查特吉还创办了重要文学杂志《孟加拉之镜》（*Bangadarshan*），这部杂志成为孟加拉文学的创作阵地，而且不仅刊登文学读物，还广泛地涉及了社会热点问题、政治焦点，成为了当时最重要的杂志读物之一，点燃了印度人民的民族热情。查特吉此后的创作大多都与社会问题有关，揭露了当时新老观念的冲突、英国殖民带来的社会影响等，代表作有《毒树》（*Vishabriksha*）、《拉贾尼》（*Rajani*）与《阿难陀寺》（*Anandamath*）等。

泰戈尔是印度著名的大文豪，是印度第一位诺贝尔文学奖得主。泰戈尔出生于加尔各答的一个贵族家庭，从小便接受非常良好的教育，且对文学十分感兴趣。泰戈尔13岁时就能创作长诗，其内容主旨便是激昂的爱国主义。泰戈尔于1878年被家人安排去英国留学，期间他放弃了学习法律专业，转而进入伦敦大学学习英国文学，这为泰戈尔日后创作奠定了坚实的功底。泰戈尔回国后便全身心投入文学创作中，其早期创作大多数是取材于印度古典文学，带有很明显的浪漫主义色彩，直到诗集《心中的向往》（*Manasi*）问世才象征着泰戈尔进入了艺术创作的成熟时期。《心中的向往》中泰戈尔进行了许多孟加拉语诗歌创作的新尝试，并深切地关注现实的社会问题，对当时的政治乱象进行了无情的讽刺、揭露，这也成为泰戈尔日后创作的基本基调。19世纪90年代，泰戈尔进入了他创作的高产期，发表了以《摩诃摩耶》（*Mahāmāyā*）为代表的诸多短篇小说，出版了《金舟》（*Sonar Tari*）为代表的数部诗集，甚至在戏剧领域也有所成就。在进入20世纪后，泰戈尔遭遇到各种人生的不幸，伴随着妻子孩子接连离世、国内民族运动陷入混乱局面,泰戈尔因此承受了巨大的精神压力,但他并没有放弃写作,而是接连完成了长篇小说《戈拉》(Gora)与诗集《吉檀迦利》(Gitanjali)等优秀的作品,将自己对于国家的热爱、对民族独立的向往全然流露于笔端。泰戈尔将一切都奉献给了自己的祖国,他对于印度文化而言是独特的、不可或缺的,是印度民族精神的缔造者之一。

当然这个时期也不仅只有孟加拉语文学独占文坛,印地语文学、乌尔都语文学等都进入了新的发展阶段。自"近代印地语文学之父"剧作家帕勒登杜·赫利谢金德尔(Bharatendu Harishchandra, 1850—1885)为近代印地语文学拉开序幕后,印地语文学开始逐渐占据文坛,但不断涌现的印地语作品质量却都难以超越帕勒登杜的剧作,直到杰耶辛格尔·伯勒萨德(Jayashakar Prasad, 1889—1937)出现,才将印地语文学推向了一个成熟的新阶段。

杰耶辛格尔·伯勒萨德是一个全能作家,他在诗歌、戏剧、小说上都卓有成就,甚至对于文学批评也有所涉猎。伯勒萨德的作品往往都带有很强的浪漫主义色彩,伯勒萨德本人也是印度"阴影主义"①的代表人物之一。伯勒萨德十分注重印度的传统文化与民族精神,创作了相当多的诗歌与历史剧作,其代表作长诗《伽马耶尼》(Kamayani)、剧作《阿阇世王》(Ajaatshatru)、《健日王塞建陀笈多》(Skandagupta)等都是根植于印度的文化传统与历史而作,但其剧作太过注重历史性,虽然有隐喻现实的成分,却没有过多关注当时的印度人民与英国殖民者矛盾,所以其作品经常也被评价为游离于社会之外。不过不可否认的是伯勒萨德为印地语文学探索出了一条新的发展道路,完善了现代印地语文学,他对印地语文学乃至印度文学的贡献是划时代的。

随着印度国内民族运动的不断展开,印度社会对英国殖民者的抵制越发猛烈,英国政府虽然采取了一系列手段,但仍无济于事。伴随着印度反帝反殖民的思想越发高涨,以普列姆昌德(Premchand, 1880—1936)为首

---

① 印度诗歌界20世纪20年代初至30年代末流行的派别。当时印度民族独立运动发展蓬勃,受其影响,该流派主张个性解放、打破传统,带有明显的人道主义、民主主义、神秘主义与唯美主义等倾向。

的全印进步作家协会（All-India Progressive Writers' Association）成立，印度文学进入进步文艺时期，开始向现实主义转向。

普列姆昌德是印度进步文艺的带头人，对于印度民族解放、现实主义文学有着极其重要的影响，甚至有研究者将其称为"印度的鲁迅"。普列姆昌德的作品带有明显的现实主义色彩，因为其出生农村，所以作品往往聚焦于印度农村的现实状况，对农村、农民给予了极大的关注与热爱。其代表作《戈丹》（Godan）正是书写印度农民真实的生存困境的一部伟大现实主义巨作，以一位农民三次买牛而不得的故事来暴露当时印度社会存在的各种黑暗与冲突，对封建传统陋习、殖民者、宗教迷信、统治者都进行了深刻的批判，是印度现代文学里程碑式的作品。

五、当代文学时期（1947—）

在经历了漫长的殖民统治后，印度人民终于迎来了民族解放、国家独立的新局面。在举国一派欢欣之中，印度文学也进入了全新的发展阶段，此前殖民主义下的文学传统虽仍有一定的影响，民族独立新局面也在呼唤着传统文化复兴、新文学诞生，所以此时的印度文学呈现百花齐放的蓬勃气象。

在1965年以前，印地语还未被印度定为国语，这个时候的印度文坛仍是印地语、乌尔都语、英语等诸多语种共存。这个时期出现了穆尔克·拉吉·安纳德（Mulk Raj Anand，1905—2004）、R. K. 纳拉扬（R. K. Narayan，1906—2001）、巴巴尼·巴达查理雅（Bhabani Bhattacharya，1906—1988）等作家，他们不断探索着新时代印度文学的道路。这段时期的作品流派众多，有延续此前的进步文艺文风、勇于揭露新生印度共和国（The Republic of India）的现实主义作家群体，也有承袭印度传统文化、致力于恢复印度文明古国风范的古典派作家群体，甚至有很多广泛吸纳欧美近现代文学营养的现代派作家群体，整个文坛呈现欣欣向荣之态。

20世纪60年代后，印度作家更加注重与世界文学接轨，不断在文坛中展开了诸多文学实验，先锋派文学、心理小说等文学潮流接连出现。在这样的文学大潮褪去之后，印度文学终于又回归到了自身的独特价值探索，各式殖民文学、后殖民文学、女性主义文学不断涌现，印度作家在国际各式文学奖项取得了诸多成就，其中就包括了阿兰达蒂·洛伊（Arundhati Roy，1961— ）、吉檀迦利·室利（Geetanjali Shree，1957— ）等著名作家，这些文学成就无不昭示着印度文学寻找到了一条适合自身发展的全新道路。

第二节 个案分析

一、迦梨陀娑（Kālidāsa，约 4—5 世纪）

迦梨陀娑是印度文学史上最著名的人物之一，是印度古典梵语文学中最杰出的诗人与剧作家之一。如今一般认为迦梨陀娑是一个宫廷诗人，而关于他是不是一个婆罗门这个问题则一向众说纷纭，他的作品中并未明确宣称其婆罗门身份，他的身世甚至大部分作品都只留存于传说之中。

一般公认的迦梨陀娑的作品有 6 部，分别是戏剧《摩罗维迦与火友王》（*Malavikágnimitra*）、《优哩婆湿》（*Vikramorvaśīya*）和《沙恭达罗》（*Abhijñānaśākuntalam*）、叙事史诗《鸠摩罗出世》（*Kumārasambhava*）与《罗怙世系》（*Raghuvaṃśa*）以及抒情诗《云使》（*Meghadūta*）[①]。这些作品都被视为印度梵语文学中的佼佼者，对后世印度文学的影响不可估量，其中《沙恭达罗》甚至被很多印度文学研究者认为是印度有史以来最优秀的戏剧。

关于迦梨陀娑的身世一直以来学术界并未有定论。因为印度留存文献缺失、早期历史与神话高度融合等缘故，只能大概认为迦梨陀娑的生活时期不晚于公元 5 世纪。虽然不能确定迦梨陀娑是不是一名婆罗门，不过其宗教信仰却较为明显，迦梨陀娑（Kālidāsa）这个名字的意义为"迦梨（Kali）[②]

[①] 一说为 7 部，在该 6 部基础上再加上抒情诗《时令之环》（*Ṛtusaṃhāra*）。
[②] 印度教女神，湿婆神的妻子中帕尔瓦蒂（Parvati）的化身。

的仆人"，且从其作品构筑的世界观也可以很轻易地看出其是一名印度教信徒。当前大多数观点认为其应该是旃荼罗笈多二世（Chandra Gupta II，380？—415？）在位时期笈多王朝的宫廷诗人，因为其作品中展现出的宫廷贵族文化正好能与辉煌的笈多王朝相对应。

《沙恭达罗》是迦梨陀娑创作的一部七幕剧，这部剧作被许多文学研究者誉为印度最优秀的戏剧，在世界戏剧史上享有极高的声誉。《沙恭达罗》取材自印度神话传说，讲述了国王豆扇陀（Dushyanta）与静修女沙恭达罗（Shakuntala）曲折的爱情故事，歌颂了爱情力量的伟大，塑造出了一个生动形象、敢爱敢恨、善良勇敢的沙恭达罗形象。该剧整个故事的发展较为曲折婉转，有极高的艺术欣赏价值：国王豆扇陀在打猎时偶遇静修女沙恭达罗，他被这个如仙女一般的女子深深吸引，沙恭达罗也很欣赏这位风度翩翩的男子，两情相悦之下，两者很快就私定终身并在树林中私自成婚。豆扇陀因为需要赶赴其母亲生日，仅留下一枚戒指作为信物后就迅速离开了静修林。在豆扇陀走后，沙恭达罗因为思念过度而轻慢了来访的仙人，仙人一怒之下诅咒豆扇陀失去有关沙恭达罗的记忆，直到看到信物方可恢复。因为已经有了身孕，沙恭达罗无奈走出静修林寻夫，但信物在路途上不慎遗失。当遇见豆扇陀时两人因为仙人的诅咒而无法相认，刚烈的沙恭达罗以为是豆扇陀背信弃义，在万分悲痛之中被其母接引上天。一渔夫在鱼腹中找到了沙恭达罗遗失的信物并交予国王，豆扇陀才最终恢复记忆，对自己的所作所为后悔不已。所幸因陀罗（Indra）给予豆扇陀一次机会，派他打败敌人后将他也接引到天上与其妻儿团聚。

值得一提的是，在《沙恭达罗》的原型故事之中并没有"仙人诅咒"这个情节。迦梨陀娑添加这个情节让故事中豆扇陀那冷漠无情、自私薄情的形象变为了英明善战、重情重义的贤君，让整个故事发展更加曲折，将叙事完整性提升到了另一个层面，也更加符合迦梨陀娑歌颂爱情的主旨。

《沙恭达罗》也是反映了当时社会现状的一部戏剧，其中对于宫廷生活方方面面的描绘可以说是细致入微。虽然迦梨陀娑带有明显的理想主义倾向，将爱情的力量凌驾于社会道德，甚至是仙人伟力之上，但是这正是迦梨陀娑戏剧中的独特价值所在，这种打破社会桎梏的勇气与创新力让他的作品历经千年还广受好评。不过迦梨陀娑也有自身的局限性，受限于时代与地域因素，迦梨陀娑并不能在他的创作中完全颂扬自由爱情、支持独立女性，仍可在他作品的很多细节中看出印度古典时代的陈腐观念与陋习，不过这都是在我们如今视角下的吹毛求疵，其艺术水平已然达到不朽。

迦梨陀娑对印度文学有着不可磨灭的影响，其作品无论是诗歌抑或是戏剧都被认为是古典梵语文学的代表之作，其作品中将自然之美与爱情相结合的表达手法更是被众多文学创作者推崇备至。对于印度文学界而言，迦梨陀娑在印度文学中的地位丝毫不亚于后世扬名世界的泰戈尔，甚至更加古老崇高。

二、拉宾德拉纳特·泰戈尔（Rabindranath Tagore，1861—1941）

提及印度文学，或许很多人都不大熟悉，但如若谈及泰戈尔，相信全世界的人都不会陌生。泰戈尔是1913年诺贝尔文学奖得主，也是荣获诺贝尔文学奖的东方第一人，对于整个印度、整个东方世界都具有着特殊意义。

泰戈尔在英国殖民统治下的印度社会长大，他在全世界范围内的扬名意味着西方的殖民统治并未完全熄灭印度文明古国传承的文化火种，近代开始饱受欺凌东方世界仍然值得被西方正视。对于中国而言，泰戈尔在印度文学取得的成就与创作历程一度是中国近现代新文学发展探索的重要指南，并且泰戈尔对中国一向持友好态度，一直积极地搭建中印文化交流的桥梁，他也因此被视为中印友谊的标志。

泰戈尔出生于加尔各答的一个印度教婆罗门家庭。泰戈尔的父亲是印度有名的商业大亨，拥有巨额的财富，由于经常与英国进行商业往来，所以思想开明、进步，对印度社会改革、宗教改革十分支持。由于自身对诗歌、哲学兴趣浓厚，泰戈尔的父亲十分注重孩子的教育，在家中一向推行开明、积极的教育理念，并经常邀请诗人、音乐家、哲学家、宗教家来家中作客，这对泰戈尔有着十分深刻的影响，也正是因为这样的家庭教育，泰戈尔的兄弟姐妹们也大都在文艺领域有所成就。

由于有着优渥的家庭条件，泰戈尔从小便受到了典型的英式学校教育，

不过泰戈尔却从小就很反感这样死板的教学，他更在意家中父亲、兄长们参与的印度宗教改革运动、文学革命运动与民族主义运动，这也让他从小便有了叛逆的性格与满腔的爱国热血。不过不可否认的是，无论是小时候接受的英国教育还是长大后去英国留学的经历，都让泰戈尔有了广袤的国际视野与驾驭西方文学的能力，这对于他日后取得来自西方国家认可的文学成就有着深刻的意义。

1880 年泰戈尔自英国学成回国后便全身心投入到文艺创作中。1882 年问世的诗歌集《暮歌》（*Sandhya Sangit*）得到了查特吉（Bankim Chandra Chattopadhyay，1838—1894）的称赞，这也坚定了泰戈尔在诗歌领域继续探索的决心。随后一年《暮歌》的姐妹篇《晨歌》（*Prabhat Sangit*）也诞生了，与《暮歌》中表达的痛苦、悲伤不同，《晨歌》中泰戈尔的情感显得朝气蓬勃、仿佛沐浴在无限的喜悦之中，这种情感正是泰戈尔作为一位文坛新秀找寻到写作价值与意义后的自然流露，这种带有明显抒情性的诗歌也成为了泰戈尔早期创作的一大特色。类似的诗歌还见于他其后出版的诗集《画与歌》（*Chhabi O Gan*）、《刚与柔》（*Kari O Kamal*）中。在《刚与柔》中，泰戈尔高度赞颂生命与人性，内容也从单一抒情变为与现实相结合，泰戈尔自己也认为《刚与柔》正是象征着他诗歌观进步的重要里程碑之作。

文学界普遍认为1890年出版的诗集《心中的向往》（*Manasi*）是泰戈尔诗歌艺术走向成熟的标志。这部作品既带有泰戈尔早期作品中的浪漫主义色彩，又带有深邃的哲理性思考。诗集内容大多是有关自然与爱情，其共同特点是都强调二元性，将原始与驯化相对立，将肉体与灵魂相对立。这部诗集标志着泰戈尔逐渐告别了自己早期的宗教神秘色彩，在《刚与柔》的基础上继续向现实问题进行深入探索与迈进。

完成《心中的向往》后，泰戈尔隔年就前往孟加拉某个乡村中的家族庄园居住，这段时期被认为是泰戈尔创作的高产期。在19世纪90年代生活在乡村的这段时期里，泰戈尔与当地的村民密切接触，了解到他们的生活与苦痛，从小接触社会改革、宗教改革的泰戈尔对这些村民抱有无限的同情，这也使得他的作品开始明显地向现实主义转向。泰戈尔在这个时期出版了数部诗集，如《金舟》(*Sonar Tari*)、《园丁集》(*The Garden*)等。19世纪90年代泰戈尔也创作了相当多的小说与戏剧，大都带有明显的现实主义色彩，如被誉为印度第一部现实主义小说的《眼中沙》(*Chokher Bali*)与戏剧《牺牲》(*Visarjan*)等。这段时期泰戈尔的独特风格逐渐成熟、定型，并在他的大多数现实主义作品中都有所体现，他深切地关注人民的苦难遭遇与痛苦命运，作品中往往透露着一种独特的辛酸与温和的讽刺，这也成为了他日后创作的主要基调。

1901年，泰戈尔搬到了其父亲捐赠创立的香缇尼克坦（Śantiniketan）[①]居住，并建立了一所学校。20世纪初期对于泰戈尔来说是人生中最艰难的一段时期，他的妻子、三个孩子与父亲先后离世，自身因为政见不同也被排挤出印度民族运动中心。这些不幸遭遇让他的作品从此蒙上了一种悲伤的色调，泰戈尔也开始远离政治斗争，一心投入到文学创作。这个时期的作品长篇小说《戈拉》(*Gora*)、象征剧《邮局》(*Dak-Ghar*)等仍能看得出泰戈尔熊熊燃烧的爱国热情与对民众的同情。

1910年，孟加拉语诗集《吉檀迦利》(*Gitanjali*)正式出版。随后泰戈尔在旅居英国伦敦期间将自己的部分诗作译成英文，并将这些英译诗整理成一册，于1913年出版了整理成册的《吉檀迦利》英译版，引起了西方世界的轰动。西方世界读者被泰戈尔在作品中表现出的超越痛苦与不幸的平静、追求和平的坚定决心与东方的神秘色彩所彻底震撼，泰戈尔也因《吉檀迦利》而荣获诺贝尔文学奖，成为了东方世界诺贝尔文学奖第一人。泰戈尔的获奖被认为是当时最伟大、最轰动的文学事件，是西方世界对东方作家的首次认可，意义非凡。

泰戈尔此后一直致力于成为中西方沟通的桥梁、东方世界的发声者。他为印度的民族解放、独立做出了巨大的贡献，对英国的殖民统治、西方世界的"国家主义"进行了强烈的谴责，积极地与东方世界其他国家进行交流。泰戈尔永远站在东方世界的一方、站在弱势的一方，并大胆地向西方国家对抗，从而为自己的祖国、为所有饱受欺凌的国家寻求正义与自由，这正是泰戈尔被世界人民铭记的原因。

---

① 意为"和平居所"，泰戈尔在此建立了学校，并于日后发展成为了印度著名的维斯瓦·巴拉蒂大学（Viśva-Bhārati University）。

下编

研究生课程实践

第一章 生态主义视角

第一节 生态主义理论简介

随着工业化文明进程不断推进,全球的环境危机、生态压力逐渐成为了人们所关心的要紧问题,生态主义应运而生。兴起于 20 世纪的生态主义批评旨在对工业文明进行批判与反思,提倡作品应该内涵回归自然、保护自然的理念,意图重建人与自然一度断裂的链接。生态主义批评因内涵丰富、跨学科性质明显,衍生出了很多分支,如生态女性主义、大地伦理学、后殖民生态批评等。出版于 1962 年的《寂静的春天》(*Silent Spring*)被认为是生态文学的奠基之作,自此之后生态文学不断涌现,也成为了独具特色的文学流派。

由于工业化的飞速发展,20 世纪以美国为首的资本主义国家为了快速获取经济利益而大规模地破坏生态环境,生态环境危机随着经济的发展而形式越发严峻。在这种社会背景下,具有着一定环境保护意识的公民组织起来开展了一轮又一轮的环境保护运动,并在这一次次运动中越发地专业化、组织化、体系化,生态主义理论在运动中不断被完善与丰富,环境保护运动也从一国推广到全球。

生态主义理论最核心的一点就是反对传统观念中的人类中心主义。自西方文艺复兴运动以来,"人"的地位不断攀升,人本主义思想成为了社会的主流,"人"接替"神"成为了世界的主宰。随着工业革命的开展,人改造自然、掌控自然的能力得到了飞跃性提升,人的利益成为了衡量一切的尺度,而生态主义批评正是要在文学领域引领人们去重新建构人与自然的和谐关系。威廉·鲁科特(William Rueckert,1926—)于 1978 年的论文

《文学与生态：生态批评的一个试验》(Literature and Ecology: An Experiment in Ecocriticism)中首次提出了生态批评，他强调要将文学与生态学联系在一起，以此拓宽文学理论的研究范畴。随后劳伦斯·布依尔（Lawrence Buell, 1939—）将这种批评方式首次运用到了文学批评层面，其著作《环境的想象：梭罗、自然文学和美国文化的组成》(The Environment Imagination:Thoreau,Nature Writing,and the Formation of American Culture) 首次以生态的视角去分析美国文学文化，并提出了重要的生态批评概念——"环境想象"（Environment Imagination），该作也因此成为生态批评历史上里程碑式的作品。不过生态批评早期并未得到足够的重视，直到格罗特费尔蒂（Cheryll Glotfelty, 1942—）在一次学术会议上重新提及此术语，并在其与哈罗德·弗洛姆（Harold Fromm, 1933—）合著的著作《生态批评读本：文学生态学的里程碑》(The Ecocriticism Reader: Land-marks in Literary Ecology) 中对生态批评进行了重新定义后，生态主义批评才真正地开始广泛流行。

如今一般将生态主义批评视为有三个发展阶段：第一阶段注重文本中的自然书写；第二阶段将关注重点转移到环境公正上，体现出人与自然的整体性；第三阶段则是结合了社会生活层面，将生态主义批评推向了更加多元化的领域，试图生产出一种生态诗学来重新建构文学中的生态系统观念。生态主义批评与传统文学批评不同，其以生态观念为导向的批评方式注定了它独特的跨学科性质，能够与生态学、地理学等自然学科产生关联的同时，还能够广泛地与女性主义、后殖民主义等现代社会学科热点产生交叉，不断地拓展自己的适用范畴，其理论在当下语境中展现出了强大的生命力。

第二节 生态主义理论课程实践

由《哈克·贝利费恩历险记》中的吉姆探马克·吐温的生态观

文倩

(西南交通大学 人文学院，四川 610031)

摘 要：生态小说不仅涉及人与自然的关系，而且涉及人与社会的关系。主要解决人与环境、人与人之间的文化冲突，并力图建构社会普遍公正的生态世界。美国作家马克·吐温的《哈克·贝利费恩历险记》表现出强烈的生态救赎意识与社会批判性，小说中的黑奴吉姆有着典型的生态性格。本文基于生态批评理论，拟从生态中心主义和环境公正主义两个维度对吉姆进行分析，从而得出马克·吐温反人类中心主义、反种族中心主义、反父权中心主义的生态观，并探讨其生态观的现实意义。

关键词：吉姆；马克·吐温；生态批评

Exploring Mark Twain's Ecological View from Jim in *The Adventures of Huckleberry Finn*

Wen Qian

(School of Humanities, Southwest Jiaotong University, Chengdu Sichuan, China)

Abstract: Ecological novels not only involve the relationship between humans and nature, but also the relationship between humans and society. Mainly resolving cultural conflicts between people and the environment, as well as between people, and striving to construct a universally just ecological world in society. American writer Mark Twain's *The Adventures of Huckleberry Finn* demonstrates a strong sense of ecological redemption and social criticism, and the black slave Jim in the novel has a typical ecological personality. Based on the theory of ecological criticism, this article intends to analyze Jim from two dimensions: ecocentrism and environmental justice,in order to obtain Mark Twain's ecological views of anti-anthropocentrism,anti-ethnocentrism,and anti patriarchal centrism, and explore the practical significance of his ecological views.

Keywords:Jim; Mark Twain; Ecological Criticism

《哈克·贝利费恩历险记》(以下简称《哈克》)是美国作家马克·吐温的小说,该书以美国南北战争之后的密西西比河沿岸为背景,讲述了白人小孩哈克贝利·费恩与黑奴吉姆两人沿密西西比河顺流而下、寻求自由之地的冒险故事。小说以反对种族主义、追求自由平等为创作主题,批判了残暴的农奴制与资本主义工业文明,谴责社会之黑暗。

以"哈克贝利·费恩历险记"为关键词在 CNKI 上搜索发现,关于该小说的研究结果共 281 条。其中主要涉及小说的主题研究,如自由主题、反"文明"主题、种族观等;艺术特色研究,如言语幽默、狂欢化解读、寓言手法等;人物形象研究,如哈克形象解读、吉姆形象解读、哈克与汤姆形象对比等;意象研究,如"大河"意象、空间意象、死亡意象等。另外,还有不少研究从特定的理论视角对文本进行解读,例如将小说文本与解构主义、接受美学、幽默理论、叙事学、生态批评等联系在一起。其中,关于该小说的生态批评研究共有 10 篇,主要是关于小说的自然生态思想研究、生态女性视域解读、哈克的生态性格研究等。

由上可知,关于小说《哈克》的研究数量较多,研究视角也较为丰富。在现有关于生态批评视角下的研究中,研究者们大多是将焦点放置于主人公哈克身上,或是停留于自然生态维度,或从生态女性角度出发研究小说中的女性群像。实际上,小说中的吉姆是马克·吐温在美国文学史上塑造的具有显著进步意义的黑奴形象,一直以来也颇受大家关注。细读文本后,笔者发现吉姆身上也有着典型的生态性格,且目前尚未有生态相关的研究将重心放在吉姆身上。本文立足于生态批评理论,拟从生态中心主义和环境公正主义两个维度对吉姆进行分析,从而得出马克·吐温的生态观,并

探讨其生态观的现实意义。故本文具有一定的创新性和可行性，且有利于丰富现有研究。

一、生态视野下的吉姆

（一）与自然合一

许多生态文学家不仅重视自然的精神性，而且还特别看重它的神圣性。在他们眼中，自然是天、地、神、人共处的世界，伤害自然必遭报应。因此在一定程度上，我们可以说吉姆就是"自然之子"。他凭借着自身多年的生活经历得出许多关于大自然的经验。从表面看来，很多人认为他满脑子都是迷信思想，实际上，吉姆迷信思想的背后却是其生态观的体现，也是一种生态智慧。

在吉姆眼中，万物皆有灵。首先我们看到吉姆是满口的忌讳和预言，可是这些忌讳和预言却大部分都灵验了。他能根据小鸟低飞的现象判断马上就要下雨。当哈克想抓小鸟时，吉姆告诫他说抓鸟会死人的。他还说，一个人要是养了蜜蜂，如果这个人死掉了，就必须在第二天日出前把这个消息告诉蜜蜂，不然蜜蜂会病歪歪的，然后陆续死掉。摸蛇皮是世界上最倒霉的事，当哈克从山顶捡来蛇皮后，哈克和吉姆就接二连三地遇到倒霉事。吉姆这些观念表面看来是迷信思想，背后却更多是对自然的敬畏，他将自然看作是有生命有灵性的，因此寻求人与自然的内在和谐。作为一名黑奴，吉姆的思想当然达不到这样的高度，但是他简单淳朴的观念却体现了这样的生态观。

在吉姆眼中，动物们都是可亲可爱的。当汤姆·索亚实行"营救"吉姆的计划时，汤姆总是要实践自己在书中读到的冒险情节，故与哈克抓来蛇、蜘蛛、耗子等动物，并让吉姆在屋子里尝试与他们相处，结果吉姆还真能与这些动物愉快相处。每次吉姆一弹琴，它们全部都跑出来，把他团团围住，和他热情互动。"当它们听到音乐，纷纷涌向吉姆时，小屋里洋溢的那种喜气洋洋的快乐气氛你压根不可能见过"[①]。屋子里总是热闹得很,吉姆想睡也睡不着,"因为这些家伙不是同时入睡,而是轮流值班,蛇睡觉的时候,老鼠望风,老鼠睡觉的时候,蛇放哨,所以总有一伙家伙在他身子下面妨碍他睡觉,另一伙则在他头顶玩杂耍"[②]。蛇本是危险动物,很有可能对人类造成生命危险,老鼠向来也是人人喊打的动物,但吉姆却能友好地与这类动物相处,视其为伙伴。

在生态系统中,一切生命体都具有价值,共同处于平等的地位,没有等级差别,而人类不过是众多物种之中的一个,既不比其他物种高贵,也不比其他物种低贱。在吉姆身上体现的是对自然的尊重和敬畏,与动物的和谐友爱,实际上也是生命精神的体现,正是因为吉姆拥有这样的精神,他才拥有朴素单纯、正直善良的本性。基于上文分析,我们可以说吉姆在一定程度上达到了人与自然的和谐统一。

(二)与社会和谐

哈克作为主人公,小说以哈克的历险过程展开。除了哈克之外,读者不得不注意到的另一个重要人物就是黑人吉姆,吉姆贯穿了整部小说,他绝不是一个为衬托哈克而存在的人物。在小说中,作者通过对白人小孩哈克与黑奴吉姆友好关系的塑造,解构了传统文学中的"黑/白"二元对立。并将吉姆刻画成一个好丈夫、好父亲的形象,抨击讽刺了传统的父权制观念。这正体现了生态批评反对逻各斯中心主义、解构二元对立的思想,故笔者从环境公正生态批评中的种族和性别研究视野对此进行分析解读。

小说中,吉姆与哈克二人不仅是追求自由的伴侣,更是有着生死之交的朋友。冒险途中两人齐心协力、共同合作。为了保护吉姆、营救吉姆,哈克一路绞尽脑汁,也因此吉姆将哈克视为救命恩人和最好的朋友。为了遮风挡雨,吉姆想出如何改造木筏的策略。哈克作为一名十三岁的白人小男孩,从小深受资本主义文明的束缚,当他逃离厌弃的环境渴望走进自然

---

① [美]马克·吐温. 哈克贝利·费恩历险记[M]. 吴红, 译. 南京:江苏凤凰文艺出版社, 2018年, 第258页.
② 同上.

的过程中，吉姆扮演了一个"生态导师"的角色。他熟悉大自然，能根据木排的漂流估算出岛屿的宽度、水流的速度，根据小鸟低飞的现象判断出即将要下雨，清楚到哪里能够狩猎捕鱼。吉姆教会哈克许多野外生存技巧，更重要的是与自然和谐相处的生态观。

在蓄奴制下，种族矛盾尖锐，白人奴隶主甚至整个美国社会都对黑人实施压迫和暴行，但在吉姆身上我们看到的更多还是人性的善良与友爱。哈克从小缺乏父爱，是吉姆对他悉心照料，在一定程度上充当了哈克"父亲"的角色。夜晚轮流值班时，吉姆几次为了让哈克多睡一会不忍心叫醒他。当哈克和吉姆在河上偶遇一具男尸时，吉姆的第一反应是让哈克留在原地不动，他先去观望。吉姆发现死者是哈克的父亲后，害怕哈克难过，就一直以谈死人晦气为由故意隐瞒哈克，这个善意的谎言直到小说快要结束才被揭晓。当吉姆得到最后的逃跑机会时，汤姆·索亚中子弹危在旦夕，吉姆却冒着被抓的危险协助医生一起救汤姆。救汤姆的缘故导致吉姆再次被抓，他被众人谩骂殴打，但却一声不吭，因为不想连累汤姆和哈克，就假装不认识他们。

除此之外，透过哈克的视角，我们还会发现吉姆是一位好丈夫、好父亲。"他到自由之州之后的第一件事就是要攒钱，绝不乱花一分钱，等攒够了钱，他就从沃珍小姐住处附近的一个农场里赎回他的老婆，然后他们努力干活再赎回两个孩子，如果孩子的主人不打算卖掉他们的话，他们就会鼓动废奴主义者来偷走他们"[①]。吉姆最大的愿望就是得到自由之后一家人团聚，为了家人他愿意努力干活挣钱，甚至愿意为自己的孩子冒险。吉姆的想法不免天真，但却也真真切切体现了作为一名丈夫和父亲的责任感，他唯一的心事就是思念自己的妻子和女儿。

黑奴吉姆是马克·吐温花了不少笔墨和心血才得以诞生的黑人形象，在他身上体现了人与自然，人与人之间和谐共处的理念。实际上，人类中心主义中人对自然的统治也从根本上影响了人对人的统治，后者则主要表现为种族、性别、阶级等层面。吉姆敬畏自然、热爱自然，因而形成一种

---

① [美]马克·吐温.哈克贝利·费恩历险记[M].吴红，译.南京：江苏凤凰文艺出版社，2018年，第88-89页.

内在平等的生命精神,由此,这样的生命精神也决定了他与白人、与女性的和谐相处。

二、马克·吐温的生态观

吉姆不同于传统文学中刻板的卑贱奴隶形象,而是有尊严、有独立的思考能力。他以一名逃亡的黑奴身份出现在读者的视野,选择逃跑是对蓄奴制的反抗,也是追求自由的勇敢表现。实际上,在当时的背景下许多黑奴并不认为奴隶制有什么不对,甚至认为自己天生卑贱,更不明白"自由"二字的含义。而吉姆则是一个不仅敢于憧憬还敢于行动的黑奴,他有着聪明才智,也有着善良可贵的品质。这也是吉姆形象在美国文学史的进步意义之所在,体现了马克·吐温肯定黑人的价值、注重其身份建构的创作理念。因此,从吉姆去探寻马克·吐温的创作观具有一定的合理性和可行性。吉姆与自然、白人、女性和谐共处,体现了马克·吐温的生态观,即反人类中心主义、反种族主义、反父权主义。

(一)反人类中心主义

马克·吐温有着鲜明的反人类中心主义思想,这在小说中有不少直接的描写。例如一些游手好闲的白人成天无所事事,将动物的性命作为取乐的工具。他们故意放狗群去咬正在喂奶的母猪,"没有什么能让他们特别兴奋起来,感到通体的快乐——除非把松节油涂在一只流浪狗身上,放火烧狗,又或者在它尾巴上系上一个铁锅,看着它活活地跑死"①。另外,在工业文明的摧残下,生态也遭到了严重破坏。"在河流的前面,一些房子凸出了河岸,房子框架都已向河流倾斜,随时都有倒掉的危险。……还有一些房屋角落的驳岸已经塌落,屋子的一角就高悬在那里。这样的房子里还住着人,但是很危险,因为有时候像屋子一般大的一块地面会出现塌陷。有时候一条四分之一英里的地基沿着河沿开始塌陷,引起连锁反应,继续塌陷,不用一个夏天,就会整个沉入大河。这样的一个镇子被迫节节后退,

---

① [美]马克·吐温. 哈克贝利·费恩历险记[M]. 吴红, 译. 南京: 江苏凤凰文艺出版社, 2018年, 第138页。

总是面临着被河水吞噬掉的危险"①。基于原文我们可以体会到马克·吐温对人类中心主义的抨击和批判，其反人类中心主义观是十分鲜明的。

资本主义"文明"下人类的内心却十分变态扭曲，工业技术的粗野、傲慢更是对自然生态造成掠夺性破坏。然而在黑奴吉姆的眼中，自然可敬可畏，动物可亲可爱。通过两相对比，作者抨击、讽刺了前者带来的恶果，肯定了吉姆的生态观。马克·吐温耗费大量笔墨刻画吉姆的生态性格，其中虽不乏关于吉姆迷信思想的描写，但作者却让吉姆的说法都灵验了，这明显是别有用心的安排。生态文学常常将自然人化，赋予它独立身份，描写人与自然物建立亲密友好的关系。作者的目的是想通过吉姆的迷信思想体现大自然的神秘力量，赋予自然主体性，从而警戒人类要尊重和敬畏自然。

（二）反种族中心主义

马克·吐温对奴隶制的看法有一个变化过程，并非从一开始就认识到奴隶制的残暴。他在《自传》中谈到，"当我还在上小学的时候，对黑奴制度并没有什么厌恶之情。我不觉得那有什么不好。我也从未听到过别人责难黑奴制度的话，我们那的报纸也一直都很支持它。我记得牧师曾经教导我们说那是上帝认可的制度，对于这样一件神圣的事情，要是有人心存疑惑，只要看一看《圣经》就可以获得解释"②。到后来，马克·吐温开始同情黑奴，"我清晰地记得我曾经见到过十多个男女黑人成堆地躺在水泥地上，用铁链拴在一起，等着被运到南部奴隶市场上去。那一次，我见到了人世间最为悲惨的脸"③。也逐渐认识到"奴隶制是赤裸裸的、离奇怪诞的、不正当的强取豪夺"④，"足以使每个人的人性麻木"⑤。

---

① [美]马克·吐温.哈克贝利·费恩历险记[M].吴红,译.南京:江苏凤凰文艺出版社,2018年,第138页.
② [美]马克·吐温.哈克贝利·费恩历险记[M].吴红,译.南京:江苏凤凰文艺出版社,2018年,第8页.
③ [美]马克·吐温.马克·吐温自传[M].谢淼,译.武汉:长江文艺出版社,2007年,第37页.
④ [美]马克·吐温.马克·吐温自传[M].谢淼,译.武汉:长江文艺出版社,2007年,第36页.
⑤ [美]马克·吐温.马克·吐温自传[M].谢淼,译.武汉:长江文艺出版社,2007年,第37页.

马克·吐温的种族观直接影响了小说中哈克对吉姆的态度变化,一开始吉姆在哈克眼中就是一个地位低下的黑奴,是否应该帮助吉姆他也是很矛盾的。随着故事情节的发展,哈克才逐渐承认了吉姆的价值和能力,并变得信赖和尊重吉姆。在一次大风浪中两人被冲散,吉姆为哈克的生命安危担心不已,好不容易团聚后哈克却以玩笑捉弄吉姆,吉姆识破了他的闹剧后生气了。哈克这才意识到自己的不对,惭愧不已,于是主动向吉姆道歉。马克·吐温安排了一个白人主动向黑奴道歉的情节,将笔锋直接对准奴隶制,明显是对种族主义的颠覆和解构。

此外,吉姆的身份建构也是在与白人的对比中完成的。听说哈克发了财,长期不见踪影的酒鬼父亲出现在哈克的面前索要钱财。同样为了钱,两个强盗在一艘触礁的轮船上因分赃不均欲置另一个同伙于死地。"国王"和"公爵"一路招摇撞骗,还随意变卖彼得家的黑奴、拆散黑人家庭。哈克与吉姆对二人毕恭毕敬,他们却趁哈克不在时将吉姆卖给别人。格兰杰福特、谢伯逊两家因为某件没人记得的小事结下世仇,刀枪并举,最后害得许多人都死于非命,酿成悲剧。谢伯恩上校目无法纪,在大街上当众枪杀老包格斯,事后仍逍遥法外。对于包格斯的死只有女儿伤心难过,旁人却只顾凑来看热闹,毫无同情心。白人在名与利的面前迷失了人性,一味地追求自我利益,不惜牺牲他人。整个社会毫无人情可言,到处都充斥着扼杀人性和善良的丑恶事实。作者通过对两者的对比,说明黑奴吉姆身上具备了许多白人缺少的善良品质,严厉抨击了白人社会的丑恶现象和白人中心论,因而具有强烈的讽刺效果。

(三)反父权中心主义

马克·吐温共有三个女儿,分别是苏西、吉恩、克拉拉,除了克拉拉,苏西和吉恩都因病相继离世。他在《自传》里寄托了大量的哀思,表达了作为一名丈夫和父亲对妻儿热忱的爱。"十三年前我失去了苏西,五年半前,我又失去了她的妈妈——她那无人可及的妈妈。前不久,克拉拉随他的夫君到欧洲定居去了,如今我又失去了我亲爱的吉恩。我过去是多么幸福、

多么阔气,如今却多么可怜、多么贫穷!"①于马克·吐温而言,妻子和三个女儿就是最宝贵难得的财富,她们不得已的离开使其成为孤单可怜的人。在他眼中,妻子莉薇是"所见到过的人中最美丽最崇高的灵魂"②,当妻子因病离去,马克·吐温悲痛欲绝,"我只知道,她就是我的生命,现在她去了,她就是我的财富,如今我是个乞丐了"③。平日与女儿相处,更是尊重女儿们的想法。正如马克·吐温在《自传》谈道:"她不乐意,她有她自己的想法,自己的计划。最后结果是以折中告终。所谓折中,其实是我让步,每次这种时刻总是我让步的。"

马克·吐温不同于传统的封建大家长形象,在家庭中与自己的妻子、女儿平等相处,这直接影响了其创作观。由此,才有了吉姆这样一个好丈夫、好父亲的形象。在逃跑过程中,吉姆唯一放心不下的就是自己的妻儿,一家人团聚就是他最大的心愿。他常常因为独自思念妻子和女儿而默默流泪,为死去的小女儿伊丽莎白深感忏悔。相比之下,小哈克的父亲却是一名酒鬼,成天不务正业,当哈克被道格拉斯寡妇收养后得到上学的机会,他却极力反对,因为他自己一个字都不认识,而哈克念书就是要超过"老子","老子"的地位不可撼动。正如哈克所言:"再后来,爸爸随时抄起胡桃棍儿教训我,这可让我吃不消了,我被打得浑身是伤。他也频繁地出去,把我锁在家里。有一次他竟然把我锁在家里,三天没回来。"④哈克的父亲动不动就暴打自己的孩子,吉姆因为打过女儿一次就后悔不已。作者将白人父亲与黑奴父亲进行对比,严厉抨击了传统的父权制思想,肯定了黑奴吉姆作为一名父亲的形象。

---

① [美]马克·吐温. 马克·吐温自传[M]. 谢淼,译. 武汉:长江文艺出版社,2007年,第347页.
② [美]马克·吐温. 马克·吐温自传[M]. 谢淼,译. 武汉:长江文艺出版社,2007年,第352页.
③ [美]马克·吐温. 马克·吐温自传[M]. 谢淼,译. 武汉:长江文艺出版社,2007年,第350页.
④ [美]马克·吐温. 马克·吐温自传[M]. 谢淼,译. 武汉:长江文艺出版社,2007年,第25页.

三、关于马克·吐温生态观的思考

从吉姆形象探析马克·吐温生态观,一方面要辩证看待吉姆形象,认识到其双重性及形成原因。更重要的是基于此引发关于马克·吐温生态观的思考,从而挖掘其现实意义。

(一)吉姆形象的双重性

马克·吐温曾被誉为"美国文学史上的林肯",即是说林肯在历史上解放了黑人,马克·吐温则在文学史上解放了黑人,这是对吉姆形象进步意义的肯定。如上文所述,吉姆是一个敢于追求自由、善良友爱的人,他作为一个独特的个体存在于小说中,而非过去被类型化的黑奴形象。然而,吉姆也并非美国文学史上一个塑造得十分彻底的黑人形象。吉姆的性格有着双重性,他有值得肯定的一面,但同时也存在很大的奴性,基本不敢正面反抗白人。例如对于汤姆设计的荒诞营救计划,吉姆心里有异议,却任其摆布,没有任何反抗,表现了奴隶固有的奴性以及对白人惯有的仰慕和顺从。另外,吉姆缺乏严密的思考和计划能力,尽管他向往自由并勇敢地迈出了逃亡的第一步,但吉姆的逃亡缺乏计划性,加之长期在蓄奴制压迫下形成的性格缺陷,使吉姆很难通过个人的努力获得真正的自由。

但我们也应该清楚,吉姆就是属于那个时代的产物。在当时的背景下,美国黑人依然没有得到宪法所规定的权利,没有获得完全的平等和社会的认可。在南方,黑奴更是被视为奴隶主的财产,没有人身自由,生活悲惨。黑奴整日辛勤劳作,但劳动果实都被白人奴隶主剥夺,他们无法得到受教育的条件。故吉姆的思想也只能达到这样的高度。

(二)马克·吐温生态观的意义

从生态中心主义到环境公正主义,其实从根本说来都源于一种逻各斯中心主义,而生态批评就是要打破这样的中心论,力图实现普遍的公正。人类对自然的统治使人类以自我为中心,从而产生了高低等级,因此人类中心主义衍生了不同性别、不同种族之间的优劣之分,诞生了多元生态批评。只有从根源上打破逻各斯中心主义,才能逐步地实现公平正义。

马克·吐温的生态观首先反映了反对人类中心主义的思想,自工业文明以来,生态环境日益遭受破坏。马克·吐温一生创作大量作品,虽然并非都以生态为主题,严格说来,马克·吐温也算不上真正意义上的生态文学家,但是这位具有前瞻性的作家已经具备了强烈的生态保护意识,其作品蕴含了一种或显或隐的生态焦虑感和生态危机意识,表现出生态救赎的冲动。这对我们今天所倡导的"绿色""低碳""绿水青山就是金山银山"等号召也是息息相关的,不管是19世纪的工业文明时代,还是今天的21世纪,保护生态环境,倡导人与自然的和谐统一都是我们每个人义不容辞的责任。

此外,马克·吐温反对父权中心主义,倡导性别平等。在现实生活中,他关爱自己的妻子和女儿,也因此诞生了一个对待妻儿善良友爱的吉姆。这对我们当下实现普遍的社会公正也有着重要的启示意义。长久以来,性别不平等一直是社会所关注和力图解决的问题。当下,封建大家长的形象越来越被人们所否定,我们倡导的是有责任有担当、尊重家人的父亲形象,这是家庭和睦必不可少的要素。只有小家庭和睦了,子女才能拥有幸福的成长环境,从而才能形成正确的三观,这也是整个社会和谐友爱的前提。

最后,就马克·吐温的反种族中心主义而言,他塑造的黑奴吉姆形象具有重要的进步意义,肯定了黑人的价值和能力,触及了美国当时最敏感的种族制度问题,表达了作者对广大黑人群体的同情、对蓄奴制的厌恶和痛斥。然而,黑人的出路问题作者还尚不明确。在小说结局,吉姆成为自由黑人,不是通过自己的努力逃亡自由州,而是因为沃珍小姐大发慈悲更改了遗嘱,这让笔者觉得意料之外。马克·吐温尚不清楚黑人的出路在哪里,对于种族问题他也给不了具体的解决办法,这体现了作者的困惑。不过该问题的解决方案会随着时代的进步越来越清晰,就美国文坛现状来说,在美国国家图书奖、普利策奖等重要文学奖项的获奖作家中,有不少的非裔作家去描写种族问题,如托妮·莫里森、科尔森怀·特黑德、杰丝米妮·瓦德等。在他们的作品中黑人就是主人公,黑人的抗争意识越来越明显,主体性建构越来越突出,黑白种族之间的关系也呈现出复杂性的特征。实际上,种族问题不再单单关乎黑、白两个民族,更是涉及整个人类的生存现状。

结　语

不论是人类中心主义、种族中心主义，还是父权中心主义，都根源于西方文化中占主导地位的价值二元论和等级思维。其中，人类对自然的征服心理又逐渐演变成其对种族和性别的统治。小说中的吉姆对自然充满敬畏和热爱的心理，形成了一种内在和谐的生命精神，因此在社会中与人相处他也是秉着善良、友爱的原则。即使作为一名黑奴，吉姆自身的思想达不到这样的高度，但他淳朴的观念和行为正体现了这样的生态思想。全书在与白人的对比中完成吉姆形象的塑造，深刻揭露了资本主义文明下白人社会的异化，表达了马克·吐温对黑人价值的肯定和对种族中心主义的严厉抨击与讽刺，主张人与自然、人与社会和谐共处的理念。

参考文献

[1] 胡志红. 西方生态批评研究[M]. 北京：中国社会科学出版社，2006.

[2] 胡志红. 生态文学讲读[M]. 北京：北京大学出版社，2021.

[3] [美]马克·吐温. 哈克贝利·费恩历险记[M]. 吴红，译.南京：江苏凤凰文艺出版社，2018.

[4] [美]马克·吐温. 马克·吐温自传[M]. 谢淼，译.武汉：长江文艺出版社，2007.

[5] 梁芳，滕橄卿.《哈克贝利·费恩历险记》中的自然生态思想[J]. 石家庄职业技术学院学报，2020，32（1）：49-52.

[6] 刘岩. 生态回归之旅——《哈克贝利·费恩历险记》中的生态隐喻解读[J]. 名作欣赏，2018，（24）：103-106.

[7] 潘明. 西方生态批评维度下的《哈克贝利·费恩历险记》[J]. 山花，2015，（10）：141-142.

[8] 庞慧慧. 从《哈克贝利·费恩历险记》看马克·吐温对奴隶制的态度变化[J]. 科技信息，2013，（13）：183，230.

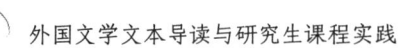

[9] 覃承华. 《哈克贝利·费恩历险记》：马克·吐温种族观的一面镜子[J]. 广西民族师范学院学报，2010，（2）：30-32.

[10] 徐瑞华. 回归自然回归自我——生态批评视角下的《哈克贝利费恩历险记》[D]. 合肥：安徽大学.2011.

[11] 左贵凤. 《哈克贝利·费恩历险记》中吉姆的形象及其成因探析[J]. 湘潭师范学院学报（社会科学版），2008，（4）：146-147.

[12] 左广明. 从《哈克贝利·费恩历险记》看美国西部文化[J]. 牡丹江大学学报，2010，19（11）：44-49.

第二章　女性主义视角

第一节　女性主义理论简介

女性主义最先兴起于19世纪末的法国,该理论核心在于消除男女之间存在的不平等,将女性从男性数千年的重重压迫之下解放出来。纵观世界文明史,在大多数时代女性常常作为男性的压迫对象而存在,甚至一度连基础的人权都未曾得到充分的保障,在一些特殊的时代女性甚至被视为男性的财产、占有物,而女性主义正是为了反对这样的不平等与压迫得以诞生。

女性的觉醒与反抗历经了漫长的过程。法国大革命期间奥兰普·德古热（Olympe de Gouges，1748—1793）发表的《女权与女公民权宣言》（*Déclaration des droits de la femme et de la citoyenne*）被视为女性运动的先声,不少人认为其诞生是能与《人权宣言》（*Déclaration des Droits de l'Homme et du Citoyen*）发表相提并论的历史大事件。法国《人权宣言》中的"人"仅限于男性,"公民"也仅仅指"男性公民",女性因此被完全排除在社会公共领域之外,自由平等之风并未吹拂到女性群体之中。《女权与女公民权宣言》正是针对上述情况而诞生的作品,是历史上首次完整、独立地阐释女权思想的文献,也是第一次女性独立地在公共领域为自己的性别权益发声。但是女权主义运动、理论思想并未因此而发展迅猛,女性主义在19世纪才正式成为一股风潮逐渐蔓延开来。

女性主义批评的奠基人艾德琳·弗吉尼亚·伍尔芙（Adeline Virginia Woolf，1882—1941）继承英国女性主义运动先辈的精神,肯定女性的独特价值,教导女性要敢于"成为自己",并在自己的一系列小说作品、讲稿中

向女性传输应当独立的观念，其小说《到灯塔去》(*To the Lighthouse*)、随笔《一间自己的房间》(*A Room of One's Own*)等作品都被视为女性主义早期的经典之作。伍尔芙所在的时期，女性正在为了选举权、工作权、教育权而斗争，伍尔芙提倡的女性独立自由思想被视为是女性主义第一次思想浪潮的代表，不过当时女性的地位却并未在这一系列斗争中得到明显的改善。1949 年，《第二性》(*Le Deuxième Sexe*)横空出世，这部由法国存在主义作家西蒙娜·德·波伏娃（Simone de Beauvoir，1908—1986）所写的社会学理论著作直接引爆了整个欧洲思想界，其中女性并非天生，而是由社会塑造而成的观点极大地鼓舞了全世界的女性主义运动者们，这意味着传统意义上女性对男性的弱势地位是完全可以被颠覆的。《第二性》掀起了女性运动的第二次思想浪潮，女性主义运动开始在全世界范围内开始流行，这些运动的内容主要为否定男性中心主义、反对传统思维下对女性的定义、要求抹平男女性别之间的差异。

　　女性主义批评总体而言呈现出一种非常多元化的局面，分化出了相当丰富的理论分支，如生态女性主义、第三世界女性主义、心理分析女性主义、女同性恋女性主义等，不过归根结底，大多数理论的落脚点仍是在于实现真正意义上的男女平等、唤醒女性的独立意识。在文学创作领域上，女性作家以自己身为女性所独有的感受、思维为基础创作出了一系列的女性主义文学作品，这些作品往往能看出丰富的女性特质，部分女性作家所提倡的身体写作更是向父权制社会中传承的写作传统挑战，为女性争得了极大的话语空间。对于文学批评而言：一些女性主义批评家们锋芒毕露，以尖锐的态度去重新审视并批判父权制社会中存在的传统经典，揭露潜藏在深层语境下的性别歧视问题，意图消解男性潜意识中的性别暴力特权，这一类女性主义者也一般被归类为女权主义者；也有一些较为温和的女性主义批评家，他们倡导在双性同体、社会性别等理论的基础上重新建构起符合新时代的文学传统，以真正的两性平权、两性平等思想来指导文艺创作。

第二节 女性主义理论课程实践

从《来跳舞吧》看垮掉派女性的突破尝试

李丹萌

（西南交通大学 人文学院，四川 610031）

摘　要：约翰逊的《来跳舞吧》被视为第一部出自女作家之手的垮掉派小说。本文主要从小说中女性所做出的改变着手，一方面《来跳舞吧》从缪斯的视角将垮掉的一代的叛逆、自由和颓废带入了文学，另一方面展现了一定程度上的女性觉醒，文中的角色为了打破约束做出了不同程度的尝试。约翰逊以女性的独特角度和手法为垮掉的一代注入了全新的活力。

关键词：乔伊斯·约翰逊；《来跳舞吧》；垮掉的一代

Looking at the Breakthrough Attempts of Beat Women from *Come and Join the Dance*

Li Danmeng

(School of Humanities, Southwest Jiaotong University, Chengdu Sichuan, China)

Abstract: Johnson's *Come and Join the Dance* is regarded as the first Beat novel written by a woman. This paper mainly starts from the changes made by women in the novel. On the one hand, *Come and Join the Dance* brings the rebellion, freedom and decadence of the beat generation into the literature from the perspective of the Muse; on the other hand, it shows the awakening of women to a certain extent, and the characters in the novel make different degrees of attempts to break the constraints. Johnson breathes new life into the Beat generation with a unique female perspective and approach.

Key words: Joyce Johnson; *Come and Join the Dance*; Beat Generation

美国作家乔伊斯·约翰逊是"垮掉的一代"的一位优秀女性作家,她出版于1962的小说《来跳舞吧》被认为是第一部出自女作家之手的垮掉派小说。垮掉的一代的舞台主角历来以男人们为主,我们的研究通常从凯鲁亚克、金斯堡以及巴勒斯的作品及生活展开,他们身边的女性常常以背景板角色出现,作为配角衬托着垮掉的年代舞台上的男人们。但这些女性构成了一条重要的细线,她们不仅仅是见证者,相当一部分人也是冒险者,她们充满激情地投身其中,发光发热。在她们当中,乔伊斯·约翰逊不仅仅是凯鲁亚克的一任难忘的女友,更是一位被垮掉派思想深深吸引并且为此投身创作的优秀作家。约翰逊在她的作品《来跳舞吧》中描述了一个普通的青春期女孩所做出的离经叛道之事,从独特的女性视角展现了垮掉的一代迷惘、叛逆又固执的精神内核。

一、压抑:女性的生存状况

乔伊斯·约翰逊从主角苏珊·莱维特的视角切入,从一个青少年女性的角度描绘了垮掉派文化火热流行的20世纪50年代。此时的人们普遍存在着缺乏自我认同、人生目标以及工作的热情的问题。在这样的大环境下,女性所处的困境越发明显起来。

在家庭层面,苏珊·莱维特和父母的矛盾十分严重。这是当时许多青少年家庭都面临的现状。苏珊的母亲对苏珊抱有过高的期望,而父亲在母女的争吵中往往保持沉默。畸形的家庭氛围导致苏珊更加叛逆,从父母那里无法得到的认同感只能调转方向从社会上寻找。苏珊认为:"她的母亲总是说感恩,从不说爱;也许她认为它们都是一回事。"[1]苏珊的母亲将爱与感恩视为同义词,而苏珊又将钦佩与爱视为同义词,他们都仅仅理解爱的一部分。苏珊的父母一直强迫苏珊承认他们所赋予她的身份——一个好学生,或者一个乖女孩,而他们疏忽了苏珊真正是谁,苏珊真正想成为谁。

---

[1] Joyce Johnson. Come and Join the Dance[M]. New York: Open Road Media, 2014, p126.

从畸形家庭环境中形成的身份认同困境导致苏珊越来越叛逆,个体意识越来越强,她开始从家庭以外的地方探索不同的可能性。这与垮掉一代的反叛精神不尽相同。性解放是垮掉派的一个重要标志,性在大部分青少年女性家庭中都是一个被避开不谈的话题,长久的压抑催生了强烈的叛逆情绪,青少年女孩们将性视为个性的宣扬和解放,以此来打破她们历来不变的生活。苏珊从男人、周围的人那里取得了身份认同,变相来说,可以视为依然在挣扎着脱离年轻时父母强行赋予她的标签。

而走出家庭,面对社会,苏珊·莱维特与许多当时的青少年女性一样面临着各种约束。在第二次世界大战期间,由于战争,大部分女性都加入了职工大军,接手了在战场上的男人们空缺出来的工作。战争结束后,虽然大部分女性离开了工作场所,但是大多数又在几年后回归了工作。女性参与工作逐渐变为常态,约翰逊对此阐释,"独立似乎是婚姻的首要前提"[①]。女性的独立在发展着,并且逐步被纳入主流的价值观。在约翰逊进入青少年时期时,美国青少年群体变成了一个有利可图的市场。随着战后美国的繁荣和高中学生群体的迅速扩大,青少年文化蓬勃发展,"少女"更加成为了一个理想化的全新市场的代表。对青少年女性群体的束缚越来越多,社会教导她们应该成为一个精致的淑女,一个未来的模范伴侣,她们也随之寂静沉默,住进了精心打造的金丝雀笼。

在小说中,苏珊的学校很生动地反映了当时的社会状况。学校更像是一种对青少年的禁锢,强迫他们成为社会要求他们成为的人,而不是成为他自己。"她记得她的老师戴维森现实曾经得意洋洋地说,学生们从来没有变过——一学期又一学期,他们的面孔都是一样的,说的、想的、做的都是一样的。"[②]学生们在学校被剥夺了个体存在的权利,他们像是被批量生产销售的商品,而不是一个个充满独立性格的个体。苏珊对此感到愤怒,她认为:"如果人们是可以被取代的,他们就没有存在的权利。"[③]苏珊意

---

① [美]乔伊斯·约翰逊. 小人物——垮掉的一代回忆录[M]. 李兰,译. 湖南:湖南文艺出版社,2020年,第11页.
② Joyce Johnson. *Come and Join the Dance*[M]. New York: Open Road Media, 2014, p15.
③ Joyce Johnson. *Come and Join the Dance*[M]. New York: Open Road Media, 2014, p16.

识到了这个问题,并且努力地尝试去打破固定的局面,她选择叛逆,无论如何都要与他人不一样,跳脱出周围的人群,通过离经叛道的行动来证明自己的存在。

随着垮掉的一代逐渐兴起,对现实不满的年轻人开始"嚎叫",他们宣扬自己的个性,提倡自由,不愿结婚,到处流浪,热衷于性爱。这样的文化很迅速地在年轻一代中传开,不少年轻人纷纷加入,即使不被冠上"垮掉的一代"的名号,很多人也在用自己的方式来展现对现实的不满,对自由和个性的追求。这很快地影响到了青少年群体,所谓的"问题青少年"越来越多,女孩子之中也出现了"不良"。青少年亚文化圈逐渐形成,成为了后续反文化运动的主要推动力量。他们用离经叛道的方式来展现着自己,找寻着他们被夺走的激情和勇气。

但总的来说,即使是在垮掉的年代,女性的身份依然被刻板印象束缚。男性通常是通过工作来支撑起家庭的人,他们有着开展全新事业的机会,拥有探索世界的权利,而女性大多被固定在家庭中照顾家庭的生活,教育孩子,协调家庭内部的各种事务。她们的身份相对男性更加固定,不仅仅无法在空间上自由地移动,在发展过程中也不被允许扮演不同的角色。年轻女性要追求自由是更为复杂艰难的,她们仍然有很长的一段路要走。

二、反叛:女性的突破尝试

小说的主角苏珊,又可以被看作是约翰逊的化身,是一个典型的充满反叛精神的"问题"青少年。相对于受到垮掉派文化的影响才去践行"垮掉"的行为而言,苏珊自己有着内化的叛逆精神。她习惯"扮演",通过戴上面具来融入大多数人,从侧面观察着周围的人。"旁观者"的身份给予了她思考的空间,反叛思想在这种条件下更加叫嚣着即将破壳而出。苏珊时刻都希望能够跳出人群,成为独特的个体。她厌烦循规蹈矩,感到空虚且寂寞,压抑之下的情感正待爆发。

苏珊做出的第一个突破是打破学生身份的尝试。在学校的最后一门毕业考试上,苏珊突然意识到这场考试毫无意义。苏珊站起来打破了这种常规，她选择上交一份未完成的毕业答卷，这也意味着她无法顺利地毕业。这样做使得她能够拒绝他人规定的她必须履行的角色身份，拒绝做一个顺利毕业的毕业生，甚至拒绝了自己的学生身份。

苏珊试图打破常规。遇到彼得加剧了她的感受。彼得是凯的朋友，也是凯鲁亚克的化身。约翰逊最擅长描写凯鲁亚克，凯鲁亚克在她的笔下是最富有魅力的。和彼得待在一起让苏珊感到非常舒适，他们有一下午来漫无目地打发时间，"至少今天下午，她的生活被他的生活吸引，与此同时，每件事情都变得特别重要，特别独特。"①然而一切都在五点结束，彼得要回到他的公寓，这意味着回到规定好的生活轨道上去，而苏珊无力阻止。这短暂的相会就像是凯鲁亚克和约翰逊的第一次初见一样难以忘怀，彼得给苏珊带来了全新的感觉，他对生活有些玩味和轻佻的态度吸引了苏珊，对彼得的倾慕让苏珊更加希望成为像彼得一样叛逆自由的人。

和男友的分手是苏珊做出的第二个突破尝试。作为旧有的恋人，杰瑞是苏珊能够实现冲破过去最好改变的一个变量。杰瑞象征着固定和静止，他的出现和行为就像是被安排好了一般，"看到他，她一点也不惊讶，心里想着：当然，他当然在这里。"②当杰瑞和苏珊来到法国餐厅，苏珊迅速地感觉到了一种边缘感——她无法融入周围的环境，任何打扮都只是在伪装自己，让自己看起来不那么突兀难堪。她想离开这里，然而杰瑞坚持执行正常人的生活步骤，在苏珊看来这也是一种无形的禁锢。在他们去看电影的路上，苏珊注意到："她和杰瑞出现在一面巨大的镶金镜框的镜子里，那面镜子里可能映出了一位路易十四年代的女士，苏珊看到了他们的样子，两个人也许会手挽着手永远走在一起。"③和杰瑞在一起的各个方面都围绕着静止，在探索人这一生其他的可能性之前，两个人就被判处了生活的永

---

① Joyce Johnson. Come and Join the Dance[M]. New York: Open Road Media, 2014, p59.
② Joyce Johnson. Come and Join the Dance[M]. New York: Open Road Media, 2014, p64.
③ Joyce Johnson. Come and Join the Dance[M]. New York: Open Road Media, 2014, p92.

恒。杰瑞能够坦然接受,而苏珊不能。她无法接受和杰瑞在一起后完全停滞,永不改变,那种一眼就能望到尽头的生活。她做出了和杰瑞分手的决定,这也意味着她拒绝接受永恒和无变化。即使杰瑞善良且深爱着苏珊,苏珊对他感到抱歉,她还是毅然决然选择了分手,打破这段早已在冥冥中对后来的人生框定好道路的感情枷锁,她更希望未来的人生千变万化,充满冒险和跌宕。

第三个突破关于性解放。苏珊迫不及待地进入了自己的新生活,"她厌倦了做一个孩子,厌倦了只做一名观众。"[①]苏珊想到的投身进这场属于自己的舞台剧中的第一件事就是打破自己的处子之身。她非常渴望挑战极限,即使会造成很多麻烦,也总比没有好。过去人们都教导她做一个乖孩子,用道德伦理来束缚女孩儿。在家庭中,性也仿佛一个炸弹般的话题,父母很少将其主动提起,女孩儿们在潜移默化中觉得性是羞耻的,同时也是神秘的。苏珊能想到最极端的方式就是冲破旧有的伦理束缚来证明自己的独特存在。安东尼是一个十八岁的流浪汉,经常住在彼得的沙发上。他有着许多和彼得的相似之处,他们同样蔑视权威、热爱诗歌、拥有智慧。与此同时,安东尼是一个存在于苏珊生活之外的新角色。苏珊几乎是未经过太多思考就将自己的童贞给予了安东尼。它只是一项苏珊人生路上的里程碑,或者是一个从旧入新的转折点。没有从中感受到活力和改变的激情,苏珊在结束后迅速地疏远了安东尼。而安东尼却对苏珊产生了依恋,在苏珊拒绝他之后,他情绪激动大吼大叫,乱扔东西,打碎了一扇窗户。令人玩味的是,这扇窗户比苏珊急切体验的性爱过程本身更加重要。被打碎的窗户是苏珊破碎的情感壁垒。由于崩溃和破坏,往常对身边环境漠不关心,没有剧烈情感起伏的苏珊第一次有了感情上的突破。她为之哭泣,第一次流露出平淡以外巨大的心理波动。当一扇窗户被打破,意味着内里的东西可以重建。苏珊又进一步取得了属于自己的主导权,这仿佛一场新生。

第四个突破是家庭方面的。"有一种关于爱的学说认为,如果你把一个

---

① Joyce Johnson. Come and Join the Dance[M]. New York: Open Road Media, 2014, p126.

人抓得太紧,那么你肯定就会失去他——分手的情侣们反复证实了这种学说,但其实父母和子女也一样适用,且后者要复杂得多。"①苏珊的母亲和约翰逊本人的母亲有着许多相似之处。在约翰逊母亲年轻的时候,她曾经渴望成为一位音乐鉴赏家,然而却不得不放弃,将自己所梦想的生活寄托到了女儿身上。可以说,约翰逊过着的是母亲所渴望的生活,而不是自己的生活。"'大多数人都生活在平静的绝望中。'当我在巴纳德学院的英语课上第一次读到梭罗这句话时,我第一个想到的就是我爸爸。我也想到了我妈妈。"②苏珊的家庭和约翰逊的家庭一样,生活在一种文化孤独中,他们拒绝改变,接受循规蹈矩,像是使用了一种停滞时间的力量。尽管苏珊无法毕业,她的父母依然带她去吃一顿庆祝晚餐。"她听着他们说话,微笑着,偶尔点头,尽力地讨好他们,做一个他们本该拥有的女儿,温顺、天真、礼貌……他们是她的父母,他们永远不知道她是谁,她是怎么生活的。"③苏珊对父母提出的要求都表示了抗拒,她强烈地通过叛逆来表现自己的个性意识,对于父母并不关注她本身的抗议和悲伤。成为自己,而不是成为父母希望成为的人。抗拒父母提供的标准,接纳新事物和流行文化,尽管行为和言语在父母眼中就像是小孩子闹脾气一般幼稚,苏珊勇敢又固执地打破了她的家庭所冻结的时间。苏珊从家庭以外的角色,彼得、凯和他们周围的人身上获得了缺失的身份认同,这也意味着她将脱离她父母精心定制的舒适圈,接纳真实。

最后一个突破关于苏珊自己。彼得是整篇小说中非常重要的角色。他是一个典型的垮掉派人物,彼得就是凯鲁亚克的原型,充满幽默、温柔和悲伤,自由、反叛又蔑视权威。他寄托着约翰逊对凯鲁亚克的美好幻想,关于垮掉派最美好的事,以及她对凯鲁亚克的爱慕。彼得吸引着苏珊,是

---

① [美]乔伊斯·约翰逊. 小人物——垮掉的一代回忆录[M]. 李兰,译. 长沙:湖南文艺出版社,2020年,第20页.
② [美]乔伊斯·约翰逊. 小人物——垮掉的一代回忆录[M]. 李兰,译. 长沙:湖南文艺出版社,2020年,第23页.
③ Joyce Johnson. Come and Join the Dance[M]. New York: Open Road Media,2014,p378.

苏珊理想化的自己。在和彼得的相处过程中，苏珊真正体验到了"在路上"的感觉。首先在空间意义上的自由感，她能够跟随彼得漫无边际地随意移动，就在彼得那辆喜爱的黑色帕卡德里。彼得带着他们开车兜风，超速行驶，这是很经典的垮掉派文化，在凯鲁亚克的《在路上》中，萨尔和迪安就驾驶着汽车自由穿梭在美国的各个地方。在这种惬意的氛围中，苏珊对彼得更加着迷了——他有着一辆汽车，一辆可以开往任何地方，离开任何地方的载具，"他可以去很多地方"[1]。空间意义上的解放让苏珊的灵魂也充满自由的感觉，相比曾经以学校为中心的固定活动轨迹，苏珊和凯鲁亚克笔下的萨尔和迪安一样深深爱上了追寻自由的感觉。在小说最后，苏珊和彼得再一次坐上了那辆小车，"她想和彼得一起坐在前座，进入黑夜和空虚，去一个所有的时钟都停了，没有人在意的地方。"[2]然而车坏了，他们被困在一个偏僻的地方。在这一刻，苏珊也看到了她和彼得的结局，如果一直这样下去，他们也会像这辆坏掉的车一样。即使彼得看起来能带她去任何地方，引领她成为任何想成为的人，但是彼得不会这么做。他是一个懦弱的人，为了逃避社会选择每年挂掉考试的最后一科，永远当一个"褴褛"中的学生。可以清楚地看到，彼得无法将他所追求的垮掉精神中的积极因子践行到生活的各个方面。或者说，他实际上依然"垮掉"，消极地面对着自己的生活。他虽然富有魅力，但苏珊要应付的事远远更多。苏珊选择勇敢面对未来生活带来的恐惧，就像她一直追寻的那样，接受真实，接纳当下的自己。即使不完美，即使稚嫩，即使不那么独特，即使无法全身心地"在路上"一直走下去，但她依然选择"冒险"。和彼得不一样，她选择坦然拥抱自己的未来。最后，在和彼得发生性关系以后，苏珊盯着镜子，发现"镜子里有一个女孩，眼神清澈，一动不动，这次她没有笑。"[3]苏珊

---

[1] Joyce Johnson. Come and Join the Dance[M]. New York: Open Road Media, 2014, p73.

[2] Joyce Johnson. Come and Join the Dance[M]. New York: Open Road Media, 2014, p205.

[3] Joyce Johnson. Come and Join the Dance[M]. New York: Open Road Media, 2014, p477.

不再伪装自己，正是彼得弄乱了她的头发，给了苏珊一张不一样的脸。也许这一张脸才是苏珊真实的脸，她卸下了她一直戴着的面具。这一次，她的灵魂和身体相接，苏珊停止了自己的表演。

　　作为青少年女性，苏珊能做的很少，相比凯鲁亚克书中描写的成年女性来说，苏珊的行为更加单纯简单。她又不像垮掉派那么直率奔放，苏珊懂得何时妥协，也就是所谓的"戴上面具"，融入"大多数"。她固执，热爱冒险，与垮掉派的精神一脉相承。

　　垮掉派文化的流行本身就是一场充满活力的改变，它推翻了传统的男性观念，否定了传统的男性身份——养家糊口者、丈夫和父亲的角色。同性恋在垮掉派中流行，也一定程度上将男性和女性的身份隔阂模糊了，男性理想融入了女性特征。可以说，垮掉的一代带来了一种关于身份认同的觉醒。在第一次遇到彼得时，苏珊能够像男人扶持女人一样为彼得提供经济帮助，这让苏珊感受到了一种彼得依附于她的快乐。固有文化的打破带来了一种混乱和破碎感，而苏珊在其中得到了平等的感觉，她能够像男人一样，走出家庭，去想去的任何地方，做想做的任何事情，成为任何想成为的人。

　　垮掉派追求充分、真实以及表达自我。苏珊的种种行为，就像是一个普通的叛逆且充满问题的十八岁女性所能做出的事。这些事最终都是苏珊为追求真实而付出的努力。通过否定过去固有的事情，来强调生活的流动性和真实性。在实施时尽管充满了纠结和痛苦，苏珊在打破过去的自己，必须足够残忍，才能达到目的地，让生活真实地发生在人们自己身上。"这一切似乎都会带来我作为小孩子从没尝试过的东西——我对自己说这东西是'真正的生活'。这不是我父母过着的生活，而是一种激动人心、不可预测、有危险性的生活。"①正因为真实，所以它充满激情和悲伤，饱含痛苦而又富有活力，值得拥有。苏珊这一次从一个舞台幕后的面具角色真正地

---

① [美]乔伊斯·约翰逊. 小人物——垮掉的一代回忆录[M]. 李兰, 译. 长沙：湖南文艺出版社, 2020年, 第35页.

走上了属于自己的舞台，来主演自己的人生。

三、残缺：女性突破的局限

正如同约翰逊本人所说，许多垮掉派的女性从未真正上路。她们在路上，最终过着一种奇怪的生活。

首先社会依然对女性充满束缚，即使垮掉派文化激荡地席卷了美国年轻的一代，它所带来的影响更多是精神上的，女性依然受到各种各样的束缚。她们无法恣意前往想去的任何地方，而垮掉派推崇的性解放更无疑对女性充满了危险，意外怀孕，从多方面来说都可能会带来无可救治的疾病。女性对情感的依赖性更加强烈，同时成为一名妻子和成为一名母亲所携带的责任更是难以轻易推卸的，大多数人在半路就下车，回归了她们尽力打破的生活。

在这段通过反叛寻找自我的路途中，部分女性爱上了叛逆的男人们。她们渴望男人们带领她们前往真正的冒险。依附于某个人也意味着个体独立性的流失，凯就是很好的例子。作为彼得的女友，当见到苏珊和凯亲密万分时，凯依然难以释怀。她尽力去维持自己"酷女孩"的形象，最终导致无法健康地去表达自己的感受。凯告诉苏珊，无论走到哪里，凯总是遇到同样的"绿色墙壁"。她并没有苏珊想象的那么自由，她同样无路可去。

另外，苏珊的行为还不算作有意识的女权行为，她仅仅只是跟随着自己的直觉走，还无法为她的行为贴上标签。"如果你想要了解'垮掉'的女性，就称我们为过渡吧——一座通往下个年代的桥梁。"[①]苏珊还未能称得上女性权利的觉醒，但不置可否的是，她融入了垮掉的一代。芭芭拉·埃伦西所说，男性垮掉派为未来十年的女权主义者提供了解放的范例。然而不仅仅是男性，女性在其中也起到了重要的作用，她们架起了一座桥梁。

《来跳舞吧》总的来说是一部在垮掉派的"对升华时刻的追求，为激

---

① [美]乔伊斯·约翰逊. 小人物——垮掉的一代回忆录[M]. 李兰，译. 长沙：湖南文艺出版社，2020年，第26页.

越而激越"的情感影响下产生的关于青少年女性命运的故事。这部小说和凯鲁亚克以及约翰逊的本身的关系很深,这一次约翰逊给了苏珊一个她曾经未能达到的理想结局。值得肯定的是,苏珊在教育、家庭、恋爱以及自我觉醒上都为了突破付出了努力,这呼应了垮掉的一代提倡的精神。在金斯堡的《我们这一代人》中他解释了"垮掉"的精神内核:"他澄清了自己的意图,就是将 BEAT 作为 Beatific.一如'灵魂的暗夜'或者'未知的云雾',暗夜中的垮掉内涵包含着向光敞开胸怀的意味,抛去了自我,为宗教式的启迪腾出空间。"①垮掉意味着从颓废中看到希望,它从来不代表放弃和逃避,而是接纳和对光明的渴望。作为一名女性作家,约翰逊的作品不单单涉及到垮掉的主题,还向其他领域探索,比如女性主义。它带有女性主义的倾向,涉及到了一些女性主义探讨的问题,但还称不上女性主义小说。她们同样追求真实、充分的生活。女性垮掉派并不能自由地表达自己的思想,为了这样做,她们必须重新定位自己。她们在垮掉运动中扮演了重要的角色,她们的写作应该得到认可。她们将不再被视为某人的妻子或情人,相反,她们是独立的个体,是可以为自己发声的作家。

参考文献

[1] Johnson. Joyce. Come and Join the Dance[M]. New York:Open Road Media,2014.

[2] [美]乔伊斯·约翰逊.小人物——垮掉的一代回忆录[M].李兰,译.长沙:湖南文艺出版社,2020.

[3] [美]艾伦·金斯堡.我们这一代人——金斯堡文学讲稿[M].惠明,译.北京:人民文学出版社,2021.

---

① [美]艾伦·金斯堡.我们这一代人——金斯堡文学讲稿[M].惠明,译.北京:人民文学出版社,2021年,第2页.

第三章 精神分析视角

第一节 精神分析理论简介

精神分析批评是20世纪影响最大的西方文艺批评流派之一,是将现代心理学理论运用到文学批评上的具体成果,其创始人为著名的西格蒙德·弗洛伊德(Sigmund Freud,1856—1939)。精神分析批评是横跨了文学领域与心理学领域的跨学科批评模式,也因此在发展过程中不断遭受质疑与抨击,不过总体而言该批评方式运用范畴广泛、创新性强,如今已是文学理论界不可或缺的批评方式之一。

精神分析批评一般被区分为三种模式:传统精神分析批评、读者反应精神分析批评与结构主义精神分析批评。传统精神分析批评的诞生标志是弗洛伊德著作《梦的解析》(*Die Traumdeutung*)面世,弗洛伊德将心理学与文学联系起来,以精神分析心理学去解释文学现象,是开创性的壮举。弗洛伊德所提出的力比多学说、白日梦理论、潜意识理论、俄狄浦斯情结等一系列开创性学说为精神分析批评奠定了坚实的理论根基,他以心理学为手段揭示了文学研究更多的可能性。弗洛伊德的精神分析批评让文学研究者们对人的内心世界有了更加深邃的认知,这不仅在文学批评领域中给予了批评家们更多的阐释空间,还对文学创作产生了极大的影响,作家们对人物内心世界刻画的复杂、深邃程度因此迈进到了全新的境界。

不过传统精神分析批评也并非完美无瑕,弗洛伊德对性本能的过度强调为他与精神分析批评招来了很多质疑与谩骂之声。《性学三论》(*Drei Abhandlungen zur Sexualtheorie*)被认为是弗洛伊德最具争议的一本著作,弗洛伊德在这本书中极其大胆地拓展了性研究的理论范畴,其中对人类性欲的本质与发展的研究既是弗洛伊德在精神分析领域的伟大洞见，也是弗洛伊德长期遭受批判的祸根。

读者反应精神分析批评是美国学者诺曼·N.霍兰德（Norman N. Holland，1927—2017）在继承了弗洛伊德精神分析批判理论的基础上，结合认知心理学、语言心理学等学科后形成的精神分析批评的全新模式。这种批评模式侧重点在阅读群体上，主张应该将更多的批评重点放置于阅读过程与读者反应上，因为阅读实际上是对个性的再创造，读者能够主观能动地去理解文本，以自己的无意识去重新产生文学作品的意义。霍兰德将文本视为了读者与作者对话的空间，将读者的阅读反应视为批评的核心，这对于精神分析批评而言无疑是一次重要的理论拓展。不过这种批评方式也因为太过于关注个体意识与自我意识而常常受到批判。

拉康·雅克（Jacques Lacan，1901—1981）被称为法国的弗洛伊德，他是第二次世界大战后最具影响力的精神分析学家，他从语言学出发重新诠释了弗洛伊德的学说，创立了结构主义精神分析批评流派。拉康坚决地批判弗洛伊德学派与美国精神分析学派的观点，主张"重新解释弗洛伊德"，将弗洛伊德的很多理论进行了批判性的吸收、重建，其中最著名的便是"镜像阶段"理论。简而言之，拉康认为婴儿在6至18个月时尚且无法区分镜子中看到的自己与镜子中反射出的其他人或物，当婴儿能够认识到镜子中的形象是自己，且自己的镜像与其他人或物的镜像有所区别的时候，婴儿就变为了一个具有自我意识的人。拉康将镜像理论与无意识理论、语言学联系起来，用无意识理论、象征理论、能指与所指的对应关系去阐释婴儿镜像阶段的自我意识生成，成功实现了对此前精神分析学的超越。拉康所提倡的结构主义精神分析批评为文学批评界又寻找到了一条全新的阐释文本的道路，揭示了心理与语言、象征之间紧密的联系。

第二节　精神分析理论课程实践

陀思妥耶夫斯基的"双重人格"探析——从小说《双重人格》出发

唐恬甜

（西南交通大学 人文学院，四川 610031）

摘　要：陀思妥耶夫斯基中篇小说《双重人格》塑造了双重角色大小戈利亚德金先生，被陀思妥耶夫斯基所器重，其角色自身的精神失常与人格分裂现象真实反映了在复杂社会环境背景下的"小人物们"生存呼吸的无奈与痛苦。创作出这一角色同时也反映作者本人在写作时矛盾且真实的现实处境。本文通过对《双重人格》戈利亚德金先生形象塑造及陀思妥耶夫斯基本人塑造这一角色的深刻内核进行考察，从中挖掘陀思妥耶夫斯基对于社会、民族和国家发展的思考与反思。

关键词：《双重人格》；戈利亚德金；陀思妥耶夫斯基；人格分裂

An Analysis of Dostoevsky's "Dual Personality" - Starting from *The Double*

Tang Tiantian

(School of Humanities, Southwest Jiaotong University, Chengdu Sichuan, China)

Abstract: Dostoevsky's novella *The Double* portrays the dual character size of Mr. Golyadkin, who is highly regarded by Dostoevsky. His character's own mental disorder and personality split phenomenon truly reflect the helplessness and pain of the "little people" in the complex social environment. The creation of this character also reflects the author's contradictory and realistic situation during writing. This article examines the profound core of the portrayal of Mr. Golyadkin in *The Double* and Dostoevsky's portrayal of this role, in order to explore Dostoevsky's reflections and reflections on social, national, and national development.

Keywords:Goliath King; Dostoevsky; Personality split

1846 年，陀思妥耶夫斯基发表了他的第二部小说《双重人格》，这部作品在当时的俄国批评界存在一定争议，但广受读者欢迎。从《双重人格》开始，陀思妥耶夫斯基背离了被别林斯基看重并寄予希望的俄国"自然派"，走向了"幻想的"现实主义。《双重人格》中的意象、人物乃至隐喻的形态传达出作者的情感与意识，暗含着陀氏对彼得堡乃至俄罗斯社会严肃的批判和敏锐的洞察力，其中最引人注目的便是大小两个戈利亚德金角色共存的现象，这样的双重角色既影射着时下俄国社会的"阴暗"面貌，同时也在一定程度上反映着作者在写作初期的内心深处的纠结与矛盾心理。

一、小说内化：戈利亚德金先生的矛盾与痛苦

19 世纪的俄国社会正经历着巨大社会变革，在农奴制崩溃、理性主义之上的制度与理念逐渐深入普通民众心中之时，人民的社会生活发生了巨大的动荡，并开始寻找自身不安与恐惧的来源。《双重人格》中的自然环境与人际交往氛围等社会生活环境更是无时无刻不体现出在这座荒谬的、不真实的都市之中小人物的疾苦与无助。这样备受挤压的自然空间与社会空间的双重压迫之下，许多民众开始产生了幻觉与幻象，对于周遭的人物、环境构建了不切实际的虚幻镜像，从而代入现实生活之中，而《双重人格》的主人公戈利亚德金就是代表性人物之一。

陀思妥耶夫斯基笔下的"小人物"戈利亚德金自身就是彼得堡都市中的一个底层小人物，其家世出身平凡，相貌身材无过人出彩之处，在工作的省城高等法院也只是一个小小的股长，无权无势的他即使怀揣着迎娶美丽的富家女子克拉拉，妄想着在法院能够直步青云升职为科长的种种不切实际的梦想，也只能租住在潮湿的、暗无天日的地下室内，日日饱受着来

自四面八方的"监视"与"窥探",而这样的环境也在无形之中成为了戈利亚德金出现幻象的推手之一:来到克拉拉家里参加午宴时,与周遭环境格格不入的戈利亚德金选择了一个人躲在阁楼的过道之中,这时的戈利亚德金已经出现了幻觉,在幻想中他默默注视着眼前的一切,但"又黑又冷"的楼梯却让人感觉"自己正在跌进无底深渊,他想大声喊叫——忽然间,他已经置身在院子里了"①。由此可见,在满是上流社会人物的华丽晚宴,一个无名无分的小股长不仅没能和自己的心上人克拉拉说上话,甚至还被当众羞辱了一番赶出了晚宴会场。在逃离了令人窒息的环境之后,他却发现,自己平时赖以生存的都市此时也变得十分陌生:

> 风在空无一人的大街上肆虐,方坦卡河发黑的河水被掀起了高高的波涛,岸边微弱的路灯被大风刮得摇曳不定,它们发出了尖细刺耳的吱吱声和大风的凄厉呼号声,融合在一起,互为共鸣,形成了一场无休止的、声音尖利难听的音乐会……雨在下着,雪也在下着。被大风拦腰刮断的一股股雨水,几乎是横着飞打过来,就像从消防水龙头里喷出来的一样,又像是成千上万的别针和发针一样,一齐向倒霉的戈利亚德金先生的脸上刺来。"②最后,戈利亚德金先生精疲力竭,停了下来,身子撑靠在河边的栏杆上,"就像一个突然流鼻血的人那样,凝视着方坦卡河那浑浊、发黑的河水③。

而这种审视出现在戈利亚德金周围的各个空间,不仅窥见了他出糗、丢脸、全身脏兮兮的样子,同时也无时无刻地审视着戈利亚德金,牢牢地将他束缚在其中,无法透一口气。紧接着戈利亚德金走出了独属于自己的私人空间,来到了人流匆匆的马路之中,面临的是更为困难的考验——在他遇见与自己同在一个机关单位的官员时,他心目中的心理活动竟是觉得

---

① 陈燊. 费·陀思妥耶夫斯基全集 第 1 卷 长篇、中短篇小说集[M]. 磊然,郭家申,译. 石家庄:河北教育出版社,2010 年,第 187 页.
② 陈燊. 费·陀思妥耶夫斯基全集 第 1 卷 长篇、中短篇小说集[M]. 磊然,郭家申,译. 石家庄:河北教育出版社,2010 年,第 201 页.
③ 陈燊. 费·陀思妥耶夫斯基全集 第 1 卷 长篇、中短篇小说集[M]. 磊然,郭家申,译. 石家庄:河北教育出版社,2010 年,第 203 页.

"像被人无意中踩了鸡眼的倒霉者一样,急忙躲在马车里光线最暗的角落,甚至心里还有几分畏惧"①,而与戈利亚德金偶遇的同事则是"尽量地弯下身子,怀着极其好奇与热切的心情仔细窥视我们主人公急忙藏身其中的那个角落"。无论是在只有自己的私人空间还是暴露在众人眼底下的公共空间,戈利亚德金的情绪与状态都被他人牵制,而自己本就不高的社会地位更是成为了众人的饭后谈资。开始对周围的一切事物与人物的行为举止进行揣测与猜想,六等文官谢苗诺维奇与他的正常谈话被他视作是对自己的一次挑衅;街边老妇人的叫卖声在他看来却是对于他失败人生的无情嘲讽。

在社会环境的无视与自然环境的阴暗的双重裹挟之下,戈利亚德金开始出现了幻觉与幻想,这样的幻想为之后他的双重人格——小戈利亚德金先生的"出现"奠定了基础。而小戈利亚德金先生的登场则预示着戈利亚德金主体的崩溃,在他的心中,已经不自觉地出现了和本身的自我对立的形象,而这样的人格分裂最终也导致大戈利亚德金先生在自我分裂与分身小戈利亚德金的对抗之中失去主体精神,从而迷失自我。小戈利亚德金是一位"和前一位又一模一样、个头、体格、穿着、秃顶完全一样。总之,相肖二君,浑然天成,何其相似乃尔"②的人物,虽然姓名、相貌、职业都与大戈利亚德金一样,但行为举止、性情品格却截然不同。小戈利亚德金在工作中能够迅速地察言观色,不仅赢得领导欢心,在人际交往关系中如鱼得水,同时也在不断挤压大戈利亚德金的职场空间,让大戈利亚德金变为了像小丑般的人物,受尽领导与同事的轻视;在大戈利亚德金想要向自己爱慕之人克拉拉表达爱意时,也受到了小戈利亚德金的嘲讽与打击。在大戈利亚德金眼中,小戈利亚德金就像是顶着他的容貌,但是在他的生活中"极尽恶意中伤之能事,败坏他的声誉,践踏他的自尊心,然后一举占有他在机关里的位置和社会上的地位"③的恶人,而他们俩的争吵也只能以大戈利亚德金灰头土脸的受伤作结。因此,自感被抢走了一切的小戈

---

① 陈燊.费·陀思妥耶夫斯基全集 第1卷 长篇、中短篇小说集[M].磊然,郭家申,译.石家庄:河北教育出版社,2010年,第213页.
② 陈燊.费·陀思妥耶夫斯基全集 第1卷 长篇、中短篇小说集[M].磊然,郭家申,译.石家庄:河北教育出版社,2010年,第246页.
③ 陈燊编,磊然,郭家申译,《费·陀思妥耶夫斯基全集 第1卷 长篇、中短篇小说集》[M].河北教育出版社:2010年,第276页.

利亚德金看向自己熟悉的同事、心上人、自认为是朋友的"假朋友"戈利亚德金时,心中只充满了"丢人现眼,出尽了洋相"①,对于这个"分身"彻底失望。大戈利亚德金在梦境中的这一幕更是将他分裂与矛盾的失常展现到了极致:

> 已经身处绝境的真戈利亚德金先生在羞惭和绝望之中,不顾一切地向前跑去,任凭命运将他带向何方;但是,他每跑一步,他的脚在石头马路上每踏一步,就仿佛从地下蹦出一个可恶的、道德败坏的、长相与戈利亚德金先生一模一样的人,这一个个完全相同的人一出现,就跑了起来,一个跟着一个,排成长长的一队,宛如一行大雁,尾随在大戈利亚德金先生的后面,一瘸一拐地跑着,他无法摆脱这些一模一样的人。
>
> 这个值得同情的大戈利亚德金被惊吓得喘不过气来,这些模样相同的人无穷无尽地出现,到处挤满了这些模样相同的人,于是警察看到这有失大雅的现象,不得不抓住这些人的衣领,关进附近的岗亭里……我们的主人公吓得浑身麻木,手脚冰凉,他醒了过来;他感到清醒的时候未必能更愉快地打发时光……沉重,痛苦……他极度烦躁,仿佛有人把他的心挖了出来……②

在此后,大戈利亚德金寄去的想要与小戈利亚德金重归于好的信件也被对方无情忽略,甚至用来嘲笑自己的不知天高地厚。纵使已经在职场被挤压地毫无生存空间,自己的心上人也只是将自己当做是穷酸无能而不自知的小文官,但是大戈利亚德金还是在不断地挣扎,甚至无妄地认为克拉拉在困境之中看到了自己的闪光点,想要同自己私奔。在戈利亚德金迫不及待想要返回家中收拾行李和克拉拉私奔时,他猛然看到了口袋里的药水,幻想自己所有的不正常的精神状态都是拜自己的主治大夫伊万诺维奇所赐,那种熟悉的"被监视""被凝视"的感觉又袭来,而这时的大戈利亚德金已经完全处于了精神失常的状态,在痛苦与恍惚之间被那个他所幻想的

---

① 陈燊编,磊然. 费·陀思妥耶夫斯基全集 第1卷 长篇、中短篇小说集[M]. 郭家申,译;河北教育出版社:2010年,第248页.
② 陈燊编,磊然. 费·陀思妥耶夫斯基全集 第1卷 长篇、中短篇小说集[M]. 郭家申,译;河北教育出版社:2010年,第297页.

分身小戈利亚德金先生所吞噬。

　　陀思妥耶夫斯基曾经说过："在完全的现实主义下发现人身上的人。这多半是俄国的特点，而在这一意义上我当然是人民性的。"在描写人的对立之中，陀思妥耶夫斯基发现了人身上存在的二重性。不同于果戈理的《鼻子》之中把人的心愿意志化为人的器官进行表现，陀思妥耶夫斯基直接创造了一个"同貌人"般的人物形象来使之与对抗。从弗洛伊德的人格结构理论出发，在小戈利亚德金与大戈利亚德金的对立之中不难看出自我与本我之间的矛盾关系，但这样的反抗、对立甚至是吞噬却不能仅仅用弗洛伊德所说的自我的现实所趋于本我的自由支配地位来进行解释。在二者的矛盾对立之中，我们更应看到的是在艰难的个人生存环境与备受挤压的社会环境之中渺小的个人都在不断地为自己的现实利益做出若干行为：大戈利亚德金为了能够在机关之中赢得升职，从而时刻梦想着迎娶上等文官的女儿，依靠亲情关系晋升；其分身小戈利亚德金在工作中并没有太多过人之处，但却能够凭借着圆滑的手段与谄媚的话语赢得上级的赞赏；克拉拉心仪的结婚对象谢苗诺维奇虽然也只是一个六等文官，但是其能够充分运用自身的优势来赢得克拉拉与其父亲的欢心，同时也在言语上有意无意地一直打压着自己的情敌大戈利亚德金先生。这样异化且畸形的社会生存法则与社会规范在一定程度上写实地反映了当时俄国社会混乱无序的现状，金钱利欲的驱使、官场制度的腐化、社会风气的扭曲正是像彼得堡这样的大城市中小人物正在经历的真实情形。而他们在与自我、与本我和与外界一次又一次的抗争之中丧失信仰，对自己所生存的世界失去了信心。

　　弗洛伊德在描述人格结构时曾经做过一个有趣的比喻：如果将本我视作是一匹马的话，那么自我仿佛就像是骑在马背上的人。如果本我需要驾驭自我，需要借助外界的力量。但是更常见的是自我被本我牵着鼻子走，本我更像是烈马，难以控制。从某种程度上看，大戈利亚德金先生想象出来的"分身"小戈利亚德金先生是其本人意志的有效载体，不仅做出了许多令人难以想象的荒谬的、出格的事情，同时还拒绝与小戈利亚德金先生产生任何关联，从行为与对白之上不断地与大戈利亚德金划清界限，更加为大戈利亚德金寻找真实的、潜在的自我提供了更为清晰的路径。而大戈

利亚德金不断地寻求"分身"的认同，渴望在这个和自己姓名一字不差、长得一模一样、但行为举止却完全不同的小戈利亚德金先生身上获得认同感，从而与之站在同一战线上。但是这样的希冀与期刊在小说结尾都没能成为现实，而大戈利亚德金也在没能寻求到任何期盼的精神恍惚的状态中"陷入了更深的深渊"。从二者截然不同的行为模式之中我们可以获得一些线索：他们对于现存的社会生存形式与模式有着不同的认知，都在遵循着自身认为正确的道德行为规范生活，但这两种模式从根源之上产生了对立关系，在戈利亚德金身上开始不断地产生冲突，从而使两个人格承载着的真实生命体成为了"无奈的牺牲品"。

《双重人格》之中小戈利亚德金和大戈利亚德金对立与对抗的故事向我们展示了在现实社会之中个人意志由着社会意志不断摆动，在污浊的社会政治背景之下小人物的异化与分裂。同不断需要调节自身意志所趋和平衡自我与本我之间关系一样，实际上戈利亚德金也在不断地周旋于二者所坚持的社会行为规范之间，是加入腐化的官场内部，靠着谄媚赔笑来谋求生存，还是依然像个无声无息的小透明一样在现实世界中默默无闻地痛苦挣扎成为了大小戈利亚德金对抗对立的焦点。从小说的结尾可以看出，最后在激烈的挣扎与无奈的呐喊之下，戈利亚德金还是未能守住平衡，被内心的本我完全吞噬，成为了别人口中的"精神病人"，被现实世界抛弃，也失去了发声的唯一话语权。

二、现实外化：陀思妥耶夫斯基的"双重人格"

"双重角色"实际上在文学史上不少见，果戈理的《鼻子》、叶赛宁的《黑影人》和马卡宁的《地下人》等作品都强有力地讽刺了社会现实，在大小戈利亚德金身上，自我的分裂与人格的矛盾，在某一种程度上也是陀思妥耶夫斯基本人的真实写照。创作《双重人格》的时候，陀思妥耶夫斯基曾在给哥哥米哈伊尔的信中写道："我现在是真正的戈利亚德金。"这一时期，陀思妥耶夫斯基给哥哥的信中总会提及戈利亚德金。可以说，戈利亚德金不仅作为陀思妥耶夫斯基作品之中的虚拟人物，更是作为陀思妥耶夫斯基审视社会、观察世界的一个窗口，时常在陀思妥耶夫斯基讨论别林斯基和涅克拉索夫等同时代人的话语中夹杂出现。可见，作为意识的戈利亚德金在某种程度上是真实的。同时，戈利亚德金的同貌人也不是一个幻象，它不仅仅是戈利亚德金的意识，也是代表俄国社会的现实景观。从此处可以看出，戈利亚德金主体性的崩溃，对于自身人格的分裂从而产生的分身的幻象影射着陀思妥耶夫斯基对于现实社会对于自身乃至广大人民群众的"异化"的担忧与反思。

陀思妥耶夫斯基之所以在写作初期便创作出了戈利亚德金这一文学界褒贬不一的主人公形象，除了受其生活的俄国社会现实环境影响外，与其自身的人生经历与世界观的形成密不可分。童年时期，原本出生在名贵家族的他从小被家人灌输了"金钱至上"的观念，在家族逐渐衰落之后跟着父母几经更换居住地，搬到父亲工作的医院时只能够租住在狭小黑暗的一侧厢房中，后来彼得堡中关于描写的"像橱柜或者棺材盒一样狭小，甚至连思想都不能驰骋的阁楼"时，他经常回忆起小时候居住的这间厢房，仿佛将笔下的人物不知不觉地放在其中。好奇心极重的他经常在医院里与那些来自四面八方但都饱受病痛折磨的人进行交谈，在医院接触到的这些病人更是成为了陀思妥耶夫斯基笔下许多悲惨事件的真实写作来源。[①]在中学与军事工程学校的自修更是让陀思妥耶夫斯基博学多识，在同学与朋友之间拥有较高的人气。而后在服兵役的军旅生活之中愈发让这个怀揣着诗人梦想的军官产生了创作的强烈念头，而后他便辞掉了稳定的工作，开始专心致志地写作。

除此之外，空想社会主义的思潮在这一时期深深地影响着青年陀思妥耶夫斯基，他怀揣着对于贫困与财富、权力与压迫、奴役与自由等社会问题的想象与友人进行了多番交谈，甚至发出"让人们揭发我渴望采取革命的暴力手段去进行变革吧！让人们揭发我企图煽起愤懑和仇恨吧！"的真挚感言。虽然其空想社会主义并未在这一时期的作品中有很明显的表现，但是从其留存下的交往手稿、演讲语录也能够看出陀思妥耶夫斯基对于一个

---

① [苏]格罗斯曼.陀思妥耶夫斯基传[M].王健夫,译.北京:外国文学出版社，1987年,第8页.

淳朴自然、怡然自乐、充满正义的和平的"黄金时代"的渴望。但频繁的政治暴乱、俄国皇帝对于欧洲革命的模糊态度、民众对于美好生活的渴求与目前无法企及的社会生活现状都令怀有强烈社会责任感的陀思妥耶夫斯基产生了较大的触动,这样的矛盾感在其多部小说之中都得以体现。之后陀思妥耶夫斯基因激进的革命倾向而被送上断头台时,他更是对社会的公正与前路充满了怀疑。他本人也曾坦言道,在法场的断头台上,即将要被处以死刑的他在凝结的瞬间之中经历了很长一段死亡的等待,而最后沙皇突如其来的赦免更是让此次恐怖的行刑充满了阴影。此后的很长一段时间内,陀思妥耶夫斯基进行了自我批判与审视,思想发生了极大的裂变,不仅开始对自己曾经信仰过的空想社会主义进行批评,同时还与虚无主义的持论者产生了辩论。在起伏跌宕的命运之中,陀思妥耶夫斯基便像是遭受变动洗礼的前锋,不断地思考,不停地批判,贯穿一生。因此在《双重人格》之中除了主人公戈利亚德金外,许多小角色在面临选择时的来回摇摆与不安焦虑、多加审视也显得更为真实。

在创作出《双重人格》之后,文学界对于此部小说展开了热烈且持久的讨论,陀思妥耶夫斯基本人十分看重《双重人格》此部小说的作用,认为其"小说的思想是非常明确的",三十年后他更是回忆道:"我从未把比这更为严肃的思想引进文学中来",认为这无论是对主人公的双重角色"大小戈利亚德金"的塑造,还是对于彼得堡都市图景的勾勒都是十分尊重且认可的。

在小说的初稿之中,戈利亚德金出现精神失常的主要原因,用陀思妥耶夫斯基的话来说,便是这样一种历史观念:"'冒名为皇者',在我们这个时代是不可能出现的"①。在当时的俄国社会,僭称为王的古代政治事件,在道德上便成为了不法行为,有伪装精神权威的嫌疑,陀思妥耶夫斯基在自己晚年的小说中也着重探讨了这一题材。②据陀思妥耶夫斯基年轻时的

---

① 指冒名为皇的僧人格里戈里。他曾冒充皇太子德米特里(伊凡四世的儿子)登上沙皇宝座。
② [苏]格罗斯曼.陀思妥耶夫斯基传[M].王健夫,译.北京:外国文学出版社,1987年,第30页.

好友所述，陀思妥耶夫斯基是一个性格极其孤僻、谨小慎微、与人交往时又十分多疑的人，因此这便能够解释为什么在《双重人格》之中戈利亚德金在不断地观察外界时生发了许多想法，认为无论身处哪个空间，都有无数双警惕的眼睛在盯着自己，而自己也无法逃脱这种神秘的束缚。可以说，陀思妥耶夫斯基正是利用了戈利亚德金来叙述自己内心的独白，将自己隐秘的内心想法及意志承载在戈利亚德金身上，从而以文学的形式合理化地展现出来。1845—1848年，《双重人格》曾不断地增删，通过增加安托涅利这一带有强烈政治性的人物，增加戈利亚德金被暗中迫害参加地下秘密组织的手稿等被发现，里面的人物与故事情节在一次次的改动中不断丰满起来，而故事的背景也愈发显得在社会政治背景之下作家极尽嘲讽的无奈与绝望。而陀思妥耶夫斯基本人也坦言，尽管《双重人格》的形式不是最理想的，但他也一直在为这一"明确而严肃的思想"寻找着更为合适的表达形式，从而使得精神分裂这一复杂且庞大的过程加以深化。①

陀思妥耶夫斯基曾经不止一次地与自己的好友雅诺夫斯基大夫谈论关于精神疾病方面的问题，而当他出现难以问诊或是难以描述的精神问题时，也常常求助于雅诺夫斯基大夫，请求他为自己治疗。这些疾病在陀思妥耶夫斯基晚年演变成为了癫痫症与眩晕等症状。因此在创作《双重人格》的过程之中，我们不难看到，其中出现的种种症状与不清醒的精神状态非常有可能就是陀思妥耶夫斯基本人在那一时期所经历的真实状况。由此可见，陀思妥耶夫斯基在青年时期写下《双重人格》，在往后多年的创作之中更是不断地提及这部作品，足以说明其影射出的不仅仅是某个小人物在特定时间段的生存处境与现状，更重要的更是承载着在历史横流中被不断推着往前走的那一群小人物。

结　语

有评论家曾经说道："在陀思妥耶夫斯基笔下很少有正常人。"我们能

---

① [苏]格罗斯曼. 陀思妥耶夫斯基传[M]. 王健夫, 译. 北京: 外国文学出版社, 1987年, 第33页.

够看到在《群魔》之中的梅希金不断地被内心的痴念所纠缠，成为了他人眼中古怪孤寡的白痴；《卡拉马佐夫兄弟》中的卡拉马佐夫也正是用了自身身上那种疯狂的执念来驱使自己的行动；《双重人格》中的戈利亚德金何尝不是以幻象的分身"大戈利亚德金"作为自己的掩护，在疯狂荒谬的举动中宣泄着自己对于社会、对于世界的不满。这些人物在特定的社会生活情境之中都已经脱离了自身的生活轨道，在边缘之中喘息着行走，在无奈之上寻求真实的出路。这不仅仅是陀思妥耶夫斯基笔下的小人物们对于世界的写照，同时也是陀思妥耶夫斯基本人对于自身写作的真实目的。在考察陀思妥耶夫斯基作品时经常会有人产生"赞誉过高""作品立意"的质疑，但在不断的深入挖掘之中，陀思妥耶夫斯基已经用他的作品证明了一切。在他的笔下，不仅仅是阶级、国家、民族等的单一立场，而是不断地扩大自身写作的边界，站在世界与人类的角度上思考问题，不断掘深人类心理与历史的深度，通过生动的人物形象展现出来。强烈的世界意识、将所有人类全部连接起来的命运共同体，使得陀思妥耶夫斯基的小人物们不仅仅是一个平面的文学人物形象，更为重要的是代表着一个人物群体、人物类别，而无限逼近于真实，逼近于人类内心深处真实的欲望。

即使戈利亚德金最终没有重新回到属于现实的真实世界中，在他人眼中仍然被视为是一个胡言乱语的精神病人，但是陀思妥耶夫斯基也在不断地期盼着这些小人物在迷失后的重新归正。在性格分裂、人的绝望矛盾之中或许陀思妥耶夫斯基还是怀揣着对于坚守信仰的希望。

参考文献

[1] [苏]格罗斯曼. 陀思妥耶夫斯基传[M]. 王健夫，译. 北京：外国文学出版社，1987.

[2] 陈燊. 费·陀思妥耶夫斯基全集第1卷长篇、中短篇小说集[M]. 磊然，郭家申，译. 石家庄：河北教育出版社，2010.

[3] 季星星. 陀思妥耶夫斯基小说的戏剧化[D]. 北京：北京师范大学，1997.

[4] 傅星寰. 陀思妥耶夫斯基小说的视觉艺术形态[J]. 外国文学研究, 2000 (2): 23-29.

[5] 赵桂莲. 陀思妥耶夫斯基创作思想探源[J]. 国外文学, 2004(2): 99-106.

[6] 卢群. 失落的"黄金时代"——谈陀思妥耶夫斯基作品中的景物描写[J]. 外国文学研究, 2005 (1): 40-44.

[7] 武晓霞. 追寻灵魂中的超我——论陀思妥耶夫斯基和梅列日科夫斯基创作中的同貌人主题[J]. 北京航空航天大学学报(社会科学版), 2012, 25 (6): 88-93.

[8] 徐振. 两重人格抑或精神分裂?——对陀思妥耶夫斯基小说《双重人格》的考察[J]. 俄罗斯文艺, 2013 (1): 78-83.

[9] 俞航. 陀思妥耶夫斯基作品中的复调与现代性[J]. 中南大学学报: 社会科学版, 2018, 24 (2): 159-165.

[10] 向洁茹. 作为隐喻的风景——陀思妥耶夫斯基的风景书写与现代性[J]. 俄罗斯文艺, 2019 (2): 72-78.

[11] 向洁茹. 现代性视角下陀思妥耶夫斯基小说的空间书写研究[D]. 武汉: 武汉大学, 2020.

[12] 俞航. 言说与他人: 陀思妥耶夫斯基对现代主体建构的反思[J]. 外国文学评论, 2020 (1): 175-195

[13] 毕晓. 陀思妥耶夫斯基的多元主义[J]. 俄罗斯文艺, 2020 (3): 46-57.

[14] 王可欣. 论《双重人格》中作为叙述策略的"凝视"[J]. 俄罗斯文艺, 2021 (2): 53-60.

第四章 神话—原型批评视角

第一节 神话—原型批评理论简介

神话—原型批评是20世纪于西方文论界兴起的文学批评方法之一，其特点是包容性强、跨学科性质明显，内容涵盖了人类学、社会学、心理学、文学、哲学等多个领域。一般现在所提到的神话—原型批评特指由诺斯洛普·弗莱（Northrop Frye，1912—1991）所开创的文学批评理论，该理论一度被认为在20世纪与马克思主义批评、精神分析批评在西方文论界三足鼎立，其批评方式可以简要概括为用神话的叙事模式、创作心理等来解读后世的文学作品。

在论及弗莱的神话—原型理论前，必须要提到另外两位人物，即《金枝》（*The Golden Bough*）的作者詹姆斯·乔治·弗雷泽（James George Frazer，1854—1941）与心理学原型理论提出者卡尔·古斯塔夫·荣格（Carl Gustav Jung，1875—1961）。

弗雷泽是英国著名的古典人类学学者，他被后世认为是神话学、比较宗教学、人类学的先驱。弗雷泽最重要的著作《金枝》被视为是人类学界最经典的著作之一，这本书主要研究原始部落的巫术与习俗，并透过这些行为来分析原始人类的心理、文化与社会建构。对于文学领域而言，弗雷泽的《金枝》重要意义在于将巫术习俗、巫术思维引入了文学文化领域，如将神话中的死亡、重生等情节与原始思维中有关四季更迭的自然规律相对应，并且弗雷泽指出这种原始思维与神话在人类原始部落中普遍存在，这对后世的荣格、弗莱的原型理论建构具有指向性意义。

继弗雷泽《金枝》之后，荣格成功地在心理学、精神分析领域成功建立起一套完整的原型理论。荣格在西格蒙德·弗洛伊德（Sigmund Freud，1856—1939）的潜意识（Unconscious）理论的基础上提出了个人无意识（Individual Unconsciousness）与集体无意识（Collective Unconsciousness），而其所述的原型（Archetypes）便是集体无意识中的主要内容。荣格认为集体无意识普遍处于人类思维深层，其获取主要是通过遗传途径。集体无意识是人类远古时期所见识过的普遍意象、所作行为在深层意识中的留存，是一个种族的种族记忆。那么原型作为集体无意识的主要内容，自然也是种族记忆的一环，是人类先天获取的能力，这种原型源于文明诞生之时在先祖们的意识，并经过遗传而一直到现世。荣格在艺术领域对原型理论也有一定阐发，他认为很多文艺作品中普遍存在的意象正是承袭于种族记忆遗传下来的"原始意象"，其所谓的原型作为一种结构形式对文艺创作有着深层次的影响。不过荣格并未深层次的挖掘原型在文艺领域的具体表现，且其原型理论总体而言是抽象性的理论，"原型""原始意象""结构形式"在荣格的原型理论中往往是混淆出现，是服从其心理学上关于集体无意识的阐发。

真正将原型理论运用到文学批评领域的正是弗莱，他承袭了弗雷泽与荣格的原型理论，提出了神话—原型批评，聚焦于文学领域中作品内反复出现的、保持不变的东西，他相信这些东西的背后具有一种规律性，这种规律性的意象结构就是弗莱眼中的原型。弗莱对神话—原型批评的阐发主要集中于其著作《批评的解剖》（Anatomy of Criticism）与《伟大的代码：圣经与文学》（The Great Code: The Bible and Literature）中。《批评的解剖》中弗莱定义了五种文学形象原型、提取了三大类文学意向群、建立了著名的四季循环与文学的对应模式，这一系列努力奠定了神话—原型批评的理论根基。上述内容中，四季循环与文学叙事结构的对应模式往往最引起人们的关注，这种对应模式可以简要概述为：春季的叙事结构——喜剧；夏季的叙事结构——传奇；秋季的叙事结构——悲剧；冬季的叙事结构——嘲弄和讽刺，这种叙事结构被弗莱认为是"超越体裁的叙事成分"，其内容涵盖了体裁、情节、主题等多个方面。除了四季循环与文学叙事结构的对应模式外，弗莱还在《伟大的代码：圣经与文学》中提出了著名的"U"

形叙事结构,并指出后世很多文学作品中仍能看出对"U"形结构的效仿痕迹,其在书中的一系列论证极大地补充了神话—原型批评的实证性色彩。弗莱提出神话—原型批评是为了找寻出所谓的隐藏在文学背后的普遍规律,以一种更偏向于方法论与自然科学的实证角度去研究文学问题,这种研究角度与方法对结构主义有很大的影响与启发。

第二节　神话—原型批评理论课程实践

原型视角下的《三体》罗辑形象

任俊杰

（西南交通大学　人文学院，四川　610031）

摘　要：《三体》作为近年来中国最成功的科幻文学作品之一，不仅在中国受到广大读者的青睐，其在世界范围内都得到了广泛的传播。《三体》如此成功的原因除了刘慈欣本人精彩的科幻情节构想，更重要的是刘慈欣在创作此书的过程中融汇了中西的文化传统，从而让跨文化的传播变为了可能。本文将以罗辑人物形象为例，结合原型理论进行分析，发掘出潜藏在罗辑形象背后的基督、亚当原型，并展现出刘慈欣使用中华传统文化对这些西方原型进行的部分改造。

关键词：原型；三体；罗辑

The Character Image of Luoji in The Three Body Problem from the Perspective of Archetype

Ren Junjie

(School of Humanities, Southwest Jiaotong University, Chengdu Sichuan, China)

Abstract: As one of the most successful science fiction literature in China in recent years, *The Three Body Problem* is not only favored by the majority of readers in China, but also widely disseminated worldwide. The reason why *The Three Body Problem* is so successful is not only Liu Cixin's wonderful science fiction plot, but also his integration of Chinese and Western cultural traditions in the process of writing this book, which makes cross-cultural communication possible. This article will take Luo ji's character image as an example, and analyze it with archetype theory, excavate the Christ and Adam archetypes hidden behind Luo ji's image, and show Liu Cixin's partial transformation of these western archetypes by using traditional Chinese culture.

Keywords: archetype; *The Three Body Problem*; Luo Ji

  《三体》是刘慈欣为全世界奉献的一部伟大科幻著作，其精妙的科幻构思、宏大的叙事让《三体》系列享誉科幻文学界。值得一提的是，作为中国作者书写的《三体》系列能从一众英美科幻小说中突围，并接连获得星云奖提名、雨果奖等在西方科幻界颇具重量的奖项，足以证明其在西方科幻界也有相当广泛的受众。这种跨文化传播的成功除了《三体》文本本身与其译本的优秀之外，不可否认的是《三体》中广泛存在的《圣经》元素起了关键性作用。

  《圣经》是整个西方世界的精神根基之一，西方文学所受到的《圣经》影响超过其他任何一本著作[①]，不少西方作家都会在创作的过程中巧妙地融入一些《圣经》的要素让文本更具文化底蕴，同时也让文本更易于被西方读者们接受。《三体》虽然是中国本土科幻作家刘慈欣的作品，却广泛存在着《圣经》要素，如三体人在书中多次被直接以"主"称呼，该称呼在西方语境中与"上帝"同义，并且书中多次提及了"伊甸园""毒蛇"等《圣经》故事的经典组成元素，可以见得刘慈欣在创作过程中有意识地为作品引入了《圣经》的文化语境，这也为原型批评提供了可能。虽然《三体》文本中有明显的《圣经》原型使用痕迹，但是目前国内对《三体》的文本研究却十分缺乏有关原型领域的解读，故下文将运用原型理论对《三体》中的重要角色罗辑的形象与故事书写进行分析。

---

① [加]诺斯洛普·弗莱. 批评的解剖[M]. 陈慧，袁宪军，吴伟仁，译. 天津：百花文艺出版社，2006年，第19页.

一、形象的原型

罗辑是整个《三体》系列中塑造得最成功的角色之一，也是整部小说剧情中最关键的人物。罗辑在书中的定位是人类社会的救世主，而耶稣基督作为人类文学中最古老的救世主原型，刘慈欣在创作过程中对基督原型的参考是有迹可循的。

著名原型理论家弗莱将耶稣基督的故事结构总结为"U"字形结构[①]，即整个救世故事大体遵从由高潮到低谷再到高潮的叙事模式，在后世文学创作中这个叙事结构在塑造救世主类型的角色时被频繁使用，而纵观《三体》故事中罗辑的故事情节展开也大致遵循了这个故事结构，下文将以此入手对罗辑形象的原型参考进行分析。

（一）"降生"：成为面壁者

罗辑在《三体：黑暗森林》中初次登场时并非是如传统救世主一般光明、伟岸的形象，而是作为一个颓废、不务正业的二流学者出场，罗辑靠自己随意拼凑出的、毫无意义的"宇宙社会学"赖以为生。这个时候的罗辑对人类保持悲观态度，他选择以游戏人生来逃避对日常生活的厌烦，以至于他甚至记不住刚共度一夜的女人的名字，刘慈欣借那个女人之口对这时候的罗辑做出了判断，"你就是那种习惯于把社会看成垃圾的垃圾"[②]，其后的情节中罗辑更是屡次被嘲笑为"花花公子""懒惰的废物"。这样的人物显然不能承担起拯救世界的使命，这个时候的罗辑与传统意义上的救世主形象相距甚远，但是这确实并非是罗辑作为救世主的起点，他作为救世主真正意义上的"降生"是被迫成为面壁者后。在书中罗辑成为面壁者的很多年后有一段属于他的内心独白揭示了他人生的割裂，"他的人生分成泾渭分明的两部分，成为面壁者后是一部分……与他期望的不同，成为面壁者之前的人生在记忆中也是一片空白，能从记忆之海中捞出来的都是一

[①] [加]诺斯洛普·弗莱. 伟大的代码：圣经与文学[M]. 赫振益，等译. 北京：北京大学出版社，1997年，第228页.
[②] 刘慈欣. 三体Ⅱ：黑暗森林[M]. 重庆：重庆出版社，2008年，第39页.

些碎片，而且越向前，碎片越稀少"①，所以要想分析其救世主的形象就必须要从他成为面壁者后开始。

书中面壁者是人类在面临绝境时作出艰难选择，面壁者们作为全人类共同选出的救世主，他们拥有人类有史以来最大的权利，同时也背负起了从三体人的威胁中拯救人类的重任。游戏人生的罗辑当然没有拯救世界的能力，选中他作为面壁者是因为他是唯一一个被三体人追杀的人，他被叶文洁传授了能够拯救人类的秘密，但是此前他却一直处于愚昧之中，所以作为救世主的罗辑是从成为面壁者后方才"降生"。正因为如此，罗辑从一开始就与耶稣基督这般天命所归的救世主不同，他并不知道自己拥有拯救世界的能力，于是在拯救人类的使命面前先是选择了逃避，他运用自身的权利为自己谋求现世的美满生活而不关心人类的灭亡与否，在担任面壁者的前几年仍然选择游戏人生，作为一个救世主而言，罗辑是不合格的。这个时候的罗辑显然与耶稣基督的形象原型有着比较大的差距，但是这正是刘慈欣的精妙设计，他将亚当原型适时地融入了罗辑的整个人物塑造中，为后续罗辑的故事书写、态度转变提供了十足的张力。

罗辑成为面壁者后为自己寻找到一处远离人烟、如梦似幻的北欧庄园进行隐居，书中不止一次地将这个地方称为"伊甸园"，不仅如此，罗辑甚至拜托史强帮他找寻到了梦中情人庄颜与他在此地共同生活，书中也曾直接提到过，庄颜正是"他创造的夏娃"②。无论是"伊甸园"还是"夏娃"，都暗示着此时的罗辑与亚当原型的密切关系，这时候的罗辑是蒙昧的，对于罗辑来说他目前还不知道宇宙的善恶，这与在伊甸园生活时期的亚当是相同的，当他未来领悟到黑暗森林理论时，他与服下善恶果的亚当一样，永远地离开了属于他的"伊甸园"。刘慈欣将亚当原型融入罗辑的人物形象中让其更加具有了复杂性，丰富了文本的文化价值。

由于罗辑本身作为救世主的角色定位，所以即便是在伊甸园中，罗辑的人物形象也并非单纯地一味按照亚当原型来进行塑造，刘慈欣在这个阶段也安插了相当多情节来暗示罗辑未来的救世主身份。如书中罗辑刚当上

---

① 刘慈欣. 三体Ⅱ：黑暗森林[M]. 重庆：重庆出版社，2008年，第433页.
② 刘慈欣. 三体Ⅱ：黑暗森林[M]. 重庆：重庆出版社，2008年，第93页.

面壁者不久时曾利用自己的特权去竞拍了一桶沉船中的葡萄酒用于享乐，最后却因为黄铜标签溶解进葡萄酒里发生了不明反应而让他呕吐不止，"但就这一小口酒也没有放过他，当天夜里他就上吐下泻，直到把和那酒一样颜色的胆汁都吐了出来，最后身上软得起不来床"①。如果仅仅是为了彰显罗辑的荒诞无度，刘慈欣还可以选择很多比此更荒唐的事迹，食物中毒作为其惩罚也不显得深刻有力，但是吐出葡萄酒的行为却十分容易让人联想到《圣经》中关于葡萄酒的著名情节，据《马太福音》记载"因为这是我立约的血、为多人流出来、使罪得赦（26：28）。但我告诉你们、从今以后、我不再喝这葡萄汁、直到我在我父的国里、同你们喝新的那日子（26：29）"。葡萄酒被视为耶稣基督的血液，并且耶稣基督向信徒们立誓直至完成使命回归神国前不会再饮葡萄酒，罗辑吐出葡萄酒的情节正好可以与《圣经》原典形成对照，可以看出刘慈欣在此时塑造罗辑形象时已然有意将他与耶稣基督原型进行对应。

（二）"救世"：履行面壁者义务

救世主故事中，主人公们"降生"之后，就理应全身心投入自己的伟大使命，这一段情节主要对应《三体：黑暗森林》的中部"咒语"章节与下部"黑暗森林"章节，也正是在这两个章节中罗辑彻底从以前滥用权利享乐的花花公子转变为了合格的面壁者。

在上一个阶段罗辑虽然有着面壁者的身份，却始终流连于北欧庄园中的平和生活，并未真正履行拯救人类的使命，《咒语》章节的开端部分中刘慈欣就再次通过萨伊之口评价罗辑"对人类的命运你并不在意"②。但最后迫于妻女受控于他人，罗辑终于是承担起了自己作为面壁者的使命，并在此后不久就领悟了叶文洁托付给他的拯救人类世界的秘密，最终选择离开了"伊甸园"。

罗辑离开北欧庄园的情节正好与亚当离开伊甸园的情节相吻合。在《圣经》中，亚当与夏娃由于吃下了善恶树的果实，从而知晓了善恶与羞耻，

---

① 刘慈欣. 三体Ⅱ：黑暗森林[M]. 重庆：重庆出版社，2008年，第128页.
② 刘慈欣. 三体Ⅱ：黑暗森林[M]. 重庆：重庆出版社，2008年，第189页.

最终被上帝逐出伊甸园。罗辑领悟到的知识则是书中所言的"宇宙的真相"，即知晓了宇宙间的黑暗森林状态。宇宙的黑暗森林状态颠覆了人类传统的道德观念，人类自此知道了宇宙中的残酷真相、知晓了宇宙的善恶观，这与亚当和夏娃吃下善恶果后得到的启蒙别无二致，罗辑在知道这新的善恶观念后也选择离开了"伊甸园"。这段情节与《圣经》的对应十分明显，再一次印证了刘慈欣有意地参考亚当原型去丰满罗辑的人物形象，安排整个故事结构。

在罗辑尝试着拯救世界的过程中有许多耶稣基督故事原型的痕迹。罗辑领悟宇宙真相后，他被三体人想方设法地刺杀，最后艰难地通过冬眠抵达未来逃过一劫。这一部分情节很容易联想到耶稣基督降生后的希律王杀婴事件，据《圣经》记载，当残暴的希律王得知将要推翻他的救世主耶稣已经诞生，于是下令将伯利恒两岁的婴童屠杀殆尽，最终耶稣被带往以色列才逃过一劫。可以看出上述的两段情节存在着极大程度的相似，这种情节上的相似性正是刘慈欣在塑造罗辑人物形象时有意将其与基督原型关联起来的痕迹。不仅如此，书中在此时还有更直接的描述来印证罗辑与耶稣基督形象的关联性。书中当人类舰队被水滴摧毁后，整个人类世界陷入了绝望，这时候罗辑才终于被人们视为救世主，人们簇拥着他、对他顶礼膜拜，渴求他采取某种方法拯救人类，书中关于这一段情节的描写与《圣经》中耶稣基督被信徒们簇拥围绕的场景十分相似，"看到罗辑停下，人群便向他移动过来，在距他两三米处，前排的人极力阻挡住后面人群的推进，然后跪了下来，后面的人也相继跪下，发光的人群像从沙滩上退去的海浪般低了下去。'主啊，救救我们吧！'罗辑听到一个人说，他的话引起了一阵嗡嗡的共鸣。'我们的神，拯救世界吧！'伟大的代言人，主持宇宙的正义吧！''正义天使，救救人类吧！'……"[①]。这个时候的罗辑真正地化身成为了一位人间的救世主，这也是他第一次感受到面壁者身份带给他的巨大责任。

---

① 刘慈欣. 三体Ⅱ：黑暗森林[M]. 重庆：重庆出版社，2008年，第437页.

(三)"殉难"与"复活":自掘坟墓与重生

《圣经》中记载耶稣基督为了人类献身,被钉在十字架上历经死亡而重生,此后的救世主故事中经常出现主人公置之死地而后生的情况,从而将整个故事从低谷推向新的高潮。在罗辑的故事中也有类似殉难与复活的情节。

书中罗辑与三体文明决战的地点在叶文洁和杨冬的坟墓边,这时候的罗辑因为长时间没有做出实际行动,已经不再被人们视为救世主,成了人人喊打的骗子,被世人厌恶到连坐个公交都要被驱赶下车。罗辑在这种情况下还在履行自己身为面壁者的使命,这个时候的他显然已经不再是那个对人类世界漠不关心的花花公子,罗辑的人物形象已经默默地完成了转变。当罗辑耗尽气力为自己挖了一个浅浅的墓穴,将手枪抵在自己的心脏上与三体文明谈判的时刻无疑是这个人物的最高光,这段情节让罗辑救世主形象真正地变得立体起来,同时也与耶稣为人类献身的殉难情节对应上。

"殉难"是整个"U"形故事结构的最低谷,《圣经》中用了大量的篇幅和描述为耶稣殉难做铺垫,将他对人类的伟大博爱展现得淋漓尽致。《三体》中也同样用了相当多的笔触来为罗辑的这次"自杀"烘托氛围。从情节上来说,人类在当时已经失去了所有对三体世界有威胁的反抗方式,只能被动地等待灭亡,是整个故事中最绝望的低谷;从人物塑造上来说,罗辑历经了从救世主变为骗子的转变,地位一落千丈,此时的罗辑"眼中布满血丝,面容憔悴,身体瘦得似乎无法支撑起自己的重量"[①],与他此前像基督一样被人群簇拥的形象形成了强烈的对比与反差。"殉难"情节的存在使得罗辑整个救世主叙事结构有了一次下沉,丰富了故事的层次的同时,又将罗辑与基督关联得更加紧密。

救世主类型的故事中救世主最后都会成功救世从而成为万人仰慕的英雄或者神明,成功拯救世界则成为救世主胜利的标志。《圣经》中耶稣基督被钉死在十字架后三天肉身复活,四十天后升天,他以这样的方式承担下了人类的罪孽,这就是耶稣得胜的标记。世界毁灭意味着生命受到死亡的

[①] 刘慈欣. 三体Ⅱ:黑暗森林[M]. 重庆:重庆出版社,2008年,第457页.

威胁，而复活正是生命超越死亡、战胜死亡，主人公并非一定要历经死亡而重生，所以罗辑的"复活"正是在他放下枪的那一刻，"'好，对我来说这就够了。'罗辑说，同时把手枪从胸口移开，他的另一手扶着墓碑，尽力不让自己倒下"①，从这一刻开始，罗辑就迎来了新生。

罗辑在与三体人对峙结束后的一番谈话中可以看出，他已经不再从面壁者的角度出发将三体人视为敌人，这也意味着罗辑的救世主身份的结束，他已经完成了面壁者拯救人类的伟大使命。值得注意的是这时候的罗辑身份的再度转变，他和三体人的谈话中说到，"那是你们和他们的事。奇怪，我现在感觉自己不是人类的一员了，我的最大愿望就是尽快摆脱这一切"②，他拯救世界的方式与其他三位面壁者一样，严重违反了人类的道德常识，因而他不再能被人类社会接纳，这在《三体：死神永生》中也有提及，这个时候的罗辑已经是在用宇宙的宏观角度去考虑两个文明的存续，换而言之，罗辑的新生意味着他上升到了与地球人不同的高度，成为了地球上第一个宇宙人类。罗辑此时将自己从人类社会切割出去正好与耶稣基督复活升天形成了一种对应，这也意味着罗辑作为救世主的故事到此结束。

二、形象的变异

虽然刘慈欣在《三体》中借用了很多《圣经》中的元素，并且依照基督原型与亚当原型去塑造了罗辑这个主要人物，但值得注意的是由于中西方存在的文化差异，这种异国的文学文化原型在罗辑人物形象上发生了一些微小的变异。

虽然正如荣格所言，原型构成了集体无意识，集体无意识在族群之中世代传递，具有集体性、非个体性本质③，但是这种集体无意识也因为早期人类文明族群的不同而存在着细微的差异。虽然中西方文明早期都存在着很多救世主的神话故事，但两个文明之间的救世主形象、情节却存在着

---

① 刘慈欣. 三体Ⅱ：黑暗森林[M]. 重庆：重庆出版社，2008年，第465页.
② 刘慈欣. 三体Ⅱ：黑暗森林[M]. 重庆：重庆出版社，2008年，第467页.
③ [瑞]卡尔·古斯塔夫·荣格. 原型与集体无意识[M]. 徐德林，译. 北京：国际文化出版公司，2011年，第36-37页.

许多差异。虽然刘慈欣在创作罗辑这个人物形象时主要参考的是耶稣基督的形象原型与故事结构，但是却在该基础上做了很多改造与突破：刘慈欣不仅加入了亚当原型去丰富罗辑的人物形象与其整体故事结构，更重要的是他将中国传统文化内涵成功地融入西方的传统救世情节中，最终呈现出了一种多元的文化特色。

基督耶稣是因为怀揣着对人类的博爱而拯救人类，这正是西方文化中的"爱感"核心[①]，"爱感"文化同时也是西方文学的重要内核之一。基于对人类的博爱，基督耶稣无私地为人类进行献身，此后的西方文学中的救世主们也都怀揣着这样的伟大使命感、博爱去主动拯救世界，在"爱感"的指引下救世主们往往会直接选择忽视自我、牺牲自我，通过采取消解自我存在的方式来实现人类的整体利益。而反观罗辑的救世经历，似乎并没有西方救世主们的主动积极，他从一开始就是在被动地接受面壁者的使命，甚至在成为面壁者后很长一段时间他都在尝试逃避这样的使命，这种变异正是中西文明之间的异质性表现。中国传统文化以儒道为代表，形成了独具特色的"德感"文化[②]，文人们虽然有救济天下苍生的理念，但是在这之前必须要保持自我的修养，换而言之，由于没有一个普遍的、超验的存在主宰古代中国文人的内心世界，文人们不能求诸于外，只能向内自省，导致中国文人并没有西方那么深厚的、普遍的救世主情节，反而是在现实与理想的反差下诞生出了著名的"道隐"传统，即"穷则独善其身，达则兼济天下"的理念。罗辑的选择正好符合"道隐"的内涵。罗辑一开始并没有像其他三个面壁者那样胸怀抱负以自己现有的知识想法去解决一个看似不可能的问题，而是直接选择了隐居，将自己与外部世界隔绝开来，这正是一种典型的"独善其身"的想法，这时候的罗辑认为自己并没有能够拯救人类的能力，所以在济世与度己之间他只能选择后者。但是这并不意味着中国传统文化中缺少担当，在中国士人传统中入世的时机显得极其重要，儒生有卫道的理想，道家也有匡扶正义的理念，但是"道隐"的思想让他们更加注重入世的时机。在罗辑领悟了黑暗森林法则后，他一直在尽

[①] 刘小枫. 拯救与逍遥[M]. 上海：上海三联书店，2001年，第150页.
[②] 刘小枫. 拯救与逍遥[M]. 上海：上海三联书店，2001年，第144页.

自己所能地去拯救人类、与三体文明对抗，最后甚至一度到了被世人唾弃且自身濒死的地步也仍未放弃，这正是中国士人传统中"兼济天下"的担当。

罗辑这个人物形象是刘慈欣对西方救世主形象进行改造后的产物，以中国传统的"德感"替换西方提倡的"爱感"，虽然情节结构上与基督原型、亚当原型有很多对应之处，但是却有着中国传统文化的魅力，以西方原型结构写出了东方故事内涵，这正是刘慈欣《三体》小说的高明所在。

结　语

刘慈欣创作的《三体》中罗辑人物形象以基督、亚当为原型，却又用中国传统文化对原型进行了一番改造，塑造出了一个更加丰富、立体的救世主形象。正是因为如此，罗辑形象兼容作为西方文化基石的《圣经》相关元素与中国源远流长的儒道文化，在跨文化语境中获得了巨大的成功，被世界各国读者所接受、青睐。从原型理论去解读《三体》更是将《三体》中潜藏的深层文化语境揭露，展现出了刘慈欣写作时想要结合中西、贯穿古今未来的庞大构想，证明了科幻文本不再是单纯的、昙花一现的现代流行文学，而是一个能够展现想象力的同时又能蕴藏文化底蕴、促进跨文化交流的重要文学流派。

参考文献

[1] [加]诺斯洛普·弗莱.批评的解剖[M].陈慧，袁宪军，吴伟仁，译.天津：百花文艺出版社，2006年.

[2] [加]诺斯洛普·弗莱.伟大的代码：圣经与文学[M].赫振益等，译.北京：北京大学出版社，1997年.

[3] 刘慈欣.三体Ⅱ：黑暗森林[M].重庆：重庆出版社，2008.

[4] [瑞]卡尔·古斯塔夫·荣格.原型与集体无意识[M].徐德林，译.北京：国际文化出版公司，2011年.

[5] 刘小枫. 拯救与逍遥[M]. 上海：上海三联书店，2001.
[6] 陈颀. 文明冲突与文化自觉——《三体》的科幻与现实[J]. 文艺理论研究，2016，36（01）：94-103.
[7] 张莎. 刘慈欣《三体》三部曲英雄叙事研究[D]. 重庆：重庆大学，2018.
[8] 纳杨. 从刘慈欣"地球往事"三部曲谈当代科幻小说的现实意义[J]. 当代文坛，2012，205（5）：83-86.
[9] 汪蝶. 论刘慈欣科幻小说中的英雄书写[D]. 成都：四川师范大学，2022.
[10] 徐勇.《三体》：我们时代的隐喻和精神史诗[J]. 艺术评论，2015.143（10）：43-47.

第五章 译介学视角

第一节 译介学理论简介

译介学是20世纪80年代于国内比较文学界出现的新兴学科。译介学不同于传统的翻译研究,其主要脱胎于比较文学,与翻译学、中国现当代文学有一定的重合,但是其研究的重点却不在于两种语言之间的互相转换,而是在于文学翻译本身的意义。

谢天振教授是国内译介学的权威,他成功将译介学在中国学科化,其著作《译介学》一书归纳整理了他此前在诸多场合、论文中所涉及的译介学概念、理论命题,被视为是译介学的开山之作。不过译介学的产生也并非是一日之功,其主要牵涉到比较文学与翻译学两个领域,因而具备着深厚的理论根基,翻译问题也实际上一直都存在于比较文学研究之中。

早在比较文学法国学派影响研究时期,比较文学界就对翻译问题有所关注,不过由于欧洲各国之间语言障碍小、事实联系的研究方法占据主流等缘故,翻译只作为渊源学的媒介、附庸而存在。而到了美国学派的平行研究时期,批评家们又只关注文学本身,对他们所谓的"文学外贸"过程较少关注。翻译问题就这样一直停留在语言文字层面,并未真正成为比较文学分支下的一种独立学科,而是比较文学一直在借用翻译学的具体研究方式为自身研究服务。

上述情况直到20世纪70至80年代才有所改变,这段时期因为各国之间文学交流越发频繁,一些批评家逐渐注意到了翻译背后潜藏的文化机制。法国学者埃斯卡皮(Robert Escarpit,1918—2000)首次提出的"创造性叛逆"(Creative Treason)概念为文学翻译界拓宽了研究视野——其改变了将翻译问题讨论局限于语言文字层面的传统局面,而是深入地挖掘文学的社会学问题,将翻译过程中的创造性、"背叛"特性第一次向文学批评界揭示,对译介学的诞生有极大的启发作用。这个时期还有以英国学者苏珊·巴斯奈特(Susan Bassnett,1945—)与安德烈·勒菲弗尔(Andre Lefevere,1944—1996)为代表的文化翻译观学派横空出世,将翻译行为彻底置于文化语境中,这对翻译学界产生了巨大的影响,此后诞生的译介学也从文化翻译观理论中汲取了诸多养分。

对于中国近现代文学界而言,翻译文学是不容忽视的重要组成部分,其对中国近现代文学发展的推进作用是不言而喻的。翻译文学的重要性在比较文学界中更加凸显,由于中西文化、语言间存在着巨大的差异,中国比较文学界发展过程中所遇到的文化障碍、语言障碍比起法国学派、美国学派发展时期更加明显,翻译问题自然成为了中国比较文学界发展避不开的一个难题。中国"译介学"的首次提出是在我国第一本比较文学教材《比较文学导论》中,其中将对译本、翻译理论与翻译史的研究统筹在一起称为"译介学"。谢天振教授在这基础上继续将译介学研究深化,提出了新的译介学定义——"译介学最初是从比较文学中媒介学角度出发,目前则越来越多是从比较文化的角度出发来对翻译(尤其是文学翻译)和翻译文学进行的研究",这迈出了译介学学科化的第一步。

译介学归根到底就是翻译与评介。在《译介学概论》中,谢天振教授对译介学概念进行了增补,"所谓译介学,既有对'译'即'翻译'的研究,更有对'介'即文学文化的跨语言、跨文化、跨国界的传播和接受等问题的研究",这样的定义无疑极大地丰富了译介学内涵,并将其与此前的比较文学翻译研究、翻译学区分开来。对于比较文学学科而言,译介学的学科化使得比较文学有了全新的理论分支,是比较文学生命活力的体现;对于中国比较文学学界而言,译介学的出现更是实现中国文学走出去、中国文论走出去的重要一步,是中国文论在世界范围内争夺话语权的关键尝试之一。

值得一提的是，曹顺庆教授提出的变异学研究中的"他国化"理论与译介学也有很多相通之处，两者对于翻译过程中的文化语境变化的共同关注使得两个理论之间存在着很多交流的可能。实际上在文学翻译的过程中变异情况是始终存在的，从变异学的角度去看待翻译问题会为译介学学科发展揭示更多的可能性。

第二节 译介学理论课程实践

他国化视角下《红高粱家族》英译本的变异研究

谭瑾

(西南交通大学 人文学院，四川 610031)

摘　要：《红高粱家族》是葛浩文翻译的第一部莫言小说，由于内外因素的影响，英译本中存在大量变异。本文以译介学研究方法、变异学中他国化理论为武器，试图通过语言、文化现象和话语方式三个层面来分析英译本的变异情况及变异产生的原因。

关键词：《红高粱家族》；英译本；变异；他国化

The Variation Study of the English Translation of *Red Sorghum* from the Perspective of Other Nationalization

Tan Jin

(School of Humanities, Southwest Jiaotong University, Chengdu Sichuan, China)

Abstract: *The Red Sorghum* is the first Mo Yan novel translated by Ge Haowen, and there are a large number of variations in the English translation due to internal and external factors. This paper uses the theory of other-nationalization in mutation studies as a weapon, and attempts to analyze the variation of English translations and the causes of mutations through three levels: language, cultural phenomena and discourse patterns.

Keywords: *Red Sorghum*; English translation; Variation; ther

莫言的《红高粱家族》自1987年发表以来，在美国、法国、德国、日本、韩国、越南、西班牙等多个国家被翻译为多种文字出版。其中由美国著名的中国当代文学研究者和翻译家葛浩文（Howard Goldblatt）完成的英译本于1993年在美国正式出版。这是莫言第一部译介到美国并取得极大成功的作品，为了适应目标读者群体的阅读习惯以打入西方文学市场，文本在被翻译的过程中发生了很大程度上的变异。笔者通过中国知网、万方、维普等各大数据库了解到《红高粱家族》英译本的研究现状主要集中在三个方面：其一，引入各种理论来分析文本，比如接受美学、阐释学、经济伦理学、利益相关者理论、翻译补偿理论、生态翻译学、场域及资本视角、翻译地理学、布迪厄社会学、目的论等；其二，以小见大，通过对单一文本的分析洞察葛浩文的翻译观，比如林文韵的《从创造性叛逆的视角研究葛浩文的翻译实践——以〈红高粱家族〉英译本为例》和甘露的《葛浩文的翻译诗学研究——以红高粱家族英译本为例》等；其三，运用语言学的方法具体分析文本，从而得出结论，比如概念语法、隐喻、方言、俗语等。但是目前未找到运用他国化理论来分析《红高粱家族》英译本变异现象的论文。由于《红高粱家族》是莫言第一部走向西方世界的小说，也是葛浩文早期翻译策略"求同"的代表性作品，所以英译本和原著差距很大。这受到了除文化习惯、诗学体系的内在影响之外，还掺杂了诸如出版社、赞助商、文学代理人、市场、政治意识形态等各种外界因素的影响。

本文主要以曹顺庆教授提出的变异学"他国化"理论来分析《红高粱家族》英译本对原著的变异。"文学他国化是指一国文学在传播到他国后，经过文化过滤、译介、接受之后发生的一种更为深层次的变异，这种变异主要体现在传播国文学本身的文化规则和文学话语已经在根本上被他国——接受国所同化，从而成为他国文学和文化的一部分。"[1]他国化主要包括三个时期，初期是语言层面的他国化，中期是文化现象层面的他国化，后期是话语方式层面的他国化。以"他国化"理论来阐释文本不仅十分契合，还有利于从语言、文化现象、话语方式三个角度层层推进，一瞥中国当代

---

[1] 曹顺庆．比较文学教程[M]．北京：高等教育出版社，2010年，第149页．

文学打入西方文学世界的路径、所面临的困难、获得的成就及未来的发展方向等。

一、语言层面的他国化

《红高粱家族》的英译本小说名被翻译为 *Red Sorghum*，用中文再翻译回来即"红高粱"，省去了"家族"。这是因为由小说原著改编的电影《红高粱》比小说要早进入西方视野。1988 年《红高粱》在西德、加拿大、美国、瑞典等地上映，获得了第三十八届柏林国际电影节金熊奖，在西方世界引起了不小的轰动。所以当葛浩文在翻译小说时，延续了电影的翻译名称。在翻译问题上，莫言给予了译者充分的自由与空间，让译者可以根据接受国的文化、风俗、意识形态等对原文本进行创造性的叛逆。在这个前提之下，英译本在语言层面的变异主要有改写、增译、省译三种方式。

（一）改写

改写是翻译工作者经常采取的一种处理手段，由于接受国的文化系统中找不到与传播国相匹配的语言符号，所以译者根据接受国的文化理解对原文本进行了改写式的再创造，以期贴近原文本所传达的意义。在《红高粱家族》中涉及许多带有中国民间特色的脏话，英译本里对这类语词进行了改写处理。

（二）增译

增译在翻译的文学作品中并不罕见，也是译者进行再创造的一种常用手段。增译多发生在译者对原语国家特有的名词或独有的文化现象进行解释，从而帮助接受国读者更好地接受。在《红高粱家族》的英译本中，译者有选择地对中国民间神话故事、历史传说、坊间奇谈等进行了额外的说明。

例 1：2 焦灼的牛郎要上吊，忧愁的织女要跳河。①

译文：the anxious Herd Boy(Altair), about to hang himself; the Waving Girl(Vega), about to drown herself in the river. ②

译者在以"忠实"为翻译原则的基础上对原文本涉及的中国独有的文化现象进行了补充说明。括号中的"Altair"和"Vega"是指牛郎星和织女星，在原著中原本也是指两颗星星，但由于作者引入了中国民间著名的牛郎和织女的神话故事使得语境发生了转变。因此译者在对"牛郎"和"织女"进行直译时还补充了原本代表星星的意义，将原著的两层含义以另一种方式完整呈现。

（三）省译

省译，顾名思义就是在翻译的过程中省去部分内容不译。*Red Sorghum* 中存在着译者大量删除原著内容的情况，比如暴力血腥书写的细节、民间快板小调、历史神话故事等。省译考虑的不仅有翻译的难度和精准问题，还包含接受国读者的阅读期待、审美倾向、意识形态等。

例 2：他确实是饿了，顾不上细品滋味，吞了狗眼，吸了狗脑，嚼了狗舌，啃了狗腮，把一碗酒喝得罄尽。他盯着尖瘦的狗骷髅看了一会，站起来，打了一个嗝。③

译文：He was ravenously hungry, so he dug in, eating quickly until the head and the wine were gone. With a final gaze at the bony skull, he stood up and belched. ④

在这个例子中，葛浩文翻译余占鳌吃狗肉的细节非常含混，只是呈现了余占鳌因非常饥饿而大快朵颐的场景，并没有提及有关狗的任何细节。因为在西方国家的观念中，狗是人类最忠实的朋友，许多家庭养狗会把狗当作家庭当中的一员，所以西方非常排斥虐狗杀狗的行为。考虑到目标读者群体的接受度，译者有选择性地省译了与接受国文化不同的内容。

---

① 莫言. 红高粱家族[M]. 杭州：浙江文艺出版社，2017年，第 7 页.
② Howard Goldblatt. Red Sorghum[M]. New York：Penguin Books，1993.
③ 莫言. 红高粱家族[M]. 杭州：浙江文艺出版社，2017年，第 97 页.
④ Howard Goldblatt. Red Sorghum[M]. New York：Penguin Books，1993.

二、文化现象的他国化

文化现象凝聚了一个国家和一个民族的社会形态、风土人情、历史沉淀，是国家和民族精神面貌、思维方式、行为习惯的集中体现。文化现象的变异是他国化的第二个阶段，在葛浩文的英译本中，中国本土的文化现象在经过文化过滤和文化误读之后，发生了变异。具体体现在宗教文化、性文化和中国文化负载词三个方面。

（一）宗教文化

宗教是一种社会意识形态，它存在于人类生活的各个方面，影响着个人的价值观和行为习惯。由于地理环境和历史文化背景的不同，中西方形成了不同的宗教文化。在翻译实践中，针对有关宗教文化的翻译，译者会根据接受国的宗教文化习惯进行创造性地叛逆，以接受国的宗教文化倾向为向导对原著进行加工。

例 3：奶奶在唢呐声中停住哭，像聆听天籁一般，听着这似乎从天国传来的音乐。[①]

译文：Grandma stopped crying at the sound of the woodwind, as though commanded from on high. [②]

这个例子选自《红高粱家族》中的第一章，此时"我奶奶"戴凤莲正在坐花轿出嫁的途中，通过轿夫们的闲言碎语，"我奶奶"得知自己要嫁的单扁郎真的是一个流白脓淌黄水的麻风病人，她悲从中来，又想到自己遭受的种种不公平的待遇，觉得十分委屈，满腹痛苦。所以当"我奶奶"听到唢呐悲切呜咽的声音时，想到了死这一解脱的方式。整个语境弥漫着悲伤的气氛，但"天籁"和"天国传来的音乐"，在西方的语境中，却象征着美好、极乐和永恒。所以葛浩文在翻译的过程中，故意漏译了"天籁"。并且将"从天国"改译为"from on high"而不是与之对应的"from heaven"。这是由于东西方宗教文化的差异，使得同样的词句在同一个语境中会产生

[①] 莫言. 红高粱家族[M]. 杭州：浙江文艺出版社，2017年，第43页.
[②] Howard Goldblatt. Red Sorghum[M]. New York: Penguin Books, 1993.

截然相反的意义，所以为了避免接受国读者产生不适和疑问，译者的灵活处理有效地规避了此类难题。

（二）性文化

中西方对待性的态度是截然不同的，中国人受传统的"三纲五常"礼制教育的影响和束缚表达性欲望是内向的，是保守的，是含蓄内敛的。大部分中国人会在语言情感表达上表现出抑制倾向，甚至刻意隐藏。羞于谈性，是大部分中国人共有的倾向，而西方则是完全不同于中方。西方人表达欲望是外向的，是直接的，是毫不掩饰的，对性的态度是开放和狂热的。对性的态度的不同，使得文学作品有关性的部分也产生了差异，在《红高粱家族》中有关性的书写通过翻译产生了另一种景观。

例4："你奶奶年轻时花花事儿多着咧"①

译文：when your grandma was young she sowed plenty of wild oats（p13）②

例5：爷爷与她总归是桑间濮上之合。③

译文：So she and Granddad were adulterers.（p99）④

在例4中，"花花事儿"在中文的语境中指的是在性方面有一些超出伦理道德的开放行为，表达得较为含蓄，用"花花事儿"暗指"我奶奶"私生活放荡不羁、不检点、不干净。译者将此翻译为"sowed plenty of wild oats"，译为中文则是"沉醉于放荡的生活"，较之原著对性事的委婉书写，英译本对性直言不讳，体现出东西方对性言说的方式不同。同时，"花花事儿"在原著的语境中是一个贬义词，有很明显的对"我奶奶"性行为的鄙夷和嘲讽的意味，但在译文中这种偏见被消除了，呈现的是一种客观的态度。

在例5中，桑间濮上之合来自成语濮上桑间，濮上桑间出自《礼记·乐记》，释义男女幽会的场所。桑间濮上之合指的就是男女以不正当的关系发生性行为。在译文中，译者将其译为"adulterers"（通奸者），直截了当地

---

① 莫言. 红高粱家族[M]. 杭州：浙江文艺出版社，2017年，第12页.
② Howard Goldblatt. Red Sorghum[M]. New York：Penguin Books, 1993.
③ 莫言. 红高粱家族[M]. 杭州：浙江文艺出版社，2017年，第94页.
④ Howard Goldblatt. Red Sorghum[M]. New York：Penguin Books, 1993.

指出了"我奶奶"和余占鳌不正当的男女关系和不正当的性行为。这是目标读者群的阅读兴趣爱好所致,葛浩文在接受中国苏州大学教授季进的采访时指出:美国读者比较喜欢这几类中国小说,一种是性爱多一点的,第二种是政治多一点的,还有一种侦探小说,其他一些比较深刻的作品,就比较难卖得动。①所以,在有关性的翻译上,为了让美国读者喜闻乐见,译者有意识地将中国的婉语改写成西方语境中的直白。

(三)中国文化负载词

文化负载词(culture-loaded terms)是指标志某种文化中特有事物的词、词组和习语,这些词汇反映了特定民族在漫长的历史进程中逐渐积累的有别于其他民族的独特的活动方式。②中华文化博大精深,在历史的长河中,形成了许多具有中国特色的文化负载词。它们象征着民族的精神,代表着民族的文化,是一个民族所特有的,具有民族性和特殊性。*Red Sorghum* 里许多中国文化负载词与原著迥异。

例 6:爷爷焦急万分,说:"山人,您不能走……"③

译文:Granddad pleaded,"Mountain, you can't leave..."④

例 7:"还是'干爹呀'湿爹呀'!"奶奶说,"你抱着他,我去换换衣裳。"⑤

译文:"Foster-dad That's a 'bloodless' relationship. Yours is blooded," Grandma chided him. "Hold him while I go inside and change."⑥

在例 6 中,葛浩文将"山人"直译为"Mountain"。"山人"在中国的文化语境下,指的是隐世高人或者山野之人,后来还指方术之士,与山没有具体的联系。译者对"山人"的翻译可以说是一种文化误读,他完全剥离了"山人"负载的中国文化内涵,既没有传达出原著的用意,也让目标读者感到困惑。

---

① 季进. 我译故我在——葛浩文访谈录[J]. 当代作家评论, 2009(6): 46-47.
② 廖七一. 当代西方翻译理论探索[M]. 南京: 译林出版社, 2000年, 第232页.
③ 莫言. 红高粱家族[M]. 杭州: 浙江文艺出版社, 2017年, 第367页.
④ Howard Goldblatt. Red Sorghum[M]. New York: Penguin Books, 1993.
⑤ 莫言. 红高粱家族[M]. 杭州: 浙江文艺出版社, 2017年, 第286页.
⑥ Howard Goldblatt. Red Sorghum[M]. New York: Penguin Books, 1993.

在例 7 中，原文和译文大相径庭。"干爹"又称义父，称拜认的父亲。原文的语境是"我奶奶"打趣嗔怪余占鳌不承认豆官是自己的亲儿子，"干""湿"相对，所以"湿爹"是"我奶奶"创造的一个词。只有在中文的语境之中，才可以明确地知晓"我奶奶"要表达的真实含义。英文中没有干爹的说法，所以译本无法传达出原文的韵味，为了帮助接受群体理清余占鳌和豆官之间的关系，译文相当于是对两者之间的关系作了补充说明。但是，这样就丧失掉了原文中富含的诙谐幽默，中国民间的泥土气息，劳动人民的机智可爱就无法跨越语言和种族得到呈现。

三、话语方式的他国化

话语方式的他国化是他国化变异的深层阶段，是文化规则、意识形态、美学追求等一整套言说方式的变异[①]。在葛浩文翻译的英译本中，可以看到他不仅仅在语言和文化的层面进行了大刀阔斧的改造，还在话语方式上也进行了干预，在一定程度上改变了《红高粱家族》原有的审美追求和价值取向。

（一）个性与性的置换

在《红高粱家族》中莫言对"我奶奶"戴凤莲的塑造具有人物形象的多样性和复杂性，具有鲜明的人物性格。但在 Red Sorghum 中更加强调"我奶奶"单方面的壮举，人物所呈现的面貌大打折扣，人物言说的方式和内容发生了变异。

例 8：我深信，我奶奶什么事都敢干，只要她愿意。她老人家不仅仅是抗日的英雄，也是个性解放的先驱，妇女自立的典范。[②]

译文：I believe she could have done anything she desired, for she was a hero of the resistance, a trailblazer for sexual liberation, a model of women's independence. [③]

[①] 曹顺庆. 比较文学变异学[M]. 北京：商务印书馆，2021 年，第 185 页.
[②] 莫言. 红高粱家族[M]. 杭州：浙江文艺出版社，2017 年，第 13 页.
[③] Howard Goldblatt. Red Sorghum[M]. New York：Penguin Books，1993.

从例 8 可以看到译者将"个性解放"译为了"sexual liberation",个性变为了性。按照莫言原著的意思,"个性解放"是为了赞扬"我奶奶"在那个年代敢于冲破封建礼教的桎梏,勇敢地追求自己的幸福和自由。"sexual liberation"翻译成中文的意思是性解放,性自由或者是性革命,它是指在性行为上完全抛弃道德观念。"我奶奶"在英译本中被塑造成了一个主张性解放的先驱,已经与原著宣扬冲破封建礼教寻求个性自由的形象相去甚远。造成这种变异的原因一是为了让莫言的作品成功打入西方市场,译者充分考虑目标国读者群的阅读期待,将可改译的部分加工。二是西方自古希腊时代开始,就一直有对身体崇拜的传统,性书写也是西方文学的一个传统,所以译者按照接受国的审美追求对原著进行了译改。

(二)党政词语

《红高粱家族》这部小说是以抗日战争及 20 世纪三四十年代高密东北乡的民间生活为背景,其中不乏党派政治的内容。但在葛浩文的英译本中,一些具有明显党派色彩的名词和语句被改写或被省译,其中最为典型的有"毛泽东""延安""八路军""共产党"。译者有意无意地让这些充满政治色彩的词语隐形,对传递原语文本语义来讲,是一种文化扭曲①。

例 9:"我们是共产党,饿死不低头,冻死不弯腰,谁要认贼作父,丧失气节,我就和他刀枪相见!"②

译文:"We're resistance fighters. We don't bow our heads when were starving, and we don't bend our knees when we re freezing."③

例 10:"爹,咱们投八路去吧,父亲说。"④

译文:"Let's join the Jiao-Gao regiment. Dad," Father said.⑤

例 11:我们都受共产党滨海特委的领导,都受毛泽东同志的领导。⑥

---

① 肖苗. 中国小说英译中的"文化失语"与翻译变异——以《红高粱家族》及其英译本的双语平行分析为例[J]. 文化与诗学, 2016(1): 291.
② 莫言. 红高粱家族[M]. 杭州:浙江文艺出版社, 2017 年, 第 359 页.
③ Howard Goldblatt. Red Sorghum[M]. New York: Penguin Books, 1993.
④ 莫言. 红高粱家族[M]. 杭州:浙江文艺出版社, 2017 年, 第 275 页.
⑤ Howard Goldblatt. Red Sorghum[M]. New York: Penguin Books, 1993.
⑥ 莫言. 红高粱家族[M]. 杭州:浙江文艺出版社, 2017 年, 第 191 页.

译文：We all take orders from the Binhai-area special committee.①

在例 9 中，"共产党"被翻译为"resistance fighters"。在例 10 中，"八路"被翻译为"Jiao-Gao regiment"。在例 11 中，直接省译了"共产党"和"毛泽东"。英译本发行的时间正值东欧剧变，苏联解体，西方国家对社会主义和共产党普遍抱有敌视的态度，所以在翻译的过程中，译者充分发挥了主体性，改变了小说的言说方式，使得小说的价值取向发生了转变。

结　语

以他国化的视角来审视《红高粱家族》英译本的变异情况，可以看到作为莫言首部打入西方市场的文学作品，《红高粱家族》在被翻译之后与原著基本上没有太大的关系，可以说 Red Sorghum 是译者在原著的基础上改编的另一个故事。可见，中国当代文学要想进入国际市场，在由于跨种族跨国家导致的美学规则不同而产生的变异之外，还要因意识形态、市场销量、读者阅读偏好等进行调整修改。那么，由于内外因素的制约，原著所呈现的韵味就会被削弱甚至丧失，原著可能因此变得面目全非，这是中国当代文学在初期要想步入国际必须要付出的代价。从某种意义上来说，话语方式的他国化是一种文化霸权主义，西方的意识形态随意篡改了中方的言说方式，让具有中国特色的原汁原味的文化符号"失语"。以至于西方读者所阅读的中国当代文学作品不是真正的中国文学，而是他者想象中的中国文学，这蒙蔽了真实，也不利于向外展示真正的中国文学。

参考文献

[1] Howard Goldblatt. Red Sorghum[M]. New York：Penguin Books，1993.

[2] 廖七一. 当代西方翻译理论探索[M]. 南京：译林出版社，2000 年.

[3] 曹顺庆. 比较文学教程[M]. 北京：高等教育出版社，2010 年.

[4] 莫言. 红高粱家族[M]. 杭州：浙江文艺出版社，2017 年.

---

① Howard Goldblatt. Red Sorghum[M]. New York: Penguin Books，1993.

[5] 曹顺庆. 比较文学变异学[M]. 北京：商务印书馆，2021年.

[6] 吕敏宏. 手中放飞的风筝[D]. 天津：南开大学，2010.

[7] 左苗苗. 红高粱家族. 英译本中叙事情节和模式的变异. 吉林省教育学院学报[J]. 2011，27（5）：114—116.

[8] 曹顺庆，付飞亮. 变异学与他国化——曹顺庆先生学术访谈录[J]. 甘肃社会科学，2012（04）：71-76.

[9] 张娟. 红高粱家族. 英译本研究[D]. 保定：河北大学，2014.

[10] 曹顺庆. 跨文明文论的异质性、变异性及他国化研究[J]. 深圳大学学报（人文社会科学版），2016，33（2）：126-132，150.

第六章　接受美学视角

第一节　接受美学理论简介

接受美学是诞生于20世纪60年代的西方重要文论，是接受理论的重要流派之一。接受美学的创始人是联邦德国康斯坦茨大学的五名教授，他们也因此被称为"康斯坦茨学派"（Konstanzer Schule），其中以汉斯·罗伯特·姚斯（Hans Robert Jauss, 1921—1997）与沃尔夫冈·伊瑟尔（Wolfgang Iser, 1926—2007）最为知名。

阐释学与现象学常被人们视为接受美学的理论根基，这种观念并非空穴来风，事实上接受美学很多重要理论都是在诠释学与现象学理论的基础上重新阐发、深化而来。接受美学的核心是研究读者在文学接受时的主观能动作用，认为阅读过程实际上就是文学的意义生成过程，而正是自阐释学与现象学出现后，西方文论界才开始发现并关注读者在文学研究中的作用，所以一些文论家甚至一度将接受美学划入阐释学的分支流派之中。

接受美学的诞生标志是姚斯著作《文学史作为向文学理论的挑战》（*Literaturgeschichte als Provokation der Literaturwissenschaft*）面世，这本书一经出版便引起了西方文论界的轰动，他首次将作者、作品、读者视为三足鼎立的关系，强调读者的主观能动性，将作品的存在依附于读者的阅读活动上，这是对西方传统文论的一次颠覆。姚斯继承了诠释学大师伽达默尔（Hans-Georg Gadamer, 1900—2002）的许多观点，在诠释学的基础上构建起了接受美学的理论大厦，姚斯所提出的期待视野理论、视野转变理论等都能明显看出伽达默尔视域融合理论的影响。

伊瑟尔作为接受美学的另一位代表人物，其1970年写就的论文《本文的召唤结构》(*The Affective Structure of the Text*)也被视为接受美学的开山之作。伊瑟尔主要继承的是新批评的文本细读理论与英伽登（Roman Ingarden，1893—1970）的未定点理论，在两者的理论基础上创造性地提出了"召唤结构"这个概念。召唤结构概念是伊瑟尔对西方文论界的重要贡献，他与英伽登一样，肯定了文本之中存在着很多不确定与空白点，他认为这些不确定与空白最终会邀请读者通过阅读来赋予文本意义，读者自此也就成为了拥有左右文本意义权利的主体，而非西方传统文论中的他者。伊瑟尔另一个重要概念是于《阅读活动：审美反应理论》(*Der Akt des Lesens: Theorie ästhetischer Wirkung*)中所提出的"隐含读者"，这个概念既涉及到了文本创作过程中潜在意义的预设作用，又将读者放置于文本创作的过程中，认为读者实质上参与了文本潜在意义的生成与实现。

接受美学研究作者、作品、读者三者的动态交往过程，尤其将读者视为文学研究的重点，力图将文学研究从实证主义的桎梏中解脱出来，让文学研究重新置于社会历史语境之中。读者作为传统文学理论研究中的他者，在接受美学的理论视角下获得了前所未有的地位，这无疑对后续文论发展有着重要的启发意义，为文学研究构建了一个全新的维度。

第二节 接受美学理论课程实践

乌托邦的陷落——《格林童话》读者接受变迁研究

魏书珺

(西南交通大学 人文学院,四川 610031)

摘 要:《格林童话》作为家喻户晓的儿童启蒙读物,读者对其的接受也并不是一成不变的,经过不断的译介与传播,从一开始的由文本演绎出的美好梦幻的象征到如今更为多元立体的《格林童话》形象。乌托邦形象的建立得益于增强德国民族凝聚力的需求,浸润于浪漫主义,奠定了童话纯洁善良的正面形象基础。同时文本本身的封闭的超自然单向审美空间和去暴力化的译介选择也使读者在阅读时接受的第一印象是单纯的。但是随着历史社会的发展,对《格林童话》中相对暴力血腥的篇目的关注增加,影视作品的创造性改编以及资本对于童话的操控等等因素使得原本单纯的乌托邦形象在读者接受中发生了变迁,乌托邦甚至成为了"恶托邦",这种文化印象的变化背后暗含的人的异化与资本的盲目值得我们警惕,同时也提醒我们要扬弃地看待《格林童话》。但不可否认,《格林童话》仍然是上乘的儿童启蒙读物,也是我们人类文化的瑰宝之一。

关键词:格林童话;乌托邦;阅读接受

The Fall of Utopia: A Study on the Changes in Reader Acceptance in *Grimm's Fairy Tales*

Wei Shujun

(School of Humanities, Southwest Jiaotong University, Chengdu Sichuan, China)

Abstract: As a well-known children's enlightenment reading material, readers' acceptance of *Grimm's Fairy Tales* is not static. Through continuous translation and dissemination, it has evolved from the symbol of beautiful dreams deduced from the text at the beginning to the more diverse and three-dimensional image of *Grimm's Fairy Tales*. The establishment of the utopian image benefited from the need to enhance German national cohesion, infiltrated into romanticism, and laid a positive image foundation for the purity and kindness of fairy tales. At the same time, the closed and supernatural one-way aesthetic space of the text itself and the nonviolent translation choices are also the first impressions that readers receive when reading, which are pure. However, with the development of history and society, attention has increased to the relatively violent and bloody purposes in *Grimm's Fairy Tales*. The creative adaptation of film and television works, as well as the manipulation of fairy tales by capital, and other factors have led to changes in the originally simple utopian image in readers' acceptance. Utopia has even become a "dystopia". The alienation of people and the blindness of capital hidden behind this change in cultural impression are worthy of our vigilance, At the same time, it also reminds us to view *Grimm's Fairy Tales* with abandon. But it cannot be denied that *Grimm's Fairy Tales* is still a top-notch children's enlightenment book and one of the treasures of our human culture.

Keywords: *Grimm's Fairy Tales*; Utopia; Reading acceptance

1812 年 12 月圣诞节，由柏林的埃美尔（Reimer）出版社出版了格林兄弟（雅各布·格林与威廉·格林）搜集整理的民间童话集——《儿童与家庭童话集》，《儿童与家庭童话集》的德文原名是 *Kinderund Hausmärche. Gesammelt durch die Brüder Grimm*。直译过来，就是《格林兄弟所收集的儿童与家庭童话集》，也就是现在为大众熟知的《格林童话》。经历了数次

译介、改编，如今《格林童话》被看作儿童启蒙读物，兼具美好道德品质与正向价值观导向的精华，正如托马斯·莫尔所著《乌托邦》中描绘的理想世界一般。但是300年后的今天，《格林童话》的文化内涵在读者心中也褪去了单一的"乌托邦"色彩，阐释出更多的涵义。

国内对《格林童话》的研究在2010年前早有人总结完备，付品晶在《〈格林童话〉在中国》一书中提出了格林童话的研究主要集中在七个角度：从民间文学角度；从童话自身的生成、类别、形式结构的角度；从格林童话的历史地位和社会价值角度；从道德和教育的角度；从翻译和传播的角度；从后现代主义的角度以及从接受反应的角度[1]等。而在2010年后，《格林童话》的相关研究也并没有停下脚步，相关的学术论文出版了200余篇，在宏观与微观的研究上都有深耕的趋势。在文本内部，意象分析、互文性研究、比较研究等方向逐渐兴起；在文本外部，《格林童话》成为理论分析的工具纳入生态批评、伦理研究的范畴中，同时也有研究者将目光集中在童话背后折射的文化现象或是对童话发展历史的把握，但在《格林童话》研究中有关文化多元接受的研究还存在一定的空间。因此，讨论《格林童话》是如何成为"乌托邦"，又是如何从"乌托邦"一步步走下神坛，也是非常有必要的。

一、成为"乌托邦"

"乌托邦"一词，源于托马斯·莫尔的《乌托邦》一书，原是空想社会主义的代名词，后引申为理想国家、美好社会等意义。《格林童话》在传播接受的过程中常常被概括为梦幻、美好的印象，是远离世俗的"乌托邦"形象，而这种形象的被接受一方面源于《格林童话》诞生的历史背景与传播译介的选择，同时也离不开《格林童话》文本内部的编制创设。

《格林童话》产生的历史时期并不是一个和平的年代。1806年，也就是格林兄弟相继返回到卡塞尔的那一年，卡塞尔被拿破仑统帅的法国军队

---

[1] 付品晶.《格林童话》在中国[M]. 成都：四川文艺出版社，2010年，第1-6页.

攻陷了。那时的德国，还不是一个统一的国家，"三十年战争"让"德意志民族的神圣罗马帝国"四分五裂，名存实亡，成了一个由1789个小邦组成的松散邦联，其中既有奥地利、普鲁士这样的欧洲强国，也有许多拥有自主权的小修道院、皇室庄园。正是在这一年，爆发了法国大革命，这次大革命不但摧毁了法国封建专制制度，促进了法国资本主义的发展，也震撼了整个欧洲的封建体系。欧洲大陆的保守势力试图复辟法国的君主权力，为了维护法国大革命的成果，1792年，法国对奥地利和普鲁士宣战，从而拉开了法国与欧洲其他强国联盟之间长达十年的法国革命战争的帷幕。拿破仑于1805年进兵奥地利，在奥斯特利茨击败了奥俄联军；1806年进兵普鲁士，在耶拿击败了普鲁士军队，几天之后就占领了卡塞尔。就这样，已经存在了850多年的"德意志民族的神圣罗马帝国"，被拿破仑给彻底终结了。

虽然因为拿破仑的入侵，德国正式结束了中世纪时代，进入了现代社会，从而推动了德国走向统一和社会的发展，但也正是因为拿破仑战争，一大批知识分子心中的德意志民族意识被催醒了。思想家、浪漫主义运动的先驱者赫尔德就是其中的一个代表人物。他宣扬文化民族主义，主张从发现民间文化入手，重构德意志民族文化，再造日耳曼民族精神。他还身体力行，收集了大量的民歌，他认为民歌最能表达一个民族的历史和心态，这"为后来浪漫派的民歌收集着了先鞭"。相比赫尔德，后期浪漫主义的危机意识就更加强烈了，拿破仑战争及法国的统治进一步强化了他们的民族意识，激发了他们的爱国情操。为了打破法国文化一统天下的局面，不让伟大的日耳曼民族的语言和文化日渐消亡，他们继承赫尔德的衣钵，开始收集民歌、民间童话及民间传说，"从民间文艺中探寻德意志民族文化的渊源和根，重构德意志民族文化和日耳曼民族精神。"

后期浪漫主义，即海德堡浪漫派的中心人物就是阿尔尼姆和布伦塔诺。在他们两个人看来，来自乡土的民歌才是自己本民族文化的精髓。他们一起收集、整理出版的《男孩的神奇号角》，收录了德国近300年来的民歌。1806年，在《男孩的神奇号角》第一卷出版之后，布伦塔诺找到了格林兄弟，希望他们俩能协助他收集民间童话，用在今后出版的《男孩的神奇号

角》续篇或是民间童话集上。出于对布伦塔诺的信任与友谊，两人应允了。这为6年之后出版的《格林童话》埋下了一颗种子。增强民族凝聚力的要求促使《格林童话》在搜集编纂上偏向于符合德意志民族传统的高尚道德与美好情操的故事如《白雪公主》《青蛙王子》等，为《格林童话》的美好梦幻的印象奠定了基础。

  如果说浪漫主义的文艺思潮与民族情结催生了《格林童话》这颗种子的话，那么，中产阶级家庭的出现则为它提供了生根发芽的土壤。在格林兄弟所处的时代，虽然比英、法等国迟到了许多年，但伴随着工业革命的进程，德国的中产阶级还是得到了不断的发展和壮大。随着启蒙运动对阅读文化的推动，加上如尼尔·波兹曼在《童年的消逝》里所说的"童年"概念的被发现，愈来愈多的中产阶级家庭开始投资儿童的教育，开始重视儿童的阅读，于是，一个稳定而又广泛的读者群就应运而生了。

  工业革命虽然催生了中产阶级，但也正是因为人们纷纷离开了农村，来到城市，形成了一个个小家庭，那些曾经依靠口头流传的民间童话失去了它们赖以生存的环境，无论是在时间上、空间上，还是行为上，都受到了致命的限制，也就是说，工业革命摧毁了口头故事流传的机会和队伍。就这样，在18世纪与19世纪的世纪之交，民间童话突然就从格林兄弟所说的"暖炉的四周、厨房的灶台、通向阁楼的楼梯、至今还在庆祝的节日、寂静的牧场与森林……"这些地方消失了。

  《格林童话》作为国内较早被译介、传播的西方童话之一，不仅是在少年儿童的心目中，即使是在成人读者中也有极大的影响力。提起童话，读者的第一印象总是"美好"与"梦幻"，而这种对《格林童话》乌托邦式的文化形象的生成，主要取决于两方面：一是文本本身的特点，二是在译介与传播中的助力。

  西方传统的经典童话创造的是完全不同于真实世界的超自然奇幻世界。这一世界远离读者与叙述者，童话世界与现实世界泾渭分明。而童话世界的基本特征之一即是它位于这两个完全不同世界所形成的线性平面的一端，而具有独特的单向度美学空间。首先，传统童话的美学空间被置于远离现实的时空之中。例如《青蛙王子》故事开篇的第一句话便是"在愿望还能变成现实的古代"。《三只小鸟》的故事则明确地告诉读者"大约一千多年前吧"。《格林童话》中的很多故事都是以"从前""很久很久以前""古时候"诸如此类的话开始的。地点则选择以森林、湖泊、河流、海滨、山川，或是花园、城堡、王宫，甚至天国、极乐世界为背景，与市井的俗世生活形成了鲜明的对照。这种时空的选择，为传统的童话世界固定了一个乌托邦虚幻王国的理想空间，以便充分展现人们美好的愿望。

其次，传统童话世界中的空间虽然相对而言较为封闭，但它仍是一个充满活力的动态空间。这一空间依靠的是超自然的力量，实现了置身其中的人物的来去自如。出现了会飞的斗篷、有魔力的鞋子，或是神奇的马车等。有的故事中的主人公会亲自变成飞鸟或游鱼而实现迅速的位移。场景的频繁变化不仅使童话空间生机勃勃，更加强了它的神奇色彩，使之具有独特的视觉美感，突出了它与现实空间的距离。

最后，西方传统的经典童话创造的是完全不同于真实世界的超自然奇幻世界。这一世界远离读者与叙述者，童话世界与现实世界泾渭分明。而童话世界的基本特征之一即是它位于这两个完全不同世界所形成的线性平面的一端，而具有独特的单向度美学空间。传统童话世界的单向度美学空间是靠第三人称全知叙事角度来构建的。虽然童话故事的字里行间会隐现出作者的好恶之情，但总体而言，作者尽量避免采用第一人称的叙事角度。因为传统童话世界无需交代时代历史背景，也很少有人物的心理描写或自然环境描写，它突出的是情节的叙述。而这些情节几乎是单线的，少见倒叙或伏笔之类的复杂叙述。而第三人称的全知视角不仅能表现童话单纯稚拙的口头民间文学特征，而且更有利于创造色彩斑斓、神奇瑰丽的乌托邦童话世界。即使在少数故事的结尾，叙述者又回到现实空间，并以第一人称叙述，但目的仍在于让读者清楚地看到两个不同的世界——童话的与现实的。

例如故事《井边的牧鹅女》结尾写道："故事还没讲完。可给我讲它的祖母记忆已很差，她把以后的情节忘了。我总相信，美丽的公主与伯爵结了婚，一起住在那座宫殿里，过着幸福美满的生活，一直到见上帝。"这里，第一人称的"我"作为现实空间中的普通人很明确地表达了寄予童话空间

的乌托邦愿望。再往下看:"不过有一点确切无疑:老太太不是人们说的巫婆,而是位好心肠的女智者。多半也是她,在公主出世时就恩赐她哭起来不掉泪,而是落下一颗颗珍珠。如今这种事不再有喽,否则穷人也会很快富起来。"故事结尾,童话空间再次被陌生化,拉远了与现实空间的距离。总而言之,西方传统的经典童话作品塑造了一个单向度的美学空间。这一空间承载了生活在现实空间中的人们的丰富想象与美好愿望,创造了一个区别于现实的乌托邦理想王国。这个美学空间是陌生的、遥远的、神奇的,是一个被观望的世界。

同时,另一个不可忽略的因素是译介与传播的影响。杨武能先生作为最早翻译《格林童话》中译本的译者,他坦言其译本注重语言的"儿童化"和"中国化",保留了《格林童话》质朴幽默的语言和文风,也为乌托邦的印象塑造奠定了基础。

综上,"乌托邦"印象的生成并不只是单方面的作用,依靠的是社会历史与文本内部的合力形成的,但是这种印象随着时代的发展并不是恒久的,而是在不断变化的。

二、"乌托邦"的陷落

接受美学认为文学作品的艺术性在很大程度上取决于作者及其作品是否能够充分估计和尊重读者的想象力和审美力,是否在作品中给读者留足"意义不确定性"和"意义空白",为读者搭建起运用其想象力和审美力的平台。当读者补充的意义空白愈多,或者说赋予文本现实的生命越多,读者获得的阅读快感愈强烈,在阅读过程中产生的审美感受也就愈鲜明。《格林童话》的乌托邦印象就在不断的演绎中留下更多的阐释空间,也因此乌托邦陷落成为反乌托邦。其中除去文本本身的原因还有社会资本的操控值得读者深究。

(一)对《格林童话》名篇之外的关注

近些年来,《格林童话》更多的文本被重读,更多元的文化理念与价值观的流行导致人们对于童话的文化印象不再是单一的"乌托邦",格林童话的印象标签正在脱离原本的单纯空间而走向一个被强调的乌有之乡,甚至是恶托邦。

市面上常见的《格林童话》中译本,受公认的是杨武能和魏以新这两个译本。虽然经过多次修订再版,许多版本却始终无法回避一个本质上的缺陷:所有被认为不适合儿童阅读的内容,都被简化或者删去了。《杜松树》的血腥、《壮士汉斯》的暴力、《离家寻找害怕的年轻人》的神秘,以及大量宗教相关的细节,在过去的中文版本中是无缘得见的。

《格林童话》中译版的过分"儿童化",导致许多读者在初次读到日本人桐生操(准确点说,是堤幸子和上田加代子这两位日本女士)的《令人战栗的格林童话》之后,感到万分惊异,进而认为格林的原始版本"竟是如此黑暗"。英国作家安吉拉·卡特《焚舟纪》中所重述改写的几则格林童话,或许更加深了这一印象。

但这两个方向的极端化,却都并非《格林童话》的原貌。桐生操其人不识德文,所著不过出于转译,又加入了太多个人捏造,一切以强调猎奇性为主。安吉拉·卡特的改写版本具有极端的个人写作特征,除借用设定之外,和原故事之间已然关系不大。但是她的那本《精怪故事集》,其性质可以与卡尔维诺的《意大利童话》相提并论,辑录远重于再造。

因此,越来越多的读者和研究者关注到格林童话的本来面目以及除却广为流传的经典篇目之外的故事文本。比如:初版篇《儿童的屠杀游戏》讲述的就是暴力血腥的杀人游戏,却以孩童的口吻进行叙述,难免会使人不寒而栗。虽然这种暴力与血腥在《格林童话》中并不是篇幅最大的部分,仍然使得童话的在一定程度上得到了颠覆。

除了童话文本本身的关注点迁移,童话中的经典人物形象随着信息的不断传播也衍生出不同的面目,为此,我们采取了最直观的调查方式——问卷调查,来探讨童话人物形象在不同年龄段读者眼中的特点。在为期两周的调查中共收到了236份问卷,其中的一些问题的答案耐人寻味。

在笔者收到的调查结果中,有百分之八十的人了解过灰姑娘的故事,但对于灰姑娘所代表的爱情观与人生观持肯定态度的只有十分之一,主要

集中在 35 岁以上的答卷者中。青少年、儿童的答案大多对灰姑娘的人生态度及经历持否定态度，有未成年被访者说"我七八岁的时候肯定觉得故事很美好，羡慕他们（灰姑娘）的爱情，但是现在太离谱了，她一直想要靠别人去带给她想要的，包括水晶鞋裙子还有王子，而且关于要那个树枝太矫情，要我我肯定要钱，然后要么离开这个家，要么自己去买裙子"其中未尝不代表着一种趋势，即对童话背后的女性是附属的这一传统价值观的反叛和寻求自我的复归。也就是说爱情可以救赎女性的观念被淡化了，传统的男性为主导（王子拯救灰姑娘）的模式被打破了，女性往往是为了实现自我理想或为承担责任而完善自己，最终蜕变。对于其他的人物，包括后母、巫婆等，在不断的传播中，也出现了描写或关注他们的命运的故事，并模糊了其善与恶的边界，如《沉睡魔咒》之中对于女巫的刻画就变得更加立体与生动，不再单纯将女巫塑造为扁平的反面人物。

这种人物的变异又反作用于《格林童话》故事本身，从而观者与作者共同完成了《格林童话》的反"乌托邦"书写。一方面，我们看到了童话本应面对的受众群体逐渐脱离童话构筑的梦幻城堡选择更为理性的讨论，另一方面也应当警惕，这种过早的成熟与理性背后所带来的优绩主义与精英化的傲慢，即失去同理心与共情感，逐渐演化为社会机器，"人的异化"的警钟理应敲响。

（二）暗黑童话与暴力美学

当人类的文明进入到 21 世纪，由于受到了后现代主义思潮的影响，人们已经不再安于接受已然成型的价值观点，对现代主义所追求的光明与和谐、理智与均衡开始提出质疑，对后现代主义所罗列出的人的本能和情欲，即使再晦暗也会坦然接受。后现代主义推崇的是极端的虚无和反叛的个性，完全颠覆了从文艺复兴时期提出的人本主义思想，甚至是现代主义所张扬的个性也被抹灭，他们主张将传统彻底抛弃，把现实世界肢解碎化，将现代主义建构起来的秩序拆分解体，使其具有不确定性、不规则化。后现代主义这种颠覆一切传统的主张需要大众化、平面化、游戏化的意识形态，并且也得到了应有的响应，这就极大地讽刺了现代主义的模式化定理。传统童话的美学空间是远离现实的虚幻时空,寄予着人们美好的乌托邦愿望。现代作家通过重构传统童话,并置理想与现实,揭示生活的对立统一本质,力求建立新的现代空间秩序。而后现代消费文化语境将童话纳入符号系统,通过杂乱无章的文本互文使之消弭于无深度平面化的文化空间中,最终完成了从乌托邦梦想走向文化碎片的历程。

  在这样的思想背景下,电影艺术中呈现出后现代主义风格也就成了不争的事实,越来越多的电影作品开始否定传统,打破原有的固定套路,对之前的模式进行反讽戏弄,逐渐向世俗化、商品化、游戏化的大众文化靠拢。美国著名导演蒂姆·伯顿的作品就具有着极为强烈的后现代主义风格。从 1990 年推出的《剪刀手爱德华》开始,首次以童话故事为改编蓝本,将影片基调引入诡异晦暗的虚拟空间,并由真人演绎。再到之后拍摄的《圣诞惊魂夜》《僵尸新娘》等更是将他怪诞荒谬的想象力推向了极致,把电影中的人物设定转移到人们不曾或者不敢去关注的范围之内,以吸引观众别样的审美关注。

  但是把观众耳熟能详的经典童话故事翻拍成为黑色系电影,则是从进入 21 世纪以来,好莱坞的各大电影工厂竞相开始的对童话故事的再次"回炉重造"。作为生产商的他们更愿意利用《格林童话》的观众基础,在勉强安慰部分观众的怀旧情结之外,套用经典元素,从不同寻常的角度去包装人物角色,设置剧情线索以融入成人化的性质内容,去卖力迎合观众。调侃严肃神圣、淡化规则深度,成为了此类电影的风格特色。

  纵观好莱坞推出的黑色童话电影,主要集中于对几个经典故事的改编,如由《白雪公主》改编而来的电影《雪魔镜》(2001 年)、《白雪公主与猎人》(2012 年)、《白雪公主之魔镜魔镜》(2012 年);自《玫瑰公主》(睡美人)改编而来的有《黑色童话》(2009 年)、《沉睡魔咒》(2014 年);《血红帽》(2011 年)则是由《小红帽》改编所得;还有对童话故事的续写改编,即《韩塞尔与格蕾特:女巫猎人》(2013 年)就是将原童话故事《韩塞尔与格蕾特》延续,描写主人公长大之后的境遇;此外,还有将多个童话情结糅合在一起的电影,如《格林兄弟》(2005 年)、《魔法黑森林》(2014 年)等。

当人类的文明进入读图时代，图像开始将之前由文字形成的理念世界转而成为一个如光速一般快的影像世界。图像不同于文字，它呈现出来的画面是不可辩驳的，只是创作者想法的表达。相比于语句连接所要遵循的语法规则，读者需要具备一定的阅读理解能力，读图对受众的要求则显得不再那么严苛，反而是图像节省了他们接收信息的时间和精力。这就是为什么在青少年读者群中，漫画总比纯文字的书籍受欢迎程度要高。随着20世纪50年代电视机的发明，让人类的文明又步入了一个新的媒体时代。观看影像的受众只需具备即刻识别能力即可，快速的画面更迭控制了观者的思考速度，在受众还没有来得及开始思考时，下一帧画面已经给了你答案，相比于文字阅读时的聚精会神，影像画面对观众而言来得更为简单轻松一些而在信息泛滥的今天，人们快节奏的生活状态迫使他们渐渐放下了纸质版书籍，取而代之的是通过图像的一目了然来适应当下人们的潮流思维。从而，致使人类的文化消费习惯也日益发生了转变，书店的销售量远远赶不上影院的上座率。在这个浮华社会的欲望诱惑中，大多数人们更愿意选择去享受视听盛宴冲击后带来的心灵愉悦。

这些搜集而来的民间故事经过改编虽然保留了前资本主义社会的审美模式，但内容和母题的转变却反映了主导意识形态的变化。童话故事的改写成为早期资本主义阶段的资产阶级艺术家自由地自我表达的途径，通过有意识地利用民间故事的母题来传达进步因素和政治立场。兴起的德国浪漫派童话不但成为一种叙事手段，更是一种投射了社会和文化尚未满足的愿望的隐喻空间。所谓"强权创造公理"的主题不仅体现在民间故事和童话故事的内容中，同时存在于伴随资产阶级的兴起而对这二者命运发展的主导中，从口传故事向文学童话的转变、从粗俗内容向风格化故事的改写、从下层民众闲暇消遣的娱乐方式到资产阶级教化训诫和解放自我的想象途径，阶级和权力贯穿始终。

童话的这种颠覆性遭到了压抑，童话中对未来的憧憬变成了对当下的确证，其中蕴藏的乌托邦冲动也在反复的模式化改编中被架空。白雪公主身着破衣烂衫做家务的形象是那样地深入人心，以至于人们倾向于将她视为与小矮人一样的平民，阶级差别被电影悄然抹去。影片的结局则颂扬了美国式民主的胜利:白雪公主与小矮人的联盟消灭了邪恶皇后的专制统治。然而这种胜利也只是一种假象,因为紧接着白雪公主就告别了小矮人,跟着王子回到了城堡,即便是在电影中,社会制度也并没有发生实质性的变革。主人公对命运的不屈服往往还体现在婚恋就意味着幸福的传统思维上。打着"大女主"的口号却给女主人公大开"金手指",仍然没有跳出灰姑娘蓝本的作品已经让人感到厌烦,同时新兴的"女强男弱"的影视或文学作品也并没有跳出这种窠臼,反"乌托邦"反而成为了乌托邦。

这些故事提出的问题是,在我们这个时代童话是否依然存在,童话母题的传媒化和商业化是否消解了童话的解放性。面对幻想故事的被工具化、严肃童话故事所带有的解放的力量被淡化和消解的危险,重新认识和发现童话便很有必要。

结　语

在杨武能老师翻译的《格林童话》序言中有这样一句话:"可噩梦总会在曙光中消逝,醒来,我们更爱身边的一切。"书中这些故事,不止是话语的凝固,也同样记录了整整一个时代:那个时代的欧陆中土有数不清的王国和国王、忠诚的仆人、神秘恐怖的密林、洞穴强盗、邪恶女巫、大力士、欢乐的裁缝、身怀绝技的矮人、勇敢的士兵……对那个已然远去的伟大时代,我们理应胸怀敬意。无论是乌托邦还是反乌托邦,《格林童话》的阐释将永远存在于我们的视野,从中汲取我们前行的文化基因。

参考文献:

[1]付品晶.《格林童话》在中国[M].成都:四川文艺出版社,2010.

[2][德]格林兄弟.格林童话全集[M].杨武能,杨悦,译.南京:译林出版社,1993.

[3][德]格林兄弟.格林童话[M].文泽尔,译.昆明:云南美术出版社,2018.

[4]彭懿.格林童话的产生及其版本演变研究[D].上海:上海师范大学,

2008.

[5]黎潇逸.权力·工具·幻想——杰克·齐普斯童话批判理论三个维度[J].文艺评论,2016(4):4-8.

[6]陆霞.说不完的《格林童话》——杨武能教授访谈录[J].德国研究,2008(2):65-69,80.

[7]欧翔英.乌托邦、反乌托邦、恶托邦及科幻小说[J].世界文学评论,2009(2):298-301.

附录:《格林童话》在不同年龄段的认知调查问卷

1. 您的年龄段是:婴幼儿及儿童(0~12岁)/少年(12~18岁)/青年(19~35岁)/中年(36~59岁)/老年(60岁以上)
2. 您的性别是:男/女
3. 您的职业是:_____
4. 您阅读或了解过《格林童话》吗?看过/没看过
5. 您阅读过其他童话吗(如《安徒生童话》《皮皮鲁与鲁西西》等)?读过/没读过
6. 您了解或阅读过《格林童话》的不同版本吗?读过/没读过
7. 您对童话的态度是:喜欢,一直有阅读/无感,不会特意关注/讨厌,认为都是骗人的/其他(曾经喜欢/曾经讨厌等)
8. 您在阅读过的《格林童话》故事中印象最深的故事是哪一个或哪几个(如《白雪公主》《灰姑娘》《杜松树》《睡美人》《青蛙王子》等)?
9. 您了解过《灰姑娘》的故事吗?您如何看待灰姑娘的爱情?
10. 您了解或阅读过"暗黑童话"(如《成人格林童话》《令人战栗的格林童话》等对《格林童话》的改编作品)吗?
11. 您对这类"暗黑童话"的态度是:喜欢,经常看/无感,无可厚非/讨厌,破坏了童话的美好
12. 您观看过由《格林童话》改编的影视作品吗?(如《血红帽》《沉睡魔咒》《白雪公主》《童话镇》等)

13. 您认为当下还有没有必要阅读传播童话（包括"暗黑童话"）：有必要/有必要但"暗黑童话"不必了/没必要/其他

14. 您对部分完全改变童话原本故事情节的影视作品或同人作品持何种态度？（如改变故事结局，将悲剧改写为喜剧等）

第七章 伦理学视角

第一节 伦理学理论简介

伦理学是西方源远流长的一门学问,早在古希腊时期就已存在,其简要而言就是一门关乎道德的哲学。文学领域虽然一直与伦理学存在着千丝万缕的关联,但直到21世纪前却从未有真正的伦理批评体系,2014年聂珍钊教授《文学伦理学批评导论》面世才意味着文学伦理学批评正式成为一门独立的学问。

西方的伦理学理论基础极其深厚且派系众多。西方伦理学起源于古希腊时期,亚里士多德的著作《尼各马可伦理学》(*Nicomachean Ethics*)被视为是第一部伦理学著作,这部作品可以说是西方近代伦理学的思想渊源,对西方伦理学发展产生了巨大的影响。由于时代的不同、个体主张的不同,思想家们对个人利益与整体利益的关系、道德与经济利益的关系、人生存价值等一系列问题有着不一样的看法,由此派生了一系列西方伦理学派系,如经验主义伦理学、功利主义伦理学、学院派伦理学等,伦理学也因此在西方成为了众多学科中的一门显学。

虽然文学与道德、社会的关联自古以来都是思想家们热衷于讨论的一个话题,但文学与伦理学实际走向融合还需要追溯到19世纪美国著名思想家、文学家拉尔夫·沃尔多·爱默生(Ralph Waldo Emerson,1803—1882)的演讲《文学伦理学》(*Literary Ethics*)。爱默生在演讲中主张以伦理道德作为评判作家、诗人的标准,强调文学的教化作用。自此,有关于讨论文学与伦理学关系的著作开始不断涌现,西方文学伦理学实际上已经有了一个大致的轮廓,不过却没有人建构一套成体系的理论将其学科化。随着唯美主义的诞生，西方文学界与文论界都开始追求纯粹的文学性、艺术性，而伦理这种影响文学自律性的"杂质"则是长时间地被众人遗忘。西方文学伦理学的再度复兴是20世纪80至90年代，这时候韦恩·布斯（Wayne Clayson Booth，1921—2005）所著的《我们所交的朋友：小说伦理学》（*The Company We Keep:An Ethics of Fiction*）与玛莎·努斯鲍姆（Martha C. Nussbaum，1947— ）所著的《爱的知识》（*Love's Knowledge:Essays on Philosophy and Literature*）中都有将叙事形式与道德伦理教育相联系的倾向，这种理论极大地丰富了文学的伦理价值，在西方文论界掀起了向伦理回归的思想倾向。

中国的道德伦理哲学也是由来已久，并且中国的道德哲学与文学的关联一向十分紧密。从"兴观群怨"到"三界革命"，中国思想家、文学家们一直都很重视文学的道德教化作用，这也意味着中国建立起独特的文学伦理批评方式的可能性。2004年中国文学伦理学批评全国学术研讨会的顺利举行象征着中国文学伦理学的诞生。此后聂珍钊教授发表了一系列文章确立了文学伦理学批评的基础定义、术语、批评对象与研究方式，并将这些观点整理在其编著的《文学伦理学批评导论》中，这也意味着文学伦理学批评被确立为一个独立学科而存在。

文学伦理学批评作为一个新兴的批评方式，虽然有很多的不完善之处，不过其切实地拓宽了文学批评领域的研究视野、为中国文论在世界范围内争夺话语权做出了极大的贡献。目前看来虽然文学伦理学的发展仍然面临很多挑战，不过该批评理论的丰富性、批评方式本身的生命力值得肯定，其发展前景十分值得期待。

第二节 伦理学理论课程实践

《格林童话》中童话主人公的伦理选择研究

刘心睿

(西南交通大学 人文学院,四川 610031)

摘 要:文学伦理学批评强调童话的出现是由儿童文学的教诲功能决定的,《格林童话》作为享誉世界的经典童话作品,其价值就在于通过教诲帮助儿童从自然选择走向伦理选择,发挥着引导幼年儿童道德完善的作用。本文运用文学伦理学批评的方法,以《格林童话》中伦理启蒙作用较强的人物故事为研究对象,通过对主人公的"损人利己""复仇反抗""拥美拜金"三方面的伦理选择进行分析,对《格林童话》中人物故事的伦理选择进行批判性思考,探究此伦理选择在19世纪德国伦理环境下的合法性以及在当下伦理环境中的悖论现象,从而为当代《格林童话》的改编与传播提供对策,以求更契合当代儿童文学的消费环境和学术语境。

关键词:伦理选择;格林童话;人物故事;伦理悖论

A Study on the Ethical Choice of the Fairy Tale Heroes in *Grimm's Fairy* Tales

Liu Xinrui

(School of Humanities, Southwest Jiaotong University, Chengdu Sichuan, China)

Abstract:Literary ethical criticism emphasizes that the emergence of fairy tales is determined by the educational function of children's literature. As a world-renowned classic fairy tale work, the value of *Grimm's Fairy Tales* lies in helping children transition from natural selection to ethical choice through education, playing a role in guiding the moral improvement of young children. This article uses the method of literary ethical criticism to study the character stories with strong ethical enlightenment in *Grimm's Fairy Tales*. By analyzing the ethical choices of the protagonist in three aspects: "harming others for oneself", "revenge and resistance", and "embracing beauty and money", it provides critical thinking for the ethical choices of the character stories in *Grimm's Fairy Tales*, Exploring the legitimacy of this ethical choice in the ethical environment of th century Germany and the paradoxical phenomena in the current ethical environment, in order to provide strategies for the adaptation and dissemination of contemporary *Grimm's Fairy Tales*, in order to better fit the consumption environment and academic context of contemporary children's literature.

Keywords: ethical choice; *Grimm's Fairy Tales*; Character stories; Ethical paradox

在文学伦理学批评的术语中，伦理选择一方面指人通过选择达到道德成熟和完善，另一方面指文学作品中人物对两个或两个以上的道德选项的选择，选择不同则结果不同，因此不同选择有不同的伦理价值①，因而伦理选择被认为是文学作品的核心部分，对伦理选择的分析过程，就是对作品的理解和批评的过程。在此基础上，儿童文学（童话）的价值就在于通过教诲帮助儿童走出伦理混沌，学会做出正确的伦理选择。《格林童话》作为世界儿童文学的明珠，通过拟人化的动物故事、奇幻的人物冒险等符合童心的文体风格，让世界儿童在聆听故事时感悟人性，分辨善恶。传统的《格林童话》研究主要从文学、民俗学、文化人类学、传播学等角度展开研究，多肯定其正面伦理价值，只有少部分人关注到了古老童话在今日伦

---

① 聂珍钊. 文学伦理学批评导论[M]. 北京：北京大学出版社，2014 年，第 267 页.

理环境下隐藏的潜在危机，但是罕有人对《格林童话》中的"不合时宜"情节进行文学伦理学视域下的批评。本文主要运用文学伦理学批评方法，以伦理选择为切入点对《格林童话》中童话主人公不择手段、暴力复仇、渴望财富与权力等伦理选择进行伦理审查，试图让编译者在尊重古老童话所处的伦理环境的同时，合理警惕故事中因不符合当代价值观而产生的伦理悖论，更好地发挥《格林童话》对幼年读者的伦理启蒙作用。

由于不同的儿童文学具有不同的功能上的区别，笔者选取以集中帮助儿童产生社会意识、善恶观念、道德标准等为目标的人物故事为研究对象，结合《格林童话》创作的伦理语境、19世纪德国民族文化等，辩证分析童话人物伦理选择的合法性，从而对格林童话中的伦理价值进行审查和批判思考，能够帮助我们用更加科学的视野去破除格林童话如今所面临的一些非议，从而更好地传递《格林童话》中的伦理教诲功能，为儿童成长提供更多的保障。

一、"损人利己"选择对儿童"慧奸"判断的建构

文学伦理学批评要求在特定的伦理环境，即在文学作品存在的历史空间中分析和批评文学作品，对文学作品本身进行客观的伦理阐释，而不是进行抽象或者主观的道德评价[①]。因此在对《格林童话》这本古老童话进行伦理审查时，首先从历史的角度考察其人物故事，才能摆脱简单浅显的道德评判的限制，看到特定社会的儿童伦理观在儿童创作中的反映，见出儿童文学如何以其独特的方式冲破进而重构着儿童的伦理意识。《格林童话》初版于1812年，是格林兄弟在德意志民族饱受分裂与战乱苦痛之际为重建"民族统一的意识"[②]而收集、整理加工民间故事而成的童话作品集，其中必然蕴含着19世纪时代背景下德意志民族嗜血、反抗压迫、秉性随和却自强、热爱自然等的民族特性，这样的故事传递给世界各民族儿童，为

---

① 聂珍钊. 文学伦理学批评导论[M]. 北京：北京大学出版社，2014年，第265页.

② Dieter Borehmeyer. *Was ist deutsch? Die Suche einer Nation nach sich selbst*, Rowohlt e book.

我们塑造了一系列机智果敢、独立自强、有仇必报的童话主人公形象,他们在故事中的伦理选择也指引着儿童读者走出伦理混沌,做出符合时代和民族需求的伦理选择。

在18—19世纪的古老德意志社会,底层民众物质条件的贫乏和支离破碎的国家局势决定了《格林童话》中人物的一系列"利己"伦理选择,塑造了儿童维护家庭利益、培养了儿童崇尚机敏勇敢的伦理意识。比如,《格林童话》塑造了一系列至今仍备受欢迎的冒险人物,这类主人公往往在社会伦理和家庭伦理之间选择家庭伦理为首,通过自己的"机敏"策略为自己乃至自己的家庭带来更多的利益。但是,从今天的伦理环境中审查,不难发现《格林童话》的民间作者在塑造一系列人物冒险故事中,在刻画机敏人物的家庭伦理选择时也造成了一些"损人利己"的伦理悖论——伦理悖论是一种价值判断,是特定伦理环境或语境中伦理选择的可能性带来的不同道德命题之间的伦理矛盾,其产生的一大原因是伦理身份或伦理关系与伦理规范之间的错位和矛盾,当同一个人具有不同的伦理身份,而各自相应的伦理规范之间出现冲突时,伦理悖论就会产生。比如被广大儿童和家长所欢迎的"大拇指"系列故事:

> 从前有一个穷苦的农人,每天晚上坐在灶旁拨火;他的妻子坐着纺线。
> ……
> 悄悄地向他说:"爸爸,只管把我卖给他们吧,我定会回来的。"于是父亲就把他交给两个陌生人,得了一大笔钱。……大拇指向他父亲告别以后,他们(商人)就带着他走了。他们走到黄昏的时候,小家伙说:"把我拿下来吧,我要小便了。"帽子上坐着小家伙的那个人说:"就在上面小便吧,我不在乎。有时候鸟也在我身上落下一些东西呢!"大拇指说:"不行,这是没有礼貌的事,赶快把我拿下来吧。"……他找到一个老鼠洞,突然逃了进去。他喊他们说:"先生们,晚安,你们回家去吧,不必带着我。"然

后他又嘲笑了他们一阵。①

在《37大拇指》系列故事中，我们看到大拇指同大部分传统经典童话主人公的家境一样，都出生于一个贫农家庭，为了帮助家庭解决经济问题，他利用所谓的聪明，先让父亲花高价把自己卖给两个商人，随后又机智逃脱，既获得了自由又为父亲赚得了一大笔钱；在《45大拇指的旅行》中，他还利用自己身体的优势成为了强盗的帮凶，偷取金币后与抢到分赃：

> 小裁缝继续去旅行，走到一个大森林里。他遇着一群强盗，他们要去偷国王的财宝。他们看见了小裁缝，心想："这个小家伙可以从钥匙洞里爬进去，给我们开锁。"
>
> 大拇指考虑了一下，最后说："好的"。
>
> ……强盗们非常称赞他，说："你真是一个伟大的英雄，你要做我们的头目吗？"但是大拇指谢绝了，说他要去见见世面。以后他们分赃，但是小裁缝只要一角钱，因为多了他拿不动。②

这些行为是他作为儿子这个伦理身份需要承担的家庭责任，是聪慧的，正确的；但是作为一个社会人，他利用所谓的聪明，违背了买卖交换的规范，甚至去偷盗他人的财务来满足自己的需求，这些行为又是奸诈的，错误的，由此可见，大拇指做出的"为家庭赚取钱财"的伦理选择是损人利己的，这就形成了一种伦理悖论。

这样的伦理悖论在《格林童话》机敏的冒险人物故事中并不少见，在《54背包、帽子和号角》的故事中，三兄弟外出寻宝，三弟最为执着，在家庭成员和社会道德的伦理选择中，三弟做出了为家庭谋福利的选择，而违背了社会道德这个伦理规范：

> 饿得很难过，心里想道："我希望我的肚皮还能饱吃一次。"
>
> 他下来的时候，
>
> 看见树底下有一张桌子，（桌布）上面摆着丰盛的食物，热

---

① [德]格林兄弟. 格林童话[M]. 魏以新, 译. 北京: 人民出版社, 2005年, 第116-117页.

② [德]格林兄弟. 格林童话[M]. 魏以新, 译. 北京: 人民出版社, 2005年, 第132页.

气向他扑来,他很惊异。

……

烧炭的人笑着说:"你听我说,这桌布对我很适用。我提议同你交换,那角落里挂着一个兵士背包……如果你用手在上面敲,每次出来一个伍长,带着六个背着枪和刺刀的人,他们会按照你的命令办事。"他说:"我随便,如果你一定要,我们就交换吧。"

他走了一段路的时候……在上面敲。马上就有七个兵士到他面前来……"你赶快到烧炭的人那里,拿回我的小桌布。"①

故事讲述主人公利用违背社会道德的"奸诈"行为获得了背包、帽子和号角这些武器,帮助自己一家建造了更好的房屋并迎娶了公主,甚至最后他又杀死了公主和国王,自己建造了一个王国并成为了统治者。类似这样的故事还有很多,又比如傻子农夫出于自保而屠村,最后成为了所有财产的继承者的故事。据考察,《格林童话》中的"机敏"类人物形象脱胎于北欧神话史诗《埃达》与《尼伯龙根之歌》中的西古尔德与齐格弗里德两位人物,他们身上具有德意志民族人民虽率真甚至傻气却不失勇敢与自我秉性的特点,这些童话人物无疑彰显了德国人民对人性和人生的美好诉求,符合当时的伦理环境与文化环境,且在童话世界的外衣下,滑稽的语言和奇幻的情节让小读者甚至家长也很难意识到这些"机敏"人物背后的"奸诈"面,反而会被童话人物的勇敢机智打动甚至膜拜,笔者认为,"机敏"人物故事中客观存在着的"奸诈利己"悖论潜在地给正处在伦理意识尚未成熟的儿童带来了一些负面的引导,影响着他们在现实生活中的伦理选择。

二、"复仇反抗"选择对儿童"善恶"判断的建构

纵观德国民族史,从 17 世纪开始,没有赶上资本主义列车的德国便长期处于衰败落后的状态,经历了"三十年战争"后,德国被西方其他侵略国撕扯得四分五裂,政治、经济和社会制度一度崩溃,长期的战乱和发展

---

① [德]格林兄弟. 格林童话[M]. 魏以新, 译. 北京:人民出版社, 2005年, 第165-166页.

滞后的状态使得反抗侵略、渴望强大的愿望深深地融入进德意志民族的精神之中，反映在《格林童话》中，童话主人公不仅在社会和家庭伦理之间选择维护个人及家庭利益，在伦理关系纠葛中也会选择"血腥复仇"的方式来对抗恶势力和压迫，以此塑造儿童明辨善恶、勇于反抗的伦理意识。这一类童话主人公形象可被归类为"被同情者"形象，他们有则是善良纯真却被压迫，如灰姑娘，有则是需要反抗恶势力的受害人，如小红帽。这些经典的被同情者形象总能博得伦理意识形成初期的幼儿读者的同情，但是需要警惕的是，部分故事中的被同情者在面对压迫做出"正义复仇"选择时，其行为往往带有血腥暴力、阶级剥削、以暴制暴的偏激色彩，因此他们的道德模范作用和"善恶"性质需要我们客观辨析，防止其潜在地误导儿童的善恶判断。

比如在故事《47桧树》中，继母嫉妒原配妻子之子漂亮善良，在亲生女儿目睹之下将继子残忍杀害后烹饪给丈夫吃，善良的儿子于是变成一只鸟不断地歌唱：

> 我的母亲杀了我，
> 我的父亲吃了我，
> 我的妹妹小马雷，
> 拣起我所有的骨头，
> 包在绸子手帕里，
> 放到桧树底下。
> 启威特，启威特，我是非常美丽的鸟啊！①

继子用歌声吸引他人注意，并积攒了三件物品——金链子赠给父亲，红鞋子赠给妹妹，而将石墨毫不犹豫地砸向了后母，为自己报仇雪恨，最终鸟儿变回儿子，与父亲和妹妹幸福地生活在一起。在这个故事中，儿子善良漂亮的形象寓意他是"善"的化身，但却惨遭后母杀害，无疑是一个典型的"被同情者"。从文学伦理学视角分析，他的继母首先违背了伦理关系中母慈子孝的伦理规范，杀害继子是"恶"的行为，但是儿子继而做出

---

① [德]格林兄弟.格林童话[M].魏以新，译.北京：人民出版社，2005年，第140页.

了杀害继母的伦理选择,虽然复仇成功,但故事在传达了"善有善报,恶有恶报的伦理价值观"的同时,也让继子成为了以暴制暴的"恶"人。这类情节在《格林童话》这类古老童话中属于经典叙事结构,但这些正义暴力的行为与当代社会以"人权观"为代表的价值观念背道而驰,无疑给今日儿童的善恶观完善造成负面影响,也让故事陷入了一类伦理悖论,即当处于某种伦理关系的双方中有一方不按照伦理规范约束自己的行为时,另一方在进行伦理选择时就会陷入伦理悖论[1]。

以上故事中客观存在的伦理悖论没有在当时伦理环境下得到彰显,笔者认为是《格林童话》作为民间创作的一大遗憾,也是日后被成人所诟病的一大主要原因。伦理悖论往往是伦理选择的结果,没有选择即没有悖论,由于悖论导致的是两个相互对立的选择结果,因此悖论进入伦理选择的过程后即转变为伦理两难,进而文本将在两难的选择中给予读者启发,产生伦理价值。这样的文本情节让容易使立意更为深刻,对读者的价值观建构也更为完善,在《格林童话》这类幼儿读物中,通过强调伦理悖论,制造伦理两难以启发小读者思考的故事并不多,仅有个别自觉制造伦理悖论,从而成功建构儿童善恶观念的例子,比如《60 两兄弟》。

此篇童话在讲述两兄弟共同经历社会冒险的同时,兼顾了伦理关系抉择这一伦理悖论,让故事内涵更为丰富——双胞胎弟弟误会双胞胎哥哥诱惑了自己的妻子,于是当即杀掉了他的哥哥得以复仇,但随后弟弟开始反思自己:哥哥冒死来营救自己,可是自己却因为哥哥和自己妻子的关系而杀害了哥哥,在手足之情与婚姻爱情之间究竟如何抉择才能两全呢?显然,在"弑兄护妻"这个选择上存在伦理悖论,进而转变为伦理两难,伦理两难由两个道德命题构成,就每个道德命题而言,选择者如果单独做出判断,每一个选择都是正确的,但一旦在二者之间做出选择就会导致另一项违背伦理,即违背普遍道德原则[2]。因此,选择者面对伦理悖论般会陷入伦理

---

[1] 徐德荣,杨硕.罗尔达·达尔儿童幻想小说的伦理悖论研究[J].外国文学研究,2017,39(1):60-69.
[2] 聂珍钊.文学伦理学批评导论[M].北京:北京大学出版社,2014年,第262页.

两难，不得不在"两项都正确"的选项中做出选择，面临不得不违背"定道德伦理的困境。因此笔者认为，通过突出伦理悖论，制造童话主人公在伦理选择时陷入的伦理两难境遇，引导儿童读者参与思考与选择，能够更为有效地建构儿童成熟完善的善恶观。由于伦理悖论是可以解决的，无论选择者做出何种选择，都能给读者带来有益的思考和道德启示，正是因为这个特点，文学作品中的悖论才是有价值的，才会吸引无数作家通过制造伦理悖论实现和伦理两难的情节升华作品内涵。

综合考察《格林童话》中的复仇故事，大多数主人公的伦理选择都没有升华至产生伦理两难的局面中去，纵使《格林童话》是更加适合处于伦理混沌期和伦理意识形成初期的幼儿阅读，由于读者受众的思维发展情况，确实没必要对伦理悖论进行过多的深入扩展，但简单的"以暴制暴"低阶情节忽视了故事本身的伦理悖论，在注重"人道主义"关怀的今天被一些肤浅的网络人士，三教九流当成了把柄，借机将童话故事的善恶、正反进行了颠倒，造就了如今类似于"成人格林童话"的"反格林童话"文化现象。不同的年代和民族对儿童有着不同的伦理期待，而不同时代的儿童思维能力和接受能力也有差距，《格林童话》作为经久不衰的经典童话，必然要根据当下时代需求对原文中的血腥暴力、阶级剥削等情节进行合理的当代解读，才能切实地培养和塑造现代儿童的善恶观念。

三、"拥美拜金"选择对儿童"性别身份"的建构

整体来看，《格林童话》中的人物普遍都带有"拥护美貌、向往权力与财富"的世俗价值观，童话中这一价值观下的伦理选择表现了动荡贫瘠年代的道德和社会观念，再现了17世纪以来的德意志民族男女社会分工，通过这些内容，童话提供了普遍的性别身份和行为的样本，向幼年读者灌输对性别身份的理解。

首先，在女性身份建构上，《格林童话》中的大部分女性故事为19世纪的儿童初步确立了"好女人"应当具备的标准——美丽、善良，以及她们理想的归宿——贵为皇后或公主，但不少故事却通过美丑与善恶的简单

等价，或者一味强调受害女主的美貌来强行赋予故事正义性，让看似歌颂女主人公高尚品质的背后，内涵着肤浅和世俗的品位，对幼年读者的性别身份建构、爱情婚姻观念都产生了一定程度上的负面影响，比如《13 森林里的三个小仙人》：

  那个女人（继母）变成了她继女的死敌，想尽方法虐待她，一天比一天厉害。

  那女人（继母）还妒忌她的晚女生得美丽可爱，她亲生的女儿生得难看。

故事全程并未交代继女品质如何，只是强调了她是一个美丽可爱却受到继母虐待的女孩，可是她却获得了神仙的眷顾，拥有了美貌、财富和社会地位，摆脱了继母的虐待，最终贵为皇后：

  第一个小仙人说："我祝她一天比一天美丽。"第二个小仙人说："我祝她讲一句话，嘴里会吐出一块金子。"第三个小仙人说："我祝她被一个国王娶去做王后。"……国王问她："孩子，你是谁，你在这里做什么？""我是一个可怜的女孩子，我在这里洗纱线。"国王很同情她，又看见她非常漂亮，就说："你愿意同我一起坐马车吗？"她回答说："啊，好的，我很愿意。"因为她高兴离开继母和异母姊妹。①

类似将美丽与善良简单等价的情节在《11 小弟弟和小姐姐》中也可以见到：

  她非常漂亮，这样漂亮的人国王还没有看见过。她看见进来的不是小鹿，却是头戴金王冠的男人，大吃一惊。但是国王和善地看着她，和她握手，说："你愿意跟我一起到我王宫里去，做我亲爱的妻子吗？"女孩回答说："啊，好的，但是小鹿必须一起去，我不能离开它。"②

---

① [德]格林兄弟. 格林童话[M]. 魏以新，译. 北京：人民出版社，2005年，第42-45页.

② [德]格林兄弟. 格林童话[M]. 魏以新，译. 北京：人民出版社，2005年，第36页.

类似这样的故事在《格林童话》中不胜枚举，这也是古老童话的一大叙事典型，它们简单地将美丽的受害人等价于善良的弱者，只有美丽虔诚的人才具备了拥有富足生活的条件，而判断生活是否富足的标准最终都指向对权力和财富的占有，这样看似"圣洁"的虔诚人物，最终的善报却统统指向物质层面的富足，无疑对小读者雅俗观念的建构造成了一定的困扰。同时，故事中隐含着的对"美貌"的拥护，也在一定程度上影响着儿童的爱情婚恋观，暴露了当时社会对女性群体的刻板印象。即便是经久不衰的经典女主人公形象如"莴苣姑娘""玫瑰公主（睡美人）""灰姑娘""白雪公主"等，她们也常常被冠以"世界上最美丽的女人"这一名号，且在受难时无法自救，只能靠父权或夫权来获得庇护脱离险境。纵观《格林童话》中的女性故事，真正发挥女性能动性的如《十二兄弟》《六只天鹅》等故事并不多见，显然，按照19世纪道德准则对民间故事进行如实改编的《格林童话》，在今日看来对女性并不十分友好。

　　同样，在男性身份建构上也存在过于强调血性、利益而忽视"人道主义"情怀的问题，《格林童话》也为儿童初步确立了"好男人"的标准——勇敢且惩恶扬善，及他们理想的归宿——迎娶公主成为国王，他们的结局往往是爱情事业双丰收式的。前面我们提到童话情节中存在着大量的"正义暴力"行为，这在西方文明发展的早期，并不必然是邪恶的，但是男主人公通过"正义暴力"的行为剥夺他人权力，实现自己对财富的地位的追求，在塑造男性勇敢自强的高尚品质，传递劝人行善，好人好报的教诲的同时，爱情事业双丰收的模式化结局却内含着一种爱情观和金钱观的扭曲，让故事在弘扬高尚的同时，又落入了肤浅和俗套。比如《4 学习发抖》讲述了一个率真傻气的男孩学习胆怯的冒险故事，他天生的勇气让他战胜了常人不可战胜的鬼神，最终继承王位抱得美人归，其中男孩的冒险场面由于过于血腥，被后人所诟病：

　　　少年说："无论多么困难，我总要学习，我就是为了这个才出来的。"他闹得老板不得安静，老板终于对他说，离这里不远有一座魔宫，如果有人在宫里守三夜，一定可以学到什么是发抖。国王曾经说过，谁敢在里面住宿，他把他的女儿给他做妻子。他女儿是世界上最，美丽的姑娘。

......

它们说："伙计，我们来打牌好吗？"少年回答说："为什么不打呢？不过请你们把脚伸出来看一看。"它们把爪子伸出来。他说："唉，你们的脚爪这样长啦！等一等，我要给你们先剪一剪。"他一面说，一面抓着它们的脖子，拿到切菜砧上，把它们的脚紧紧地夹着。他说："我看了你们的脚爪，就不高兴同你们打牌了。"

说着他就把它们打死，摔到外面水里去。

他拿着死人的头，放到车床上，把它们磨圆。他说："瞧，现在它们好滚些了，有趣！有趣！"

......

国王说："你已经救了这个魔官，你应该和我的女儿结婚。"他回答说："这很好，但是我还不知道什么是发抖。"……金子拿了出来，婚礼举行了。

此类宣扬男性勇敢自强，嗜血无畏的精神品格的故事不胜枚举，实则包含了对于金钱的迷恋，对物质生活的享受等世俗价值观。当然，战乱年代的德意志民族社会秩序紊乱，经济水平滞后，劳苦大众对权力和财富的向往也自然地反映在《格林童话》中男女主人公对金钱、地位、爱情的向往，其模式凝聚了广大苦难民众对生活的美好愿望，隐含着"拥美拜金"的伦理选择，这种伦理选择再现了当时社会下的男女社会分工，彰显了贫瘠时代下劳苦大众对美好生活的渴望，但这种模式化的童话故事结局在当代未免会局限儿童对性别身份乃至雅俗、美丑的判断。

结　语

本文通过分析童话主人公的"损人利己""复仇反抗""拥美拜金"三方面的伦理选择，肯定了时代背景下这种选择的合法性，同时剖析了其中被时代忽视却客观存在的伦理悖论。究其原因，这些随伦理选择便客观存在的伦理悖论，是格林兄弟在19世纪的道德准则和伦理需求下形成的必然

结果，无可厚非；其二，在"童话"外衣的裹挟下，小读者甚至家长都不会对其偏激的情节进行过分的斟酌，反而为善恶分明和大快人心的结局叫好。但是随着时代的发展，古老的价值观被人道主义的高度文明所替代，《格林童话》中部分故事的伦理悖论逐渐放大至被文明社会难以接受的地步，遂诞生了许多"成人格林童话"的反面文化现象。文学伦理学批评要求我们历史地，历时地对文本进行伦理审查，因此我们不应当一味批判古老童话在今天的价值，正如格林兄弟面对质疑时所回应的："雨露为地上万物而降是个善举。如果有谁不敢将自己的植物放到外面，只因为担心它太敏感会遭受损伤，而宁愿将它放在室内浇灌，但即便这样，其也不能要求雨露因此而停止降落。一切自然的都是能结出硕果的，这是我们所追求的。"①格林兄弟强调如实改编民间故事为儿童所读，却并不反对人们根据实际需要进行适度删改，更何况在《格林童话》穿越百年、跨越民族仍经久不衰的今天。

因此，我们有理由在注意到伦理悖论的潜在危机后对《格林童话》中的部分"古老遗迹"进行当代解读。事实上，现代人利用传媒技术、文字删改等手段，确实做到了对《格林童话》的适度改编，以求其更加适合当代儿童的伦理需求。比如迪士尼系列公主动画故事将童话可视化，用丰富细腻的情节突出了女性的能动性，化解了古老童话中对女性的片面认知，让儿童感受到了公主们美貌之外"勤劳、善良且自强"的内在美，借古老童话外衣传递当今时代的女性观和婚姻爱情观，受到了广大少年儿童的喜爱。除此之外，编译者对《格林童话》中过于血腥的故事也进行了大量的删改，保留部分伦理价值全面的故事供儿童阅读。但是仅凭"删改"远远不足以使《格林童话》经久不衰，笔者认为，文学伦理学批评能够有效帮助广大童话研究者和教育者对古老童话进行系统的伦理审查，同时为其中的问题提供一针见血的对策。经过本文分析，笔者认为阻碍《格林童话》教诲功能发挥的关键在于客观存在的伦理悖论没有得到充分的强调，它们被卷入古老时代的浪潮得以隐藏，却被推至21世纪的文明海岸，面对无法

---

① 王丽平. 儿童与民族：《格林童话》缘何为德意志的民族叙事[J]. 同济大学学报(社会科学版)，2021，32（4）：16.

忽视的"血腥暴力""性别歧视""损人利己"的悖论，如今的编译者不能仅仅局限于删除和改造，也应当抓住此悖论进行合理"强调"，从而引导具备初期伦理意识的儿童进行批判性思考，使他们参与进主人公的伦理选择，由于伦理悖论不同于逻辑悖论，因此不管选择者做出何种选择，问题都能够解决，也都能得到不同的伦理教诲。在此理论下，儿童可从不同的选择中获得伦理教诲，《格林童话》的伦理价值才能在今天依旧熠熠生辉。

参考文献

[1] 格林兄弟. 格林童话[M]. 魏以新，译. 北京：人民文学出版社，2005年.

[2] 王晓兰. 英国儿童小说的伦理价值研究[M]. 武汉：华中师范大学出版社，2017年.

[3] 聂珍钊. 文学伦理学批评导论[M]. 北京：北京大学出版社，2014年.

[4] 聂珍钊，王松林. 文学伦理学批评理论研究[M]. 北京：北京大学出版社，2020年.

[5] 彭懿. 格林童话是这样改写出来的[J]. 南方文坛，2009（6）：74-78.

[6] 徐德荣，杨硕. 罗尔达·达尔儿童幻想小说的伦理悖论研究[J]. 外国文学研究，2017，39（1）：60-69.

[7] 王丽平. 儿童与民族：《格林童话》缘何为德意志的民族叙事[J]. 同济大学学报（社会科学版），2021，32（4）：8-16.

[8] 杜荣. 《格林童话》在中国的传播与接受——纪念格林童话诞生200周年[J]. 德国研究，2012，27（3）：98—110，128.

[9] 冯芃芃，雷淑叶，舒馨怡. 暴力叙事与儿童教育：《格林童话》研究[J]. 教育教学论坛，2019（31）：25-28.

[10] 韩颖. 格林童话的教育功能探析——以评价意义为视角[J]. 外语与外语教学，2014（3）：5-10.

[11] 吴凡. 格林童话的范式：本真性基础上的选择与润饰[D]. 上海：华东师范大学，2019.

[12] 熊雅丽. 伦理教化与心灵启迪[D]. 武汉：华中师范大学，2012.

[13] 刘慧慧.《格林童话》对儿童道德成长的教诲功能[D]. 湘潭：湘潭大学，2020.

[14] 唐辉. "他者"与"主体"——从童话《莴苣姑娘》到电影《魔发奇缘》中女性主体意识的建构[J]. 湖南大众传媒职业技术学院学报，2020，20（3）：29-31.

[15] 彭懿.《令人战栗的格林童话》令人战栗[J]. 中国儿童文学，2012(1)：36-41.

第八章 存在主义视角

第一节 存在主义理论简介

存在主义是20世纪影响最大的哲学思潮之一,在文论界也有诸多涉及。存在主义诞生于第一次世界大战后,此时人类虽然在物质文明上取得了极高的成就,精神层面却已然成为一片废墟——战争带来的虚无感、恐惧感与信仰失落的无助感交织,人们无法找寻到自身存在的价值,整个社会迫切需要一个新的精神指引,存在主义正是在这样的背景下应运而生。

存在主义的理论根基十分深厚,索伦·克尔凯郭尔(Soren Aabye Kierkegaard,1813—1855)的神秘主义、弗里德里希·威廉·尼采(Friedrich Wilhelm Nietzsche,1844—1900)的唯意志论、埃德蒙德·胡塞尔(Edmund Husserl,1859—1938)的现象学等理论都为存在主义的诞生奠定了哲学基础。

德国哲学家马丁·海德格尔(Martin Heidegger,1889—1976)被视为存在主义真正的创始人,他被一些哲学家、评论家视为20世纪最伟大的哲学家、思想家,认为其是唯一一个真正的存在主义哲学家。海德格尔的著作《存在与时间》(*Sein und Zeit*)被视为是存在主义最经典的理论著作之一,其中海德格尔对"此在""世界""在之中"与时间性的论述极大地丰富了存在主义的理论内涵,是西方哲学史上对"存在"本身的一次重要理论探索。海德格尔掀起的存在主义思想风潮不断冲击着西方传统的哲学基础,自西方现代哲学奠基人笛卡尔(René Descartes,1596—1650)以"我思故我在(Je pense, donc je suis.)"为"存在"定性之后,西方哲学界终于等来了这场存在主义的思想革新。存在主义哲学在此后区分出了许多派

别，如无神论存在主义、基督教存在主义、人道主义存在主义等，每个存在主义思想家的观点都不大相同，所以也有一种说法为"世上有多少个存在主义哲学家就有多少种存在主义"。

存在主义思想也对文学领域产生了巨大的影响，存在主义文学与批评于20世纪30年代末开始在法国兴起。让·保罗·萨特（Jean-Paul Sartre，1905—1980）是法国最著名的存在主义文学家、哲学家之一，其1938年所著的长篇小说《恶心》（*La nausée*）被视为是法国无神论存在主义文学的首创。萨特于1943年完成的著作《存在与虚无》（*L'Etre Et Le Neant*）中第一次提出了"存在主义"，这本书也被视为是法国存在主义的哲学纲领，极大地加强了存在主义在法国思想界的影响。法国在二战时期受到了很大的创伤，整个社会普遍陷入了一种消极、悲观的情绪之中，人们心中萦绕着一种难以言喻的孤独感、失落感，人们大多选择以玩世不恭的态度跳脱出社会文化圈，为自己寻找到一种虚假的精神安慰。在这种背景下，萨特提出的以个人自由与存在为核心的存在主义受到了法国文化圈的追捧，人们以萨特的存在主义为风尚开始大规模地进行创作，法国的存在主义文学因此发展迅猛。除了萨特，法国还有两位著名的存在主义大师，即阿尔贝·加缪（Albert Camus，1913—1960）与西蒙娜·德·波伏（Simone de Beauvoir，1908—1986），他们三人共同缔造了法国存在主义文学的黄金时代。

每一位存在主义大师对"存在"都有着不一样的定义，不过他们都致力于在那个颓废、消极的时代重新确认人生存的价值、方式，重新建构人与世界、个体与集体的链接。存在主义思潮在全世界范围内产生的影响十分深远，至今存在主义批评仍是一种经典且常见的文学批评方式。

第二节　存在主义理论课程实践

存在主义视野下《巫术师》的自由探索之路

万心怡

（西南交通大学 人文学院，四川 610031）

摘　要：《巫术师》的主人公尼古拉斯·于尔菲在作为智者的老人康奇斯的引导下进入了一场"上帝的游戏"。主人公在游戏中对两性关系及存在问题作出了自我审视，最终在游戏结束后带着自由的答案开始新的人生。小说内部存在一条关于主人公尼古拉斯·于尔菲追寻自由与自我的路线：自我迷失（伦敦）—自我寻找（希腊）—自由选择（伦敦）。基于此，本文将关注主人公于尔菲在游戏中的自由探索之路，分为三部分解读作品中关于存在主义自由的思考。

关键词：《巫术师》；存在主义；自由；荒诞

The Path of Free Exploration of The Magus in the Existentialist Vision

Wan Xinyi

(School of Humanities, Southwest Jiaotong University, Chengdu Sichuan, China)

Abstract: Nicholas Yulfi, the major character of *The Magus*, enters a "game of God" under the guidance of the old man, a wise man. In the game, the protagonist examines the relationship and problems between the two characters, and finally begins a new life with the free answer after the game. There is a line inside the novel about Nicholas Yulfi′s pursuit of freedom and self: self-lost (London)—self-search (Greece)— Free choice(London). Based on this, this paper will focus on Yulfi in the game, which is divided into three parts to interpret the existential freedom in the work.

Keywords: *The Magus*; existentialism; freedom; absurdity

英国小说家约翰·福尔斯（John Fowles）的长篇处女作《巫术师》（*The Magus*）是一部有关追寻自我与自由的"存在主义"主题小说。值得一提的是，作者本人称这部小说为"上帝的游戏"，而小说中的确存在着一场关于上帝和自由的神秘游戏。主人公尼古拉斯·于尔菲在重要人物康奇斯的引导下，在未知的状态下进入这场游戏。福尔斯为于尔菲以及读者设置了一个又一个谜题，而小说主题正藏匿在游戏中，答案是"自由"。

约翰·福尔斯作为存在主义作家，他清楚战争带给人们关于世界的荒诞体验以及人类的悲观处境的深度思考。而他选择书写"自由"以应对人的存在困境。从表面来看，《巫术师》是英国青年于尔菲来到希腊小岛寻找自我的故事，但从更深处来看，福尔斯希望向读者展示一种存在主义式的自由：每个人都拥有追求自由的权利，但应尊重他人的自由和选择，同时承担起自由选择后的结果。

在小说关于自由的实践中，于尔菲是重要的考查对象。出身英国中产阶级的于尔菲在宛若囚笼的伦敦失落了自我存在的意义。为追求存在和自由，于尔菲选择来到希腊小岛，"我需要一个新的国度、一个新的种族、一种新的语言。我需要一种新的神秘。[①]"在希腊，于尔菲结识了神秘人物康奇斯，并且卷入了一场游戏，面对真实与虚幻、爱与欲的困境。

《巫术师》是福尔斯创作的一部带有实验性质的关于存在的小说，作者使用自己的语言构筑了一个混乱的世界并向读者表明这个虚构世界的荒谬背后的存在意义。本文将从存在主义的视角出发，分析在存在主义理论中极为重要的概念——自由在小说中的体现。在小说中，主人公于尔菲为追寻自由来到希腊，在希腊经历了一系列荒诞的游戏，最终在游戏中找到自由。可以说，自由酝酿着荒诞，而荒诞促进了自由选择，

纵观全本，可以发现《巫术师》内部有一条关于主人公尼古拉斯·于尔菲行动的路线：英国伦敦—希腊弗雷泽斯岛—英国伦敦。而这条路线正

[①] 约翰·福尔斯. 巫术师[M]. 陈安全, 译. 天津：百花文艺出版社, 2017年, 第7页.

可以对应故事中于尔菲找寻存在与自由的路径，自我迷失（伦敦）—自我寻找（希腊）—自由选择（伦敦）。基于此，本文关注于尔菲找寻自由与自我的过程，将按照这条寻找路径解读作品中的存在主义式自由思考，即自我迷失—自我寻找—自由选择（自我找回）。

一、灵与肉：自我迷失

《巫术师》中，主人公于尔菲的自我迷失表现为灵肉冲突。"灵与肉"一直是文学与哲学中极为重要的命题。在小说中，福尔斯通过描写主人公于尔菲在精神层对存在的追求与实际上的放纵生活，反映出青年对自由和爱的扭曲认知。于尔菲有一种对爱的心理隐疾，这个以"存在主义者"自居的青年渴望自由和解脱，但他将爱欲扭曲成一种性自由。于尔菲在两性关系中试图成为感情的掌控者，拥有随时抛弃对方的权利，然后却使得这种关系脱离了"爱"以及背后的理性范畴，成为一种变形、扭曲式的表现，折射出于尔菲在虚无中希望肯定自我的欲望。

这种复杂微妙的心理的产生与作为小说背景的战后伦敦息息相关。英国在第二次世界大战中付出了巨大的代价，而战后生活的困难与英国国民想象中的战后生活有着极大的落差。复杂的政治、经济环境使得当时的英国青年用不同的方式来反抗社会主流观念，以及展示、肯定自我，由此形成二战后英国特有的青年文化——愤怒的一代。于尔菲正是愤怒青年中的一员。无论是战时为家庭所迫选择参军，或是退役后顺从安排选择就读牛津，都可以看出于尔菲并没有获得自由选择的权利。实际上，他对"自由"也从没有真正理解。

父母去世后，于尔菲开始接触存在主义。但在学校俱乐部里，于尔菲和朋友对存在与虚无进行辩论，却并不理解存在主义，只是试图表现自己的愤世嫉俗。离开学校后，于尔菲为摆脱空虚的生活而不断寻求情感寄托，以至将性爱当作精神鸦片来麻醉自己，试图通过情欲的释放来获得自我的满足。于尔菲的这种灵肉矛盾展示出来战后的英国青年的迷惘以及人与人、

灵与肉之间层出不穷的新问题，折射出战后英国青年的生存与精神状态。

而放纵的自由只带给于尔菲更多的空虚，当他作为教师为资产阶级的孩子授课时，只看到了人生虚无缥缈的无底深渊。一方面，爱情本是人际关系中的一种特殊状态，是爱人之间感情的升华和结晶，性应是爱情的结果。但在于尔菲的生活中他颠倒了爱与性，性成为两性关系中首先发生的行为，"在我们这个时代叫人难为情的不是性，而是爱"①。另一方面，欲望逐渐不再能填满他的内心，于尔菲陷入巨大的痛苦中。作为花花公子，于尔菲玩弄女性从不付出真情，即使遇到了让他动心的艾莉森，却仍在朋友面对侮辱这个移民女孩，吹嘘艾莉森"比集中供暖便宜"。当他申请到希腊弗雷泽斯岛一所学校教书的职位后，他又以此为借口轻易抛弃了艾莉森，获得一种病态的解脱感。

于尔菲自我迷失的重要原因便是灵与肉的冲突。如弗洛伊德所认为，释放压抑在无意识深处的力比多欲望通常有三种途径：一是经他自身心理结构内部的调整，二是将投射目标移向他方，三是将压抑的欲望直接投射到异性对象上去，以实现欲望的满足②。于尔菲将自己对自由的渴望投射到对异性的性欲上，试图通过性欲来排解自己的空虚寂寞以及抑郁情绪。在精神层面，于尔菲渴求自我意义的确定，希望能获得真正的自由；但在物质上，于尔菲却放弃不了阶级身份带来的欢愉，这让他从骨子里看不起从澳洲移民来的姑娘艾莉森。于尔菲将离开爱自己的艾莉森作为解脱，认为这是在离开那种赤裸裸的欲望。但于尔菲一直深陷在这种宛若深渊的欲望中，直到他遇见自己的"智者"康奇斯。

二、上帝的游戏：自我寻找

在《巫术师》的自我寻找路线中，希腊的弗雷泽斯岛是一个极重要的地点。这不仅是于尔菲在自我迷失后出奔来到的新环境，也是主人公开始

---

① [英]约翰·福尔斯.巫术师[M].陈安全，译.天津：百花文艺出版社，2017年，第25页.
② 王宁.文学与精神分析学[M].北京：人民文学出版社，2002年，第136页.

感知自我、寻找存在的地方。来到希腊后，这里的生活与于尔菲所幻想的截然不同。自以为迷人的希腊，生活却枯燥无趣，在这样的孤独中过去的生活变成了虚幻。在对希腊的幻想破灭后，于尔菲陷入更令人绝望的虚无中，比过去肉体上和社会上的孤独更可怕，是一种失去来处的绝望。

但陌生的希腊也给予了新的可能，于尔菲在这里打破了从前对自我认知。首先是悲哀地发现自己并不是出色的诗人，又因染上性病深受心理和生理的双重打击，进而想到自杀。不过他很快意识到，他不过是用寂寞和自欺为自己构筑了一座囚笼，而写诗和自杀实际上都是试图逃避生活和逃脱责任的表现。在对无聊生活的烦躁中，于尔菲顺利进入了康奇斯为他设计的假面剧中，开启了寻找之旅。

（一）游戏的真与幻

伦敦的生活带给了于尔菲灵与肉的割裂感，陷入虚无的于尔菲将希腊作为自己寻找自我和自由的"圣地"，但福尔斯对希腊生活的描写中，充斥着一种虚幻、不真实感。首先便是叙述上的荒诞感，在小说形式上福尔斯使用了特别的叙述手段来架构一种形式上的荒诞，这也是现代以来小说的一种文学特征，作家时常采取多变、复杂的叙述手段来丰富自己的故事或者凸显小说的主题。

《巫术师》这个故事拥有三个叙述者以及多重叙述层。小说的主要情节即主干部分由主人公于尔菲以第一人称叙述，他以一种自我追寻的方式回忆了自己在牛津大学的经历以及同女友艾莉森的关系，并且以第一人称的角度讲述了自己在弗雷泽斯岛的经历。而小说还有另一位叙述者，即康奇斯，他向于尔菲叙述自己的故事，在所虚构的"次现实"中取代了于尔菲的第一人称叙述角色。最后，作者作为第三个叙述者，在小说中对于尔菲以及康奇斯两人的行为发表了一系列评论[①]。

小说的多重叙述为"上帝的游戏"增添了神秘感与虚幻感。但游戏本就是虚幻的产物，真实的其实是于尔菲作为"玩家"的感受。虽然小说名

---

① 王玉洁，杜云云. 约翰·福尔斯《巫术师》后现代主义"元小说"叙事策略解读[J]. 山东外语教学，2010，31（5）：64-69.

为《巫术师》，但事实上这并不是讲述巫术与魔法的故事，康奇斯和于尔菲都不具有任何超凡的能力。但福尔斯构思出了一个足够混乱无序的叙述层，即康奇斯作为讲述人来架构的这个叙述层。

康奇斯构建了一个足够神秘与混乱的"次现实"作为现实中游戏的背景，于尔菲在其中至少经历了五次对真相的认知反转。康奇斯从"自己"在一战的经历开始讲起，利用老照片和旧书以及一些道具引导于尔菲相信他正在经历通灵。然后又通过"莉莉"，让于尔菲以为通灵是虚假的，为"朱莉·福尔摩斯"治疗精神疾病才是真。在于尔菲信以为真后，真相又似乎是，这只是一场电影拍摄，剧本是《三颗心》：一对英国姐妹在一战时来到希腊爱上一个作家的故事。但真相还隐藏在游戏中。朱莉的姐姐朱恩说一切是康奇斯的精神病实验。最后，巫术之外不存在事实真相，于尔菲作为法官经历了一次假面审判，而朱莉是被审判人，康奇斯将自己在二战时面临的选择通过这场假面剧复制在于尔菲身上，这真的只是一次游戏。

基于以上可以发现，于尔菲总是掉入康奇斯设置的陷阱，"我到底是什么东西，无数错误文学构思的总和"[①]，正如于尔菲在经历无数反转后产生的这个想法，福尔斯似乎有意利用"康奇斯"这个次叙述者进行了一次文学实验。在于尔菲遇见康奇斯后，福尔斯采用了元叙述的策略。

康奇斯以最具荒诞感与非现实感的"通灵"向于尔菲展示所谓"真实"的经验，在接下来的每个阶段中都试图破坏于尔菲对上个阶段的认知，再为于尔菲展开新的认知。正如小说叙述可以超越自己的叙述层，不断暴露叙述行为与写作活动的虚构本质[②]，康奇斯在游戏的不断展开中也不断消解着其中的虚构性，即自己来解构故事，直至于尔菲重回现实。

（二）自我寻找

而在进入充满荒诞的游戏后，于尔菲其实已经开始寻找之旅。康奇斯设置的每一处荒诞故事都有其中深意。福尔斯在小说的"序"中说明了荣

---

① [英]约翰·福尔斯.巫术师[M].陈安全,译.天津：百花文艺出版社，2017年，第588页.
② 孙中伟.浅论《巫术师》的超小说艺术[J].语文学刊，2010，326(24)：60-61.

格对自己创造的影响，而根据荣格的心理分析理论，人在自我实现的过程中会经历许多原型，如人格面具、阴影、智慧老人等。以上原型都出现在引导于尔菲寻找自由的这场游戏中。

康奇斯作为智者，邀请于尔菲在每个周末来到他的住处，为他讲述故事。而其实每个故事都给了主人公新的启示。康奇斯在第一次世界大战的经历让于尔菲懂得珍视拥有的一切，否则追悔莫及。德康伯爵的悲惨遭遇是为告诫于尔菲放弃占有美好事物的愿望，否则易被事物所累最终毁灭自己。双胞胎姐妹朱莉与朱恩则是希望他看清自己的爱。

基于此，在"上帝的游戏"中，于尔菲经历了两方面的认知转变。首先于尔菲对两性关系认知的变化。在《巫术师》中女性控制着私人领地，即直觉、情感与感情世界，男性控制着公共领地，即科学、行为、暴力与战争的世界。福尔斯认为："男性看到的是事物，而女性关注的是其中的联系"，女性成为故事中的主导者。

在伦敦时，于尔菲是男女关系中的掌控者，他将女性看作满足欲望的工具，从不付出自己的真心。例如他操纵着与艾莉森的关系，当有机会去希腊时，他便抛弃了她。而在游戏中，他的男性主导权被推翻，成为游戏里的无知者，是康奇斯虚构故事的真实听众，也是朱莉的爱情奴隶。当于尔菲有机会用鞭子惩罚朱莉时，他却放弃了这次主导机会，这与现实世界中他对艾莉森的态度形成鲜明对比。

游戏里的于尔菲被女性控制着，他需要在两个女性之中作出选择，艾莉森代表生活，朱莉代表自由。艾莉森是于尔菲的教导者，带给他性上的满足感。而更重要的是她教会了于尔菲什么是爱情。而朱莉是于尔菲在荒寂的希腊找到的完美情人，她美丽却神秘，让于尔菲难以掌控，她代表了自由。在游戏的发展中，朱莉逐渐让于尔菲学会选择，在于尔菲放弃用鞭子惩罚朱莉时，他便放弃了曾经的态度。艾莉森和朱莉作为女性帮助他获得新的认知，他开始放弃从前以欲望控制男女关系的做法，以认真的态度选择生活与现实，而不再逃避选择。该作结尾处有这样的诗句：让没有爱

过的人获得爱让一直在爱的人获得更多的爱①,它暗示了于尔菲在两性态度上的良好发展。

其次是对自我和存在的审视。在陌生的希腊,于尔菲在游戏中认真审视"我是谁""我来自哪里""我将去哪里"这些关乎人的存在和意义的问题。关于"我是谁",于尔菲在游戏中数次追问康奇斯和朱莉关于自己的角色定位,他希望得知自己作为什么而存在。关于"我来自哪里"以及"我将去哪里",作为"导演"以及智者的康奇斯,将自己一生得来的经验、体悟通过自己讲述的故事传递给于尔菲,康奇斯清楚于尔菲若要认清存在便要做出自己的选择,而他的任务就是在"上帝的游戏"中教导于尔菲成为自己的巫术师,并且在真正的现实中确定自己是否能做出选择②。在此,于尔菲必须面临多种选择,他必须思考自由与责任以及爱情和欲望的关系。

于尔菲在游戏的后期已逐渐掌控了自我意识,从无知进入了有知。他选择继续游戏,认为自己虽然被迷惑,但应当有被迷惑的自由。当他重新回到布拉尼时,"想到半夜的幽会、明天、朱莉、亲吻,艾莉森已被遗忘,如果他要我等,我愿意等一整个夏天;为了夏天本身,我愿意永远等下去③"。这是康奇斯希望于尔菲能掌握的一种关乎选择的能力,而人的存在正是在选择中出现。主人公逐渐认识到,如果自己想揭示这个混乱无序的游戏世界的秘密,就必须不顾一切地探寻自己存在的可能性。

三、游戏的自由选择

弗雷泽斯岛上发生的故事充斥着虚幻感,并且具有对战争的深刻反思。存在主义文学正是直面战争带给人类的精神创伤的文学,它关注人们的心理,充分注重生命的存在。其中最为著名的便是萨特的"自由选择"理论,

---

① [英]约翰·福尔斯. 巫术师[M]. 陈安全, 译. 天津: 百花文艺出版社, 2017年, 第722页.

② 郑大湖, 张加生. 约翰·福尔斯《巫术师》的存在主义自由解读[J]. 英语广场, 2016, 71(11): 3-6.

③ [英]约翰·福尔斯. 巫术师[M]. 陈安全, 译. 天津: 百花文艺出版社, 2017年, 第316页.

自由选择可以理解为个体获得了一种关于自我选择的自由。萨特将自己的存在主义哲学看成一种关于行动的哲学，"行动的首要条件便是自由"，因此存在主义也是一种关于自由的哲学，但它强调的是关于选择的自由。

而从前的于尔菲没有意识到选择的重要性。他追寻一种绝对的自由，却最终陷入巨大的虚无。作为智者的康奇斯以故事和自己的经历作为案例，试图帮助于尔菲认识到：你的选择也就是真实的你。故事里的康奇斯选择放弃杀人，导致了更多的人失去生命。"看到我是广场上唯一一个有选择自由的人；宣言和保卫这种自由比常识更重要，比自我生存更重要，比我自己的生命更重要，比八十名人质的生命更重要。"康奇斯在刑场上所做的一切无可辩护，他的选择已无关对错，重要的是他珍视自己的选择，决定为选择的结果付出一生，选择总与责任联系在一起。

基于此，于尔菲逐渐意识到从前的错误认识。"他只是猜测我认为自由就是满足个人欲望。与此相反，他认为自由应对其行动负责，这比存在主义的自由还要古老得多。我怀疑它是一种道德责任。"①自由和责任并不是于尔菲以为的对立关系，而是相辅相成。从伦敦到弗雷泽斯岛，于尔菲看似在寻找自由和自我，却是在逃避。他逃避那个在伦敦无所事事的自己，逃避从伦敦追来的艾莉森。在这个层面，福尔斯构思了一个充斥荒诞感和矛盾感的主人公，这位渴望绝对自由的存在主义者只能选择一个有限的自由，他必须在这个游戏里做出自己基于爱与性、男与女、绝对与相对的选择。而于尔菲对"选择"的象征性追寻的客体是女性，艾莉森或者朱莉。

在游戏的尾声，康奇斯为于尔菲设计了一次审判，将他放入一次基于自由的选择中。于尔菲成为形式上的法官，玩弄他的感情的朱莉作为代表接受审判。于尔菲意识到自己回到了十年前康奇斯面临的那个困境，究竟是对他人负责还是追寻自我的自由？于尔菲意识到从前的自己犯下的罪行正是既不为他人负责，也未对自己负责。福尔斯或者说康奇斯在这里想要告诫于尔菲的是：真正的自由往往是有限的，需要承担和面对。当主人公意识到这一点时，他最终选择放弃审判，放下自己的权力和鞭子。

---

① [英]约翰·福尔斯.巫术师[M].陈安全，译.天津：百花文艺出版社，2017年，第478页.

这次选择为于尔菲带来新的思考。等他再次醒来,这场游戏已然结束,他可以开启新的人生。"上帝的游戏"带给于尔菲关于自我与自由的思考,他真切意识到从前的生活是错误的自由,真正的自由是一种选择,而他存在的意义也正在这些选择之中。但如福尔斯在"作者序"中所述:"真正的自由只存在于两个人之间,永远不可能存在于单独一个人身上,因此也就永远不会有绝对的自由。一切自由,即使是最为相对的自由,都可能只是一种虚构。"①在故事最后,于尔菲回到了英国,在这个他曾厌恶的地方找到了谜底,一切也许都是假的,但是爱是真的。于尔菲获得了爱的能力,直到艾莉森再次出现,小说就此结束。结尾似乎回到了故事的起点,于尔菲开始新的生活、新的寻找,重新认识艾莉森以及开始和她的关系。这是游戏结束后于尔菲的选择,也正是这场游戏希望他学会的。

结　语

《巫术师》中并没有神秘力量,只有一场人为构架的神秘假面剧。作者在小说中构思了一个混乱的文学世界,基于自己的小说语言加入了许多带有实验性质的情节,并向读者敞开这个世界的虚构性。主人公尼古拉斯·于尔菲从伦敦出发去希腊寻找一个答案,在希腊经历假面剧后又带着答案返回伦敦,故事结束在主人公与艾莉森重逢,一切回到了起点,于尔菲带着选择的结果开始新的人生。

《巫术师》的故事底层是混乱的,于尔菲到最后也不清楚康奇斯的真实身份,"智者"康奇斯的动机和行为是神秘、不确定的。同样不确定的还有"莉莉"或者说"朱莉"的真实身份,她们究竟是谁?在康奇斯的游戏中到底有着怎样的隐喻?这些都是《巫术师》关于这场游戏的未知而神秘的部分。这场神秘的"游戏"中的每一处荒诞似乎都有深意,就像是在于尔菲的潜意识层帮助他重建对自我的掌控,成为更好的人。

但《巫术师》的重点在于选择,而不是情节的结果。这也正是康奇斯

---

① [英]约翰·福尔斯. 巫术师[M]. 陈安全,译. 天津:百花文艺出版社,2017年,第 7 页.

希望主人公能学会的,就像小说中德康伯爵去世前的那句遗言:"是水还是浪",人必须学会面对那些关乎人生的选择。于尔菲是否得到了艾莉森的爱情并不重要,最重要的是他已学会接受这份爱,并走向了那个真实的自我。最后,关于艾莉森和于尔菲是否从此幸福地生活在一起,福尔斯并没有像其他文学作品那般给出明确的结局,他留下一个开放的结局给读者,然后结束了这漫长的心灵探索历程。就像福尔斯反复强调的小说的主题:自由,他给予艾莉森与于尔菲一次相逢,但两人最终的结局是他们的自由选择,小说的结束正意味着新的开始和无数的可能性。

参考文献

[1] [英]约翰·福尔斯. 巫术师[M]. 陈安全,译. 天津:百花文艺出版社,2017.

[2] 王宁. 文学与精神分析学[M]. 北京:人民文学出版社,2002.

[3] 孙中伟. 浅论《巫术师》的超小说艺术[J]. 语文学刊,2010,326(24):60-61.

[4] 郑大湖,张加生. 约翰·福尔斯《巫术师》的存在主义自由解读[J]. 英语广场,2016,71(11):3-6.

[5] 王玉洁,杜云云. 约翰·福尔斯《巫术师》后现代主义"元小说"叙事策略解读[J]. 山东外语教学,2010,31(5):64-69.

[6] 赵晓晓.《巫术师》之多重主题研究[J]. 新乡学院学报(社会科学版),2012,26(2):113-115.

[7] 田泽彤. 约翰·福尔斯《法国中尉的女人》和《巫术师》的跨层叙事研究[D]. 大连:大连海事大学,2021.

[8] 张玮. 认识真我:《巫术师》中尼古拉斯·于尔菲经历的萨特式存在主义解读[D]. 北京:北京外国语大学,2019.

[9] 唐萌. 从绝对自由到相对自由:《巫术师》的存在主义自由观解读[D]. 烟台:烟台大学,2018.

[10] 端丹. 克服存在孤独的可能性[D]. 武汉:华中师范大学,2011.

[11] 孙中伟. 约翰·福尔斯的超小说艺术[D]. 呼和浩特:内蒙古师范大学,2011.

第九章 形象学视角

第一节 形象学理论简介

形象学诞生于19世纪,是比较文学研究中的重要理论分支,其重点在于研究一国文学中的异国形象及内涵。形象学是由法国学派提出的研究理论,将事实联系作为研究的基础,并在这个基础上提出了探索对文学中异国形象及其背后文化冲突与交流的可能性。该学科天然具有跨学科特征,文学与社会的联系是其存在的天然理论源泉,不过也正因这个特性,形象学早期经常被认为超越了文学范畴,而与人类学、社会学产生了混淆。

让·玛丽·卡雷(Jean-Marie Carré,1857—1958)被认为是形象学的开创者,他虽然是巴登斯贝格(Fernand Baldensperger,1871—1958)的学生,却不认同拘泥于考证的影响研究。卡雷在注重事实的基础上,更加注重异国作家之间的精神联系,力图将比较文学纳入文学史范畴之中,他对比较文学的定义是,"比较文学是文学史的一个分支:它研究在拜伦与普希金、歌德与卡莱尔、瓦尔特·司哥特与维尼之间,在属于一种以上文学背景的不同作品、不同构思以至不同作家的生平之间所曾存在过的跨国度的精神交往与实际联系"。卡雷不仅在理论上进行了突破,他在《法国作家与德国幻象》(*Les Écrivains français et le mirage allemand*)一书中将法国作家笔下的德国形象进行了整合归纳,在事实联系的基础上考究这些作家创作时受到的外来影响,并将精神联系也纳入其中。卡雷的研究方法为比较文学开拓了一条新的道路,并且提供了切实可行的操作方式,《法国作家与德国幻象》也自此被视为形象学奠基之作。

在卡雷之后,其弟子基亚(Marius-François Guyard,1921—2011)在

卡雷的基础上继续发展形象研究。基亚丰富了形象研究的内容和方式，与卡雷相似，他也同样认为异国形象的研究应当建立在事实的基础上，以确凿的文学事实来使异国形象研究脱离抽象化、漫画化的片面价值。其后随着韦勒克（René Wellek，1903—1995）、狄泽林克（Hugo Dyserinck，1927—2020）、巴柔（Daniel-Henri Pageaux，1939— ）、莫哈（Jean-Marc Moura，1956— ）等比较文学名家不断拓展形象学的内涵，形象学的重要性也与日俱增，如今形象学已然成为了比较文学研究中绕不开的一环。

形象学最核心的概念就是"形象"。与一般提及的"形象"不同，形象学所研究的对象特指为"异国形象"，其中包含了人物、观念、情感和语言等多个层面，跨文化、跨民族是其最基本的特征。由于这种文学领域的异国形象是由作家所创造的，在创作过程中，作家的个人经历、社会意识等都会参与到其中，所以异国形象天然具有个体性与社会性，而这正是以事实联系为基础的研究方法所适用的领域。

基于异国形象的社会性，形象学研究者提出了"社会集体想象物"这个重要的概念。"社会集体想象物"是指一个民族、集体对另一国家、社会文化的想象与阐释，是一个文化对另一个文化的观照，这种想象不一定是符合现实的，可能因为时代、意识形态等缘故产生变形，所以这种想象是建构的。这种社会想象是一个民族文化将自己放在主体位置对其他文化进行阐释，异国形象在这时成为了"他者"，这种想象实际上就是在观照他者的过程中不断确定自己文化的定位。既然异国形象是他者地位，因主体文化的需求可以进行美化或丑化，所以这种异国形象想象具有很强的虚构性，这种虚构性正是异国形象的典型特点。语言文字的象征性使得这种虚构性在文学作品中以丰富的形式、样态出现，从侧面强调了形象学研究的重要性与必要性。

形象学直到如今仍是比较文学中的重要分支，其特殊的跨学科性质、独特的开放性视野在如今的文学文化研究中不断被强调与丰富，保持着极强的生命力。我国比较文学界对形象学也一直十分关注，尤其是西方作品中的东方形象的扭曲、变异一直是学界讨论的热点。孟华教授主编的《比较文学形象学》将诸多西方形象学理论著作经过翻译引入中国学界，被视为是研究形象学的必读之作。曹顺庆教授所提出的变异学理论更是与形象学有着极大的互相交流空间,通过共同聚焦于异国形象的变异,再次延展了形象学的研究范畴,为形象学注入了新的理论活力。

第二节　形象学理论课程实践

黑塞《玻璃球游戏》中的"中国式"形象

季芷卿

（西南交通大学 人文学院，四川 610031）

摘　要：本文以黑塞创作的最后一部长篇小说《玻璃球游戏》为主要研究对象，通过探讨其中出现的多种"中国式"的形象，挖掘黑塞对中国他者的整体认知，以及对自我的反观和追问。本文将黑塞笔下的诸多形象加上了"中国式"的定语，因为其形象并非是本土中国的产物，而是"外洋内中"的"变异"的中国形象，笔者通过提炼黑塞创作的"中国式"人物、文化与社会形象，揭开作家眼中对中国认知的面纱。最后，本文对黑塞笔下的形象进行溯源，从黑塞本人的"汉学家"身份、德国浪漫派的发展以及中国在异国形象塑造中体现的"乌托邦"性质三方面进行讨论，本文研究"中国式"形象在"玻璃球游戏"世界中无法如其所愿地去突破自身、超越自身，最终只能走向覆灭的结局。

关键词：黑塞；中国式形象；《玻璃球游戏》；中国；德国

The Chinese-Style Image in Hesse's *The Glass Bead Game*

Ji Zhiqing

(School of Humanities, Southwest Jiaotong University, Chengdu Sichuan, China)

Abstract: This paper takes Hesse's last novel *The Glass Bead Game* as the main research object, and explores Hesse's overall cognition of the Chinese Other and his understanding of the self by discussing the various Chinese-style images that appear in it, reflection and questioning. This article adds the attributive "Chinese style" to many images in Hesse's works, because their images are not products of native China, but "mutated" Chinese images "foreign and internal". "Chinese-style" characters, culture and social images, unveiling the veil of China's cognition in the eyes of writers. Finally, this article traces the origin of the images in Hesse's works, discussing from three aspects: Hesse's identity as a "Sinologist", the development of German Romanticism, and the nature of "Utopia" embodied in China's foreign image creation. In the world of The Glass Bead Game, the image of "style" cannot break through and surpass itself as it wishes, and can only go to the end of destruction in the end.

Keywords: Hesse; Chinese-style images; *The Glass Bead Game*; China; Germany

赫尔曼·黑塞（1877—1962）是德国继歌德、席勒之后，百年再起的伟大作家。《玻璃球游戏》是黑塞在完成长篇小说《东方之旅》后的最后一本小说，是他对中国文化理解的集中体现。这本书历时十二年，于1931年构思开始写作，最后在1943年问世，先在瑞士得到了出版。①

黑塞借助想象中的"玻璃球游戏"，企图在现实世界的黑暗风气和无奈中重塑全新的人物形象、文化形象、世界形象，并将其与传统整齐、连续且异化的真实的中国异国形象加以区分，用以对现实世界进行观照、反讽与针砭。他提出了一个看似完美的乌托邦设想，却又在故事的结尾亲手"了结"了这个乌托邦世界。黑塞通过运用自己熟知的中国意象和中国文化，

---

① 黑塞虽然原先是德国人，但他1923年就加入了瑞士国籍，并在1923年之前就已定居瑞士，但是他总是对德国抱有很深的感情，也希望自己的书优先在德国出版。纳粹德国时期，虽然没有明令禁止出版黑塞的书，但是依旧遭到了许多抵制和监管，尤其是后期，黑塞的出版人彼得·苏尔坎普被抓进集中营等一系列原因，黑塞的书并未在德国如期出版。直到1945年，彼得·苏尔坎普侥幸从集中营中逃出，黑塞的《玻璃球游戏》一书才在德国问世。

将"玻璃球游戏"中的世界当成一个独立于现实之外的"文学场"[①],不同的"中国式"形象与西方未来世界的设定在场域之间交融,互动拉锯、此消彼长,在时代中形成了独具文化特色的多元面貌,也再现了黑塞对中国的认知。

本文通过引入比较文学形象学这一方法,着重对黑塞小说中的"中国化"形象进行研究,讨论其形象特征、追溯其形象渊源。众所周知,形象学研究的是一个民族或者一(些)民族的神话、传说、幻象等,是如何在个人或群体的意识中形成和运转的原因和机制,简而言之,一切文字中透显出来的、对于异国的"描述"(representation),都是形象学的"形象"。笔者将形象学的研究范畴进一步延伸,讨论《玻璃球游戏》一书中多次循环出现的"变异"的中国形象。

作品中出现的人物形象、游戏形象等本身披着外国人的面具,但是细究其本质,都是"外洋内中"的、被作者特别设计的"中国式"形象,对原有的中国形象来说,是一种独特的"变异",他们身披外国之"壳",内有中国之"心",虽然其不是真正的中国形象,但是也可称之为"中国式"的形象。这种跨文化、跨民族、跨语言、跨时间的产物,在黑塞所建构的未来的虚拟世界之中,发生着变异、冲突、协商,甚至覆灭。黑塞作品中对"中国意象"的接受与转化,在预留了本国文化的立场上,与东方文明进行着对话,主体的"自我"在这些"中国式"形象之上不断投射分裂、质疑与再生,使得文化和信仰不再停留于简单的想象,而是真正成为超越原有文化乃至文明的新鲜血液。

一、"中国式"的人物形象

黑塞在自己的作品中酷爱塑造个性化的人物形象,在《玻璃球游戏》中有三个至关重要的人物:主人公克乃西特、音乐大师与竹林长老。音乐

---

① "文学场"这一概念来源于布尔迪厄,他本意为:文学场是一个力量场,这个场对所有进入其中的人发挥作用,依据他们在场中占据的位置以不同的方式发挥作用,这个场也是一个充满竞争的斗争场,个人或者团体进入场内总是需要不停地与他者进行斗争,以期维持、获得新的位置和地位。笔者通过引入"文学场域"这一概念,用来说明德国文化、东方文化在《玻璃球游戏》中不断斗争、交流与冲突的现实状况。

大师和竹林长老两个人物形象，都如同黑塞以往的其他"导师"形象一般，与东方文化密切相关。主人公克乃西特更是凝聚着黑塞毕生理想的完美人物形象，克乃西特也是融合着东西方文化的集中形象表现。只有把握了黑塞对东方、对中国文化的情感与链接，才能更好地理解其笔下的人物形象，体会到黑塞将中国形象进行"变异"，与西方人物相结合的深层动机。

（一）"善下之"的音乐大师形象

音乐大师是"玻璃球世界"中的精神领袖与权威的象征，同时也是克乃西特最为亲近的老师，他是知识理性、音乐艺术与完美道德的结合体，而他的力量来源正是东方式的静观默想、古典音乐与"善下之"的道家风范。

当音乐大师第一次招待克乃西特去他的居室时，他便提醒克乃西特："你将学习如何静坐默思。这似乎是人人必学的，却不可能进行考核。……"①同时，老人在克乃西特的眼中："流泻出平和静谧的气息，克乃西特感受到了这种气息，心里也越来越平静。"②由此观之，老人的初始基调便已奠定下来，他身上散发着中国式的平静而又祥和的氛围，既有老师般的谆谆教导，又仿佛一个遗世独立的中国老者。

音乐大师身上还体现出独特的中国特色的便是其"善下之"的道家风范："蒙特坡的人们传说，在他青年时代，当他还只是一个青年教师时，已被整个精英集团视为当之无愧的音乐大师时，大家就给起了一个符合他为人的绰号：'善下之'。"③

"善下之"④是用来比喻他身上的"谦逊精神""虔诚和乐于助人的精神"，还有他"为他人着想以及宽容精神"⑤，音乐大师虽然身处高位，但

---

① [德]黑塞. 玻璃球游戏[M]. 张佩芬，译. 上海：上海译文出版社，2001年，第67页.
② [德]黑塞. 玻璃球游戏[M]. 张佩芬，译. 上海：上海译文出版社，2001年，第68页.
③ [德]黑塞. 玻璃球游戏[M]. 张佩芬，译. 上海：上海译文出版社，2001年，第240-241页.
④ 此处为张佩芬翻译，直译为"伟大的甘居下位者"，这显然为黑塞所敬仰的中国老子的"善下之"思想。
⑤ [德]黑塞. 玻璃球游戏[M]. 张佩芬，译. 上海：上海译文出版社，2001年，第241页.

是他集音乐之大成,深居简出,宽容待人,深得老子的真谛。在音乐大师即将去世的时候,大师身上更洋溢着如庄子一般的逍遥、豁达与宁静,克乃西特认为这是老人发生的本质性转化:

> "那手轻得就像一只蝴蝶——……从世俗人生转向清净世界,从语言转向音乐,从私心杂念转向和谐统一。"①

音乐大师这一形象从他的事业开始,直到他走向人生结局,都洋溢着中国道家的老庄风范,他的身上洋溢着神圣而又明亮的光辉,身边围绕着的是愉悦而又美妙的宁静,这样具有"中国式"的形象塑造,仿佛是黑塞在未来虚构世界中投下的某种圣者之音,更像是宇宙中的原始行星运行的图景,是如此令人着迷。

(二)"表洋实中"的竹林长老形象

克乃西特身边另一个重要的人物是隐居竹林、被人称为"长老的"汉学家。他是黑塞小说中明显具有中国印记的人物形象,他出现的意义是多重的。

他是西方学习东方热环境下的一个特定产物。大约从17世纪中叶开始,从茶叶、丝绸、汉字,再到中国儒家经典,中国热表现在方方面面,"中国潮"成为西方追求异国情调的表现。此时,中国形象成为注视者对异国文化认识的重要组成部分,竹林长老虽然外表是一个洋人,但他也是作为代表中国形象的身份出现在"玻璃球游戏"世界中的。他所生活的竹林茅舍隐喻着黑塞本人的住所和竹林,甚至有学者认为,竹林长老很大部分是作者的自画像。

并且,他是作者投射的一种"中国式"的生活方式与生活理想,更可以看做是西方对抗现代文明的一种手段与途径。竹林长老"曾是远东学院中文系最有希望的学生,他似乎是专为研究中文而生的,不论在毛笔书法方面,还是在译释古典经文方面,他都超过了该校最优秀的老师,甚至是

---

① [德]黑塞. 玻璃球游戏[M]. 张佩芬, 译. 上海: 上海译文出版社, 2001年, 第248页。

道地的中国人。"①他对中国的热爱程度使得他甚至想让自己在外表上也像一个中国人一般。他重视《易经》，也爱读《庄子》，甚至向"玻璃球游戏"世界中的宗教团体申请，依照"中国古代隐士"的模式，过着与世无争的田园生活。

在他的精心料理之下，竹林茅舍俨然成为一座中国式庭院，老者也时刻秉持着中国人的衣着、生活模式、交往习惯等，并喜爱与克乃西特用中文对话。当克乃西特第一次见到竹林长老时，两人都同时用"叩首"道谢②，这明显就是竹林长老以中国人自居，因而行中国礼的有力证明。

相貌为洋人，内在为"中国心"的竹林长老形象，无疑是作者创造的最具中国特色与中国话语的人物形象，他不仅是黑塞的自画像，更是克乃西特最终想要成为的理想模式。作者塑造"中国式"的竹林长老形象，也是将其向往和歌颂的一种生活方式与理想状态展现在欧洲读者面前，表明其对这一路径的思考与重视，也反映了作者塑造异国形象的赞美之情，以及面对被注视者文化的"亲善"状态。

（三）"阴阳两极"的克乃西特形象

克乃西特这一人物形象，与黑塞以往小说中的人物形象有很大区别。以前的主人公形象，作者总是只书写他们人生中某一个特殊的阶段，或青年、或中年，并且集中反映那一个人生阶段的矛盾与问题。但到了克乃西特这一人物形象就不一样了，克乃西特的形象贯穿了他的一整个人生阶段，写了他一生的心路历程，少年至青年、老年至死亡的身后事，依次递进，最后呈现出"阴阳两极"的"中国式"人物形象。

《易经·系辞》谓："一阴一阳之谓道。"可见《易经》赋予"阴阳"形而上的意义，使之包含阴阳对立、阴阳相互作用直到阴阳合而为一的辩证过程，在克乃西特的人物形象便体现了这种阴阳双极的思维模式：

他生命历程中显示了两种相反相成或者两个极点的倾向——

---

① [德]黑塞. 玻璃球游戏[M]. 张佩芬，译. 上海：上海译文出版社，2001年，第117页.

② [德]黑塞. 玻璃球游戏[M]. 张佩芬，译. 上海：上海译文出版社，2001年，第118页.

也即是他的阴和阳——，一种倾向是毫无保留地忠于并且卫护自己的宗教团体，另一种倾向则是'觉醒'，想要突破、理解和掌握现实生活。①

世俗世界与精神世界，他们既是相互对立，但同时又互为因果的阴阳之道，成为了克乃西特这一人物形象存在的内在品性和终极要求。可以说，黑塞通过克乃西特这一人物形象的塑造，借中国古代阴阳两极的说法对世俗世界和精神世界做了极大努力的探索和追问，但是探索的结果连他自己都始料未及："再多的现在我自己也不知道。"②对于克乃西特这个人物来说，他对于宗教团体的忠诚、对于自我精神信仰的坚持是克乃西特的阴；与此同时，他又能够对现实做出精密的判断，让人生不虚此行，这便是他的阳；阴阳构成克乃西特不同阶段的觉醒。制约克乃西特生命历程发展的，正是阴阳互动的螺旋式上升轨迹，这也是黑塞对生活一种抽象而有效的把握。通过塑造这一"阴阳两极"的"中国式"克乃西特人物形象，黑塞也在挣扎与犹豫中认识生活、把握生活。

二、"中国式"的文化形象

在形象变异学的观点中，西方对中国的形象描述经常以二元对立的模式进行描述，倘若把形象当作"人类学资料"进行研究，则中国的社会结构、文化风俗、手工技术都可以被作为塑造中国在西方形象的一部分，同时也扩充了西方对中国的文化想象亦或是复制，并且中国的文化风俗也可以作为形象学研究的一部分，成为西方注视者的重点关注对象。

在"玻璃球游戏"之中，共出现三种具有代表性的"中国式"文化形象。无论是《易经》的卦象之思，《吕氏春秋》的音乐之构，还是有关"儒学"的伦理之想，都是有关中国的一种文化形象的再塑造和变异过程。

---

① [德]黑塞.玻璃球游戏[M].张佩芬，译.上海：上海译文出版社，2001年，第265页.
② [德]黑塞.朝圣者之歌[M].谢莹莹，欧凡，胡祖庶，译.上海：上海人民出版社，2013年，第108页.

（一）《易经》的文化形象——卦象之思

黑塞一直将《易经》视为与《圣经》等量齐观的著作，他把《易经》的卦象深入至主人公的每一次大型抉择之前，甚至将此文化形象与宇宙的原初譬喻相对照。[①]

整个"玻璃球游戏"正是以《易经》这一文化形象与西方的传统精神进行交融所完成的。小说的背景设定在公元 2400 年左右，足够遥远，跳出了现代人的思维视野，可以说是一个架空的、虚构的西方未来世界。虽然主人公克乃西特这一人物形象的德语名字为"仆人"之意，但他的成长与《易经》密不可分。

克乃西特因对《易经》的兴趣使然，才找寻到竹林长老与之结识。在主人公两次的"觉醒"过程中，《易经》都起到了决定性的推动作用。当克乃西特第一次拜访竹林长老时，长老就用抽签卜卦的"神谕"来决定。他用蓍草衍卦，最后得蒙卦：

> "本卦为蒙。"老人开言道，"卦名便是童蒙。上为山，下为水，上为艮，下为坎。山下有泉水，乃童蒙之象征，其辞为：蒙。亨。匪我求童蒙。童蒙求我。初筮告，再三渎，渎则不告，利贞。"[②]

"山水蒙"是《易经》的第四卦，是紧接着前面的乾、坤、屯三个都具有开端意义的卦象而来，就像山下的泉水一般，表示此时此刻人的状态十分混沌，需要受到良好的教育，即比喻人正处于启蒙教育阶段。"匪我求童蒙。童蒙求我"这句话中所体现的上进是克乃西特的重要进取之道。克乃西特从中"觉醒"，开始逐步认识自我，并且也走向他人生的新阶段——对道家"小我"意识的改革和推进，走向不同的人生，就如同"山水蒙"卦象中的出山之泉一般，奔向大海。

[①] 对于黑塞来说，《易经》这一文化形象恰似"整个世界的比喻系统"，不仅仅出现在《玻璃球游戏》这一部著作之间，更是他众多著作中出现的中国文化形象，足以见其重视。

[②] [德]黑塞. 玻璃球游戏[M]. 张佩芬，译. 上海：上海译文出版社，2001 年，第 121 页.

（二）《吕氏春秋》的文化形象——音乐之构

在"玻璃球游戏"世界的设定之中，卡斯塔里人的文化离不开一个古老而又值得崇敬的范例：《吕氏春秋》。在作者介绍"玻璃球游戏"的开篇，便从吕不韦的《吕氏春秋》论述音乐的章节中摘引数段：

> 音乐之所由来者远矣，生于度量，本于太一。太一出两仪，两仪出阴阳。
>
> 天下太平，万物安宁。皆化其上，乐乃可成。成乐有具，必节嗜欲。嗜欲不辟，乐乃可务。务乐有术，必由平出。平出于公，公出于道。故惟得道之人，其可与言乐乎！……①

作者认为："在充满传奇色彩的列国并存时期的中国，音乐在全国上下起着一种具有支配力量的作用。人们甚至认为，音乐的兴衰直接关系到文化、道德，乃至国家的状况。"②通过引述中国对音乐的重视，作者表明音乐的兴衰直接关系到文化、道德，乃至国家的状况，音乐的衰落成为一个朝代和一个国家灭亡的确凿象征，这也是对卡斯塔里和"玻璃球游戏"世界的构想奠定了发展基调与文化目标。

黑塞对此文化形象推崇备至，甚至把"玻璃球游戏"中最重要的"游戏圣地"——华尔采尔都设定为音乐课程的最高人才培育基地。在黑塞这一注视者的眼中，中国的《吕氏春秋》宛若一剂良药，这一文化形象被置于"玻璃球游戏"世界与黑塞眼中的双重视角之下，"中国式"的文化形象使黑塞看到了音乐的起源与向内之路的相生相合。

（三）"儒学"的文化形象——伦理之想

在"玻璃球游戏"世界中，"儒学"的文化形象渗透于主人公的人生之路与卡斯塔里社会的理想构建之上。在卡斯塔里这一介于现实与超现实的西方未来世界中，作者引入了儒学的思想内涵、态度体系与艺术象征。将中国文化形象融进这一虚构的场所之中，充当所有人的伦理目标，但同时，

---

① 选自《吕氏春秋·大乐》开篇，音乐的由来是相当久远的，它产生于音律度数的增减，以自然之道为本源，这是有关于音乐的哲学问题。
② [德]黑塞. 玻璃球游戏[M]. 张佩芬，译. 上海：上海译文出版社，2001 年，第 18 页.

这一形象也在作者的笔下出现了变异与误读。

黑塞将具有儒家特色的社会模式、教育理念化为他作品中理想社会的图景，如卡斯塔里的教育体制和等级森严、尊卑有序的文化也染上了浓重的中国儒家理想色彩：

> 精英学生以及后来成为宗教团体成员的人们……他不认为自己比老师更能判断自己的才能。……每个人都安排在最适合他的位置上，就如他自己所愿，他既能够服务，也能够在服务中得到自由。①

但作为"儒学"这一文化形象，在作者的笔下也因其个人理解与偏见，出现了变异和误读。

举例来说，卡斯塔里的成员因其终身都要遵守其"儒学"般的清规戒律，故而除非他们宣布脱离宗教团体，他们也不得担任"普通的"专业工作，甚至不可以拥有个人财产，也不可以结婚，以至于一般人总是半怀敬意半嘲笑他们为"清官"②。"清官"一词在德语中专指清朝官吏，原意的贬义更重，但这里作者显然是为了歌颂卡斯塔里的伦理体系，但因其对中国文化并未全盘了解吸收，通过其想象与再创造，使得"清官"这一显然不符合"儒学"伦理体系的词语出现在卡斯塔里之中，也间接说明文化形象前的"中国式"这一定语之准确，恰好论证了中国文化只是作者想象与拼凑的"悬浮物"，看似歌颂，实则艰难地摆荡在体系之间。

三、"中国式"形象溯源：找寻救赎

上文提到，作者塑造众多变异的"中国式"形象，和作者本人、时代背景与写作动机都具有千丝万缕的联系，上文体现在诸多形象中的中国意象，在作者的心态、个人情感与救赎意识之下，是其在虚构世界中将中国视为其"救赎之道"的一种归依，作者的先见、身份与价值观念时刻出现

---

① [德]黑塞. 玻璃球游戏[M]. 张佩芬, 译. 上海：上海译文出版社, 2001 年, 第 18 页. 第 64 页.
② [德]黑塞. 玻璃球游戏[M]. 张佩芬, 译. 上海：上海译文出版社, 2001 年, 第 18 页. 第 54 页.

在"中国式"的形象中，他将自己心中最完美但又最脆弱的"乌托邦"世界建立在千年后的卡斯塔里，带着已有的经验对中国意象进行着再创造，使得他者体现着注视者自身的文化印记，也是注视者认识自我、反思自我和表现自我的过程。

(一) 黑塞：来自德国的"汉学家"

黑塞曾经表达过，他是厌倦了一切斗争才转向一切非斗争事物的[①]，为了克服对立和分割的概念，他神游印度，晚年又来到"友好的、而非敌意的对立的中国"，印度与中国的相似之处在于其整体思想，这正体现了黑塞以怀乡似的浪漫情思所追寻的统一性，最终他又要以这种统一性来融合欧、中、印三大文化潮流，而对晚年黑塞来说，"中国"的融合方式比之带有苦修、遁世色彩的印度更为自然。通过大量的书评，黑塞将自己牢牢植入当时德国的"汉学家"圈子之中。他评论过的作者包括汉学家叶乃度、孔舫之、克劳泽、格里尔，也包括以意译中国诗出名的克拉邦德、贝特格，甚至一些有关东亚的艺术研究者。

1945年4月7日《新苏黎世报》刊载了黑塞《我心爱的读物》一文，其中近一半的篇幅谈论的是中国经典，拿"儒家"学派的创始人物孔子举例，黑塞对其的评价之高，超越了其他国家的圣贤们："譬如他偶尔说了那句颇具典型性的话：'知其不可而为之'，这句话说得如此泰然自若，如此幽默，又如此质朴，我不曾在任何其他文学中看见过一个类似的例子。"[②]他自己在纳粹肆虐的年代苦守精神净土，可以看出由卫礼贤等人铸造的积极的孔子形象留给他多么深刻的印象。

正是因为对中国文化满怀着热爱与期盼，黑塞才会将中国意象植入西方背景和人物之中，产生出富有特色的"中国式"形象。任何一种跨国别文化实践总会面临其"内在转化"也即"变异"的过程，一种古老的文化

[①] 黑塞在1933年12月4日的时候，给一位女读者写信曾提到过这一点："自从'斗争'失去了对我的魅惑力后，一切非斗争性之物，一切高贵的受难之物，一切宁静而优越之物就成了我的所爱，于是我从斗争走向了受难，即忍耐的概念。"

[②] 张佩芬. 黑塞研究[M]. 上海：上海外语教育出版社，2006年，第265-266页。

在新的环境中面对着新的文化刺激,产生了创造性的转化,和黑塞本人的心态、身份与情怀密不可分。

(二) 德国:"浪漫派"场域的焦虑之地

德意志几百年来一直都处于公国林立、四分五裂的状态之中,他们十分重视个体。随着拿破仑的文化侵略开始进行,"浪漫派"开始崇尚向民族历史的方向进行回归,抽象的"国族"概念被不断的放大,知识分子们开始慌乱地通过验证历史、语言、信仰等的相似性确认这一概念确实存在。

黑塞是德国作家,自然会受到歌德以及德国"浪漫派"的影响[①]。黑塞延续了诺瓦里斯等人尊重不同学科、将其融为一体的思想特征,将其与中国老庄的"合一之道"相融合,且把这种偏形而上学乃至宇宙论的综合理想运用到西方未来虚构世界之中,这也是对解决"浪漫派"的思维与其存在的悖论提出了新的构想。但值得注意的是,《玻璃球游戏》中的"中国式"形象并非是新质,而是其将固有的要素:如中国意象、西方人物、西方世界、中式伦理道德精神融为一体,使之进行高度的"自觉化"和"纯化"。在黑塞看来,历史事件只是一种逻辑,而其中出现的种种可能性,让黑塞找到了西方世界中固有的缺陷,以及利用"中国式"这一形象如何改善甚至医治的他国"良方"。

"浪漫派"意图建立一个无阶级、无分裂,人类整体的普遍象征体系,恰似《玻璃球游戏》中出现的各式"中国式"人物形象。但是当注视者开始寄希望于他国形象来克服精神困境时,此困境不但没有得到解决,还容易被共同体的"集体欲望"所湮灭,它变得孤立无援,他国形象也出现被美化、被遮蔽和被解构的空间。依附于共同体的集体想象来建构空间,是

[①] 黑塞毕生崇敬歌德,深受歌德的"世界文学"理念和综合东西方文明的思想所鼓舞。他又是世纪之交新浪漫主义的诺瓦利斯形象的主要塑造者。他发表的第一篇书评就是《论诺瓦利斯》,还创作了以诺瓦利斯为题的短篇小说。《玻璃球游戏》的《序言》部分两度提及诺瓦利斯的名字,一次是论述玻璃球游戏的音乐精神时,虽然《吕氏春秋》作为其主线和格局,但也引用了诺瓦利斯关于音乐的格言"歌声的神秘力量在永恒的变化中向尘世的我们召唤",一次是交代玻璃球游戏思想的诸源头,其中之一即"诺瓦利斯的梦幻文字"。

一种集体声音的被动重复，最终形成了类似话语的无限循环。当注视者为了自身处境或过度赞美、或异化、或在塑造他国形象产生"变异"时，得到巩固的恰好是他们内心的恐惧与畏惧。

（三）中国："向内转"的救赎"乌托邦"

19—20世纪的德语作家进行写作之时，是在一种"忧郁症与乌托邦之间"①的二元写作，在这一写作过程中，对异国的探索代替了对上帝的执着②，"中国式"形象的建构过程，既是解决其内在精神困境的尝试，也是将其写作"向内转"，找寻其救赎的创造性斗争历程。在大环境的虚无感之下，人们对充盈的精神境界便十分向往。无论是处于"阴阳两极"的主人公克乃西特这一人物形象，还是把"合一之道"作为精神内核的"玻璃球游戏"世界形象，都是黑塞对充盈人生境界的一种向往与歌颂。

不止黑塞，此时期的德语作家对中国式的哲学思考方式都有着精深的理解，卫礼贤也提出"东方式的凝聚力指向自然灵魂深处"③。一时之间，中国形象铺天盖地般出现在德国作家的笔下，中国智慧也当仁不让地成为了"现代欧洲的拯救者"④。黑塞笔下的"中国式"的世界形象，恰似另一种充盈的中国哲学空间，他和众多德语作家对于中国道家哲学、儒家哲学和意象的集体关注，"显示了当代科学观念从西方式的局部、静态的构成论向道家的整体、动态的生成论的转型。"⑤

此时期的德语作家们将拯救灵魂的祈望寄托在异质文明之上，企图以世界去充盈自身来取消自身在这个世界上所遭受的苦难。马丁·布伯曾说：这种类似"充盈"的救赎观念所秉持的是这样一种信念："用至大无外的'我'

---

① [德]沃尔夫·勒佩尼斯.何谓欧洲知识分子[M].李焰明，译.桂林：广西师范大学出版社，2011年，第4页.
② [德]顾彬.关于"异"的研究[M].曹卫东，译.北京：北京大学出版社，1997年，第13页.
③ [德]卫礼贤.中国心灵[M].王宇洁，罗敏，朱晋平，译.北京：国际文化出版公司，1998年，第282页.
④ [德]卫礼贤.中国心灵[M].王宇洁，罗敏，朱晋平，译.北京：国际文化出版公司，1998年，第290页.
⑤ 赵小琪，张慧佳.德语表现主义文学中国形象的权力关系论[J].安徽大学学报（哲学社会科学版），2013（4），第27-34页.

来吞没宇宙及其他在者，把居于无垠时间流程中的宇宙当作'我'之自我完成的内容，由此铸成'我'之永恒。"①这种将世界视为满足自我需要之存在的观念并不能提升自我的境界、实现自我的价值，因为根本上它仍是功利性、目的性、经验性的。德语作家所建构出的"中国式"空间，实质上只是一个被赋予了价值指向的幻影式乌托邦。

结　语

本文通过解读《玻璃球游戏》中出现的"中国式"人物形象、文化形象和世界形象，探讨黑塞在重建信仰，找回自身的过程之中，是如何以注视者的眼光看待异国、反观自身的，并通过对"中国式"形象的溯源得知，黑塞只是将他所赞美的中国哲学视为表述生存处境、解决生存困境的乌托邦式存在，将中国文学视为实现对他者权力支配的话语中介。

在以文本去建构中国空间的过程中，黑塞所实现的，实质上是一种对于"中国式"形象的利用，作者虽然对中国形象进行了"变异"，让中国文化和意象介入到西方世界之中，但"精神的命运维系于依赖生活与创造性之间的两极对立。人一旦满足在想象和虚构中通过异国形象得以获救，这也是一场通过张扬主体性来遮蔽客观实在的自欺，这一自欺令他们在幻想着找到了自我的同时，也丢失了真正的自我，只能找寻虚幻的倒影。

参考文献

[1] [德]黑塞. 玻璃球游戏[M]. 张佩芬，译. 上海：上海译文出版社，2001.
[2] [德]黑塞. 朝圣者之歌[M]. 谢莹莹，欧凡，胡祖庶，译. 上海：上海人民出版社，2013.
[3] 张佩芬. 黑塞研究[M]. 上海：上海外语教育出版社，2006:265-266.
[4] [德]沃尔夫·勒佩尼斯. 何谓欧洲知识分子[M]. 李焰明，译. 桂林：广

---

① [德]马丁·布伯. 我与你[M]. 陈维刚，译. 北京：商务印书馆，2015年，第7页.

西师范大学出版社,2011.

[5] [德]顾彬. 关于"异"的研究[M]. 曹卫东,译. 北京:北京大学出版社,1997.

[6] [德]卫礼贤. 中国心灵[M]. 王宇洁,罗敏,朱晋平,译. 北京:国际文化出版公司,1998.

[7] 赵小琪,张慧佳. 德语表现主义文学中国形象的权力关系论[J]. 安徽大学学报(哲学社会科学版),2013(4):27-34.

[8] [德]马丁·布伯. 我与你[M]. 陈维刚,译. 北京:商务印书馆,2015.

第十章 空间批评视角

第一节 空间批评理论简介

当代西方马克思主义空间理论是跨学科的批评理论，涵盖人文、地理、历史、政治、社会、建筑等多个领域的相关知识，马克思社会生产理论和异化思想、尼采的虚无主义和芝加哥学派的城市理论是空间批评理论的主要理论来源。空间批评理论的代表人物有亨利·列斐伏尔（Henri Lefebvre, 1901—1991）、米歇尔·福柯（Michel Foucault, 1926—1984）、迈克·克朗（Mike Crang）、加斯东·巴什拉（Gaston Bachelard, 1884—1962）、大卫·哈维（David Harvey, 1935— ）等。

随着第二次世界大战后资本主义国家加强对社会的干预程度，资本积累的方式发生变化，不少国家出现了城市中心逐渐衰退、城市管理能力低下等新的城市问题。这些问题与随之而来的社会运动迫使着人们对"空间"这一名词予以关注和思考，部分学者开始尝试运用一种全新的方式将城市和乡村、全球和地方连接起来。20世纪80年代，以线性时间为单位的传统叙事学无法再满足作家在面对社会新问题时所产生的创作要求，传统的文学叙事开始走向僵化，越来越多作家开始寻找新的方法和策略以增加文学作品的表现力。为了打破僵局，越来越多的作家尝试有意识地将空间作为新的叙述角色纳入叙事之中，研究如何通过空间的多维性、灵活性拓展多样的叙事方式为内容的丰富深刻提供更多的可能性，这一新理论的出现，为文学理论批评提供了新的角度和新的批评方法。

亨利·列斐伏尔的"空间的三重辩证"和迈克·克朗的文化地理学是空间理论的两大基础性理论，二者打破了传统文学批评中对空间内涵解读所固有的叙事角度与二元对立模式,开启了文学作品研究新视角。亨利·列斐伏尔列举出了五十多个不同种类的空间,并将其归纳为自然空间、社会空间、精神空间三大类。列斐伏尔在《空间的生产》(The Production of Space)中提出在社会空间中存在三个相互作用的空间层次:感知空间(实践空间)、理念空间(空间的表征)和生活空间(再现性空间),并强调三者的统一性。迈克·克朗在《文化地理学》(Cultural Geography)中提出了文化空间、媒体空间和文学空间三大空间分类,且认为内文学空间应当由家园空间与城市空间双重结构组成。文化地理学揭示了空间的文化性和社会性,拓宽了空间批评的研究视角。空间批评、文学文本空间、文学空间生产和消费协同构成了复杂的空间结构,并借助多重阐释手段将文学空间囊括的现实、阶级意识、生产方式等表征出来,进而反映出文学对现实的认知与批判。

福柯几乎和列斐伏尔同时关注到空间问题,他发现在整个19世纪,一种在本质上是历史的认识论蔓延于现代批判社会理论,空间由此被看成是僵死的、刻板的、非辩证的和静止的,并成为与时间及其所代表的丰裕性、辩证性、富饶性、生命活力等相对立的概念。福柯就此提出了"真实的地点以及所有其他能够在文化中找到的真实的地点都在这里同时再现、对立和颠倒"的"异托邦"构想。德里克·格雷戈利(Derek Gregory,1951—)认为福柯的观点打破了旧有的认知框架,"权力、知识、空间性这种推论三间形的确立导致了对生活世界的殖民,其中'空间'的回响既是隐喻性的也是实质性的。"空间理论的重要性也在这些理论家的不断努力中被学界逐渐接纳,正如福柯所说:"不管在哪种形式的权力运作中,空间都是根本性的东西"。

相对于西方的文化研究和文化批评在学科意义上的发展状况,我国的文化研究和文化批评学科建设才刚刚开始,与西方有着较大的差距。我们应该对西方的理论进行系统的梳理和深入的研究,择其所长,避其所短,从而更好地建设自身。

第二节 空间批评理论课程实践

《都柏林人》中的城市空间书写

覃一帆

(西南交通大学 人文学院,四川 610031)

摘 要:詹姆斯·乔伊斯(James Joyce,1882—1941)是意识流小说之父和后现代主义的奠基人,他的小说集《都柏林人》通过对都柏林的城市空间的细致书写,展现出都柏林的真实场景和都柏林人水深火热的生活状态,以及生活在这座"死城"之中麻痹的民众的精神瘫痪。空间理论是二十世纪下半叶以来发展的新的理论方法,本文利用亨利·列斐伏尔、米克·巴尔、巴什拉等人的空间理论观点对都柏林的地理空间、社会空间和精神空间进行细致分析,表达着乔伊斯的痛苦与反思以及对故乡都柏林尚存一线生机的憧憬。

关键词:都柏林人;乔伊斯;空间理论

Writing Urban Space in Dubliners

Qin Yifan

(School of Humanities, Southwest Jiaotong University, Chengdu Sichuan, China)

Abstract: James Joyce (1882-1941) was the father of the stream-of-consciousness novel and the founder of postmodernism. His collection of stories, Dubliners, shows the real scene of Dublin and the dreadful state of Dubliners' lives through his meticulous writing about Dublin's urban spaces, and the mental paralysis of a population paralyzed by living in this "city of death". Spatial theory is a new theoretical approach developed since the second half of the twentieth century, and this paper utilizes the spatial theoretical perspectives of Henri Lefebvre, Mick Barr, and Bashra to meticulously analyze the geographic, social, and spiritual space of Dublin, expressing Joyce's anguish and reflection, as well as a longing for the glimmer of hope that still exists in his hometown of Dublin.

Keywords: Dubliners; Joyce; Spatial Theory

亨利·列斐伏尔（Henri Lefebvre，1901—1991）曾在《空间的生产》（*The Production of Space*）中提出了著名的"空间三元结构论"，将人类生存的空间分为了物质、社会、精神三类，这也成为了日后空间理论批评中常见范式。《都柏林人》作为詹姆斯·乔伊斯的代表作，其中对精神与物质空间的探索令人印象深刻，尤其是对"都柏林"这个特殊空间的地理环境、社会样态、人异化的精神世界的描写发人深省，而这正好与列斐伏尔的空间三元结构论的观点有所对应，以空间批评理论切入到《都柏林人》的文本分析中能够更好地理解乔伊斯的写作动机与目的。

一、《都柏林人》中的地理空间

地理空间是小说中最基本的、最不可或缺的写作素材，它是一切人物、情节发生和进行的前提。邓颖玲在《二十世纪英美小说的空间诗学研究》中认为小说中虚构的地理空间"是指小说中经过作者精心设计的、赋予了丰富情感、人文精神和审美意义的地域场所。"[①]乔伊斯是地理空间创作的代表人物，在他长达四十多年的写作生涯中，他始终把他的创作目光聚焦在家乡都柏林身上。

（一）作为"行动着的地点"的公共空间——酒馆

在《都柏林人》中，城市景观与形形色色的人物都被乔伊斯精心描写出来。这些地点不仅作为故事发生的背景，本身也作为元素参与到故事的

---

① 邓颖玲. 二十世纪英美小说的空间诗学研究[M]. 北京：商务印书馆，2018：24.

发生之中，自身承担着叙事功能。

空间对于人物所完成的每一个行动都体现着"潜在地是必不可少的"，[①]明确描述空间信息的方式是多种多样的。米克·巴尔在《叙述学：叙述理论导论》中对叙事空间有过细致讨论，他认为不同于作为行动者所处和事件所发生的地理位置的场所，地点更加关系到"可以测量的空间形态"，地点与特定的感知点相关联，根据其感知而着眼的那些地点称为空间。空间感知中，在米克·巴尔看来，包括三大部分："视觉、听觉和触觉"，[②]这三者会导致故事中对空间的描述通过特殊的视角做出贡献。借助这三种官能感官，我们可以将人物与空间的关系进行内部空间与外部空间的区分。空间在故事中以两种方式起作用，一方面是作为一个结构（即前文提到的内部空间和外部空间），另一方面则是一个行动者的地点，后者在空间与空间的转换会不断推动着叙事情节向纵深发展。在许多情况下，空间常常被"主题化"：自身成了描述的对象本身，在这种情况下，空间就成为了一个"行动着的地点"而非"行动的地点"。[③]使得"这件事在这儿发生"与"这件事的存在方式"变得一样重要。因而主题化空间范围内，空间可以静态地或动态地起作用。在《都柏林人》中，乔伊斯描写的酒馆就承担着十分重要的动态的"行动着的地点"的作用。

酒在爱尔兰文化中占据着不可替代的位置，也是都柏林人日常生活中不可或缺的存在，都柏林人酗酒的比率也远超其他地区。乔伊斯本人和他的父亲就有很长一段酗酒的岁月。《都柏林人》中，在乔伊斯笔下，有许许多多的酒馆和廉价酒品出现，黑啤酒和姜汁啤酒是出镜频率最高的两类。未成年男性对喝酒有明确渴望，成年男性皆有饮酒的习惯，酒馆成为小说中最频繁出现的建筑场地之一，真实展现了都柏林中下层人民真实的生活环境和物质与精神上的双重贫困。

---

① [荷兰]米克·巴尔. 叙述学:叙事理论导论[M]. 谭军强，译. 北京:中国社会科学出版社,1995:118.
② [荷兰]米克·巴尔. 叙述学:叙事理论导论[M]. 谭军强，译. 北京:中国社会科学出版社,1995:106.
③ [荷兰]米克·巴尔. 叙述学:叙事理论导论[M]. 谭军强，译. 北京:中国社会科学出版社,1995:108.

人物所处的空间位置在一定程度上常常影响到他们的情绪。一个高高在上的空间，有时使得人情绪高涨，人物因此志得意满；如果人物碰巧不在高高在上的空间，却又十分看重它，那么这种空间就会因其不可及而使得人物沮丧。都柏林的酒馆大多潮湿灰暗，存在于并不显眼的拐角或窄门后，由中年人经营，年轻的困窘的服务生招待，空间狭小且设施简陋，是杂乱无章的地理空间。在《两个浪汉》中，莱尼汉为了等待科尔利盗窃成功之前的时间，他拐进昏暗的拉特兰广场角落的窄小酒吧："店铺的外观非常简陋，窗子上面印着白字招牌：'小吃酒吧'。窗玻璃上写着两行草体字：'姜汁啤酒'和'姜汁汽水'。"[①]这间酒吧只经营成本低廉、无需技术的普通酒品，是市民消遣时间和消解情绪的最佳去处，招牌的随意与草率折射出都柏林人在生活上的低质和得过且过，对于前景发展的不知所措和消极态度。同时，作为人群聚居之地，酒馆还承担着日常交际与信息传递的功能，反映着都柏林人口素质低下的社会现状和混乱无章的社会秩序。在《一小片阴云》中小钱德勒与报界新秀朋友加拉赫时隔数年的见面就是在凯普尔大街沉闷破落的酒馆之中；《何其相似》中公司职员法林顿是酒馆的坚定追捧者，工作时间常常偷溜到奥尼尔酒馆熟练地点上一杯黑啤酒再折返回公司。而《痛苦的事件》中，杜菲先生知晓了他毫不犹豫抛弃的情人西尼考太太的死亡信息后魂不守舍地踏入查普利泽德大街的酒馆买醉："他们不时端起巨大的玻璃杯灌酒，不停地抽烟，经常把痰吐到地上，有时还用他们厚重的靴子在地上扫些木屑把痰盖住。"[②]具体的描述赋予了酒馆这个地点以动态的文学意义。混乱肮脏的酒馆中，都柏林人精神上的压抑得到释放，内心的无措、焦虑、后悔与孤寂充斥在鱼龙混杂的空间里。政治的屈辱与经济的萎靡加重了人们的物质与心理重担，都柏林市民们试图用酒精麻痹自己，寻求短暂逃离现实悲惨的境遇。

---

① [爱尔兰]詹姆斯·乔伊斯. 都柏林人[M]. 王逢振，译. 上海：上海译文出版社，2016：56.
② [爱尔兰]詹姆斯·乔伊斯. 都柏林人[M]. 王逢振，译. 上海：上海译文出版社，2016：120.

(二)作为"空间连接点"的个人空间——窗户

《都柏林人》中,除了酒馆这种公共空间,乔伊斯还着重描写了较为私人的空间,将城市中频繁出现但容易被忽略的场所作为人物行动和叙事进程的背景。将两个不同空间之间起到联结作用的"空间连接点"进行真实深刻的刻画,作为中介的空间连接点不仅成为人物命运发展的可视转折点,也为作品叙事提供了新的切入角度。《都柏林人》中,窗户就起到了这一至关重要的作用,成为了联系情节的枢纽和媒介。

在首篇《姊妹们》中,失手打碎圣杯的神父难以谅解自身,在忏悔室中折磨自己的肉体和精神,在瘫痪的痛苦中寻求原谅。"我"每天晚上经过神父的门前,都会久久注视着那扇窗,"夜复一夜,我发现它那么亮着,灯光微弱而均匀。……每天夜里,我仰望那窗户时,总是轻声对自己说'瘫痪'一词。"①"我"似乎有感应地预见到神父将不久于人世,幼小的"我"与惧怕宗教降罪自身的神父隔着窗户同频共振,加重了都柏林人的精神重压与瘫痪程度。在《阿拉比》中,我每天期待着曼根姐姐的出现,享受着隐秘的暗恋的愉悦:"每天早晨,我都趴在前厅的地板上,注视着她家的门口。我把百叶窗放下,留不到一英寸的间隙,免得被别人看见。"②窗户作为情感外泄的一个屏障,内外的隔膜是理想与现实的截然不同,展示着都柏林人对美好事物向往时的胆怯与退缩。

窗户具有双面性,可以称得上是另一种形式的镜子。透过窗户,可以看到自己,也可以观察他人;同时,窗帘作为与窗户形成一体的补充性物品,与窗户一起形成了能让读者轻易想象出的人物画面和场景印象。窗是人寄托感情的地方,从内向外观察窗外景物的时候,更加衬托着行为者的内心,使得窗户成为了精神空间和外在空间的过渡。在《伊芙琳》中,乔伊斯两次描写伊芙琳倚靠着窗帘审视当下的生活以及思考对未来的选择。酗酒残暴的父亲和入不敷出的家庭令她苦不堪言,但是母亲的遗言又让她

---

① [爱尔兰]詹姆斯·乔伊斯. 都柏林人[M]. 王逢振,译. 上海:上海译文出版社,2016:33.
② [爱尔兰]詹姆斯·乔伊斯. 都柏林人[M]. 王逢振,译. 上海:上海译文出版社,2016:52.

对远走迟疑。时间与空间的关系节奏是非常重要的,当空间被广泛描述,时间次序的中断就不可避免。对预备出逃的女性来说,窗户外是崭新的世界和即将成为现实的幸福生活,窗户内则是禁锢和枷锁。通过倚靠窗帘思索和对痛苦的咀嚼是自我精神外泄的表现,窗外的寂寞冷清与内心的纠结苦闷相契合,凸显着在都柏林理想与现实之间难以跨越的鸿沟。故事的最后,伊芙琳选择背离男友,留在都柏林继续麻木痛苦的生活。

二、《都柏林人》中的社会空间

在《都柏林人》中,乔伊斯在塑造出可视化的、行动着的地理地点基础上,致力于挖掘都柏林城市中深刻的社会意蕴,观察和描绘出了景观背后内含的政治、经济、家庭等社会空间。空间不是单纯的社会的反映,而是社会的表现。列斐伏尔在《空间的生产》中纠正了传统社会理论对空间的肤浅看法,并指出:"空间是社会关系的载体和容器。……空间是一种社会的产物,它是产生于目的的社会实践,是社会关系的产物。因为社会必然处在一个既定的专属的生产模式中,它的特殊性质架构出了空间,空间性的实践界定了空间,也赋予了空间社会实践性。"[①]人在社会中活动,并不是旁观者,而是置身于空间之中,人们的行动都反映在空间中,人是作为积极才参与者置身于空间中的。这种社会空间体现在《都柏林人》中体现为黑暗屈辱的殖民政治空间和冷漠不幸的家庭生活空间,乔伊斯在对都柏林市民日常生活的细致描写中体现出在这种空间生活下的人民的生活现状。

(一)黑暗屈辱的殖民政治空间

詹姆斯·乔伊斯出生之际的爱尔兰正处在英国殖民统治下最黑暗的时期,也一度成为当时欧洲最贫困的国家。爱尔兰在1169年后被英国殖民,直至1949年4月才正式成立共和国,退出了英联邦。长达八个世纪的殖民中爱尔兰民族主义运动从未停止,但爱国人士发起的起义运动一次次被英

---

① [法]亨利·列斐伏尔. 空间的生产[M]. 刘怀玉等, 译. 北京:商务印书馆,2021:102.

国士兵血腥镇压,战争与动乱造成无辜的爱尔兰百姓家破人亡、民不聊生,十九世纪的爱尔兰人口骤降至两百万。爱尔兰民众除却国家归属感薄弱以外,更多的是流离失所的无助与窘迫。爱尔兰民族独立运动领袖帕内尔从1879年开始任爱尔兰党主席长达十二年,威信甚高,有着"爱尔兰无冕之王"的称号。1890年,帕内尔却因为政党争执与私生活问题受到英国统治集团和教会的攻击,党内信徒也纷纷背离,于1891年去世,此后爱尔兰民族主义运动遭受毁灭性打击,逐渐走入低谷。乔伊斯在九岁时就深受民主支持者父亲的影响,写下了《而你,希利》这篇悼念民主英雄帕内尔的诗篇,抨击在爱国主义运动中的骑墙派和无为者。

《死者》中精心设置了宴会时加布里埃尔一路所看到的城市景观,从威尔逊纪念碑到英格兰威廉三世的雕像、再到三一学院和奥康奈尔桥,行进路线中展示着烙印了英国殖民统治所留下的历史建筑。在《委员会办公室里的常青节》一篇中,描绘了常青节时拉票游说者在威克劳大街委员会办公室中交谈的情景,借不同政党游说者的态度和政治实践,凸显出爱尔兰腐朽无序的政治现状和都柏林人民对于政治的低参与感。常青节是为纪念帕内尔而设置,爱尔兰民族主义者在上衣胸襟上佩戴一枚常青藤叶以示反抗殖民、追求民主的决心。文中展现了爱尔兰党派的候选者都是将个人利益放置在国家利益之上的懦夫与贪财者。亨奇先生直接揭露了爱尔兰的政治与金钱的赤裸关系:"这年头你要是想当市长大人,你一定得欠市参议员们钱,然后他们就会让你成为市长。"①政府官员高高在上却尸位素餐,"工人千辛万苦,但却挣不到钱。然而正是劳工才生产出一切。工人不会为自己的儿子、侄子和亲戚们谋求肥差。工人不会玷污都柏林的名誉去讨好一个德国人国王。"②不仅是以权谋私的贪婪上位者置民众于不顾,连心怀祖国的民族主义者也要迫于现实的窘境成为政客的游说者,消极的政治风气和黑暗的社会现实不断磨灭着民众的热情与期待,对政治信仰产生怀疑与失望的情绪。在本篇结尾,海恩斯先生吟诵《帕奈尔之死》一诗:"可

---

① [爱尔兰]詹姆斯·乔伊斯. 都柏林人[M]. 王逢振,译. 上海:上海译文出版社,2016:134.
② [爱尔兰]詹姆斯·乔伊斯. 都柏林人[M]. 王逢振,译. 上海:上海译文出版社,2016:135.

是爱尔林（爱尔兰旧称），记着，他的精神会像火中的凤凰那样升起，在黎明破晓时分，给我们带来自由政权的那天。"①乔伊斯借这首诗歌表达了对民主领袖的崇敬和怀念，映衬了对现实的不满与无可奈何。

（二）冷漠不幸的家庭生活空间

由于政治的灰暗无光、经济的凋敝无望，大的社会环境深深影响着每一个都柏林的家庭。乔伊斯在青年成长阶段家中突逢变故，父亲失业后便整日酗酒，不仅性情大变，而且对妻子儿女施加暴力，乔伊斯的母亲难以承受重压，年仅四十四岁就去世，这对乔伊斯的打击很大。我们对日常生活中的"家宅"进行梦幻与想象时，也是寻求一种最原始的"洞穴般的抚慰"。②巴什拉在《空间的诗学》中提出异质空间充斥着现实生活中的冷漠和怀疑，幸福空间则连接着想象的价值，是充溢着人的真实原始体验感的空间。内心空间是一种有机的、充满情感的容器。③在《姊妹们》、《一次遭遇》和《阿拉比》中，儿童主人公都不是在健康完整的家庭中成长起来的，父亲或母亲的缺位是姑母、姨母或是神父所不能代替的，也因此儿童身上体现着安全感的缺失和不符合年龄的沉稳。《姊妹们》中"我"在面对犹如父亲般的神父的去世时，展现出了内心情感的压抑和对长辈谴责的过分顺从。"正如我姑父所说，他教给了我许多东西。……老妇人看见我犹豫不前，又开始向我连连招手示意。我踮着脚尖走了进去。"④由于作为一家之主的姑父认为"我可不喜欢自己的孩子跟那样的人谈得太多"，⑤"我"便不愿意暴露出对神父的依赖与崇敬，因此在葬礼上"我佯装祈祷，实则心不在焉。"⑥

---

① [爱尔兰]詹姆斯·乔伊斯. 都柏林人[M]. 王逢振，译. 上海:上海译文出版社,2016:142.
② 赵田田. 加斯东·巴什拉的空间诗学探析[D]. 武汉:华中师范大学,2022.
③ [法]加斯东·巴什拉. 空间的诗学[M]. 张逸婧，译. 上海:上海译文出版社,2013:112.
④ [爱尔兰]詹姆斯·乔伊斯. 都柏林人[M]. 王逢振，译. 上海:上海译文出版社,2016:36.
⑤ [爱尔兰]詹姆斯·乔伊斯. 都柏林人[M]. 王逢振，译. 上海:上海译文出版社,2016:34.
⑥ [爱尔兰]詹姆斯·乔伊斯. 都柏林人[M]. 王逢振，译. 上海:上海译文出版社,2016:37.

家本应是温暖幸福的港湾，但是失业、粮食危机、瘟疫蔓延和经济萧条对每一个家庭的破坏性都极大，导致家庭生活空间中弥漫着的是冷漠和不幸。同时，成年人的暴力与酗酒的习惯对家庭关系中的弱小者产生了难以磨灭的影响。《何其相似》中的职员法林顿生活萎靡，工作消极，酒精是他唯一的爱好，每天都会在上班时间偷溜去酒馆喝酒。当他在酒馆搭讪失败，又输掉了与年轻人的力量比赛后，浑身怒火的他将功名不就的憋屈与对现实的不满统统发泄到妻子和幼小的孩子身上："小男孩狂乱地四处观望，但看到无路可逃时，扑通一声跪倒在地上。……拐杖打破了孩子的大腿，疼得他发出一声声尖叫。他把双手在空中攥起，吓得声音颤颤抖抖。"①法林顿自己作为酗酒父亲家暴的逃脱者，仿佛重演般地将暴行再次施加在自己的儿子身上，儿童本应是一个民族发展的希望，都柏林的家庭空间却是难以培养出健全且健康的青年一代，乔伊斯对这种情况展现出了忧虑和失望。

三、《都柏林人》中的精神空间

在《都柏林人》中，文本虽由十五个故事独立成篇，但故事与故事之间的独立性实际上都是作者匠心独运的设计，表达着同一思想。这本书出版十分不易，前后历经十年，换了好几个编辑，修改了无数版才最终在英国出版，乔伊斯在其中所想呈现的，并不单单只是都柏林的城市景观和民众水深火热的生活现状，而是都柏林人乃至所有人正在面临的失落感和精神的异化。精神空间是一种构造的空间，对于空间的概念和想象，诸如人的意识、符号、标志，笛卡尔式的"几何学"概念实际上就是一种精神空间。②列斐伏尔认为我们要真正了解社会空间的本质，必须突破空间的双重幻象，透过社会空间看"透明的幻象"——精神空间，③从中窥探出都柏林人精神空间中文化信仰的束缚和个体主体性的消减。

---

① [爱尔兰]詹姆斯·乔伊斯. 都柏林人[M]. 王逢振，译. 上海：上海译文出版社,2016:112.
② 林贞. 亨利·列斐伏尔的空间生产理论探析[D]. 兰州：兰州大学,2014.
③ 林贞. 亨利·列斐伏尔的空间生产理论探析[D]. 兰州：兰州大学,2014.

（一）文化信仰的束缚

牧师和神父在这部小说集中频繁出现，在首篇《姊妹们》中，借助神父的精神困境导致的死亡，展现了天主教作为英国殖民手段之一对于都柏林人的精神带来的压抑与瘫痪。宗教本应是成为思想的指引、内心空缺的补充，但是却成了神父的死亡之源。"那事影响了他的精神，从那之后他开始郁郁寡欢，不跟任何人说话。……他竟然待在那里，一个人摸黑坐在他的忏悔隔间，完全醒着，好像轻声地对自己发笑。"[①]对神的忏悔本来只是自省的途径，却成了民众的精神枷锁与束缚，在小说开篇就充满着沉重压抑的气氛。在《公寓》一篇中，多伦多先生一边与穆尼小姐调情，一边在内心暗骂她的赌鬼父亲不能为他带来助力。当他们的恋情被穆尼太太知晓时，多伦多先生第一时间将上帝作为为自己开脱的借口："他曾经鼓吹自己的自由思想，在酒店里对他的同伴公开否定上帝的存在。但是那一切都过去了，几乎完全放弃了。"[②]在《阿拉比》中，"我"暗恋曼根的姐姐，想和她单独出行。但她总是要去修道院里静修，宗教束缚着青年人对爱的诚挚追求和爱意的直接宣泄。夜晚，"我"在牧师死去的后客厅中沉思："抬头向黑暗中凝视，我看见自己成了一个被虚荣心驱使和嘲弄的动物；于是我的双眼燃烧起痛苦和愤怒。"[③]同时，宗教也和政治相勾结，成为榨取人民价值和财富的武器之一，这让饥寒交迫的都柏林人民更加痛苦绝望。

（二）个体主体性的消减

常年流浪欧洲各地的乔伊斯在看到其他国家政治民主化运动如火如荼、工业化发展进程加快的状态，对都柏林颇有几分"哀其不幸，怒其不争"的心理。他不留情面地揭露都柏林的"死城"之态和都柏林人的精神荒原，不是企图谴责，而是为了唤醒民众的民族意识和生活斗志。在《都

[①] [爱尔兰]詹姆斯·乔伊斯. 都柏林人[M]. 王逢振，译. 上海:上海译文出版社,2016:40.
[②] [爱尔兰]詹姆斯·乔伊斯. 都柏林人[M]. 王逢振，译. 上海:上海译文出版社,2016:84.
[③] [爱尔兰]詹姆斯·乔伊斯. 都柏林人[M]. 王逢振，译. 上海:上海译文出版社,2016:56.

柏林人》中，都柏林人在重压下灵魂逐渐麻痹瘫痪，自愿一成不变地生活着，个体主体性缺失，也缺乏将理想变成现实和开辟新生活的勇气。在《一小片阴云》中，主人公小钱德勒本来还安于都柏林日复一日的工作和组建家庭的愉悦之中，但是与从伦敦回来的昔日好友加拉赫在酒馆喝酒后，他发现在他看来能力平庸，天赋不及他的好友都能成为伦敦报界崭露头角的人物，自己却陷入了都柏林沉闷乏味的生活之中。回到家后，妻子的抱怨与孩子的哭闹使得他怒火更盛，这个家令他看不顺眼："他发现漂亮的家具也有一些令人生厌的地方。一种沉郁的对生活的厌恶在他内心觉醒。他不能逃离这个小家吗？"①就在这种心理纠葛之中，小钱德勒试图以拜伦的诗篇令儿子止住哭声却毫无作用，妻子的怒火让他认清了自己已经陷入无法追求理想艺术的困窘境地了，继续现在的生活是他的选择："小钱德勒自觉满脸羞愧，站到了灯光照不到的暗处。他听着孩子的阵阵抽泣渐渐平息，悔恨的泪水从他眼里流了下来。"②《伊芙琳》的女主伊芙琳伊就是一个不甘于现实却又没有勇气改变的典型例证，她不愿重复母亲一生的可怜景象，平平凡凡耗尽生命。体贴上进的男友对他们的未来做了充分筹划，在码头只需上船便能重获自由，摆脱不喜欢她的父亲和距离遥远来往并不亲密的弟弟，但最后一刻她还是选择了回到牢笼之中。她对母亲许诺维持这个家的誓言压着她，对于新生活的不确定性也令她纠结万分："在他为她做了这一切后，她还能后退吗？她的悲伤使她真觉得想吐。"③生活的麻痹无聊与精神的自甘堕落展现了都柏林人精神上的病入膏肓。都柏林人的冷漠无知与软弱妥协是妨碍这个民族发展的根源，在小说《死者》结尾，乔伊斯设置了主人公的"精神顿悟"："这个实在的世界本身，这些死者曾一度在这里养育生息的世界，正在渐渐消解和缩小。……他听着雪花隐隐约约地飘落，慢慢地睡着了，雪花穿过宇宙轻轻地落下，就像他们的结局似的，落

---

① [爱尔兰]詹姆斯·乔伊斯. 都柏林人[M]. 王逢振，译. 上海：上海译文出版社，2016：99.
② [爱尔兰]詹姆斯·乔伊斯. 都柏林人[M]. 王逢振，译. 上海：上海译文出版社，2016：101.
③ [爱尔兰]詹姆斯·乔伊斯. 都柏林人[M]. 王逢振，译. 上海：上海译文出版社，2016：61.

在所有生者和死者身上。"①表达着乔伊斯对故乡都柏林尚存一线生机的憧憬，以及渴望自我发展的新旅程。

结　语

《都柏林人》是乔伊斯以故乡都柏林为舞台进行的一次文学创作探索，为后来创作《尤利西斯》打下了深厚的基础。透过书中的十五个故事，乔伊斯向读者娓娓道来都柏林破败萧条的地理景观，屈辱痛苦、冷漠悲惨的社会氛围和都柏林人被宗教禁锢、个体性消减的精神困境。通过对都柏林全方面、多角度的深刻书写，展现了都柏林肮脏陈旧的酒馆、隔绝又联结内外的窗户、伤痕累累的政治历史记忆、一代代悲惨不幸的家庭环境、文化信仰的压抑和个人主体性的缺失，让读者仿佛身临二十世纪的都柏林，与那个时代冷漠软弱的都柏林人擦肩而过。乔伊斯毫不留情地揭示都柏林的"死城"之态与都柏林人精神上的保守麻木，在小说集的结尾依旧表达了对都柏林人可以顿悟并做出改变的期盼，这正是乔伊斯对故乡的爱与期待。

参考文献

[1] [爱尔兰]詹姆斯·乔伊斯，王逢振，译. 都柏林人[M]. 上海：上海译文出版社，2016.

[2] [法]亨利·列斐伏尔，刘怀玉，等译. 空间的生产[M]. 北京：商务印书馆，2021.

[3] [法]加斯东·巴什拉，张逸婧，译. 空间的诗学[M]. 上海：上海译文出版社，2013.

[4] [荷兰]米克·巴尔. 叙述学：叙事理论导论[M]. 谭军强，译. 北京：中国社会科学出版社，1995.

---

① [爱尔兰]詹姆斯·乔伊斯. 都柏林人[M]. 王逢振，译. 上海：上海译文出版社，2016：222.

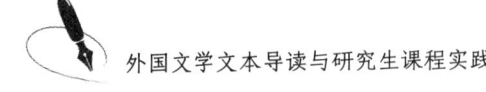

[5] 邓颖玲.二十世纪英美小说的空间诗学研究[M].北京：商务印书馆，2018.

[6] 林贞.亨利·列斐伏尔的空间生产理论探析[D].兰州：兰州大学，2014.

[7] 赵田田.加斯东·巴什拉的空间诗学探析[D].武汉：华中师范大学，2022.

参考文献

[1] [俄]巴赫金. 陀思妥耶夫斯基诗学问题[M]. 白春仁, 顾亚铃, 译. 北京: 生活·读书·新知三联书店, 2014.

[2] [俄]德·斯·米尔斯基. 俄国文学史[M]. 刘文飞, 译. 北京: 商务印书馆, 2020.

[3] [俄]符·维·阿格诺索夫. 20世纪俄罗斯文学[M]. 凌建侯, 等译. 北京: 中国人民大学出版社, 2001.

[4] [法]格扎维埃·达尔科. 法国文学史[M]. 张兆龙, 译. 北京: 中央编译出版社, 2019.

[5] [法]亨利·列斐伏尔. 空间的生产[M]. 刘怀玉, 等译. 北京: 商务印书馆, 2021.

[6] [法]米歇尔·福柯. 词与物——人文知识的考古学[M]. 莫伟民, 译. 上海: 三联书店, 2016.

[7] [黎]汉纳·法胡里. 阿拉伯文学史[M]. 郅溥浩, 译. 银川: 宁夏人民出版社, 2008.

[8] [美]童明. 美国文学史[M]. 北京: 外语教学与研究出版社, 2008.

[9] [英]迈克·克朗. 文化地理学[M]. 杨淑华, 宋慧敏, 译. 南京: 南京大学出版社, 2005.

[10] 常耀信. 精编美国文学史[M]. 天津: 南开大学出版社, 2016.

[11] 陈振尧. 法国文学史[M]. 北京: 外语教学与研究出版社, 1989.

[12] 程锡麟. 什么是女性主义批评[M]. 上海: 上海外语教育出版社, 2011.

[13] 范大灿编. 德国文学史[M]（全五卷）. 北京: 商务印书馆, 2019.

[14] 胡志红. 西方生态批评史[M]. 北京: 人民出版社, 2015.

[15] 姜景奎. 印度文学论[M]. 北京: 中国大百科全书出版社, 2016.

[16] 李钧. 存在主义文论[M]. 济南: 山东教育出版社, 2000.

[17] 梁实秋. 英国文学史（全三册）[M]. 北京：新星出版社，2011.

[18] 刘意青. 刘炅. 简明英国文学史[M]. 北京：外语教学与研究出版社，2008.

[19] 柳鸣九，郑克鲁，张英伦. 法国文学史[M]. 北京：人民文学出版社，1979.

[20] 孟华编. 比较文学形象学[M]. 北京：北京大学出版社，2001.

[21] 聂珍钊. 文学伦理学批评导论[M]. 北京：北京大学出版社，2014.

[22] 任光宣. 俄罗斯文学简史[M]. 北京：北京大学出版社，2006.

[23] 石海军. 印度文学大花园[M]. 武汉：湖北教育出版社，2007.

[24] 谢天振. 译介学[M]. 上海：上海外语教育出版社，2003.

[25] 许地山. 印度文学[M]. 长沙：岳麓书社，2011.

[26] 叶叔宪编. 神话—原型批评[M]. 西安：陕西师范大学出版社，2011.

[27] 叶渭渠，唐月梅. 日本文学简史[M]. 上海：上海外语教育出版社，2006.

[28] 余匡复. 德国文学史[M]. 上海：上海外语教育出版社，2001.

[29] 张良丛. 20世纪精神分析批评话语研究[M]. 北京：社会科学文献出版社，2017.

[30] 张龙妹，曲莉. 日本文学（上下册）[M]. 北京：高等教育出版社，2008.

[31] 张世华. 意大利文学史[M]. 上海：上海外语教育出版社，2013.

[32] 郑克鲁. 法国文学史[M]. 北京：商务印书馆，2018.

[33] 仲跻昆. 阿拉伯文学通史（上下卷）[M]. 南京：译林出版社，2010.

[34] 朱立元. 接受美学导论[M]. 合肥：安徽教育出版社，2004.